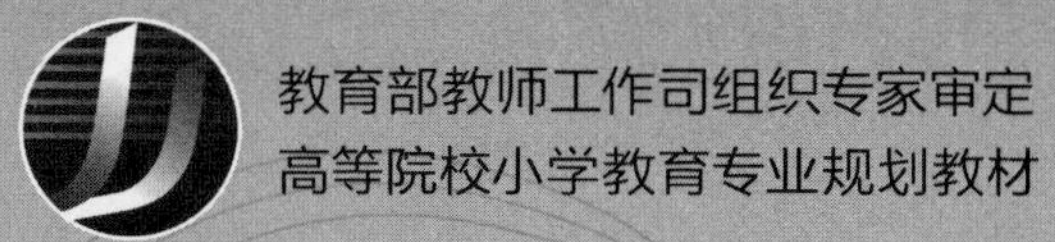

儿童文学引论

（第3版）

主　编　王晓玉　孟　临

编写者　王晓玉　孟　临　刘　弢
　　　　梁赛楠　贾志珍　崔彩云
　　　　王　闯　孙华艳

高等教育出版社·北京

内容提要

本书是教育部教师工作司组织专家审定的高等院校小学教育专业规划教材。

本书力图提供简明扼要的儿童文学基础理论及基本知识。全书由四部分内容组成：儿童文学与儿童发展阶段的关系，儿童文学体裁，儿童文学的阅读、鉴赏与批评，儿童文学的发展概况。此次修订，遵循教师教育以育人为本的基本理念，重视教师基本素养的提升，加强了对儿童文学阅读、鉴赏、批评、创作的实践指导，设置了学习提示、探究·实践栏目，以促进学习者学习，提升能力。

本书可以作为高等院校小学教育专业、汉语言文学专业必修课教材及相关专业选修课教材，可以作为在职中小学教师培训用书或自学参考书，还可以供文学理论研究者和儿童教育从业人员参考。

图书在版编目（CIP）数据

儿童文学引论 / 王晓玉，孟临主编. -- 3版. -- 北京 : 高等教育出版社，2021.2
ISBN 978-7-04-054152-6

Ⅰ．①儿… Ⅱ．①王… ②孟… Ⅲ．①儿童文学-文学理论-高等师范院校-教学参考资料 Ⅳ．①I058

中国版本图书馆CIP数据核字(2020)第104558号

Ertong Wenxue Yinlun

策划编辑 肖冬民　责任编辑 肖冬民　封面设计 姜 磊　版式设计 张 杰
责任校对 吕红颖　责任印制 刁 毅

出版发行	高等教育出版社	网　址	http://www.hep.edu.cn
社　址	北京市西城区德外大街4号		http://www.hep.com.cn
邮政编码	100120	网上订购	http://www.hepmall.com.cn
印　刷	肥城新华印刷有限公司		http://www.hepmall.com
开　本	787mm×1092mm 1/16		http://www.hepmall.cn
印　张	17.25	版　次	1997年1月第1版
字　数	350千字		2021年2月第3版
购书热线	010-58581118	印　次	2021年2月第1次印刷
咨询电话	400-810-0598	定　价	35.00元

本书如有缺页、倒页、脱页等质量问题，请到所购图书销售部门联系调换

物 料 号　54152-00

高等院校小学教育专业规划教材总序

教育部教师工作司

我国已进入推进全面建成小康社会、推进社会主义现代化建设的新的历史阶段。在这样一个历史阶段，教育越来越成为促进社会全面发展、推动科技迅猛进步，进而不断增强综合国力的重要力量，成为我国从人口大国逐步走向人力资源强国的关键因素。我国的教师教育正面临着前所未有的机遇和挑战。教师教育的改革与发展直接关系到千百万教师的成长，关系到素质教育的全面推进，关系到一代新人思想道德、创新精神和实践能力的培养和提高，最终关系到推动科学发展、促进社会和谐、全面建成小康社会奋斗目标的实现。

培养具有较高学历的小学教师是全面建成小康社会和适应基础教育课程改革与发展的迫切需要，也是我国教师教育课程改革与发展的必然趋势。为了适应基础教育课程改革与发展的需要，我国对培养较高学历小学教师工作进行了长时间的积极探索，取得了较大成绩，并积累了许多宝贵经验。《国家中长期教育改革和发展规划纲要（2010—2020年）》提出：到2020年，要“努力造就一支师德高尚、业务精湛、结构合理、充满活力的高素质专业化教师队伍”。《教育部关于大力推进教师教育课程改革的意见》提出：“要围绕培养造就高素质专业化教师的目标，坚持育人为本、实践取向、终身学习的理念，实施《教师教育课程标准（试行）》，创新教师培养模式，强化实践环节，加强师德修养和教育教学能力训练，着力培养师范生的社会责任感、创新精神和实践能力。”为此，要优化教师教育课程结构，改革课程教学内容，开发优质课程资源等。

开展小学教师培养工作，课程与教材建设是关键。当务之急是组织教育科研机构、高等师范院校的专家学者和教师联合编写出一套高水平、规范化的专为培养较高学历小学教师而使用的教材。

编写高等院校小学教育专业教材，应该遵循以下原则：

一、时代性与前瞻性。教材要面向现代化、面向世界、面向未来，反映当代社会经济、文化和科技发展的趋势，贴近国际教育改革和我国基础教育课程改革的前沿，体现新的教育理念。

二、基础性与专业性。教材要体现高等教育的基础性，同时要紧密结合当今小学教育课程改革的趋势和实施素质教育的要求，针对小学教育专业的特征和小学教师的职业特点，力求构建科学的教材体系，提高小学教师的专业化水平。

三、综合性与学有专长。教材要根据现代科技发展和基础教育课程改革综合化的趋势，强化综合素质教育，加强文理渗透，注重科学素养，体现人文精神，加强学科间的相互融合以及信息技术与各学科的整合；同时，根据小学教育的需要，综合性教育与单科性教育相结合，使学生文理兼通，学有专长，一专多能。

四、理论与实践相结合。教材要根据小学教师职前教育的要求，既要科学地安排文化知识课和教育理论课，又要加强实践环节，注重教育实践和科学实验，重视教师教育教学能力的培养。

五、充分体现教材的权威性、专业性、通用性和创新性。教材应以教育部制定的《教师教育课程标准（试行）》为编写依据，本、专科通用，教师培养、培训沟通，在体系框架、内容、呈现方式等方面开拓创新，加大改革力度，充分体现以学生为本的教育理念，使教材从能用、好用提升到教师、学生喜欢用。

高等教育出版社根据以上原则组织编写了有关教材，经过专家审定，我们向各地推荐这套教材，请有关单位和学校酌情选用。

第 3 版前言

长期以来，儿童文学被取消了学科独立性，作为现代文学的分支，在高等院校课程体系中被当作选修课程开设。随着素质教育的深入开展，社会对情感教育、审美教育的提倡，儿童文学作为儿童教育的资源不断地被重视起来。我国《义务教育语文课程标准（2011年版）》提出“初步鉴赏文学作品”的目标，在各学段提出了诵读诗文、领悟诗文大意等具体要求，并提出了中小学生要达到一定的阅读量；到第四学段则直接提出了“了解诗歌、散文、小说、戏剧等文学样式”的要求。当下部编版小学语文教材中选用了大量儿童文学作品。与此对应，在高师院校相关专业尤其是小学教育专业课程体系中，“儿童文学”课程日益重要起来。

1997年，由教育部师范教育司组织，我们编写了《儿童文学引论》以及配套的《儿童文学作品选读》两本书，当时用作小学教师进修高等师范专科（简称“小大专”）小学教育专业教材。随着我国小学教师学历层次的提升，本教材随之转为高等院校小学教育专业教材。2009年，为适应高质量小学教师培养需求，我们进行了一次修订，出版了第2版。使用至今，本教材历经20多年，总共发行近70万册，为我国小学教师培养和培训做出了较大的贡献。教材长久的生命力，证明了我们当初对教材基础性与专业性的定位是正确的；同时，我们还考虑了时代性和前瞻性，这也是我们持续修订教材的动力和原因。随着这些年社会的快速发展，尤其是科学技术的突飞猛进，哲学社会科学相应地出现了很多变化，儿童文学也有很多新的作品和理论研究成果。我们认为，作为一本担负着儿童文学基础理论教育任务和提供相应教学指导的教材，应该与时俱进，将儿童文学的最新发展反映出来。鉴于此，我们再次对教材进行了修订。

此次修订仍严格参照国家教师教育课程标准，遵循国家关于教材编写的高质量要求，立足当前小学教师培养状况，强调教材理论与实际、综合培养与学有专长结合，使教材具有权威性、专业性、通用性和创新性。我们在修订中仍坚持从以下两个方面出发：一是儿童文学有别于成人文学的鲜明的独特性，要突出儿童文学的特征；二是我国义务教育相应的课程标准对文学作品的阅读与鉴赏提出了相应要求，教材中也选用了大量的儿童文学作品，本教材对此要有回应，指向培养教师相应的教学能力。

在内容的构架上，此次修订沿袭第2版的教材结构，着重突出以下几点：

1. 进一步强化儿童文学的文艺学、教育学、心理学等多学科理论基础，以拓宽儿童文学的知识涵盖面；通过删繁就简，突出儿童文学与儿童发展阶段的联系，加深学习者对儿童文学特征的理解。

2. 从作品入手，研究、分析儿童文学的体裁和作家作品。我们着重梳理了儿童文学的体裁，从各体裁的特征、类型、表现手法和创作等方面来论述，尤其加强了对绘本的介绍，以便加强学习的针对性和有效性。

3. 强调知识学习与教学能力培养相结合，强调学习者要通过对儿童文学基础理论的认知，进入到阅读与鉴赏指导、批评和尝试创作等实践阶段。为此，此次修订强化了儿童文学阅读指导策略和方法内容，强调通过儿童文学阅读指导提升儿童的阅读能力。

4. 放眼世界，在教材中尽量宽泛且简洁地承载中外儿童文学创作成就。一方面论述了中国现代和当代儿童文学发展及其经典作家作品，以弘扬中华优秀传统文化，比如增加了对荣获国际安徒生奖的曹文轩的相关作品介绍；另一方面细致梳理了外国儿童文学的发展概括和创作成果，以开阔学习者的视野，比如增加了21世纪以来世界主要国家儿童文学创作的最新内容。

修订后的教材，仍以儿童文学与儿童发展阶段的联系为切入点，进而阐述儿童文学的体裁和儿童文学的阅读与鉴赏、批评，进一步增强了有关儿童文学发展概况的内容。另外，为增强教材的实用性，结合当下信息技术促进高校教学改革的要求，此次修订还强化了教学实践，将原每章结尾的“思考与讨论”改为“探究・实践”，使之更适合教学需要；增加了拓展学习资源等。学习者可结合配套的《儿童文学作品选读》，参考“探究・实践”中的题目，以及各体裁的创作要求和有关阅读指导、鉴赏与评论写作内容，积极参与创作和评论的实践活动，提升实践教学能力。

修订后的教材，可以作为高等院校小学教育专业、汉语言文学专业必修课教材及相关专业选修课教材，可以用作在职中小学教师培训用书或自学参考书，还可以供文学理论研究者和儿童教育从业人员参考。

由于社会在不断进步，文学创作无论是内容还是形式都在发生日新月异的变化。儿童文学作为文学的支脉，也不例外。我们在本书中所阐述的理论以及引用的作品，难以包罗万象，体现当下和将来迅猛发生的变化。相信在若干年后，我们会有更多经过历史沉淀的儿童文学精品和更丰富的儿童文学理论。我们寄希望于日后有机会将其容纳进教材。

在修订过程中，我们尽可能吸收、参考当今儿童文学研究者的成果，如：刘绪源的《儿童文学的三大母题》，蒋风的《儿童文学原理》，蒋风的《中国儿童文学发展史》，韦苇的《世界儿童文学史概述》，王泉根的《现代中国儿童文学主潮》(第2版)，吴其南的《中国童话发展史》，以及湖南少年儿童出版社2015年出版的“世界儿童文学研究丛书”等。我们同时还参阅了中国作家网、中国儿童文学网、中国儿童诗网、中国寓言网、儿童故事网、小书屋网、童话乐城网等的相关资料。对以上涉及的作者，我们在此一并感谢!

本书由王晓玉、孟临主编，参加第 2 版修订工作的除王晓玉、孟临之外，还有刘弢（第一编）、梁赛楠（第二编第一至第五章、第四编第二章）、贾志珍（第二编第六至第九章、第四编第一章）、崔彩云（第三编）、王闯（第四编第三、四章）、孙华艳（第四编第五章）。第 3 版主要由王晓玉、孟临完成修订工作。

编　者
2020 年 10 月

目　录

绪　论

【学习提示】

绪论就儿童文学的本质和特征，以及儿童文学的题材、艺术表现手法要求、语言等方面进行概要式阐述，是教材的总纲。学习时应重点掌握儿童文学的本质、特征，以及儿童文学的题材、艺术表现手法要求、语言等方面内容。学习时还需把握儿童文学是通过审美情感来实现对儿童的教育、认知等功能的。

什么是儿童文学？其本质是什么？

我们先看阎妮的一首小诗《鼠年致老鼠》：

我喜欢你们——
一双机灵的眼睛，
粉红的耳朵，
虽然爱做坏事，
可我还是喜欢你们。

如果我到了你们的王国，
一定要你们
洗脸、洗手、洗澡、刷牙；
还要教会你们
自己劳动，
干事不要偷偷摸摸。

我还要给你们
介绍个朋友——
它的名字叫猫。[①]

这是一首典型的儿童诗，同时又具有童话的特质。它从一个五六岁的儿童的视角出发，以生动的拟人手法和充满幻想的夸张手段，叙写了儿童对事物（老鼠）的特殊感受和认识，浅近易诵，童趣盎然，同时又蕴含了积极而鲜明的主题，富有教育意义。这样的作品，便是儿童文学作品。

一般来说，儿童文学主要有以下两种类型：

一是以少年儿童为主人公，以描写少年儿童的生活为主，或是从少年儿童的视角出发观察世界，反映他们对世界的认识，为少年儿童所理解、所喜爱，有利于他们身心健康发展的文学作品，这是占最大比例的儿童文学作品。如，像上述《鼠年致老鼠》这样的儿童诗，以及像《大林和小林》《卖火柴的小女孩》《帽子的秘密》《爸爸的老师》《诺言》《木偶奇遇记》《男生贾里》《草房子》《沐阳上学记》《孤独的上校》《吉祥时光》这样的中外著名童话、儿童故事、儿童小说，等等。

二是以成人为主人公，反映的生活内容和描写的环境主要是成人的，但是或采用了神话、童话等样式，或因其表现手法的生动多样、通俗易懂而富于情趣，为少年儿童所理解、所喜爱，有利于他们身心健康发展的文学作品。如《西游记》《封

① 小舟《中外儿童诗精选》，浙江文艺出版社，2004。

神演义》《皇帝的新装》《渔夫和金鱼的故事》，以及许多人物传记、民间传说、寓言故事等。这类作品能否纳入儿童文学范畴，一般来说取决于是否为少年儿童所接受和喜爱，同时还有一个约定俗成的因素，即是否得到历史的、传统的承认。

一、儿童文学的特征

儿童文学，顾名思义，即由“儿童”因素加上“文学”因素糅合而成。在“文学”这一点上，儿童文学和其他文学没有太多、太大的差别。差异，或曰个性，集中表现在“儿童”这个因素上。

儿童文学的最大特征是富有童趣。有无童趣，是区别儿童文学作品与成人文学作品最重要的分界线。因此，我们可以把儿童文学定义为，以儿童为接受对象，符合儿童心理和社会化特征，在题材和表现手法上注重童心童趣的文学。

儿童教育学、儿童心理学以及一般的常识都告诉人们，儿童对外界事物的注意在很大程度上取决于事物本身的趣味。儿童喜欢听有趣的故事，做有趣的游戏，对乏味的事物淡漠甚至厌恶。如果说成人文学的趣味性对于某些层次的读者是必不可少的话，那么儿童文学的趣味性则对于所有的小读者都是不可缺少的。

趣味性强的儿童文学作品，即使成年人读了也会受感染，陶醉于其中。严文井有一篇童话《小松鼠》，写的是调皮的小松鼠最怕被爸爸训斥。每次爸爸训斥他时，妈妈都很心疼，有一次趁小松鼠睡着时，妈妈嗔怪爸爸：“你小声点，他睡着了。你不要老吓孩子，他自己会变好的。”其实当时小松鼠根本没睡着，听了妈妈的话，他高兴得差点笑出声来。这样的情节，不仅会让小读者觉得有趣、贴心，也会使大读者莞尔开颜，深受教益。刘心武写过一个调皮的小学生，当班主任老师找他谈话时，这小家伙表面上洗耳恭听，思想却在“走神”，总在琢磨墙纸上那块水渍“究竟像只鸭子，还是像个茶壶”。一个小小的心理细节描写，童趣十足，令人发噱。著名翻译家任溶溶在翻译《木偶奇遇记》时竟然要“一面翻一面笑得要命”，并且深刻体会到“非常地‘逗’，又无一处不是在教训”。可以说，优秀的儿童文学作家大多是在增强“趣味性”上下苦功的。

我们不妨比较一下熊树饩的《海浪与巨石》和金波的《浪花》这两首诗：

海浪与巨石

年轻美丽的海浪，
她有带着传奇色彩的爱。
她不爱秀丽的小岛，
也不爱多姿的海藻，
却爱上了倔强而粗犷的巨石。
海风卷起一朵朵奇妙的浪花，

浪花一次次与巨石接吻，
年复一年地重复着爱，
他们似乎觉得还不过瘾，
他们嫌这爱来得太迟。
经过数亿次的摩擦，
经过无数年的冲刷，
巨石已经不再巨大，
他由巨石变成了小石，
再由小石变成了沉入海底的一粒沙。
再也无法找回当年那巨大的陨石，
海浪再也不爱他了，
她又在寻找新的可以为她冲刷的对象，
即使找不到旧时的巨石，
她也不会对一粒沙子感兴趣，
处女时的爱变得一钱不值。
沙子越来越没有生气，
他与海浪没有分手，
却不再有爱意，
这曾经拥有过的爱和爱的悲哀，
再也无法收拾！

浪 花

大海涌来了
一排排浪花，
它们像一队队
手拉手的娃娃。

透明的水雾
是它们纱的衣服；
轰轰的潮声
是它们在敲小鼓。

浪花、浪花告诉我：

你们的步伐走得这样齐，
是不是要到海边夏令营，
和我们一起过队日？

浪花在沙滩上
跳一跳，又笑一笑，
调皮地摸一下我们的光脚，
就又跑回了大海的怀抱。

原来浪花把礼物
给我们送来了，
你看，沙滩上
贝壳正眨着亮眼睛在笑！[①]

答案是明显的：第一首是成人诗，而第二首属于儿童文学范畴；两者最重要的区别在于有没有儿童情趣。

除了上述最基本的特征外，受少年儿童读者的特殊性制约，儿童文学有别于成人文学的独特之处还有：

1. 幻想性

想象和幻想，在成人文学中只是众多艺术手段之一，而在儿童文学中，却往往是创作思维的基本形式，构建情节的主要方式，以及形成童趣的重要途径。在儿童文学中，作品数量最大也最受小读者欢迎的童话，在日本被称为“幻想故事”，就因为它是以想入非非为最突出、最基本特征的。我国儿童文学作家陈伯吹说过：“如果也把童话看作是一种精神的‘物质构造’，那么，童话也可能有一个‘通核’。这个核心就是‘幻想’。”[②]至于科幻小说，它将丰富的科学知识融合在动人心魄的想象和缤纷多彩的艺术形象之中，向儿童展示未来世界的面貌，自然更是把以科学为基础的幻想作为立身之本了。

儿童文学具有鲜明的幻想性特征，是由儿童的心理特点所决定的。幼儿的思维方式本身就带有童话的特点，他们最容易相信假定性的东西，常把自己的思想感情注入周围有生命甚至无生命的物体上去。处于童年期的孩子，一方面向往创造光明的、不平凡的事业，另一方面又受智力、体力和时间、空间的极大限制，由此出现的矛盾，也唯有借助幻想来寻找依托，满足欲望，化解矛盾。关于这一点，高尔基

① 金波《金波儿童诗选》，人民文学出版社，1983。
② 陈伯吹《儿童文学简论》，长江文艺出版社，1982。

曾深有体会地说：神话开导了自己模糊的信念，自己在八岁不到，已经感到了这种力量。这种力量是自由的、无畏的力量，向着美好的生活前进。那些飞行毯、回生水……在他的面前打开了通往另一种生活的希望。

以幻想性为基本特征的优秀儿童文学作品对儿童具有非凡的艺术吸引力，以至于抽象的道德观念和枯燥乏味的科学知识，能够借助童话、美术片和科幻小说等形式而变得形象生动，使儿童乐于接受，进一步激发他们的想象，帮助他们认识生活并获得美的享受。

2. 直观性

儿童文学的直观性特征，和阅读对象的低龄密切相关。

低幼时期的儿童，对儿童文学的直观性要求，不但体现在他们只能借助图画来进行阅读上，同时也体现在他们需要成人的帮助上，他们通过成人带有表演性的朗读和解释，来间接地阅读故事和童话等作品。对于幼儿来说，直观性强的作品总能格外地博取他们的欢心。即使是已开始识字，有了一定的文字阅读能力的小学低、中年级学生，图文并茂的动画绘本（卡通）、连环画、充满奇幻想象的木偶剧、拥有无限表现力的美术片等艺术样式，仍能获得他们的青睐。

3. 叙事性

叙事性几乎可以说是儿童文学艺术样式的总体特征，儿童文学本身所具有的跨学科的文化特征使其文本与存在的外部语境形成了密切联系，因此要研究儿童文学的叙事性特征必须结合问题语境来进行。儿童文学作家贺宜曾说，他早前问过一些小读者喜欢怎样的儿童诗，他们的回答无一例外，都喜欢叙事的、有情节、有故事而又充满激情的诗。原因就在于叙事诗较之单纯的抒情诗更形象。诗歌尚且如此，其他文学体裁更不用说了。翻开林林总总的儿童文学作品，无论是把幻想作为核心的童话、科幻小说，源于生活又力求高于生活的儿童小说、儿童生活故事，还是写实的传记、回忆录和报告文学；无论是以人为主人公的，还是以人格化的动物、植物为主人公的，无不强调以情节曲折、形象生动为主要特征的叙事性。散文在成人文学中多以抒情见长，可在儿童文学的范畴内，深受小读者喜爱的，大多是那些以一个或几个虽不甚完整却具体生动的故事片段为核心内容的叙事性散文。因此，可以说，在儿童文学中纯粹抒情的作品很少，在成人文学中常见的大段大段的心理描写、景物描写，富有哲理性的长篇议论，一般说来，在儿童文学创作中几乎成了禁忌。

儿童喜欢以叙事为主的作品，这与他们直观形象的思维特点有关。叙事性这一特征，要求儿童文学作家既有坚实的生活基础，又有出色的想象力，能将所要表达的主题思想借助曲折有趣的故事情节、鲜明生动的人物形象表达出来，从而吸引儿童的注意力，使他们在享受文学带来的愉悦的同时，潜移默化地受到思想上、认识上、审美上和知识上、技能上的教育。

4. 韵律性

在儿童文学中，阅读者的年龄越小，作品的韵律性特征就越明显。这是因为幼儿的语言正处于发展阶段，他们开始学习或正在学着运用连贯的语言表达自己的思想和感情，因而简短、易懂、易记、有韵律的作品（主要是儿歌）便在幼儿文学中占有相当大的分量。

儿歌是儿童最早接触到的文学体裁之一。母亲或其他长者哼唱的摇篮曲，婴儿虽不一定能听懂其中的含义，但优美悦耳的歌声、缓慢和谐的节奏，能使孩子在被爱抚的惬意中进入甜美的梦乡，这可算是对孩子最初的情感熏陶和美感教育。

随着年龄的增长，渐渐学会说话的幼儿便可在父母、老师的传授下，一边嬉戏一边吟唱儿歌。《排排坐》《跳猴皮筋歌》等一类游戏歌，能激发和增加幼儿游戏时的兴趣；《五指歌》一类以数字为线索组织内容的数数歌，能帮助幼儿掌握一些数的概念；用诗歌体写成的谜语歌，能满足幼儿的好奇心，培养他们推理、判断和联想的能力；《太阳西起往东落》一类的颠倒歌，诙谐幽默、意味深长，能训练幼儿分辨事物的能力；《高高山上一条藤》一类的绕口令能训练幼儿的发音能力……正因为儿歌内容浅显而又种类繁多，节奏明朗而又易记易唱，适合这些虽不会阅读但会听会跟着朗读的小“读”者，所以作家往往寓教于乐，把一些常识、道理等编入儿歌，让幼儿在有节律的语言感知中不知不觉地接受启蒙教育。

与儿童的发展阶段相呼应，儿童文学的韵律性特征随儿童年龄的发展呈逐步减弱的趋势。

与成人文学相比，儿童文学的幻想性、直观性、叙事性和韵律性更加突出，这与儿童文学要表现儿童情趣密切相关。其中，幻想性在童话和科幻小说中最为突出，叙事性则在所有年龄阶段的各种儿童文学体裁中普遍存在，直观性是婴幼儿文学与童年期文学的一大特色，韵律性明显地体现在婴幼儿文学中。

儿童文学作为一个独立的艺术门类走入艺术的殿堂，是极其不易的。儿童文学的确立，伴随着人们儿童观的不断进步和转变。一开始人们把儿童当作“小成人”看待，在社会发展到工业革命以后，认识到儿童是人类成长的一个独立阶段，儿童具有成人所没有的独特性和独特的人格。人们逐渐认识到成人世界与儿童世界的差异，认识到儿童有自己的世界，他们在接受成人教育的同时，也要在自己的世界中获得自由，感受生活的乐趣，体验世界的美和人生的美。儿童从成人的附属地位中独立出来，才可能有儿童文学。人们对儿童文学本质的认识也不断发展，从强调教育到强调“儿童中心”（“童心”）、强调塑造民族未来性格；从片面强调儿童文学的教育功能到全面认识儿童文学的认识、审美和教育功能等；从单纯的现实主义创作到与浪漫主义幻想结合，多维发展，百花齐放。当下，无论中国的还是世界的儿童文学，都进入了一个新的时代。

儿童文学还在不断发展，人们的认识也会不断发展，我们要不断注意这些发展，以便进一步加深对儿童文学的理解。

二、儿童文学的题材

题材是文学作品要表达的内容。儿童文学广义上包括幼儿文学、少儿文学和少年文学。可以这样认为，一般成人文学所表现的题材，儿童文学也可以表现，只是表现的方式和角度有所不同。儿童文学在给儿童审美感受的同时，给儿童认识和教育是重要的功能。凡是具有认识和教育作用，同时又有审美价值的内容，都可以选作儿童文学的题材。在儿童文学的题材上，我们不应因为儿童文学是以儿童为对象的，就去限制题材，甚至将题材仅仅局限在所谓有教育意义的内容上；同时，也要从儿童实际出发，特别是从不同年龄阶段的儿童特点出发，选择恰当的角度并运用适合的艺术方法去表现广泛的题材。

文学作为一个艺术门类，是通过语言塑造艺术形象来表现人生，表达人类的思想感情的。人生、人的思想感情并不是抽象的，必然与一定社会和阶级、阶层的政治、思想、价值观、哲学思潮相联系。文学的主要功用不是对社会、政治以及人们经历的生活作出直接的论证性的评价，而是把人们生活中的各种现象、思想化作人生的体验，并以艺术家的独特视角给予审美观照。人们说，爱情、死亡和自然是文学艺术永恒的主题。这实际上是从人生体验的角度提出的。我们可以这样认为，爱情、死亡和自然是对文学题材最高层次的概括。爱情、死亡和自然是文学的母题。但是这一母题在不同历史时期、不同社会、不同阶级、不同阶层乃至不同作家身上的具体表现会很不相同。《红楼梦》里的爱情和死亡，是封建社会没落贵族人生体验的表达；《红岩》《苍天在上》里的爱情和死亡，是现代人在社会巨大变革时期人生体验的表达。尽管母题都是一样的，但表现的角度和方式却是那么不同。这些文学作品的成功，归根到底是把社会的、阶级的问题化作人生体验，以作者特有的审美理想给予现实观照和审美表现。

儿童文学同样可以反映成人文学所反映的题材，如社会问题、阶级压迫和阶级斗争、人生的各种情感体验、战争、环境问题等。即使爱情、婚姻这类与儿童生活相距甚远的事情，在中外儿童文学作品中也占有相当大的比例。只是对这一类题材表现的角度和采取的方式与成人文学有别而已。就少年文学而言，英国作家哈代的小说《苔丝》被改写成少年版，改写后作品中的爱情描写不再那么赤裸裸，只是写出了主人公青涩朦胧的情感——那是少男少女的爱情。所以，儿童文学的题材不应限于表现儿童生活，不应限于认识和教育意义，只要处理恰当，尽可以去表现。

为了使我们能较准确、较概括地把握儿童文学的题材特点，我们能不能对儿童文学的题材像成人文学那样进行母题化的概括？我们认为应该也能够针对儿童文学题材上的特点，进行母题化的概括。我国儿童文学理论家刘绪源在《儿童文学的三大母题》中提出儿童文学有三个基本的母题：（1）爱的母题；（2）顽童的母题；（3）自然的母题。还有儿童文学理论家提出“成长”也是儿童文学的母题。儿童作为人生的一个独立阶段，成长是其基本的特征，因此把“成长”作为儿童文学的一个母题是合适的。在此，我们认为，儿童文学有上述四大母题。

爱的母题分为母爱型和父爱型两种。现代母爱型儿童文学作品是“带着自己丰富的人生体验”来进行爱的传达的。它不仅让孩子感受到爱的迷人与伟大（这是过去儿童文学作品中所具备的），也让孩子感受到爱的无奈——人生并不由于爱的存在而变得轻松（这是过去儿童文学所缺乏的）。母爱型儿童文学作品以极适合儿童口味的表现形式，在审美上侧重“审美情感的升华”，在情绪基调上是“亲切温馨”的。如17世纪法国童话《鹅妈妈的故事》中的大多数童话。父爱型儿童文学作品的最大特征是“直面人生”，它不像母爱型作品那样“遇到问题绕道走”，而是以现实的深刻的眼光看待和处理人生中的难题。父爱型儿童文学作品在审美上更多地集中于“审美情感的深化”，在作为审美起点的主体中，被调动得最充分的是“人生经验”，而作为审美结果，则更突出“攫人心”的心理效果。这样就让儿童从渗透着现实感的艺术形象中，自然地理解事物的意义，主动地去发现现实。如法国作家圣-埃克苏佩里的《小王子》。所谓“教育作用”，正是在这一审美过程中实现的，也就是说在一种毫无教育意味的暗示中，让儿童自己“教育”自己。父爱型儿童文学作品最高的审美追求在于“揭示人生中难言的奥秘”，其审美基调是端庄、深邃。

《小王子》简析及作者简介

儿童与生俱来有渴望自由、向往无拘无束生活的倾向。这种倾向体现了人类的未来指向，是对未来社会人类自由而全面发展的深情呼唤。表现这类题材的常常就是顽童母题。顽童母题的儿童文学作品正是对儿童自由发展关注的结果。它试图激活并保持儿童内在的热爱自由的天性，将童年时期看作最自然的人生，看作人生中最宝贵的阶段。其作品的审美特征可以概括为：在意外的认同中获得审美的狂喜。它以新奇的艺术形象供儿童审美，既可以通过闻所未闻的奇事奇物来表现，又可以通过奇特的、公然违反常规的思路、情感和情绪来表现。这类作品极易受到儿童的欢迎，因为它非常适应儿童（特别是年龄较小的儿童）物我不分、自我中心的思维特点和渴望像成人一样什么都能做的心理。顽童母题的儿童文学作品的审美基调主要是奇异、狂放。如英国长篇童话《彼得·潘》，瑞典长篇童话《长袜子皮皮》，意大利童话《木偶奇遇记》，等等。

《长袜子皮皮》简析及作者简介

自然的母题也是儿童文学题材的重要方面。儿童年龄越小越接近大自然，越能与大自然保持一种纯朴天然的联系。他们好奇，对一切事物抱有热情，不会像成人那样因某种功利目的而被限制眼界，在审美选择上几乎是无限宽泛的。在对自然的审美中，儿童会形成一种奇异的超脱感，意识到自己在大自然中的地位，领悟到自己应当正确处理人与自然的关系。在人类日益重视环境问题的今天，自然的母题无疑是积极的，这也是自20世纪以来自然的母题在儿童文学中地位日益突出的原因。在这类儿童文学作品中，孩子可以回味自己在大自然中的地位和作用，感叹大自然的神秘和伟大，激发探索大自然的激情。自然母题的儿童文学作品在审美过程中，让人们感受到的基调是悠远和率真。如沈石溪的动物小说，苏联比安基的《森林报》等有关动物的作品。

儿童的成长是儿童发展的基本形态，它包括作为自然人生理的成熟，作为社会人认知思维的成熟、情感的成熟和社会化的成熟。这些发展成熟又是因人而异、极富个性的。儿童文学表现成长，发掘成长的意义，成长自然成为儿童文学的基本主题。如曹文轩的《草房子》，通过对主人公男孩桑桑刻骨铭心而又终生难忘的六年小学生活的描写，讲述了五个孩子（桑桑、秃鹤、杜小康、细马、纸月）的成长过程，以及油麻地小学教师蒋一轮与油麻地少女白雀的爱情故事。

各种具体的题材都可以纳入这四个母题中去表现。从根本上来说，前三大母题都可以归入成长的母题中，因为成长是儿童生命的主旋律。儿童文学作品是对人类最基本的价值观念和行为准则的演示。儿童在经历各个母题的审美过程后，会获得丰富的审美体验，会变得温柔、坚忍、聪慧、自信和博大。这是儿童文学应当追求的目标。

以上我们引述了刘绪源等学者对儿童文学母题的论述。无论是否赞同这些观点，关于儿童文学的母题之说，对儿童文学题材的研究都具有很大的启迪意义。儿童文学所要达到的一切目的必须在审美过程中实现。母题的问题，实际上是解决作家怎样把各种具体的题材纳入审美的范畴。先把握住母题，再对具体题材进行选择和加工，就可以将社会问题、经济问题、政治问题、人生问题化作人生体验，变成审美对象。题材问题不仅仅是所选择材料的意义问题，更重要的是对材料进行审美观照和审美加工的问题。在儿童文学的鉴赏和创作中，我们必须这样来认识和处理题材方面的问题。

三、儿童文学的艺术表现手法要求

在艺术表现手法上，儿童文学也有自己的独特性。这种独特性，根源于读者对象的年龄特点，即与儿童的身心发展阶段相呼应。也正因此，儿童文学有别于成人文学，成为文学中的一个独立门类。认识到这一点，可以提高儿童文学创作的自觉性，帮助我们更好地在创作中把握儿童文学的特征，从而避免两种偏向：一是高于儿童的理解水平，促使儿童成为早熟的人，甚至成为早衰的道学先生、空谈家；二是低于儿童的理解水平，造成儿童智力发展不足，导致他们表现出与年龄不相称的天真、幼稚来。

创作儿童文学作品，在艺术表现手法的运用上必须讲究下面的“四多四少”：

1. 动作描写、神态描写多用，心理描写、环境描写少用

文学作品中的心理描写是揭示人物心灵奥秘、深化作品主题的有效手段。随着人类对自身了解的加深和心理科学的发展，文学作品中的心理描写越来越多，成人文学中还形成了心理–感觉派。而环境描写作为刻画典型环境的方式，在传统的现

实主义作品中几乎是必不可少的。巴尔扎克在《高老头》中对伏盖公寓详尽入微的描写，果戈理在《死魂灵》中对梭巴开维支住处的细微刻画，都可谓是传世之笔。但不论如何精致的心理描写和环境描写，一旦冗长，就难以吸引小读者，《高老头》和《死魂灵》也因此从未成为儿童所欢迎的读物。作品若是通篇描写心理和环境，恐怕就更难得到小读者的普遍认同了。这倒不是因为儿童不能阅读洋洋万言的大部头作品，我国古典名著《西游记》《水浒传》等，就拥有一代又一代数以千万计的少年儿童读者。究其原因，主要还是因为以《西游记》《水浒传》为代表的这样一些大作，总体虽巨，却绝少冗长烦琐的景物和心理描写。它们常常由人物一连串的动作来构成故事主体。其中，如“三打白骨精”和“武松景阳冈打虎”等章节，更是节奏鲜明、快速，脉络清楚，情节单纯，足以令小读者如醉如痴，百看不厌。

2. 生活流手法多用，意识流手法少用

意识流作为第一次世界大战前出现的一种艺术表现手法，在扩大小说容量、深化心理描写上是值得借鉴的。我国一些有志于探索儿童文学创作新路的作家和理论家，也一度倡导在儿童文学作品中采用意识流写法，以丰富儿童文学的艺术表现手段，扩大儿童读者的审美接受容量。我们认为，这样的探索固然是需要的，但意识流这种手法的非理性、无逻辑性和易变性——即夸大了的、绝对化了的纯主观性，难以被儿童理解和接受，意识流手法在儿童文学创作中不宜多用。

成人文学中还有一种高度浓缩、高度朦胧、内涵极深的作品，这样的作品一般也不能进入儿童文学范畴。这与儿童的理解力较弱、社会阅历不够有关，也与儿童的抽象思维不发达有关。譬如诗人北岛有首著名的诗题为《生活》，全诗仅一个字“网”。评论家们当然可以挖掘其中的微言大义，一般成人读者也可以领略个中滋味，但如要儿童来理解，那就太为难他们了。

从大多数小读者的阅读实际出发，儿童文学更宜按生活本身的发展顺序、按生活本身的空间转换来组织故事和开展情节。这样的写法有人称之为“生活流写法”，它虽然也讲究悬念，但不人为地设置阅读障碍；情节的推进虽要求扣人心弦，却也有必要的过渡和暗示。生活流的写法因为符合生活的本来面目，有易于为儿童所接受的逻辑性和合理性，应该说是永远也不会过时的。

3. 描写、对话多用，议论、叙述少用

文学作品中的议论一般来说少用为好，即使成人文学也是如此。就儿童文学而言，因为读者对象的特殊性，儿童文学作家不得不尽可能地将议论、叙述改为描写和对话。这样做并不是取消作品的思想性，而是要作家将自己的观念巧妙地融进美好的艺术图景中，同时也是为了更适应儿童的阅读心理。

4. 顺叙多用，倒叙、插叙少用

文学作品之所以使用倒叙是为了强调结果，让结局先入为主，突兀到眼前，从而引起读者的注意，使其产生一种急欲了解原因的强烈愿望和期待心理。小说、电影中常用此法，效果也较好。鲁迅的《伤逝》《一件小事》均属于此类，读者也十分清楚这是先果后因的倒叙法，不会在时间上产生错觉。插叙则是在顺叙或倒叙的过程中因某种需要，暂时中断叙述线索，而加以补充说明、交代，扯开去，插上一段。如《故乡》中“我”对与童年时代的闰土交往的回忆。

很显然，倒叙和插叙对儿童尤其对幼儿是不太合适的。大多数儿童文学作品都采用顺叙的手法，正是为了适应儿童的阅读水平。报告文学作品《新星女队一号》是典型的顺叙手法，我们只要看看小标题就可知晓：开场白；新星一号；招兵买马；球场练兵；家庭风波；首战告捷；新闻人物。还有任大霖的《谁是“布谷鸟”?》，每节标题是：一、侦察；二、追踪；三、破案——完全按时间先后一一写来，绝不会令小读者坠入五里雾中，分不清前后。

当然，只要运用得当、分寸适宜，倒叙、插叙也可以用一些。特别是以顺叙为结构主架，间以插叙补之，可以避免一味顺叙而产生的平铺直叙的毛病。

儿童文学艺术表现手法的使用虽有“四多四少”的一般要求，但这些要求绝不是固定的、僵死的、带有法定评判标准性质的“清规戒律”。在这个问题上，我们还是应该鼓励探索、尝试、创新和开拓。

四、儿童文学的语言

儿童文学语言的基本要求与成人文学无异，即规范、准确、生动、形象等。但是，儿童文学的接受对象是儿童，因此儿童文学对语言还是有自己的特殊要求的。首先，儿童文学的语言要通俗易懂，深入浅出。道理很简单，儿童年龄小，识字少，理解能力也有限。其次，儿童文学的语言要简短、精练，切忌长句。在成人文学中，几十个字乃至上百字的长句屡见不鲜。有些作品整段无标点符号，这也许是作家学者化后带来的一种文学语言的变异——作为一种语言风格，在成人文学中自然可以占一席之地。但是一般来说，儿童文学作品却不宜使用这一类长句。儿童文学写作以短句为好，原因不但在于短句的语法关系一般比较简单，容易理解，而且也在于短句更适合表现活泼的、跃动的、更贴近儿童天性的人和事。最后，儿童文学的语言更加强调规范、优美，避免随意和粗糙。只要同成人文学一比较，我们就不难发现，这完全是针对儿童文学读者对象的特殊性而提出的要求。少年儿童正处于成长发育期，他们在阅读文学作品的时候，兼有一个学习语言、提高语言表达能力的任务。儿童文学作家必须比成人文学作家更多地注意语言的规范和优美，在语言使用上，更要有意识地承担起维护祖国语言健康美和纯洁美的责任。

五、成人的儿童文学创作取材

儿童文学需要一支创作队伍。儿童文学的作者由两部分人员组成，一是儿童自身，二是有志于儿童文学创作的成人。前者为数极少，而且往往要借助成人的记录整理和艺术加工，后者则是儿童文学创作的主要力量。

与成人文学相比，儿童文学创作上的一大特点是：成人作家不是表现自己及同龄人现时的生活及感受，而是或居高临下、朝花夕拾地回忆自己已逝去的童年生活，或旁征博引、左盼右顾地写自己的弟妹、儿女甚至孙辈们的生活，有时则是有意识地回复童心，转移立场，从儿童的视角出发，写娃娃们感兴趣的题材，进行“老夫聊发少年狂”式的创作。从这个意义上来说，成人创作儿童文学作品，要比成人创作成人文学作品难得多。

成人儿童文学作家取材大致有以下方向：

1. 取材于民间文学

民间文学，包括神话、传说与歌谣等，从来都是儿童文学不竭的源泉之一。如在儿童文学史上影响极大的“格林童话”，便是根据民间童话整理的。尽管雅可布·格林与威廉·格林这两位历史学家、语言学家的最初动机是为了研究德国的民族精神、文化和语言，但《儿童和家庭童话集》一出版，便以其巨大的艺术魅力吸引了一代代儿童，成为世界儿童文学宝库中的珍品。

2. 回忆自己的童年生活

成人或站在现今的立场上观照和反思自己孩提时代的生活，追述当时的童真童趣，如鲁迅的《从百草园到三味书屋》；或描写当年的苦难，抒写曾经有过的挣扎和奋斗，许多带有忆苦思甜和革命回忆录性质的作品便属于此类，如《高玉宝》等；或因走出童年不久，心中依然保存着难以释怀的儿童情趣，因而一拿起笔，便不自觉地以一个“大孩子”的心态描述起儿童时期的所见所闻——许多初涉儿童文学的青年作者，其作品大多采用这一取材方法，如《城南旧事》。

3. 取材于对儿童的观察、了解和认识

身为教师的作者，多从自己与孩子们的共同生活中取材，也正因此，在中外著名儿童文学作家中，当过教师的占了极大的比例。而一些专业儿童文学作家，为了保持不衰的创作力，也积极创造条件和孩子们在一起，以汲取不绝的材料来源。如张天翼，原本不了解新中国的少年儿童，后来他认识了一些孩子并经常参加他们的队日活动，孩子们常到他家里来玩，动不动就和他“咬耳朵”，谈这谈那，有些不肯和爸爸、妈妈谈的心里话也和他这个“老天叔叔”谈。对孩子的透彻了解使张天翼能下笔有神，创作出了《罗文应的故事》《宝葫芦的秘密》等优秀作品。《吉祥时光》《将军胡同》等也都取材于对儿童的观察、了解和认识。

4. 搜集和整理有关材料并演绎

成人作家出于一种使命感，有意识地搜集和整理有关材料并演绎之，以儿童文学的艺术形式为载体，对儿童进行教育。

从儿童文学发展史的角度看，世界各国都一样，只有当社会精神文明发展到一定阶段，认识到童年是人生中不可逾越、具有独特价值的阶段，认识到必须尊重并平等对待儿童，需要把文学作为满足儿童需要、促进儿童成长的工作之一时，儿童文学才成为一种独立的文学样式。正因如此，儿童文学的取材，往往可以带有浓重的先导教育的功利目的。如以灌输人生道理为出发点的优秀作品，有马雅可夫斯基的《什么叫做好，什么叫做不好?》《长大了做什么》等儿童诗，有张天翼的《秃秃大王》《大林和小林》等童话。而以培养儿童良好的生活习惯为出发点的佳作《没有牙齿的大老虎》可谓一个典型：一位家长劝阻不了特别爱吃糖的女儿，出于对孩子牙齿的担忧，他写信恳求某出版社发表一篇劝诫孩子不要吃太多糖的故事。该出版社把信转给了作家冰子，冰子由此构思出了这篇出色的童话。作为当代中国儿童文学作家中杰出的代表，2016年获国际安徒生奖的曹文轩，以“未来民族性格塑造者”为己任，创作出的《草房子》《青铜葵花》等儿童小说，“生动刻画了童年生命在成长过程中真实的憧憬、烦恼、困惑、挫折，甚至苦难，以道义的力量和美的力量深深地震撼着小读者，同时也感动了成人……”[①]以传播科学知识为出发点而搜集、整理已有材料来创作的作品更多，如苏联作家比安基的《尾巴》、我国作家高士其的《我们的土壤妈妈》等科普文学作品都属于此类。瑞典著名的童话《尼尔斯骑鹅旅行记》，也是作者塞尔玛·拉格洛芙应瑞典教育学会之约而写的，将大量有关瑞典的地理知识、民间传说巧妙地编织进神奇的童话世界。

从文学的娱乐功能出发，利用并组织已有材料进行创作的实例也有不少。如《邋遢鬼佩塔》是哈茵利赫·霍夫曼为他3岁儿子创作的；《荒岛寻宝记》（又译作《金银岛》）是斯蒂文森为他的继子苏埃德·奥斯本讲的一段荒岛寻宝的故事；《爱丽丝漫游奇境记》则是刘易斯·卡罗尔在和朋友里戴尔家的三姐妹一起划船时，应她们的要求即兴编讲，而后整理出版的。

儿童文学创作如何缩小乃至克服成人作家与读者之间由年龄、阅历差异所导致的情感、心理距离；如何使作品富有儿童情趣；如何处理好教育儿童的使命感与艺术形象感染力之间的关系；如何避免说教腔与概念化、模式化，提高作品的艺术质量——这些是成人在儿童文学创作中需要认真对待的几个问题。这些问题，我们将在本书的第二编“儿童文学的体裁”中，结合各体裁的特殊要求，进行比较详细的论述。

六、儿童文学的传播

儿童文学本质上是语言艺术，其最基本的传播形式是语言——口头的或文字的。随着社会的发展和科学技术的进步，儿童文学的传播形式越来越丰富，出现了绘本、戏剧、电影和电视、多媒体和网络等。作为儿童文学的教学者、研究者，应该注意儿童文学传播形式的发展和应用。

口头传播是最原始的传播形式，在文字尚未出现之前就存在。一些神话故事、民间传说开始基本上都是用口头方式传播的。中外有文字的民间传说和民间童话，都是对口头传播文学编辑、修改的记录。口头传播形式尽管是最原始的，但也是极具生命力的，至今仍是儿童文学的基本传播形式，可以满足任何人群的需要，包括儿童，特别是尚未识字和识字不多的低幼儿童。

---

① 王泉根《现代中国儿童文学主潮》（第2版），重庆出版社，2018。

文字传播是文学包括儿童文学的基本传播形式。文字将口头的言说固化为可见可保留的介质，可以不受时间、地域和民族的限制而广泛地传播，并被永久保存。儿童文学的文字形式，适合具有一定识字量的儿童阅读，文字阅读有利于提高儿童的逻辑思维和形象思维能力，开发儿童的想象力。

绘本开始是文字作品的辅助形式，以帮助儿童对文字作品进行理解和对文本感兴趣。进入现当代后，为适应低幼儿童的需要，绘本成为传播儿童文学的一种独特样式，为儿童所喜闻乐见。需要注意的是，绘本并非都是儿童文学，作为儿童文学的绘本，必须具有儿童文学的内核。

戏剧将儿童文学的内容立体化、活动化，使儿童通过活灵活现的人物、形、声、景及其变化，感受儿童文学作品，甚至参与互动。

电影和电视以活动的画面叙述故事，塑造人物形象，是传播力最强的传播形式，对儿童具有强大的冲击力和感染力。影视剧本是文学的一种体裁，因为儿童并不适合阅读影视剧本，本教材不列专题讲述。

多媒体和网络正在蓬勃发展，它们可以让儿童文学作品加快传播速度，不受时空限制。但也易于产生粗制滥造的作品。网络游戏，尤其是专为儿童设计的游戏，有一些也带有故事情节，与儿童文学相关，是教师和父母值得关注的。

今天的儿童文学可以借助各种媒介进行传播，可以更广泛、更平等地让不同阶层的儿童享受。充分发挥各种媒介的长处，避免短处，是值得儿童文学研究者和传播者注意的一个方面。

由于传播形式不同，儿童文学形式类别也不同，但无论何种传播形式，其本质必须遵循文学的基本性质——运用语言塑造艺术形象，表现人们对社会的认识，表达思想感情。

严格地说，绘本、影视、网络是传播的媒体方式，并非儿童文学的本体，但儿童文学与这类传播形式结合后，内容表达也有适应传播形式的要求。如影视传播，主要借助活动画面来表达内容，这就有如何将文字表达转换为活动画面的问题。如何有效应用相应的传播形式，是当前儿童文学理论需要研究的。

探究·实践

1. 儿童文学最大特征是什么？试举例说明。
2. 举例说明儿童文学与成人文学的主要区别。
3. 请以当代儿童文学作家曹文轩、郑渊洁或杨红樱为例，简述成人儿童文学作家的取材方向。
4. 阅读安徒生的《海的女儿》以及中国古代的《弟子规》，讨论它们各自是不是儿童文学作品，并写出读书报告。

第一编

儿童文学与儿童发展阶段的关系

由于儿童处于生长发育时期，每隔三五年就会显现出与前一阶段不同的生理、心理、认知、表达、情感指向特点，这就决定了儿童文学与成人文学相比具有更加鲜明的阶段性。因此，研究儿童不同发展阶段的特点及其对儿童文学的阶段性要求，探究各阶段儿童文学的常见样式、表现手法和作用，是十分重要的。

第一章　概　述

【学习提示】

本章主要从决定儿童年龄特点的三个基本因素，即生理因素、心理因素和社会化程度入手，阐述了儿童文学与儿童发展阶段的关系。本章涉及心理学和文学接受方面的理论，引述了一些有代表性的专家学者的观点和论述供学习者参考。学习时应重点掌握儿童文学的阶段划分，把握儿童文学的功能以及儿童是如何接受儿童文学的。

儿童发展阶段的差异，对于儿童教育有重要的制约作用，同样，对儿童文学也有重要的影响。国外有些国家按儿童发展阶段分别编排儿童读物，就是充分考虑了儿童的年龄特点，使一定的内容、形式适合相应年龄的儿童，以达到最佳效果。对儿童读者对象的发展阶段特征予以重视，能使文学作品发挥它应有的作用，对于儿童文学的创作和欣赏也是十分有意义的。

第一节 决定儿童年龄特点的基本因素和儿童文学的阶段划分

儿童文学是以儿童为读对象的，而儿童有不同于成人的特点，这些特点形成了他们对文学的不同要求，也形成了他们接受文学作品的特点。无视这些要求和特点，就不会有真正为广大儿童所喜闻乐见的儿童文学。

一、决定儿童年龄特点的基本因素

儿童的年龄特点，是指儿童在成长发育过程中与一定年龄相对应的相对稳定的生理特征、心理特征和社会化程度的综合表现。儿童时期是整个人生的重要时期。儿童时期有其总的特点，即由各方面的不成熟向比较成熟发展。在这一时期，儿童不仅在生理、心理上正在由不成熟向成熟转化，而且还要完成从“生物人”（亦称“自然人”）向“社会人”的转化。但这一转化，在不同发展阶段又表现各异。我们可以发现这样一个现象：对于同一篇儿童文学作品，学龄儿童与学龄前儿童的兴趣和感受会很不相同，前者感到有兴趣的，后者可能不懂；后者感到有兴趣的，前者可能不屑一顾。究其原因，是因为发展阶段上的差异，造成了生理、心理发展上的差异，造成了社会实践上的差异，也就造成了他们对儿童文学作品的注意、接受和理解上的差异。换句话说，即使同在儿童时期的儿童，因年龄上的差异，还需要进行更细一层的阶段划分。

那么，究竟是什么因素决定着儿童的年龄特点呢？我们认为，基本因素有三个，即生理因素、心理因素和社会化程度。这三个因素交互作用，构成了一定阶段儿童的年龄特点。

1. 生理因素

生理因素是儿童发展的物质因素，它为人的活动提供最基本的物质条件。生理因素包括遗传、大脑的结构和机能、人体运动器官、内脏器官和生殖器官等。它影响着儿童大脑的发育和成熟，影响着人的活动能力等。没有这一因素，就谈不上人的其他因素，而这一因素的发展，具有明显的阶段性。举例来说，一个人从出生开始，到1岁左右才能独立行走。独立行走意味着手的解放，意味着人具备了参与社会实践的可能性，同时也就具备了接受儿童文学影响的可能性。就一般儿童来说，独立行走要到1岁左右，因为此前儿童的骨骼、脊椎尚未发展到能支撑起全身并使之达到初步平衡的水平。由此可见，生理发展上的阶段性，是确定儿童不同发展阶段的重要因素之一。

自然人生理的变化伴随着人的一生，而在儿童时期最为突出。以往我们重视人的社会性方面，而对人的自然性方面重视得不够，这也就使我们对文学中一些涉及人的自然性方面的内容，无从把握和理解，陷于一种不自觉中。

2. 心理因素

心理是人脑对客观世界的主观反映，心理活动是作为实践主体的人与客观世界交互作用的结果。心理因素主要包括认知因素、情感因素和意志因素。认知因素包括感觉、知觉、注意、记忆、想象和思维等，是人最基本的心理活动，人的其他一切心理活动都是以它作为基础的。情感因素是客观事物与人的需要之间关系的反映，它决定着人们对事物的态度。意志是人们有意识地调节自己行为的心理活动，它对人的行为取向具有重要的意义。

心理因素与生理因素有密切的关系。一定的生理条件对心理活动有着制约作用。没有感觉器官，就没有感觉这一心理活动。同时一定的心理活动又会引起生理活动的变化。情绪情感上的愤怒会导致心跳加快、血压上升等生理变化。

心理发展与生理发育密切相关，而心理发展自身也需要一个积累过程。因此，心理因素也是区别不同发展阶段儿童特点的一个尺度。

3. 社会化程度

所谓社会化，就是人由“生物人”成长为“社会人”的过程。社会化是一个人在与社会交互作用中学习生活技能和行为规范，以取得社会适应性，并且在此基础上推动社会前进的过程。社会化过程最核心的是人际交往。在这一过程中，人发展了语言，学会了处理人际关系，确立并加强了性别意识、民族意识等。儿童在社会化过程中还将发展并形成自己的人格。社会化是一个历史过程，而每一个阶段社会化的综合表现体现出社会化的程度，这种程度也是确定儿童不同发展阶段的一个可参照的基本因素。

社会化程度与生理和心理有密切关系，是生理因素与心理因素综合、外化的结果，同时对儿童的生理发育、心理发展，特别是儿童人格的形成有协调或抑制的作用。

根据生理因素、心理因素和社会化程度，我们就可以说明儿童的年龄特点和儿童不同发展阶段的特点，这也是我们研究儿童文学、创作儿童文学的重要理论基础及实践依据。

二、儿童文学的阶段划分

儿童发展阶段一般分为：

（1）婴儿期（1—3岁）；

（2）幼儿期（3—6、7岁）；

（3）童年期（6、7—11、12岁）；

（4）少年前期（11、12—14、15岁）；

（5）少年后期（14、15—18岁）。

我们认为，儿童文学的接受与儿童生理条件、心理条件有着密切的联系。儿童对于文学作品的接受与欣赏，还与接受者先期积累的各种经验特别是社会生活经验有密切的关系。又由于婴儿期儿童还很难接受儿歌以外的文学体裁，因此我们不对婴儿期文学作专章论述，而将它与幼儿期文学合并为婴幼儿期文学。这样，我们将儿童文学按儿童发展阶段划分为：

（1）婴幼儿期文学；

（2）童年期文学；

（3）少年前期文学；

（4）少年后期文学。

本编第二章至第五章将对此逐一展开论述。

第二节　儿童文学的功能

儿童时期是人生中最为重要的发展时期。在儿童时期，人的一切因素都在发展中，生理上发育迅速；心理上由朦胧状态逐渐分化，以至初步形成独立的人格；从社会化进程看，儿童以“生物人”为起点，通过与社会的交互作用，逐步获得社会生活的适应能力，并初步成为社会的一员。在这一时期，儿童不仅需要大量的物质营养作为身体发育的动力，而且需要吸收大量的知识丰富自己的头脑，还需要用美来陶冶性情，调节人格的全面发展，并以这些作为心理发展、社会化发展的动力。

一、儿童文学具有文学的一般功能

文学作为人类文明的产物，已成为人们认识、反映和解释世界的重要工具。文学可以不受时空限制，广阔地描写自然的景物，反映社会的人和事，告知人们已认识的事物，也可以通过幻想的手法启迪人们去探索未知事物、探索未来，因此，文学具有认识的作用，而且这种认识作用具有以语言塑造艺术形象表现世界的特点，较之科学和哲学更易为人们所接受。

文学常涉及歌颂与谴责的问题，这是任何国家、民族，任何历史时期的文学都具有的。它或者对某种生活和生活中的人物在思想道德上进行肯定性的歌颂，或者对某种生活和生活中的人物进行否定性的谴责，或者对生活中的现象和人物进行形象性的剖析，使人认识到有价值的部分和无价值的部分。因此，文学具有明显的教育作用。但这种教育作用是通过文学形象的塑造来体现的，是诉诸审美情感的，是潜移默化的感染，而非强制性的说教。

前面我们说文学的认识作用和教育作用有它自己的特点，这种特点就是，文学通过带着作者强烈的主观感情色彩的形象来帮助接受者认识世界，并进而受到思想道德的感染。这种认识作用和教育作用，是以作者自己的美学理想和艺术技巧体现出来的。人们在接受文学作品的过程中，不仅得到了某种认识、某种教育，同时也获得了美感。美感具有协调人格全面发展的重要作用。美育作用也就成为文学的最基本作用。

此外，文学还有娱乐作用和宣泄作用。前者可以使接受者在接受文学作品时产生快感，这种快感可以是功利性的，也可以是非功利性的。后者则可以使读者在阅读文学作品时，排遣精神上的过重负荷和有害身心健康的不良情绪，得到如释重负般的心理愉悦。

二、儿童文学的特殊功能

儿童文学本质上是文学，它具有一般文学的上述功能。除此之外，儿童文学对于儿童还有一些特殊功能。儿童处于由“生物人”成长为“社会人”的过程之中，首先要认识自然，认识和适应社会，并且认识自己。儿童文学可以不受时空限制，以其广阔的题材表现古今人和事，展现社会和自然风貌，帮助儿童扩大眼界，提高他们的认知能力和认识水平。瑞典女作家塞尔玛·拉格洛芙的长篇童话《尼尔斯骑鹅旅行记》，就是通过主人公尼尔斯骑鹅旅行的见闻、经历和饶有趣味的故事情节，巧妙地介绍了瑞典的人文和地理。这本书出版后不仅成为瑞典在校儿童了解祖国、增长知识不可缺的读物，而且还成为世界儿童热爱的童话经典。

儿童时期是儿童思维、想象和语言迅速发展的时期。文学以其形象性的思维、色彩斑斓的艺术想象和生动的文学语言，引导并促进儿童思维、想象和语言的发展。幼儿阅读儿歌，可以训练他们的语言表达能力；听故事和童话，可以促进他们思维和想象的发展。对于其他年龄段的儿童，儿童文学也具有这样的作用。

儿童时期是儿童学习道德规范、养成良好行为习惯的重要时期，也是儿童确定人生观和世界观的初始阶段。帮助他们在这一阶段较好地成长，无疑是十分重要的。儿童文学可以用鲜明、生动的艺术形象，帮助儿童辨别善恶、真伪、是非、好坏，养成批判精神，促使儿童思考自己的人生道路。量子力学的创始人、丹麦科学家玻尔就曾向人们说过，《尼尔斯骑鹅旅行记》对于他走上科学研究的道路具有深刻的影响。不少有成就的人都能说出对自己成长起过重要作用的儿童文学作品。

儿童时期是儿童情感迅速发展的时期，也是儿童养成良好心理素质的重要时期，这就需要培养儿童有利于身心健康的良好情感以及控制情感的能力。在科学技术飞跃发展的今天，当人们急切地将自己所拥有的思想、经验、知识和能力轮番地甚至万管齐下地灌输给儿童时，往往忽视了他们心灵和情感的发展。而这种发展对于现代人，对于趋于全面发展的未来人来说，是至关重要的。心灵与情感的发展是思想、知识、经验和能力的发展所无法替代的。促成心灵与情感发展的主要途径之一，就是文学艺术。只有通过审美体验和审美创造，人才能学会注意自己的心灵，才能成为真诚而情感丰富的人，才会对自己的人生有一种深刻而真挚的眷恋。文学作品常常把作者体验过的情感，通过文学的语言表达出来。因此，儿童文学可以帮助儿童体验和习得人类的情感，陶冶性情，同时，还可以帮助儿童减轻或解除在现代社会中容易产生的紧张、不安、恐惧等有害身心健康的情感负荷。

游戏是儿童认识并适应社会，建立初步人际关系的重要途径，也是释放过盛精力，开展健康娱乐活动的主要途径。儿童文学中有一部分作品正是为配合儿童的游戏而创作的，这些作品可以引导、帮助儿童开展健康有益的游戏娱乐活动。我国著名作家柯岩所写的儿歌《坐火车》就是游戏性很强的儿童文学作品。儿童可以伴随着游戏来吟唱这首儿歌，在快乐气氛中了解坐火车的常识，并初步接触到如何协调人际关系。

儿童发展最终趋于形成比较完善的人格，以适应面向国家与世界，面向现实与未来的需要。这就要求儿童身心协调发展。美育是人格协调发展的保证和途径，它告诉人们在自身发展中应该怎样，并以这种认识促进人格趋于完善。儿童文学的美育作用，不仅可以提高儿童对美的感受能力，而且可以促进儿童人格的协调发展。儿童文学的这一作用往往不能立即明显地表现出来，但它的深层作用会随着儿童年龄的增长而渐渐地显现出来。

儿童的生理、心理和社会化程度在不同发展阶段具有很大的差异，儿童文学想要发挥好自身的作用，就要适应不同发展阶段儿童的特点。关于这一点，我们将在本编第二章至第五章展开论述。

第三节 儿童对儿童文学的接受

文学作品由作家写出后，就开始了被读者接受的过程。在这一过程中，诸如读者接受什么作品、接受作品中的什么、是如何接受的等，都是值得我们研究的问题。儿童文学的读者是儿童，儿童一般还不能自觉地去选择儿童文学作品，他们在刚开始接触文学作品时总是要父母、老师给予讲解和指导，并且对儿童文学作品的接受有着自己的一些特点。研究这些特点，不仅对儿童文学的创作有意义，而且对于确定适应不同年龄段儿童的合适作品和指导儿童阅读、欣赏儿童文学作品也是有意义的。下面我们从两个方面来探讨儿童对儿童文学作品的接受问题。

一、文学接受的一般原理

文学接受在本书中具有特定的含义。所谓文学接受，是指读者注意文学作品、初步阅读或听讲作品，以至产生兴趣的过程。它不同于欣赏——接受可能是被动的，也可能是主动的，具有较大的随意性；欣赏往往是一种自觉的行为，往往是有目的的。接受的结果是产生兴趣，进而进入欣赏阶段；欣赏的结果是对作品产生美感。接受的关键是读者对作品的某一方面产生兴趣，而欣赏则要在全面理解作品意义的基础上对作品进行审美。

人们对文学作品的接受，一般要具备心理和社会以及文化三个方面的基础。

1. 心理方面

从心理方面来说，读者有了阅读的欲望、注意、初步认识，在情感上产生了兴趣，然后才谈得上对作品进行全面的探求。在心理学的意义上，接受首先以需要为基础。需要理论是心理学家广泛研究的重要课题，近几十年已取得重要的成就。美国心理学家马斯洛关于需要的理论提出需要有五个层次。第一是生理的需要，这一需要与人的生存、生理有直接关系，是人与动物所共有的，包括饮食、性、排泄和睡眠等。第二是安全的需要，这是指在生理的需要得到满足后，作为支配动机显露出来的需要，包括住宅、工作场地、秩序、安全感、可预言性等。第三是从属和爱的需要，它是在第二层需要基本得到满足的前提下，个人开始受交往需要的驱使而产生的需要。第四是尊重的需要，一方面是要求别人重视自己，相应产生的威信、认可等情感；另一方面要求自尊，与此相应的也有适应、认可等情感。第五是自我实现的需要，它是一个人自我进步的愿望，是将自己的潜能变为现实的需要。马斯洛将这些需要分为有序的层次，且后一层次以前一层次为基础。但也有一些心理学家指出，这些需要实际上可以同时出现，可以相互起作用，可以有所超越。一个儿童，在他的成长过程中，每一阶段的需要有不同侧重，但总体来说，也是具有这五种需要的。马斯洛的需要层次理论，可以帮助我们研究儿童对文学的接受问题。

注意指有意地指向和集中于一定对象或活动的心理状态。注意以需要为动力。就文学作品而言，当小读者看到一篇作品的题目，或看到作品开头的几句话与他潜在的需要相吻合时，他便开始排除其他一些与这种需要无关的心理活动，而将心理活动指向这篇文学作品。但是注意力的指向还不等于兴趣。由注意转向兴趣，还要经过对作品的初步认识过程，即听讲或阅读过程。

进入初步的阅读过程，是指读者在阅读中找寻自己需要的东西，拉近自己与作品的距离，即读者摆脱现实的功利，以超然的心态去欣赏艺术作品；因此这个时候读者还没有真正进入欣赏阶段。但是，如果读者在阅读的过程中，发现了越来越多自己需要的东西（这些需要有时读者能自己意识到，有时则不一定能被读者意识到），这时就产生了对作品的兴趣。

兴趣是个体对客体选择性的态度，由客体的意义对个体情绪上的吸引力所致。兴趣能引起个体积极的活动。巴甫洛夫把兴趣视为增强紧张度，引起大脑皮层活动状态的因素。符合兴趣的活动容易实现，而且能产生较大的效果。兴趣按内容倾向可以分为物质的、精神的、专门的、社会的；按对活动过程的态度可以分为直接的兴趣（对活动过程本身的兴趣）和间接的兴趣（对活动结果的兴趣）；而按效能水平的不同可以分为消极的兴趣（即兴趣局限于对客体的知觉）和积极的兴趣（即要求掌握客体的兴趣）。阅读文学作品的兴趣是一种精神上的兴趣。在阅读具体作品时，读者对作品可以产生间接兴趣，如对情节的发展结果、人物命运的兴趣；也可以产生直接兴趣，如作品是如何表现人物性格、表达作者自己的思想感情的。读者在阅读文学作品时，可以以旁观者的态度去观察作品所写的人物、事件，产生消极的兴趣；也可以把自己与作品描写的人物、事件联系起来，注入自己的情感，加入自己的理解，甚至与作品中的人物“同呼吸、共命运”，从而产生积极的兴趣。读者在对作品产生兴趣后，就会对作品所反映的生活意义，作品中所蕴含的情感，以及作者如何表现，展开较深层次的探求和体会，即进入欣赏阶段，到这个时候，我们可以说作品被读者从心理上接受了。

2. 社会方面

从社会学角度上说，接受是指作为社会成员的个体，依照自己所受的社会行为规范、价值观、文化传统的影响，对作品的认可。

文学作品能否被接受，首先在于它是否具有社会性意义，是否表现了人们所关心的社会问题以及人自身的问题。无论这种表现是直接的还是间接的，是显露的还是隐晦的，是从美的角度还是从丑的角度，是从积极的角度还是从消极的角度，这种社会性意义是文学作品被认可的潜在条件。有这一潜在条件的存在，才有读者对作品的认同。这种认同或是肯定的，或是否定的，或是肯定、否定兼而有之的。

其次，一部作品能否被接受，还在于它是否表现了某种社会情感。文学作为一种艺术，情感是构成它的基本要素，没有情感的作品不是文学作品。文学作品表现的情感可以是各种各样的，但是只有当情感具有某种社会意义时，才会引起读者的共鸣，为读者所接受。

3. 文化方面

这里的“文化”主要指一个民族的生活方式所依据的共同观念体系。文学作品能否被读者所接受，与读者的文化背景有关。当然这里的文化背景也不是单一的、不变的。如当我国小说、电影中开始引入意识流手法时，许多人看不懂，不理解为什么要用这种手法。这与我们传统的思维习惯有关。中国古典文学中的叙事作品一般都习惯按事件发展的过程来结构作品，而不太以情感的逻辑作为结构的依据。由此可见，文化也是决定作品能否被接受的一个因素。

从心理、社会和文化的角度来探讨文学作品的接受问题，目的是希望找到一条途径，一条既通向作者又通向读者的切实可行的途径，使儿童对儿童文学的接受能取得最佳效果。

二、儿童如何接受文学作品

儿童在接受文学作品的过程中，有上面我们所描述的一般规律，也有自己的特点。这些特点我们可从以下方面来探讨。

1. 儿童的需要是一个动态过程

由于整个儿童时期包括若干发展阶段，而每一个阶段的发展又是很不相同的，因此在需要上儿童有自己的一些特点：由低层次的需要向高层次的需要发展；由单纯的需要向复合的需要发展；由模糊不清的需要向自觉的需要发展。这种需要在文学接受中如何表现呢？我国有些文学心理学的研究者提出了“期待欲”的概念[①]，用来说明欣赏者进入并继续欣赏活动的一种能动的欲望。这种理论对于研究儿童文学的接受问题是很有意义的。他们将“期待欲”分为四大类：

（1）感官欲的替代性满足；

（2）认知欲的满足；

（3）功利欲的替代性满足；

（4）自由的审美培养。

我们可以把这四个方面看作读者在阅读听讲文学作品前一种待激发的潜在需要。这里的某种需要或某几种需要一旦被触动，就会引起读者的注意和接受，进而就有可能进入欣赏的殿堂。参照有关“期望欲”的理论，我们可以作这样的分析，儿童对文学作品的需要从以感官欲的替代性满足、认知欲的满足、功利欲的替代性满足逐次上升到初步的自由审美境界。而发展到儿童中、后期，这些需要呈交叉的状况，但这种需要的层次差别相对成人来说，仍是比较模糊的。不同发展阶段的儿童对文学在内容和形式上有不同需要和要求，如婴幼儿处于社会化过程的初始阶段，他们在很大程度上依靠生物本能来了解他们所面临的陌生世界。因此，儿童文学作品应满足他们感官欲方面的需要，描写他们触摸过、看到过、听到过的小动物和小玩具，使他们在听儿歌、故事时，联想起这些事物，得到生理和心理上的满足。

2. 儿童的注意处于动态发展中

儿童由注意力不易集中、集中时间较短，发展到能对注意力有所控制，注意力能持续较长时间；由以无意注意为主发展到以有意注意为主。因此，儿童文学作品作为对儿童读者的外界刺激物，要在刺激点和刺激强度上适应不同发展阶段的儿童。对年龄较小的儿童来说，由于认知水平限制，他们容易对自己所熟悉却又有新鲜感的事物和人产生刺激反应。而对于年龄较大的儿童来说，具有一定陌生感、新奇感的事物和人，比较容易对他们形成刺激。因为年龄较大的儿童有知识和社会经验的积累，会产生更强烈的探求欲望。文学作品为适应这一特点，就要注意在作品的人物与情节设置、作品开头的吸引力、作品的语言等方面特别下功夫。

3. 儿童阅读作品源于作品能引起他们的兴趣

由于年龄原因，儿童的阅读能力还较弱。阅读依靠眼球运动，眼球运动的快慢决定阅读速度的快慢。而眼球运动的快慢又受读者原有知识水平、语言能力、注意力和作品本身的难易度、生动性强弱的影响。以婴幼儿为例（他们主要不是“读”文学作品，而是“听”文学作品），他们在语言上刚起步，处于在语言和事物、事

---

① 钱谷融、鲁枢元《文学心理学》（修订版），华东师范大学出版社，2003。

件间建立联系的阶段，他们的思维形式是具体形象的，他们的思维速度较慢，为此故事不能抽象、复杂和过长，所用词语也应简单、明了，容易为他们所理解。对这些涉及内容与形式的特定要求，儿童文学作者务必牢记于心。这样创作出来的作品才能使小读者较快地越过阅读过程，对作品产生兴趣。

以上我们为了分析上的方便，把儿童对文学作品的接受描述为需要、注意和产生兴趣几个阶段。其实，在儿童的实际接受过程中，这些阶段的转换是很快的，界限也不一定这么清晰。但我们认为，只有把一个动态过程分解为相对的几个静态阶段，才能找出儿童接受文学作品的规律。

探究·实践

1. 列出儿童文学的阶段划分。
2. 儿童文学的特殊功能表现在哪些方面？
3. 儿童接受儿童文学作品有哪些方面的特点？试举例说明。

第二章　婴幼儿期文学

【学习提示】

本章主要对婴幼儿的年龄特点，婴幼儿期文学的要求、常见样式、表现手法和作用进行了阐述。学习时应重点掌握婴幼儿期文学的要求、常见样式和表现手法。

婴幼儿时期是指1—6、7岁这个年龄阶段。这一阶段实际分为两个阶段，1—3岁称作婴儿期（有的心理学家称之为前幼儿期），3—6、7岁称作幼儿期。婴幼儿时期是个体发展的重要时期。作为人的一切必要条件，都在这个时期内萌芽。由于生理上的发展，婴幼儿的活动范围在扩大；由于思维语言的发展，他们有了理解别人语言意义的初步能力；由于人际关系的扩大，在游戏、模仿中，他们逐步具备最初的社会思想感情、社会道德行为规范意识和人际交往经验。这一切使婴幼儿有了接受文学艺术的可能性，他们也就有可能通过文学认识自然，了解社会和人自身。儿童文学只要适应他们的年龄特点，就能够对婴幼儿个体的发展起到积极的作用。

第一节　婴幼儿的年龄特点

与婴幼儿期文学密切相关的，是婴幼儿的生理、心理以及社会化发展的特点。下面对此作概要论述。

一、婴幼儿的生理特点

婴幼儿处在个体发展的最初阶段。这一阶段的个体生理发育非常迅速，为心理发展、活动范围扩大、社会化进程推进准备了必要的物质基础。我们从婴儿期和幼儿期两个阶段来分析婴幼儿的生理特点。

婴儿期是孩子身体迅速发育的时期，他们身高增加，体重增加，3岁儿童的脑重量已增至成人脑重量的2/3。婴儿大脑皮质增厚，皮质神经细胞不断扩大，皮质细胞分化已基本完成，皮质的抑制机能已有发展，冲动性逐渐减弱。这就有利于他们对外界事物进行分析、综合，从而使自己的各种心理过程逐渐地发展起来。在较好的营养、卫生条件下，如果父母从婴儿期起就注意进行合理的教育，能促进儿童大脑的发育，改善儿童的生理素质。当然，婴儿的抑制能力还是很差的，他们易激动、易疲倦、易受外界的影响，因而注意力相对来说不集中、不稳定。

幼儿身体迅速地发育，但较前一年龄段相对缓慢，个体各个组织和器官都在不断地发育。由于大肌肉的发展，幼儿会不知疲倦地从事各种活动。5岁时，幼儿的小肌肉开始发展，他们已能从事绘画、写字等活动。幼儿的脑重量在继续增加，到幼儿后期相当于成人脑重量的90%。脑的功能也不断趋于完善，神经系统的兴奋与抑制能力都有所增强。兴奋能力的增强，表现在觉醒时间延长，睡眠时间相对缩短；抑制机能的增强，表现在儿童已能较好地控制自己的行动，对事物的分辨已更加精确。

婴幼儿动作的发展和他们身体的发育密切相关。婴幼儿通过积极的活动形成和发展自己的心理，同时已形成的心理又反过来调节以后的动作。动作的发展不仅影响到心理发展，也直接影响到儿童活动的范围。婴儿动作的发展主要表现在随意地独立行走和用手摆弄物体两个方面。

婴儿很快学会了独立行走。婴儿一旦迈开最初几步，就会很快学会随意地、协调地独立行走。在学习走路的过程中，由克服困难而引起的积极情绪，又会进一步促使婴儿不断练习。这样，婴儿的行走动作很快熟练起来。两岁以后，婴儿不仅走路自如，还能学会跳、跑、翻越、攀登等复杂动作。

行走动作的发展，对个体活动范围的扩大有决定性影响。它使儿童不但有可能主动地去接触各种事物，而且也可以从各个方面去认识物体，这就大大扩展了儿童的认识范围，也发展了他们的空间定向能力。这对于儿童的心理发展和社会化发展均有重要的意义。

1岁后婴儿手的动作继续发展，越来越复杂、精细，手能逐步熟练、灵活、准确地运用物体。婴儿手的动作的发展，使他们认识了事物的各种属性和联系，发展了知觉的完整性和具体思维能力。经过一个较长的阶段，儿童认识了一类事物的共同特性，他们的知觉更有概括性，这为概括表象和产生概念准备了条件。

到了幼儿阶段，儿童不仅能走、跳、跑、摆弄物体，而且在日常生活活动中具备了初步的独立能力，能做出比婴儿更复杂的动作。他们的心理发展和社会化发展达到了更高的水平。

婴幼儿身体的发育促进了动作的发展，而动作的发展又为婴幼儿的心理发展和社会化发展奠定了基础，也为婴幼儿接受和理解儿童文学作品提供了不可缺少的物质条件。

二、婴幼儿的语言发展特点

过了乳儿期，婴幼儿在生理上已具备了发展语言的各种条件。在这一时期，语言的习得和发展对于儿童来说至关重要。它对日后个体的心理，特别是思维的发展和社会化中的人际交往有着极其重要的意义。对于儿童文学来说，无论从创作的角度，还是从接受的角度，儿童语言发展的特点都有研究的价值。儿童的语言能力是智力水平的主要标志。儿童掌握语言需要经历一个相当长的过程。通常以儿童能说出的第一批真正能被理解的词为界，我们将语言发展过程划分为语言发生期（婴儿期）和语言发展期（幼儿期）两个阶段。

婴儿期是儿童语言发生时期。1岁至1岁半是儿童积极理解语言的阶段，这种理解发展较快。近1岁半的儿童已能看懂图画或听懂成人讲的简单故事。

1岁半至3岁是儿童语言积极发展时期。在这个时期儿童语言的积极发展具体体现为词汇量增加，句子结构从单词句转变为双词句、多词句，语言的概括能力和调节能力都明显得到发展。在这一时期，儿童喜欢说话，听童话、故事、诗歌，并能记住一些简单内容，甚至还会学着大人的样子向小朋友复述一些故事内容。

幼儿期是儿童语言迅速发展时期。具体表现在，儿童掌握了基本的语法结构，连贯性语言逐渐发展起来，出现了较复杂的修饰语，产生了自我中心语言，即伴随着动作和游戏而进行的自言自语。幼儿期是儿童掌握口语的最佳时期，是接受启蒙教育的最好时期。在促进儿童语言发展方面，儿童文学大有用武之地。

婴幼儿时期儿童语言的发展，使他们能通过语言媒介接受和组织外界传播来的信息，并能通过语言间接地认识、了解自身以外的事物。语言的发展，使人际交往有可能朝深刻性的方向发展，也使这一时期的儿童在思维上有了飞跃性的发展。婴幼儿期文学应当适应婴幼儿语言发展的这一特点，并促进他们语言的发展。

三、婴幼儿的心理特点

这里我们主要对与儿童文学有关的婴幼儿心理特点，从认知、情感、意志和意识等方面加以说明。

1. 婴儿的心理特点

随着动作和语言的发展，婴儿的心理在各方面都有了重要的发展。语言的发展使婴儿的各种心理现象发生了本质的变化，人所有的心理特点都在这一阶段产生。词的思维初步形成，意识和自我意识开始萌芽，心理活动的概括性和随意性间或出现，这些都是婴儿心理发展的特点。但由于处于萌芽状态，心理活动还受外界刺激和动作的直接制约，所以具有明显的直觉行动性和不随意性。

婴儿的感知觉有了进一步发展，主要表现在感知觉比乳儿精细。由于听觉、视觉的发展，知觉开始具有概括性和随意性。随着动作与活动，特别是随意行走的发展，到2、3岁时，婴儿已出现了最初的空间和时间知觉。

婴儿的无意注意在发展，有意注意也开始萌芽。随着独立行走和用手摆弄东西，婴儿已开始靠注意来探究世界。他们对鲜明的活动的东西和环境中突然出现或消失的东西反应特别敏感。婴儿初期，随着语言的发展，儿童在成人的要求下渐渐能做一些力所能及的事，这时出现了有意注意的萌芽。

婴儿的无意记忆仍是主要的，婴儿记忆也依赖客体的形象性、生动性和新奇性。婴儿期已出现了再现现象。他们容易记住那些富有情绪色彩的事物，特别是使他们愉快的事物和引起害怕、痛苦的事物。婴儿的记忆是非常具体而不系统的，他们常常记住一些成人不易觉察的小事情和事物的一些细节。他们的识记基本上是无意识记，有意识记开始萌芽。

婴儿的思维随着语言能力的发展而发展，婴儿对事物有了概括的反映，出现了人类思维的低级形式，即依靠自身的感知和动作进行思维。

1岁至2岁的儿童只有想象的萌芽，2岁至3岁时想象才逐渐发展，但依然处于最初的状态。这一时期儿童思维的特点是直觉行动性，他们的思维总是与对物体的感知、与儿童自身的行动分不开的，思维是在动作中进行的。他们在表达思维时语言可能不完整，甚至前后矛盾，但他们的行动却不会出现这些情况。这说明婴儿的思维在很大程度上还要通过行动表现出来。1岁以后，儿童词的思维开始发生，这是由于思维已有了概括性。

婴儿基本具备各种形式的情绪和情感，如愉快和不愉快的情绪。他们的社会情感开始萌芽，他们开始产生最初的道德感和美感。婴儿的情绪和情感极易变化，很不稳定，情感还不深刻、不系统。

婴儿的意志也开始萌芽，他们在行动中能够克服一些简单的困难。2岁到3岁时，儿童表现出很强的独立行动的愿望，什么都要“自己来”，这是意志行动发展的标志。但这时的儿童行动，主要还是冲动性的行动。

婴儿的个性特征已有明显的表现，但还不稳定。婴儿的自我意识已萌芽，主要表现在婴儿开始意识到自己，把自己与其他事物区别开来，开始意识到自己和客观世界的关系，特别是自己和别人的关系，并初步学会了最简单的自我评价。

2. 幼儿的心理特点

幼儿的感觉已由触觉起主导作用变为以视觉、听觉起主导作用，以至幼儿已能靠视觉和听觉来认识事物。而且，他们的视觉和听觉感受力大大增强。这对他们听、看儿童文学作品有直接的意义。幼儿的观察力有了一定程度的发展，但观察的随意性仍较差，情绪性在观察中占主要地位。他们的观察很容易因外界的刺激而转移。

幼儿的注意仍以无意注意为主，有意注意开始形成。

幼儿的记忆有意性开始初步发展，但仍以无意记忆为主。他们以形象记忆为主，但对词的记忆有了发展。文学作品可以帮助幼儿发展这两个方面的记忆。幼儿记忆又是以机械记忆为主的，不过持久性有了相当大的发展，但精确性较差。幼儿在思维再现时，往往只记住对他们富有吸引力的内容，而会遗漏主要的和根本的内容。而且幼儿还常把想象当作现实，造成记忆材料的歪曲。

幼儿思维以形象思维为基本特点，但也出现了逻辑思维的萌芽。他们能掌握一些具体事物的类概念和初步的数概念。正因为如此，在婴幼儿期文学作品中，往往要注意使用好表达具体概念的名词、动词等词类。幼儿思维中还产生了判断和简单的推理，这对幼儿的理解能力有很大的促进作用。

幼儿思维的特殊性，使幼儿在理解事物上具有自身的一些特点。幼儿理解一般不深刻，但呈现出这样一些发展趋势：从对个别事物的理解发展到对事物关系的理解；从依靠形象理解发展到依靠概念理解；从理解事物的简单表象发展到理解事物较复杂、深刻的含义。儿童文学的创作和传播应十分注意这些特点。

由于生活经验的积累和游戏活动的发展，幼儿的想象有了较快的发展，并具有以下特点：无意想象占主要地位；想象与现实混淆，也易脱离现实；幼儿的再造想象占主要地位，而创造想象开始发展。儿童文学应该也有可能帮助幼儿发展创造性想象。

幼儿的情感一般来说还很不稳定，直到幼儿后期仍保留了这一特点，但幼儿情感的稳定性已有所加强。

幼儿的意志在3岁后逐步发展，如自觉性、坚持性和自制力，但水平仍然很低。

幼儿已经形成个性的最初基础，不同个体在兴趣爱好、能力、气质，以及对人、对己、对事、对物的态度上都有明显的差异，但个性还未定型，仍有很强的可塑性。

幼儿的自我意识又有了发展，主要表现在自我评价能力的发展上；他们从轻信成人的评价到开始有独立的评价；他们掌握了一定的行为准则，从而能对外部行为作出简单的评价，并且从比较笼统的评价发展到比较细致的评价。

四、婴幼儿的社会化

人自出生以后，必须经过社会化过程，才能成为社会中的一员。人的心理发展也离不开社会化过程。社会化所要达到的目的有两个方面：首先要获得人的思想、情感、语言以及生存能力，亦即适应社会；然后，在此基础上，把社会推向前进。社会化贯穿一个人的一生。对于儿童来说，社会化主要要达到第一个目的——适应社会，获得人的思想、情感、语言和最初的行为方式等重要特征，并增加对社会的了解，通过学习为获得生存能力打下基础。

婴幼儿处在人生的最初阶段，也处在社会化过程的最初阶段，因此，婴幼儿的社会化程度还是很低的。社会化程度可以从人际交往、社会情感、性别意识以及个性形成等方面加以考察。我们着重从与儿童文学相关的婴幼儿的人际交往和社会情感这两个方面来讨论婴幼儿的社会化问题。

婴儿的人际交往范围很小，交往关系也很简单，他们的活动范围主要是家庭，交往的对象主要是父母。在进入托儿所后，他们的交往范围有所扩大，交往对象有更多的成人和自己的同伴。在这两种交往中，对婴儿社会化进程起作用的主要是与成人的交往。这种交往能帮助婴儿获得人的思想、情感，学会最基本的生活能力和最初步的道德行为规范。在人际交往中，值得注意的是模仿性游戏活动，尤其是对成人特别是父母的模仿。

到了幼儿时期，儿童的人际交往因为语言的发展和独立活动能力的加强扩大了范围。与他们年龄相仿的儿童成为比较重要的交往对象。他们的活动已不限于家庭，甚至也不限于幼儿园。他们上街、串门，去公园、动物园，到工厂和农村去，他们对社会和自然的观察视野扩大了，他们向社会学到了更多的东西。但幼儿的游戏活动仍是他们社会化的一个重要途径，游戏能增强幼儿个体对客观世界的适应性，对其心理发展起着重要的作用。在游戏中，幼儿也开始学习在群体中协调人际关系，学会群体活动中必不可少的行为规范。游戏对幼儿来说是一种特殊形式的社会实践活动，对幼儿的社会化具有极其重要的意义。

幼儿的游戏活动内容逐步丰富、深刻，组织形式日益复杂，集体性逐步增强，各种游戏因素（如环境、主题、角色）在游戏中的地位显著变化。游戏中的计划性、独立性和创造性都逐步增强。在游戏中，幼儿接受了更多的社会思想，有了许多新的社会情感体验，也学会了一些初步的处理人际事务的能力。

从情感上看，婴儿的社会情感开始萌芽。经过成人“乖”与“不乖”一类语言的强化，婴儿已产生了最初的道德情感体验。在看图书时，他们常会用手去“打”他们憎恶的形象，如坏人、大灰狼等。但这种道德感的反应主要出于模仿，而非理解，因此他们的道德感还只处于萌芽状态。此外，由于兴趣和求知欲的满足，婴儿出现了理智感的萌芽。而学习绘画、音乐、手工的又会激发婴儿最初的美感。

到了幼儿期，儿童的社会情感有更明显的发展。在道德感方面，他们已渐渐懂得了一些道理；初步学会在具体形象的水平上把自己与别人的行为表象同社会的道德标准作比较，从而产生了一定的情感体验。由此，在道德行为方面，独立的、主动的行为动机开始产生，幼儿开始掌握一些道德行为规范。在道德判断方面，幼儿逐步摆脱婴儿时期的那种情绪性、具体性和受暗示性，能够初步从社会意义上来判断道德行为的好坏。

幼儿的理智感主要表现在好奇、好问和强烈的求知欲上，有时这种好奇与求知欲会表现为“破坏”行为，例如将东西拆开来细看，喜欢挖掘、窥视洞穴等。幼儿的美感则表现在对新衣、新鞋的喜爱上和对艺术作品的初步欣赏上。

综合本节所述，我们可以看到婴幼儿在生理、心理和社会化程度方面，逐步具备接受儿童文学的条件。儿童文学工作者有责任表现他们的成长过程，并用生动、鲜明的艺术形象引导并促进他们健康地成长。

第二节　婴幼儿期文学的要求

婴幼儿期文学是以婴幼儿为对象，适应他们年龄特点的文学作品。所谓适应在这里包含两层含义：第一，要考虑到婴幼儿生活经验尚不丰富，心理机能还不完善，主要靠视觉和听觉接受文学作品这一特点，即要充分考虑到婴幼儿对文学的接受特点。第二，要考虑到婴幼儿在生理、心理、社会化等各方面处于迅速发育或发展中，婴幼儿期文学应在这些方面促进他们的发展。因此，题材丰富、趣味性强、结构简单、语言浅显的文学作品，都可作为婴幼儿期文学，如儿歌、幼儿诗、短童话、婴幼儿生活故事等。

婴幼儿是靠视觉和听觉感受儿童文学的，文学又是一种语言艺术，所以婴幼儿期文学要十分注重语言的问题。根据婴幼儿语言发展特点，婴幼儿期文学的语言应是口语化的，这种口语化还要考虑婴幼儿语言发展的特点，如使用叠音词、反复等。所以就语体来说，婴幼儿期文学应是口头文学，具有口头文学的一些特点。从这个意义上来说，婴幼儿期文学应该是最鲜明地显示出儿童文学特点的文学。对这一阶段文学的基本要求如下。

一、游戏性

游戏是婴幼儿基本的社会实践活动，这种实践活动还不是真正意义上的社会实践活动，而是以模仿为基本内容的。婴幼儿期文学应反映他们在游戏活动中的情感体验，如欢乐、怨恨、悲伤等，同时，还应引导他们开展有益的游戏娱乐活动。在婴幼儿期文学作品中，往往那些生动地表现游戏过程的文学作品，会特别受到婴幼儿的欢迎。这是因为婴幼儿更注重游戏过程本身，而不太注意它的目的。为适应这种游戏性的要求，婴幼儿期文学要有动感，要迅速变换情节，以吸引婴幼儿的注意力。安徒生的《小意达的花》、格林兄弟的《勇敢的小裁缝》、斯蒂文森的某些儿童诗，都很好地体现了游戏性特点，即在一种看似无意的戏耍中表现了某种意义，因而受到婴幼儿的欢迎。他们在听了这些故事、诵读了这些诗歌后，通常能得到一种情感上的体验，同时也能通过具体的形象，将故事的意义深埋于心中。

二、趣味性

婴幼儿的注意力还不强，但他们容易注意那些他们感兴趣的事物。鲜艳的色彩、奇妙的声响、奇特的景物、夸张而富有动感的故事情节等，都容易引起他们的兴趣。对于婴幼儿来说，儿童文学的第一要旨与其让他们学习了解一些自然、社会知识，不如鼓励他们去探求知识，激发起他们探求知识的兴趣。因此，婴幼儿期文学要特别强调趣味性。而趣味性主要表现在善于用婴幼儿已知、已熟悉的事物去表现他们不知、不熟悉的事物。在婴幼儿童话和故事中，主角通常是一些可爱的小动物，甚至儿童化的成人，把故事情节、环境场面描写得离奇、夸张，正是为了增强作品的趣味性。

三、直感性

这是针对文学形象而言的，婴儿的思维特点主要表现为直接行动思维，幼儿的思维特点表现为具体形象性思维，他们很难深入事物本质，主要通过表象进行思维。因此，婴幼儿期文学要注意直感性。在具体作品上，表现为写具体的物，写物的具体形状、色彩；写具体的事，写事件的具体经过，写具体的行为动作过程；写具体的人，写容易为婴幼儿观察到的体态、表情；等等。直感性是为了适应婴幼儿表象思维的特点，适应婴幼儿刚摆脱以触觉感觉客观事物为主的特点。直感性要求婴幼儿期文学中的描写要注意诉诸婴幼儿的感官，引起他们触摸事物时的体验。由于这种直感性，相应地，婴幼儿期文学的内容是比较浅显的。

四、幻想性

婴幼儿喜欢听童话故事，因为童话具有幻想性，而幻想性又恰恰适应婴幼儿想象易与现实混淆和想象有较强的无意性的特点。婴幼儿还不能很清楚地将自我与客体分开，他们更倾向于喜爱那些夸张的、超现实的形象和故事。根据这一特点，婴幼儿期文学的任何一种体裁，都可以融入幻想性的色彩，即使是表现儿童生活的故事，也应如此。

以上四个要求是根据婴幼儿年龄特点提出的，当然我们还可以提出其他要求，但这四个要求是最主要也是最基本的。适应这些要求的婴幼儿期文学作品，往往会受到婴幼儿的欢迎。

第三节　婴幼儿期文学的常见样式、表现手法和作用

婴幼儿期文学按照内容、形式等来划分，可以分为儿歌、幼儿诗、短童话等十种常见的样式。在表现手法上，婴幼儿期文学必须适应婴幼儿的年龄特点，常使用拟人、夸张、反复等表现手法。一首儿歌、一个故事不仅能给孩子知识和思想教育，也能给孩子带来无比的欢乐。婴幼儿通过文学作品认识社会、认识自然，开阔视野，提高认识。由此可见，文学对婴幼儿的健康成长发挥着至关重要的作用。

一、婴幼儿期文学的常见样式

婴幼儿期文学的常见样式有儿歌，幼儿诗，短童话，婴幼儿生活故事，动物故事，短神话、传说和民间故事，寓言，幼儿散文，科学小品以及幼儿戏剧，绘本等。现分述如下。

1. 儿歌

儿歌主要是由成人创作并向婴幼儿口头传授，为婴幼儿所欣赏和吟唱的歌谣。它主要反映婴幼儿生活、思想、感情和他们对客观事物的认识，是婴幼儿最早接触的文学样式之一。婴幼儿不一定对儿歌的内容完全理解，但他们在聆听母亲温柔吟唱的和谐、优美的儿歌时，能体验到母亲的爱抚，获得心理上的满足和美的享受。儿歌伴随着婴幼儿长大，它起着其他文学样式不可替代的作用。

2. 幼儿诗

幼儿诗是为幼儿创作的，适合幼儿阅读、欣赏的一种自由诗。它的特征是：构思精巧、意境优美、语言凝练、富有幼儿情趣。如望安（原名李望安）的《雪花》：

雪花，雪花，
你有几片小花瓣？
我用手心接住你，
让我数数看：
一、二、三、四、五、六。
咦，刚数完，雪花怎么不见了？
只留下一个
——圆圆的亮亮的小水点。

这首诗体现了一个好奇的孩子急于探索大自然奥秘的神态，以小见大，描写单纯而集中，对景物的每一个细小的描写都融入了幼儿的情趣，体现了幼儿诗意境的独特之处。

3. 短童话

短童话是供婴幼儿欣赏的、具有浓厚幻想色彩的虚构故事。它的特征是：第

一，借助幻想塑造假想的但又具有现实依据的形象，富有象征或隐喻意义，使孩子从象征或隐喻性形象中产生某种联想，从作品中的象征或隐喻性形象和故事情节中体会作品的主旨。如彭文席的寓言《小马过河》就是给孩子一种隐喻，使他们从小马不光听别人说，还要亲自试一试的做法中自然地联想到自己，从中受到教育。第二，通过强烈的夸张和拟人的艺术手法来表现虚构的幻想境界，突出神奇的童话形象，使婴幼儿感到紧张而有趣，使他们幼小的心灵被强烈地刺激。当然夸张也要符合事理逻辑。如杨冶军的《会滚的“汽车”》就运用夸张、拟人的手法，歌颂了大木桶的热情、勇敢，谴责了狐狸的贪婪、狡猾。第三，故事主题单一，结构紧凑、完整，语言生动、有趣而口语化。

4. 婴幼儿生活故事

生活故事是描绘婴幼儿生活图像的故事。它的特征是：取材于婴幼儿的家庭和幼儿园内外的生活；有真人真事的记叙，也有虚构的典型表现，有热情的颂扬、赞美，也有善意的批评、讽刺；通过人物动态描写，组合情节，展现矛盾冲突，表现主题，展示婴幼儿的天真无邪，充满稚气、活泼、可爱的情趣。如安伟邦的《圈儿圈儿圈儿》，生活气息浓厚，使小读者如同看见了生活中不爱写字的小伙伴，甚至从中照见了自己。

5. 动物故事

动物故事是描述动物的行动、生活习性及其相互关系的故事。动物故事的特征是：以丰富的想象、形象化的故事情节和动物的典型形象，生动有趣地介绍动物的习性特点，或间接地反映人类社会生活、人与人之间的关系，帮助孩子增长知识，陶冶情操。加拿大作家西顿的《狼王洛波》讲述了老狼等动物的生活史，情节动人，文字生动、有趣，深受儿童喜爱。

6. 短神话、传说和民间故事

神话是反映古代人民对世界起源、自然现象和社会生活的原始理解的故事。它的特征是：以无所不能的“神”为主要形象，具有丰富的想象、大胆的幻想和神奇的故事细节。如《后羿射日》《盘古开天辟地》等，都闪耀着古代人民幻想征服自然、战胜敌人的思想光辉。

传说是人民口头创作并在民间长期流传的一些叙述过去事情的故事。它在一定程度上表现了人民群众的要求与欲望。它的特征是：以有奇才异能的人为主要形象，具有强烈的幻想和传奇色彩，反映一定社会的阶级关系、人民生活和地方风物。有的传说是从神话发展而来的，也有的接近神话，如《大禹治水》《牛郎织女》等。有的是解释山川、名胜、古迹、民俗等的地方风物传说，如有关端午节吃粽子、中秋节吃月饼等的传说，具有鲜明的地方色彩和民族色彩。

民间故事是劳动人民口头创作的故事。它的特征是塑造生活中的普通人的形象，情节曲折、夸张，结构完整、奇妙，语言质朴、简洁，具有强烈的现实性和人民性。如众所周知的“刘三姐”的故事。

神话、传说、民间故事都属于民间文学的范畴，是历代劳动人民集体的口头创作，有的又经过历代文人的记录和加工，得以久远、广泛地流传。给婴幼儿撰写的神话、传说和民间故事要注意选择和再创造，选择那些符合教育要求并适应婴幼儿年龄特点的内容，加以改写，使之简短、浅显易懂、优美动人。如袁珂的《盘古开天辟地》《精卫填海》等作品，都是根据古代神话改写的，深受幼儿的欢迎。

7. 寓言

寓言是含有劝谕或讽刺意义的故事。它的特征是：主人公可以是人，也可以是其他生物或非生物，篇幅简短，语言精练；主题都是借此喻彼，借远喻近，借古喻今，借小喻大，寓深刻的道理于简单的故事之中。如《刻舟求剑》《拔苗助长》等。讲给婴幼儿听的或写给婴幼儿看的寓言故事，要经过改写，改写得生动、形象，通俗易懂。

8. 幼儿散文

散文是作者以灵活自由的形式来表达思想、抒发感情的一种文学样式。它可以记人、叙事、状物、抒情、议论，种类多样。幼儿散文指在题材和艺术形式上切合幼儿年龄特点的散文，其中值得注意的是抒情性幼儿散文。它是通过直接抒发作者思想感情的方式来反映社会生活的散文，一般有三个特征：第一，有优美的意境，如婴幼儿抒情散文篇幅短小，内容浅显，主要选择那些最富有象征意味，最易为幼儿所体验、所喜爱的小景、小物、小事为抒情对象，运用丰富的想象，组成情景交融、物我交融的意境；第二，有诗一般的语言，文笔清新，语句凝练，色彩鲜艳，音响逼真；第三，有精巧的结构。

9. 科学小品

科学小品是指以传授科学知识为主的小品文。它的特征是：把科学性与文艺性相结合，以形象、浅显、明白的语言给婴幼儿读者科学的启迪和艺术的享受。它以介绍科学常识、宣传科学的思想和方法、颂扬科学业绩为主要内容。

10. 幼儿戏剧

幼儿戏剧是适合幼儿欣赏和表演的文艺形式。幼儿戏剧除了要遵循戏剧的一般艺术规律外，还要满足幼儿直感性和娱乐性的要求。幼儿戏剧具有游戏性，它实际上是经过组织的、具有戏剧表演性的高级游戏，会使幼儿感到亲切、好玩。柯岩的小诗剧《红灯、绿灯和警察叔叔》，以模仿成人生活中的交通管理，来引导孩子们认识社会、学习社会规范。幼儿戏剧在戏剧情节的矛盾冲突中充满奇妙的幻想和盎然的情趣。如柯岩的《照镜子》中的小姑娘爱漂亮但不讲卫生，作者抓住这一充满情趣的幼儿行为来组织矛盾冲突，通过镜子中的“脏姑娘”和小姑娘的一连串动作把小姑娘的神态、心理表现得淋漓尽致，妙趣横生。幼儿戏剧的语言应该具有动作性，台词、唱词都要适应人物连贯的动作，而且要使动作幅度增大。

11. 绘本

这里的绘本指儿童文学绘本，是具有文学意蕴的绘画读本。绘本是婴幼儿易于接受和喜闻乐见的艺术形式，适合婴幼儿形象思维的特点，有助于他们通过绘画开始感知儿童文学的魅力，发展思维和语言表达能力。

二、婴幼儿期文学的表现手法

婴幼儿期文学在表现手法上，必须适应婴幼儿的年龄特点，特别是他们的认知、感受、想象和接受特点。婴幼儿期文学主要采用以下一些表现手法。

1. 拟人

这是指把非人类的东西人格化，赋予它们以人类的情感、语言、思维和行动。

拟人是一种传统的艺术表现手法，在婴幼儿期文学中运用得较为广泛，这是因为它能适应婴幼儿的心理特征。婴儿来到世上最先认识的是妈妈和其他人，然后才是非人的其他东西。他们常把各种生物或非生物想象成人，如小猪、小熊、小猫、大公鸡、桌子、椅子等在他们眼里都跟人一样有感情、会说话。孩子抱着布娃娃会和它对话，被小椅子碰痛了就生气地去打它。在文学作品中运用拟人手法，能帮助儿童发挥想象力、认识生活、开启思想。

在婴幼儿期文学作品中，拟人手法的运用归纳起来有以下几种情况：

（1）用描写人的词语来描写物。如方轶群的《萝卜回来了》，小白兔醒来，睁开眼睛一看："咦！萝卜回来了？"他想了一想说："我知道了，是好朋友送来给我吃的。"文中小白兔的神情、动作、语言都用写人的词语来描写，因而小白兔也人格化了。

（2）直接把物写成人，让物跟人一样有思想感情，能说话、能做事。如李文雁的儿歌《小雨点》："小雨点，爱干净，马路洗得亮晶晶。"文中的"小雨点"是个讲卫生、爱劳动的好孩子。

（3）人直接跟物对话。如林玲的《新雨衣》写到，下了几天雨，爸爸给艳艳买了件新雨衣，艳艳穿着它十分得意。谁知第二天太阳出来了，艳艳气得冲到院子里对太阳公公大声说："不要你出来！不要你出来！"小姑娘的任性在与太阳的对话中表现得淋漓尽致。

婴幼儿期文学中的拟人绝不是简单地给非人类的东西戴上人的面具，要注意以下几点：

《没有牙齿的大老虎》简析及作者简介

（1）创造拟人化的形象，应体现社会的精神实质。如冰子的《没有牙齿的大老虎》，刻画了一只聪明而又大胆的小狐狸和一只贪嘴又不辨好坏的愚蠢的大老虎，形象神态逼真，深刻体现了智慧必然战胜凶恶和愚蠢这种现实社会的精神本质。但必须注意：拟人形象的创造应是大胆、富于想象力的，而在体现生活本质上应是含蓄巧妙、不露痕迹的。

（2）创造拟人化形象，既要体现物体的特征，又要展示人的性格。拟人不能违背所拟之物的原有特征，违背"物性"会使人产生不真实的感觉。冰子选择小狐狸和大老虎作为童话主角，正是巧妙地利用了它们的"物性"特征：狐狸生性狡猾、善施诡计；老虎凶狠强壮、行动粗鲁。根据这些特征，作者又赋予了小狐狸人的性格——聪明而又大胆，赋予了大老虎人的性格——贪嘴、不辨好坏、愚蠢。于是两个形象就立体化了，使儿童感到自然、可信。

2. 夸张

这是一种为表达强烈的感情，突出某一事物或某一形象的特征，把人或事物作合情合理的变形、扩大或缩小的表现手法。

婴幼儿的感知能力较思维能力发达，他们对周围世界易从具体的外部特征来认识，往往易被外表鲜明、生动、新奇的事物所吸引。运用夸张手法就可以把事物的某种特征充分地强调出来，使美的更美、丑的更丑。运用夸张手法来表现幻想和变异形象，可以使作品产生神奇感、幽默感和趣味感，更好地揭示人物的内心世界和作品意义，使儿童在审美愉悦中受到思想品德教育。如意大利童话作家卡洛·科洛迪的《木偶奇遇记》中的木偶匹诺曹，由于撒谎，鼻子不断变长，长得连头也不能转动，门也不能出。这样的夸张描写新鲜、有趣，能帮助婴幼儿领会其中的讽喻意义，十分符合婴幼儿的审美需求。

《木偶奇遇记》简析及作者简介

夸张这一艺术表现手法在婴幼儿期文学中得到普遍使用。夸张手法的运用常见的有以下几种情况：

（1）对比式夸张。有相同特征的对比夸张，也有相反特征的对比夸张。如朱家栋的《珍珍的童话》，以极端微小无能的“蚂蚁、蚊子、蜗牛、鱼”的形象来对比夸张变形后的“又瘦又小的珍珍”，突出珍珍吃东西挑食的恶果。这是相同特征的对比夸张。又如任溶溶的《大大大和小小小历险记》，把大人国的大人“大大大”和小人国的小人“小小小”放在一起对比、夸张，写出了许多奇妙而有趣的情节，使它们各自的特征更为鲜明突出。这是相反特征的对比夸张。

（2）连珠式夸张。即从一点出发不断地扯连出去，强化夸张的效果。如王汶的《阿宝的耳朵》：“阿宝不爱洗耳朵，泥土积了半寸厚。一天到外面走呀走，一粒种子飞进耳朵沟。春天到，太阳照，耳朵里长出一株草。小牛见了眯眯笑，追着阿宝吃青草。”这首诗对阿宝耳朵的“脏”作了夸张的描写：由“耳朵”而“泥土”，由“泥土”而“种子”，由“种子”而“青草”，由“青草”而“小牛”，不断地扯连，引出可笑结局。

（3）反复式夸张。如俄国作家阿·托尔斯泰的《大萝卜》，为了夸张萝卜之大，作品反复描写拔萝卜：老头儿拔，加上老婆儿，又加上孙女儿，再加上小狗儿、小猫儿、小耗子儿……“拔了又拔”，终于把大萝卜拔了出来，揭示“人多力量大”的主题，在反复夸张之中又有扯连和递进，十分有趣。

3. 反复

这是出于表达的需要，有意重复使用一些词语、句子、情节的表现手法。

婴幼儿在听讲故事时，喜欢大人重复讲某些他们感兴趣的人物、细节、情节。当一遍又一遍重复之后，他们也会跟着复述，取得一种认同的愉悦。因此在婴幼儿期文学中，不仅不排斥叙述、描写以至语词使用上的反复，而且往往还需要这种有意识的反复，以引起小读者的兴趣，引起共鸣。

三、婴幼儿期文学的作用

婴幼儿期文学是儿童重要的精神食粮。婴幼儿通过文学作品认识社会、认识自然，开阔视野，提高智力水平，促进自己健康成长。列宁说过，喜欢听故事是儿童的一种天性。伟大的文学家鲁迅在幼年时就常听长妈妈讲故事，这对他的成长起了相当大的作用。

婴幼儿期文学主要有四大作用：

1. 愉悦作用

婴幼儿期文学作品能陶冶儿童的性情，为他们的生活增添乐趣。作品以它特有的形象性、趣味性去感染小读者，使他们获得美好的情感，培养他们的开朗性格和乐观主义精神。

2. 认识作用

婴幼儿期文学作品有助于婴幼儿增长知识，开发智力，发展思维能力。尤其是神话、传说、寓言、童话、故事等，以其特殊的艺术魅力激发儿童的好奇心、求知欲，发展他们的想象力，有利于儿童在逐步积累各种常识的基础上形成完整的人格。

3. 教育作用

婴幼儿期文学作品能帮助儿童培养良好的行为习惯和高尚的道德情操，帮助儿童观察和理解世界，分辨是非好坏，热爱劳动，不怕困难……这些潜移默化的教育，对婴幼儿的成长起着不可忽视的作用。

4. 审美作用

婴幼儿期文学作品创造美的形象、美的意境，使婴幼儿从小就培养起健康的审美情趣，受到良好的美感教育。

此外，婴幼儿期文学作品还有宣泄的作用，它可以帮助婴幼儿克服恐惧、紧张等心理。例如婴幼儿在晚上独自睡觉时，有时会产生恐惧感，一个好人战胜坏人的故事通常可以帮助他们消除这种恐惧感。

探究·实践

1. 对婴幼儿期文学的基本要求有哪些？
2. 婴幼儿期文学常用的表现手法有哪些？
3. 选择一篇儿歌作分析，指出它在题材和表现手法上是如何体现婴幼儿文学特征的。

第三章　童年期文学

【学习提示】

本章主要阐述了童年期儿童的年龄特点及这一阶段儿童文学的要求、常见样式、表现手法和作用。这一年龄段正是接受小学系统教育的时期，儿童文学对他们的影响是非常突出的。如何把儿童文学的接受鉴赏有机地与学校教育结合，是学习本章时应注意的。学习时应重点掌握童年期儿童文学的基本要求、常见样式和表现手法，思考如何通过这一阶段的儿童文学帮助童年期儿童认识世界，培养高尚的道德情操和初步的审美能力。

童年期是指6、7岁到11、12岁这个年龄段，大致相当于我国的小学阶段。这一时期儿童的主导活动出现了巨大变化，生活环境也明显不同于婴幼儿时期，他们的生理继续发育并趋于成熟，他们的心理迅速发展，他们的社会化随着生活的改变出现了与婴幼儿时期有着明显差别的发育。了解这些，对于儿童文学的创作、欣赏、传播都具有十分重要的意义。

第一节　童年期儿童的年龄特点

在童年期，各种器官组织的发育变化影响着儿童活动的变化，对儿童的心理和社会化发展进程有着直接或间接的作用，对于儿童阅读、欣赏儿童学作品也有着间接的作用。这是儿童文学研究应注意的问题。

一、童年期儿童的生理特点

儿童到了童年期，生理发育仍很迅速。他们身高、体重较以前显著增加，骨骼、肌肉茁壮成长，抗病和耐劳能力增强。这为儿童活动范围的扩大，活动形式的多样化，提供了物质基础。童年期的神经系统结构基本发育完善，已接近成人，从功能来看，皮质对内脏系统的调节作用有所增强，并且更有规律性，两种信号系统的调节作用在不断发展，为儿童思维的进一步发展——从不随意活动向随意活动的过渡——提供了生理基础。

大脑的发展，对于儿童阅读、欣赏儿童文学则有着直接的作用。这里我们应特别注意大脑的发展情况。童年期儿童的大脑发展具体表现在两个方面：

一是脑重量已接近成人。据相关研究显示，童年期儿童的脑重量在7岁时为1 280克；9岁时已接近成人，为1 395克；12岁时和成人一样，为1 400克。脑重量的增加表明脑神经细胞体积的增大和脑细胞纤维的增长，它与儿童发展活动、完善心理机制有着密切的关系。

有关言语中枢的研究

二是额叶显著增长。童年期儿童除了大脑各部分都在增长之外，额叶的增长也特别显著。人有说出、写出和听懂、看懂语言的能力，这与额叶部分的发达有直接的联系。人类的语言能力具有特定的神经基础，这一基础就存在于额叶中。

童年期儿童额叶的明显增长，对儿童的活动特别是语言活动的发展有着直接的、重大的作用。儿童文学是语言艺术，儿童只有在具备了这一生理条件后，他们才有全面阅读、欣赏乃至创作儿童文学作品的可能性。儿童文学这一非常强调儿童特点的艺术门类，与儿童的脑生理发展有着极密切的联系。但究竟如何联系，联系的程度如何，还需要作进一步研究。

二、童年期儿童的心理特点

随着生活条件和生理条件的变化，童年期儿童的心理发展主要有以下一些特点：

1. 从以具体形象思维为主向以抽象逻辑思维为主过渡

幼儿后期儿童虽然抽象逻辑思维已开始发展，但占主导地位的仍是具体形象思维。上小学后，儿童开始进行初步的有计划、有系统的学习。他们在学习人类积累的最基本的知识经验的同时，逐渐掌握越来越多的概念、法则、规律，也开始习得人类对客观世界作出分析、判断和推理的能力。通过上述活动，儿童的抽象逻辑思维能力逐渐发展起来。

童年期儿童抽象逻辑思维能力的发展，与儿童阅读、理解文学作品有着密切的关系。由于抽象逻辑思维能力的发展，他们开始能阅读内容比较复杂、含义比较深刻的文学作品，并对他们喜欢的一些文学作品作出简要的分析，提出自己的判断。

2. 心理活动的随意性和自觉性进一步增强

幼儿心理活动主要以无意性为主。上小学以后的儿童，在学习读、写、算的过程中，为了完成教师提出的任务，必须使自己努力控制注意，努力记忆和思考。这促进了童年期儿童各种心理过程的发展，并且随着第二信号系统调节机能、心理活动和行为目的性的增强，他们心理活动的随意性和自觉性也得到了增强。

由于随意性和自觉性的增强，童年期儿童可以阅读较长的文学作品，并且为了增长知识或满足好奇心，他们会自觉地去寻找一些儿童文学作品来阅读，在同学间讨论文学作品的可能性也增加了。注意到这一点，我们就可以引导童年期儿童开展初步的文学鉴赏与评论活动。

3. 集体意识和个性逐步形成

刚进入小学的童年期儿童还不能真正懂得班级是一个集体，还谈不上具有集体意识。随着教师的教育和影响，他们逐步意识到自己和集体的关系，意识到自己在集体中的权利和义务。在加入少先队组织后，个人与集体的关系越来越密切，儿童逐渐形成了对人、对己、对事物的一些态度，初步形成了意志、性格和个性特点。这一发展使儿童对文学作品的阅读开始分化，他们要求有不同体裁样式、不同内容、不同表现手法的儿童文学作品，以满足各自的需要。

4. 情感内容不断丰富，情感的深刻性和稳定性加强

上学以后，童年期儿童的生活要比幼儿园复杂得多、丰富得多。在学习中，通过与教师和同学的交往，他们的情感体验变得丰富起来。学习成功，就产生愉快的体验；学习失败，就产生痛苦的体验。教师和同学对自己的评价，自己对教师的评价，接触社会生活后人们对事物的评价和自己对社会作出的评价，使童年期儿童的情感越来越丰富，并且逐渐分化，不像幼儿那样混沌一体。童年期儿童的高级情感也有了明显的发展，美感逐渐清晰，理智感逐渐增强，对事物的态度也趋于稳定。

但是他们情绪、情感发展的水平还不高，仍具有易激动性和直接性。即便是他们的高级情感，也仍常常与具体形象紧密相连。

面对童年期儿童，以表达人生体验和人类感情为基本特征的儿童文学，要适应他们的特点，注意用鲜明、生动的艺术形象来感染他们。

三、童年期儿童的社会化

儿童不是孤立的个体，他们必须在特定的社会环境和社会关系中发展，逐渐完成由“生物人”向“社会人”的转化。社会化的核心是人际交往。围绕这一核心，我们可以从儿童掌握语言、发展人际关系和逐渐掌握社会规范等方面，考察童年期儿童的社会化特点及他们所达到的社会化程度。

皮亚杰早在20世纪20年代就对儿童语言作过详细的研究，并集以前一些心理学家研究之所长，提出了自己的看法。他将儿童语言分为两大类：自我中心语言和社会化语言。①

自我中心的语言分为：无意义字词的重复，它只表现儿童对于说话的快感，无社交性质；独语，指儿童的自言自语，这是形成于口头的思考；双人或集体的独白，指说话的两个或多个儿童形式上是相互说话，但其实谁也不想让别人参与谈话，他们自己也不想弄懂小伙伴所说的话。

社会化语言分为适应性告知，批评和嘲笑，命令、请求和威胁，问题和回答。适应性告知，指说话的儿童是为了把某些事情告诉别人，或听取别人的讲话内容，或两个人之间进行对话。批评和嘲笑，主要是有关别人的行为的话，富有强烈的情感因素，它与特定的听者相关，常是肯定自己而贬低别人。命令、请求和威胁，常用来明确儿童间的相互作用，如“让开一点，我看不见”。问题与回答是最具社交性的社会化语言。

儿童从幼年期到童年期，人际交往范围扩大了许多：由家庭成员和幼儿园为数不多的小朋友，扩大到学校比较多的儿童、教师以至社会上各种人物，而且这种交往有时甚至有明显的目的性，如喜欢某个同学的玩具而与这个同学交朋友等。童年期儿童的社会交往尽管出现了一定的自觉性，但仍有很强的盲目性。

童年期儿童由于开始接受系统的、有计划的教育，因此在与同学的交往中就必须遵守一定的社会规范。儿童可以也应该用某种规范来克制自己。他们已经开始接触社会，也知道一些社会上可以做或不可以做的事情，但由于对规范仍缺少深刻的认识，在不良现象的影响下，还有可能做出违反社会规范的事。

我们研究了童年期儿童的特点，就可以根据这些特点，去对这一时期的儿童文学作品提出要求。

---

① 皮亚杰著，傅统先译《儿童的语言与思维》，文化教育出版社，1980。

第二节　童年期文学的要求

童年期文学究竟是一个什么样的范畴？我们认为它的范畴是开放的，无论是题材还是体裁等，都是向两极延伸的。童年初期的低年级小学生还有着幼儿的一些特点。中、高年级儿童的生理、心理发展和社会化程度已接近少年，具有与学龄初期儿童不同的特点。至于两极延伸的结果，我们不能对其范畴和要求作出静态的界定，而应集中注意这一阶段儿童发展的特点。

童年期儿童文学，指一切适合童年期儿童发展的文学。处于童年期的儿童，有着急于开阔自己视野的强烈愿望。他们迫切地想要了解自己生活环境以外的东西，而对自己周围的事物反而不一定很关心。通过幼儿期的发展，儿童积累了一些关于艺术、自然和社会的知识。尽管这些知识较为粗浅，而且带有由于他们生理、心理发展尚不完善而导致的片面性，但他们毕竟已不是“白纸”。特别是人类语言的习得和语言能力的发展，为儿童以后的思维发展，为其接受以符号形式反映的世界，提供了能动的潜力。幼儿接受文学的主要方式是听故事和看图画，是以图像“复印”具象，离不开具体形象思维。童年期儿童则能通过一定的识字学习，阅读浅近的文学作品，他们接受文学可以是听讲与阅读两种方式并重，并逐渐发展为以阅读方式为主。童年期儿童的抽象逻辑思维得到突破性发展，即能进行初步的抽象逻辑思维，因此他们开始用概念、判断和推理去把握客观世界。

文学是以文字语言为基本手段的艺术形式，儿童只有在具备抽象逻辑思维能力后，才能真正对文学作品进行接受与欣赏。童年期儿童有了这种初步能力，阅读文学作品才有了可能。另外，童年期儿童具有开阔视野的强烈的心理倾向，这就使他们认识对象的范围大大扩展了，层次也大大丰富了，同时他们对能帮助拓展认识的方法、工具也产生了兴趣。因此，这一时期的儿童文学从语体上看兼有口语和书面语的特点，但仍以口语为主。就其功能看，童年期儿童文学主要是认识、教育的文学，有以下几个基本要求。

一、浅显性

这既是就作品的题材和主题而言，也是就作品的语言而言的。需要是人的基本动机，文学是为满足人的某种需要而产生的。童年期儿童急于开阔自己的视野，这个时期的儿童文学应满足他们的这种需要。因此，童年期儿童文学应尽可能广泛地反映自然、反映社会。但考虑到他们的年龄特点和局限，这种反映应是浅显的。所谓浅显，主要指帮助儿童把握一些社会和自然的表象，而对这些表象的表现又是明显的、非隐晦的。

文学是用语言所塑造的形象去把握世界的，可以用直接对应的方式反映生活，也可以用折射变形的间接方式反映生活。前者如许多现实主义的文学作品，后者如一些西方现代派文学作品。童年期儿童文学的浅显最直接体现在语言的浅显上。语言的浅显，一方面指的是在语言方式上更倾向于用直接对应的方式；另一方面则体现在遣词造句上。儿童文学不能过多地超出读者的语言文字理解水平（超过一点是有益的），词语不可生僻，要注意小学生用语特点，句式不能过于复杂，语体上则仍应以口语为主。

二、真实性

真实性本来是对文学的普遍要求，而对于还缺乏辨别能力的童年期儿童来说，真实性更有不同一般的意义。

对童年期文学的真实性要求是什么呢？主要是本质的真实性和感情的真实性。儿童文学可以用超现实的幻想手法来构造故事、描写人物，给人一种明显的与客观世界不相符的“不真实”，但人们却能透过这种艺术上的“不真实”，去认识和把握现实生活的真实。如安徒生童话《豌豆公主》中的人物“豌豆公主”，因20层被褥下有一粒豌豆而被硌得睡不好觉。从生活的真实角度看，这显然是不真实的，但是作为对封建贵族的虚伪和娇弱本质的反映，却是十分真实的。因此，我们说的真实性，首先是反映生活本质的真实性。然而，由于童年期儿童在认识上的主要特点仍是把握客观世界的表象，因此除一些幻想性的体裁（如童话）外，童年期文学还应注意表象的真实性。此外，作品中感情的真实性也是不容忽视的。感情的真实性主要指作者的真诚和作品的艺术形象所渗透出的感情是真实可信的。

三、趣味性

趣味性对于童年期文学仍是一个十分重要的要求，是文学作品能否被童年期儿童所接受的关键因素之一。

童年期儿童虽然注意力有所发展，有意注意有了明显的发展，但他们的注意质量、注意时间仍会因外界的非目标刺激而受到影响。以阅读儿童文学作品来说，一部具体作品就是儿童的注意目标，如果这一目标无足够刺激力去抵消或超过其他刺激物的刺激，儿童的听讲和阅读则都不能持久，因而也就无所谓对文学作品的接受了。而文学作品的吸引力主要取决于内容的新奇和手法、结构的新颖。内容的新奇，如情节出人意料地发展，展示人们未加注意的生活，超越现实而异想天开等。手法、结构上的新颖，如新手法的运用，对一般结构方法的突破等。不少儿童小说作家致力于这方面的探索，如葛冰的《一只神奇的鹦鹉》，在手法上就颇有童话的表现特点。而冰波的童话《秋千，秋千》在结构上又具有散文的特点。杨红樱的“淘气包马小跳系列”以及北猫的“米小圈上学记系列”更具有小学生生活特有的趣味。这种对一般内容和方法有所突破的作品，是有可能提高儿童阅读兴趣的。内容和形式上的趣味性，适应了童年期儿童强烈的探索心理，是这一时期儿童文学所不能缺少的。

此外，趣味性还表现在语言的运用上。奇特的用语、幽默的语言色彩、富有形象性的描述容易引发儿童的愉悦感，激发他们的阅读兴趣。

四、讲究艺术表现手法的运用

童年期儿童文学作品要讲究运用适合童年期儿童的艺术表现手法，使他们能品味出作品正在运用的某种手法。这与童年期儿童的学习生活有关。在课堂上，他们初步了解了一些语言表现手法，产生了运用这种手法的欲望。而童年期文学适应这一需要，在作品的艺术表现手法上有所显现，给儿童这种欲望满足的机会，并且使他们熟悉进而掌握这些艺术表现手法。

童年期文学在儿童文学总特点的基础上强调以上四个方面，而这四个方面的关系是，由讲究艺术表现手法的运用造成趣味性，而趣味性、真实性和浅显性都是为了着重发挥好这一时期儿童文学的认识和教育功能。

第三节 童年期文学的常见样式、表现手法和作用

童年期是儿童生理发育和心理发展快速时期，童年期儿童具有极其强烈的求知欲。在探求新知识方面，他们除了靠直接的感觉外，还能凭借具有无限潜力的手段——阅读，去间接地认识世界。童年期文学常见的样式有儿童诗、故事、小说、科幻作品、童话和寓言、散文等几类。童年期文学常见的表现手法包括：写实、夸张、幽默。童年期文学具有认知作用、教育作用、娱乐作用、陶冶情操的作用、宣泄作用等。

一、童年期文学的常见样式

童年期文学的样式除包括婴幼儿期文学的常见样式外，还增加了一些新的样式，常见的有：

1. 儿童诗

童年期儿童的语言能力迅猛发展，使他们对语言的理解、对语言结构形式的把握、对语言音节的把握能力大大超过幼儿。这就大大提高了他们对诗歌的阅读与理解能力。他们要求阅读内容比较复杂的诗歌，也能理解这些诗歌的含义，把握较为复杂的节奏形式。在儿童诗与儿歌之间，尽管他们还喜欢规整的儿歌形式（特别是低年级儿童），但他们更倾向于阅读儿童诗。

2. 故事

儿童喜欢故事，尤其有天生崇拜英雄的倾向。童年期儿童在认识世界上常带有超越自己生活环境的倾向，因此英雄故事，特别是与他们生活有一定距离的英雄故事，往往会成为他们阅读的对象。童年期儿童由于自身的不足，习惯为自己建立一个英雄偶像。适应这一特点，如果故事注重描写有利于儿童成长的英雄形象和事件，无疑会对童年期儿童成长起到有益的作用。

3. 小说

应当说，儿童到了童年后期，才会对小说产生兴趣，并有了接受小说的条件。这也与他们的生理、心理特点和社会化程度有关，特别与他们语言的习得、生活经验的积累有关。没有这些条件，他们就无法对小说产生兴趣。童年期儿童小说是儿童阅读得最早的小说，因此小说的篇幅不宜过长，应以短篇为主；小说的内容也要照顾到他们对生活的理解能力；小说的形式不宜复杂。

4. 科幻作品

童年期儿童既急于开阔自己的视野，又保留有幼年期喜好幻想的特点，所以他们更倾向于阅读科幻作品，特别是那些情节性强的，与他们自己的生活有一定距离的科幻作品。只要他们的语言文字理解水平允许，儿童还会去看儒勒·凡尔纳的《海底两万里》《神秘岛》等科幻作品，科幻动画片的绝大多数观众就处于这个年龄段。

5. 童话和寓言

童年期儿童喜欢超越现实，因此他们仍乐意接受童话。只是他们对童话内容的复杂性、幻想性以及艺术表现手法有更高的要求。阅读童话的目的主要是寻找一些乐趣，并在寻找乐趣中领悟一定的人生道理。童话在帮助儿童认识和理解生活上，在帮助儿童培养良好的道德情感上，具有巨大的作用。

寓言也是童年期儿童教育的工具之一，但这时寓言的意义将比婴幼儿时期的意义更广泛、更深刻。

6. 散文

童年期儿童喜爱的散文以篇幅短小的抒情散文、知识性散文为主。篇幅短小，容易集中他们的注意力；感情浓烈，可以使他们深受感染；知识性强，正好满足他们开阔视野的要求——这些都是该时期儿童散文作家应该充分注意的。

二、童年期文学的表现手法

1. 写实

所谓写实，就是真实地去描写作品所反映的对象，但作为观念形态的文学，写实仍带有强烈的主观性。它体现在文学表现对象的选择上。选什么对象，从什么角度表现，这是带有作者的主观意图的。它还体现在作品内的形象带有一定的情感色彩上。写实手法的目的就在于适应童年期儿童文学对真实性的要求。

如何写实呢？从描写上说，就是尽量按对象事物的本来面目进行描写；从叙述上说，一般就是按现实生活中事情发生、发展的顺序去叙述。同时，在描写过程中，将作者的情感渗透进去。

文学的写实，不是“纯”客观的有闻必录，而是要考虑到儿童的需要，考虑到儿童可接受的条件。这种真实是有选择的、有感情的，既不同于科研报告的真实，也不同于自然主义的真实。

2. 夸张

童年期儿童在认识上往往是大跨度的，变化常常是快速的，情感色彩也大多是浓厚的。因此，夸张的手法仍适合他们的需要。只是此时的夸张手法不仅是把现象放大或缩小，把情感加强，使他们受到感染，更为了适应他们强烈的开阔视野的需要。

3. 幽默

“幽默”是一个多义的词语，它是有趣、可笑、有深长意味的统一体。其表面上表现的是有趣和可笑，而其深层包含的却是深长的意味。我们可以引用《阿凡提的故事》中的《各得其所》来体会一下什么是幽默。

一天，国王问阿凡提：“阿凡提，如果您这边放金子，在那边放着真理，您要哪一样呢?”

“陛下，我要金子。”阿凡提回答说。

“多蠢呀，阿凡提!”国王大笑道，“金银财宝算得了什么，而要得到真理可就不容易了。我如果是你的话，是要选择真理的。”

“陛下，您的话对极了，”阿凡提说道，“谁缺少什么就需要什么。咱们各得其所呀!”①

这个故事表现了阿凡提的机智以及国王的愚蠢、虚伪与可笑，同时也意味深长地揭示了国王虽然有无数财宝却并不拥有真理的事实真相。

幽默手法指的是造成幽默的方法。从上面的《各得其所》中我们可以将幽默的手法归纳为三步：第一步，制造出内容与形式的矛盾；第二步，将这一矛盾隐蔽起来，使之含蓄；第三步，留下揭开隐蔽的矛盾线索。

儿童天性倾向于快乐，他们乐于接受有趣可笑的故事、人物，因此幽默手法在儿童文学中是不可或缺的。大部分优秀的儿童文学作品都表现出某种幽默感，这也是作者有意无意地使用了幽默手法的结果。张天翼的《大林和小林》算得上是一部幽默性很强的童话；郑春华的《圆圆和圈圈》在构造诗中人物关系时，也不乏幽默感。

因为幽默是含蓄的，所以考虑儿童接受的特点，文学作品不可滥用幽默。当使用幽默手法时，作者对内容与形式的矛盾要把握准确，隐蔽矛盾的程度要恰当，而用来揭开隐蔽的矛盾线索要比较明显。

三、童年期文学的作用

这一时期儿童文学的作用有：

① 艾克拜尔·吾拉木《阿凡提的故事》，新疆青少年出版社，2007。

1. 认知作用

儿童文学应帮助童年期儿童了解社会和人生。这一时期的儿童文学可以通过作品对社会、人生的反映，为儿童认识社会和人提供范本和模式。当然，这种认识应从童年期儿童的特点出发，首先应反映与儿童有关的社会情况和人；其次，还应担负起帮助儿童认识自然、开阔视野、拓宽知识面并加深理解的任务。

2. 教育作用

童年期文学应帮助儿童正确认识社会和人生，建立正确的价值观，培养正义感、责任感和养成良好的行为习惯。例如苏联作家班台莱耶夫的《诺言》和中国作家魏海滨的《诺言》就都是教育性很强的儿童文学作品。

3. 娱乐作用

娱乐在童年期儿童的生活中占有主要地位，让儿童有充分的娱乐，有利于他们身心健康发展。因此，娱乐性强的文学作品在童年期文学中占有相当大的比例。这种作品可以是纯娱乐性的，也可以是带有娱乐性的。例如彭懿的《爸爸的秘密摄像机》就是娱乐性很强的童话作品。

4. 陶冶情操的作用

童年期儿童的思想、性格经社会化的作用，变得比较丰富起来。这一时期的儿童文学应促进他们思想、性格的发展，并开始促成一些高级情感的养成。安徒生的《卖火柴的小女孩》、亚米契斯的《爱的教育》，表现的思想和情感都是极其丰富而高尚的。儿童阅读这样的作品，会对他们思想、性格以及情感的发展起到积极的作用。

5. 宣泄作用

童年期儿童由幼儿园进入小学，生活的内容和环境有很大的变化，紧张的学习生活会给他们造成一种负荷感。儿童文学帮助他们排遣这种负荷感、压抑感，是有利于促进他们心理健康成长的。作家杨红樱以三年级小学生为主角的小说“淘气包马小跳系列”，通过家长、教师与学生间的有趣故事，既表现了马小跳顽皮、聪明、乐于帮助同学的性格，也给学习繁重的小学生创造了一个释放被压抑情感的空间。

探究·实践

1. 童年期文学的常见样式有哪几种？根据你与童年期儿童的相处经验，你认为他们最喜欢阅读的是哪一种？
2. 阅读杨红樱“淘气包马小跳系列”中的《侦探小组在行动》，讨论儿童文学对儿童的认知、教育、娱乐、陶冶情操和宣泄作用。

第四章　少年前期文学

【学习提示】

本章主要对少年前期儿童的年龄特点，这一时期儿童文学的要求、常见样式和作用进行了阐述。这一时期的儿童大约在初中教育阶段，开始进入青春期。学习时应重点掌握少年前期儿童的年龄特点和儿童文学的基本要求、常见样式，思考如何通过儿童文学帮助少年前期儿童开阔认识世界的视野，培养高尚的道德情操和一定的审美能力，帮助他们摆脱特有的“危机”和“困难”。

少年前期大致在11、12岁到14、15岁这个年龄段，相当于我国的初中阶段。这一时期是人从儿童向成人过渡的时期。这个期间的各方面发展极其复杂，充满矛盾，而且进展极快。因此，有些心理学家称这一时期为“危机期”“困难期”。这一时期少年的主要特点是半成熟与半幼稚相混合，独立性和依赖性相伴随，自觉性和被动性相交错。由于生理的发育、心理和社会化的发展，这一时期的少年对于文学作品的阅读有了新的要求。因此，他们生理发育有何特点，心理发展有何规律，社会化达到什么程度，都是应当认真加以研究的。

第一节 少年前期少年的年龄特点

少年前期是个体从不成熟发展到成熟的重要转换阶段，是身心急剧发展的关键时期。这一时期以性成熟为主要特征的生理发育，对少年的心理发展和社会化发展均有重要的意义，是人向成熟过渡的重要原因和主要标志之一。身体的迅速发育和性成熟所带来的变化，使少年产生了“成人感”。这对少年个性的发展，尤其是自我意识的发展，起着重要的作用。性成熟也使少年开始意识到两性关系，促使他们对异性产生了兴趣，使他们产生了新的感受和新的情感体验。这些给少年文学提出了更高的要求，同时也提出了在少年文学创作中应当注意的问题。

一、少年前期少年的生理特点

这一时期少年开始进入青春发育期。少年期是个体逐渐发育成熟的关键时期，它为以后个体的身体发育奠定基础。少年期又是发育迅猛的阶段。由于少年期性成熟的开始，性器官和性机能发展非常迅速。女孩在11—13岁、男孩在13—15岁时处于性成熟高峰。由于性别的差异，男孩变得健壮，女孩变得丰满。这些使少年活泼好动，精力充沛，喜爱从事体育活动。

由于神经系统发展，少年的脑重量已接近成人水平。在更复杂的新生活条件下，大脑的机能有了显著的发展，主要表现在神经元联系的复杂化、神经纤维髓鞘的形成、脑沟回的发展，导致神经活动机能分化与完善。第二信号系统的作用显著加强。少年大脑神经活动机能的主要特点是兴奋性较强，兴奋过程高于抑制过程。同时，兴奋与抑制的相互转换也较快。

二、少年前期少年的心理特点

儿童进入少年期，主导活动仍是学习，但与小学时期相比，学习内容和方法、学校的集体生活及学习动机与学习兴趣，都有本质的不同。少年期少年的学习内容，比起小学有很大的分化，学科门类显著增加，学科的系统性已接近科学体系。领会这些知识，需要一定的逻辑思维能力，这就要求少年在学习上要有很强的独立性和自觉性。这些特点，加上生理发育的因素，使少年的心理有许多与童年期儿童完全不同的特点。与这一时期儿童文学有关的心理特点主要如下。

在兴趣方面，少年的兴趣范围扩大了。他们几乎对自然、社会、政治、经济、文化生活和人自身的一切新鲜事物都感兴趣，表现出强烈的求知欲。他们喜欢阅读文学作品，特别是对描写机智勇敢、顽强斗争、克服困难和富于冒险精神的书籍感兴趣。他们精力充沛，对生活的各个方面都勇于探索。少年的兴趣有更强的分化性或选择性，并开始趋于稳定。值得注意的是，他们的兴趣还开始具有一定的深刻性。他们不仅对形象性强的事物感兴趣，而且对理性的内容也产生了兴趣。在阅读文学作品时，他们不仅停留在对故事情节的欣赏上，而且开始注意人物的思想感情、命运遭遇、艺术形象的含义。

在注意方面，注意的范围进一步扩大，注意的分配能力进一步提高。少年的有意注意有了很大的发展，但无意注意也在起作用。文学作品严密的逻辑性，清晰的条理性，加上生动活泼、深入浅出、富有感情的语言，都有利于少年注意力的集中和稳定。有意记忆的加强，使他们对词的抽象记忆能力进一步发展，使他们有可能阅读较长、较复杂的文学作品，并能理解作品中某些深刻的含义。

少年的思维水平在完成更新、更复杂的学习任务和其他任务上，有了比较显著的提升。抽象逻辑思维逐渐占据主要地位，但具体形象思维仍起着重要作用。思维的独立性和批判性有了显著的发展，但也容易出现片面性和表面性。思维的自觉性明显增强，他们不仅能掌握抽象的观念，而且能日益掌握更多的概念系统。

在理解方面，少年能日益理解事物的复杂性和内在规律。他们通过初中阶段的学习，已经能够充分地理解寓言、成语等的隐义和转义。在阅读文学作品时，少年逐步学会深入理解人物的内心世界，当然还不可避免地出现片面性。他们对文学作品的接受能力大大提高，接受的范围更为扩大，同时也对文学作品有一定的评价能力。

在情感和道德方面，与童年期相比，少年前期的孩子更为深刻、稳定和自觉，这与他们越来越全面地理解道德准则有关。与道德感有关的义务感、责任感、荣誉感、自尊心和友谊感都有明显的发展，他们由此产生了自己的价值观，开始自觉地按照一定的价值观对自己、对别人进行评价。少年道德感的自觉性对进行情感上的自我教育是非常重要的条件。这使少年文学作品有可能使用有较复杂性格特点的人物形象达到某种教育和审美目的。在这一时期中，少年理智感更加深化了，产生、发展、形成了更稳定而深刻的与认识兴趣有关的情感体验，这种情感体验对理解、评价艺术作品的内容与艺术手段是至关重要的。少年情感活动过程还有其他一些值得注意的特点，如：他们的情感具有极强的情绪兴奋性；生理发育和心理发展的矛盾和困难，导致他们情绪上的紧张性以及情感上的冲动性；少年情感还表现出某种矛盾和不稳定性。所有这些都会随着自制力的发展逐步用理智加以控制。把握少年情感的这些主要特点，对于儿童文学极为重要，它可以帮助我们创作出反映少年真实情感、为少年所喜欢的文学作品。

三、少年前期少年的社会化

少年社会化程度最显著的标志是“成人感”。少年前期的少年已经意识到自己不再是孩子，开始产生个体成熟的体验。由于生理的发育和心理的发展，他们对社会有了更强的适应性。他们的活动范围要比童年期儿童更为广阔，他们活动的社会性也更为深刻。

由于意识到自己的身体迅速发育、性成熟开始，已具有一定的知识技能和独立工作的能力，以及社会地位在变化，少年强烈意识到自己正成长为成人并急于想成为一个成人，所以经常极力摆脱童年期所受到的那种“特殊照顾”。他们希望从成人那里学到自己理想的品质。但由于他们毕竟还不成熟，常常模仿成人的外表便以为自己已是成人。诸如吸烟、喝酒、成人的衣着打扮等，是少年最易模仿的方面。然而，这种对成人外表的模仿，往往会产生消极的影响。只有在正确的引导下，少年才可以通过积极努力的行动获得成人的优秀品质，如坚强的意志和勇敢无畏、坚忍不拔的品质和对祖国、朋友、同志的忠诚等。

少年前期少年与童年期儿童比较，要在更高水平上处理更为复杂的人际关系。少年对社会交际的积极性有了明显的发展。特别值得注意的是，他们热衷于掌握成人的行为标准（往往是社会公认的行为规范）和行为评价方式，使自己尽快向成人过渡。他们强烈地想要摆脱社会对他们的种种限制，尽管这些限制对于生理、心理尚未完全成熟的他们是十分必要的。少年极力想取得与成人平等的地位。他们不满于不平等的训诫，希望与成人共同探讨问题。少年与少年间的关系原则上是平等的，所以少年与少年的交往更具有吸引力。少年之间可以成为亲密的朋友，但他们与亲人的交往却减少了。在人际交往中，少年有强烈的被尊重的需要，为此他们会想出成人可能无法理解的种种办法，以达到使别人注意的目的。与亲近的朋友建立深厚的友谊关系，对少年发展有重要的意义。他们在交往的过程中常常交换各自的体验，使交往内容更加丰富，使友谊得以加固。但是由于少年认识水平不高，理解友谊片面，有时又会因此袒护朋友的错误。少年文学应注意帮助他们建立并维护正确的人际关系，建立并维护健康的、高尚的友谊。

少年的自我意识有了很大的发展。自我意识是指个体对自己的认识和态度。人能够认识自己，把个体从客体中区分开来，并意识到自己是社会生活的主体，要经过很长的发展过程。少年的独立性和自觉性迅速发展，他们开始深入自己的内心世界，开始意识到自己的心理品质；但总体来说，这种对内的认识不如对外界环境的认识来得清晰。他们可以讲出许多他们所观察到的事物，却很少谈自己的感受和体验。少年具有自我肯定的渴望，开始对认识“自我”表现出兴趣，首先关心自己的身体形象，进而注意仪表、风度和打扮。总之，新的生活条件促使少年对自己的作用、力量和责任有了进一步认识。

综上所述，“成人感”、对人际交往（包括与同龄人的交往）的向往，以及初步形成的带有较强社会性的自我意识，是少年前期少年社会化程度的主要标志。

第二节 少年前期文学的要求

少年前期文学是一个很难界定的概念，它不同于童年期文学，但又与童年期文学有相似相通之处；它有向成人文学飞跃的趋势，又不同于成人文学。所以它的界限比童年期文学更为模糊。少年前期是少年从幼稚走向成熟的过渡时期，因此他们一方面不可能很快摆脱幼稚，表现在对文学作品上，他们中不少人仍然喜欢明显带有趣味性、浅显性的作品。而另一方面，少年还具有迅速成长为成人的强烈欲望，表现出“成人感”，因此他们常常不可阻挡地涌入成人文学的圈子，希望从成人文学作品中满足自己的需要。但是，他们对成人文学往往是一知半解的，不能完全体会成人作品反映的情感，不能深刻理解成人作品所蕴含的复杂深意。因此，我们在注意指导少年阅读成人文学作品的同时，仍有必要创作、出版专为少年阅读的文学作品，这种文学作品应以帮助少年真实地、较为深刻地认识世界和自己为己任。凡具备这一特点的，或出于这一目的而为少年创作的文学作品，就是少年前期文学。

对少年前期文学，我们认为可以提出以下一些基本要求。

一、真实性

少年生理发育、心理发展趋于成熟，社会化程度已达到一个新的水平，由于这三个方面因素的促进，少年前期的少年产生了“成人感”，他们尽管还相当幼稚，但却渴望像成人一样去看世界。他们已不满足于童话、故事等文学作品所反映的那种比较狭小的、幻想色彩较浓的世界。他们迫切地想了解真实的世界，特别是了解成人的世界，了解社会，了解自己。现实生活中的英雄人物，极易引起他们的崇敬和仿效；表现真实生活中人们情感体验的作品，极易引起他们的情感共鸣；表现真实生活中尚不被他们所知或熟知的人和事，极易引起他们的兴趣；而表现他们同龄人的作品，常常能触发他们的自我意识，使他们思考自己的行为、自己的人生。如《雨来没有死》（华山）、《罗文应的故事》（张天翼）、《NO！NO！NO！》（邱勋）、《吉祥时光》（张之路）、《将军胡同》（史雷），以及“淘气包马小跳系列”（杨红樱）、“非常小子马鸣加系列”（郑春华），还有《万卡》（契诃夫）、《最后一课》（都德）等作品，就是由于反映了真实的社会和真实的情感，而受到这一时期少年的欢迎。

二、深刻性

少年前期文学的深刻性主要包括思想内容的深刻性和情感的深刻性。少年前期的少年已不满足于一般的、浅显的说理，思维的发展使他们的观察与认识已具备了一定的深刻性。“成人感”的产生，更使他们有探求深刻道理的兴趣取向。浅显理喻和说教，不仅不能引起他们的兴趣，也不能解决他们所面临的许多问题。这一时期少年对人生的关注，对人际关系的关注，对社会事件、自然现象的关注，要求这一时期的文学作品能表现出世界的复杂性和思想的深刻性。法国作家都德的《最后一课》写的是一个顽童在上最后一堂法语课时的所见所闻所感，由于具有深刻的爱国主义内涵，备受少年前期读者的欢迎。周锐的《PP事件》以童话形式，在闹哄哄的场面中，影射了我国当前社会中人际关系中的不正之风，也引起了很大的反响。法国作家莫泊桑的名作《西蒙的爸爸》则通过“私生子”少年西蒙寻找爸爸的经过，表现了做人的自尊和下层人民之间相互谅解的高尚情感交流，深深地打动了千百万少年读者。显然，这些作品的成功，很大程度上是由于所表现的思想意义和人类情感在层次上比童年期文学更高、更深刻。在《火印》中，作家曹文轩讲述了放羊娃坡娃和小马“雪儿”的传奇经历，展现了抗日战争波澜壮阔的画卷，也揭示了战争在人们心灵上造成的伤害。在《吉祥时光》中，作家张之路用悠长舒缓、平和冲淡的笔调细致刻画了从1948到1957年北京男孩吉祥的童年生活，深刻反映了时代的变革。

三、新奇性

少年仍乐于幻想，甚至会将幻想付诸实施，做出成人意想不到的事。他们通过比小学时期更为系统的学习，在掌握了一定的知识后，对一切隐秘事物有强烈的新奇感和探求欲。他们渴望知道自己不了解的事和人。当这种渴望得不到满足时，他们就会用想象和幻想去补充。新奇乃是引起他们兴趣的主要因素。

《一只神奇的鹦鹉》简析及作者简介

新奇性首先表现在题材的新奇上和情节的新奇上。如英国女作家 J. K. 罗琳的《哈利・波特》，叙述了一所魔法学校里发生的奇幻故事，令全世界数以百万计的小读者为之倾倒；又如作家葛冰的《一只神奇的鹦鹉》，尽管在题材上并不十分新奇，只是写了一个有严重缺点的孩子的转变，但因其在情节发展上安置了一个特定线索——鹦鹉，在小说中介绍了鹦鹉能为盲人引路的知识，从而造成了一种奇特的悬念，也深深地吸引了感到好奇的少年读者去阅读和探究。

新奇性还表现在艺术表现手法上。新颖的艺术手法，奇特的叙述角度，都会增强作品的吸引力。

四、艺术性

少年前期的少年由于逐渐向成熟过渡，对艺术本身也产生了兴趣，他们甚至开始探讨文学作品艺术上的优劣。因此少年前期文学的艺术性，不仅是为了引起读者的兴趣，而且本身也开始成为孩子们的审美对象。

要达到这种艺术性的要求，少年前期的文学作品应更深地隐藏起作者的创作意图，更深地隐藏起作品要表达的思想内涵，更善于用形象引导读者思考，把所要表现的社会、政治等内容化作人生体验，给以审美的观照。正如恩格斯所说：倾向应当从场面和情节中自然而然地流露出来，而无须特别把它指点出来。①思想直露的

① 《马克思恩格斯选集》第4卷，人民出版社，2012。

作品往往不受这一时期孩子的欢迎，因为他们一看就懂，会使他们感到索然无味。

从艺术性的角度考虑，这一时期的文学作品在艺术技巧与表现手法上应更加丰富多样，不仅可以采取一般叙事作品常有的方式，如在时间顺序、地点顺序、事件发展顺序的变化上下功夫等，而且可以采取一些新的表现手法，如意识流手法、荒诞派手法等。这些手法往往能使文学作品更加充分地表现情感体验和人物的内心世界。表现情感体验是少年前期少年特别需要的。叶圣陶的童话《瞎子和聋子》就采用了荒诞的手法来表现旧中国严酷、黑暗的现实，它既能够帮助读者认识现实，又不会因明显荒诞而使读者陷入过分的悲哀、惊恐中。

尽管对少年前期文学还可以提出其他一些要求，如趣味性、娱乐性，但我们认为主要的是上述四个方面，而这四个方面的排列次序又体现出它们之间相对的重要性程度。

第三节　少年前期文学的常见样式和作用

总的来说，少年前期文学样式与童年期文学样式在范围上没有太大差别，但却有了新的要求。这一时期文学的表现手法，除了写实、夸张、幽默手法之外，还加入了抒情手法。少年前期文学可以真实地再现和表现社会、自然和人生，帮助他们健康地步入社会，这对少年儿童的成长具有积极的意义。

一、少年前期文学的常见样式

1. 诗歌

少年前期的诗歌，在内容深度、篇幅长短、情感体验的复杂性、主题表现上的隐蔽性、技巧的多样性上，都不同于童年期的诗歌。这一时期的诗歌在内容上更为复杂。如乔羽的《让我们荡起双桨》，不仅歌唱了新中国儿童的幸福生活，而且启发少年思考是谁为他们带来幸福的生活。戴巴棣的科学诗《大自然的语言》以较长的篇幅，较大的覆盖面，形象地讲述了许多科学知识。

《大自然的语言》简析及作者简介

在情感体验上，这一时期诗歌更具复杂性。法国作家雨果的诗《在一座街垒上面，在铺路石的中间》，讲述的是巴黎公社失败后，一个少年英勇就义的故事，诗中表现出的感情是相当复杂的：有对少年英雄行为的赞叹，有对充满孩子气的主人公死亡的惋惜、怜悯和悲哀，也有对残暴的镇压者的愤恨。这种情感，对于童年期儿童来说，是很难体验到的。

《在一座街垒上面，在铺路石的中间》简析及作者简介

在艺术表现上，这一时期的诗歌更具多样性和隐蔽性，尽管还不如成人欣赏的

诗歌，也不如少年后期的诗歌。《让我们荡起双桨》对于幸福生活是谁带来的未作直接的评议，但它却可以让少年联系自己的生活背景，回答这一问题；在《在一座街垒上面，在铺路石的中间》一诗中，作者的人道主义思想和前面所说的各种复杂感情，都可以让少年读者自己在一个个形象的组接中去品味出来。

2. 小说

小说成为少年前期少年最为喜欢的文学样式，因为它具有无限的表现力，相比起童话来又更接近成人文学。少年前期的小说与童年期的小说最大的不同表现在内容更为深刻，形式更为多样。关于内容，已如前述。形式的多样包含两种意思：一是指这一时期的小说在结构方法和描写方法上更为多样，主题被形式掩盖得更深；二是指少年前期的少年不仅阅读短篇小说，也对中篇小说甚至长篇小说产生了兴趣。

3. 童话

童话仍是少年前期少年喜欢的文学样式，各种风格的童话都会有自己的读者。由于这一时期的少年认知范围明显扩大，思维能力、理解能力大大提高，所以他们尽管对有趣的、新奇的童话很感兴趣，但往往更偏向有深刻思想内涵、带有一定哲理性的童话，如叶圣陶的《瞎子和聋子》。

4. 散文

由于抽象思维和高级情感的发展，少年前期少年的兴趣不再仅仅停留在观赏情节上。审美能力的提高，使他们乐于阅读各种优美的散文，从中吸收知识，体验从未体验过的感情。无论风格是壮美的，隽永典雅的，还是诙谐风趣的散文，都可以在少年前期少年中找到读者对象。

5. 科幻作品

这类作品也是少年前期少年乐于阅读的，他们特别喜欢信息量大且富有探险情节的科幻作品。法国儒勒・凡尔纳的科幻小说、苏联伊林的科普读物，常会吸引这一年龄段的许多孩子去阅读、去传播。

6. 剧本

剧本成为少年直接的阅读对象，这种情况并不多见。但有些文学性很强的儿童剧剧本，特别是电影剧本，也能吸引一部分小读者，特别是少年前期少年。

其他如寓言等也仍是这一阶段少年乐于阅读的，只是在思想的深刻性上，他们有更高的要求。同时，他们对于以前读过的各类样式的儿童文学作品，也会随着这一时期的年龄特点变化，有更新的、更深的理解。

这一时期儿童文学的表现手法，除我们在上一章中讲到的写实、夸张、幽默手法之外，还应加上抒情手法。抒情手法是借作品中的形象直接或间接表达某种情感体验的手法。它很适合少年前期少年表达自己感情的需要，因此这一时期的儿童文学作品常常使用这种手法。冰心的《寄小读者》就是大量使用抒情手段并获得成功的范例。在法国作家都德的《最后一课》中，作者让小弗朗士在老师韩麦尔和爱国课堂氛围的激发下，几次直接抒发自己的爱憎、悲哀等情感，也是以这一艺术手段增添了作品的感染力，深深打动了小读者。

二、少年前期文学的作用

少年前期文学可以真实地再现和表现社会、自然和人生，帮助少年前期少年克服由于生理、心理趋于成熟但知识面、社会阅历不广而产生的困惑、困难和危机，使他们形成正确的自我意识，促进他们健康地步入社会。

这一时期的儿童文学有如下几个方面的作用：

1. 帮助少年前期少年全面真实地认识和思考社会、自然和人生

这一时期的文学作品因更贴近现实生活，更贴近这一年龄段的少年，所以更能帮助他们认识社会，认识自然，认识自身，引发他们对一些问题的思考。张天翼的小说《罗文应的故事》就是由于贴近少年的生活，不仅能引起少年前期少年的兴趣，也确实能起到帮助他们认识和改正自己缺点的作用。

2. 教育少年前期少年遵守社会道德规范和法纪，使他们完成社会化过程中的新飞跃

这一时期的文学应适应少年前期少年的特点，帮助他们更深刻地认识到社会道德规范的作用以及遵守法纪的必要性，使遵守社会道德规范和法纪成为自觉的行为。如苏联班台莱耶夫的儿童小说名篇《诺言》，就正面塑造了一个信守诺言的少年形象，深层次表现了道德题材，为少年前期少年提供了一个可以仿效的榜样。

3. 培养社会正义感

少年前期少年的理智感有了很大发展，培养他们的社会正义感对于他们成为社会一员是十分重要的，像《雨来没有死》《最后一课》《小锡兵》都能起到这样的作用。

4. 陶冶情操，培养健康的、高尚的美感

在介绍少年前期少年的年龄特点时，我们就说明了他们这一时期各方面的发展以及所处的矛盾状况，而协调他们人格的全面发展，就需要通过美育陶冶情操，培养真正的美感，进而帮助他们克服思想感情上的弱点，特别是那种尚不具备理智感的朦胧的初恋情感，需要通过恰当的途径引向健康方向发展。

5. 帮助宣泄不良情绪，排遣情感负荷

这一时期的少年易产生不良情绪，这是因为他们在生理上和心理上向成熟迅速发展，而相应地出现了一些因为不适应而产生的矛盾及困惑。这种情绪往往是不可言状的，但对他们的心理健康颇有损害。文学作品可以帮助他们排遣不良情绪，消除过重的负荷，使心理达到新的平衡，这是少年前期文学所应起的作用之一。

探究·实践

1. 简述处于少年前期的少年的“成人感”心理特点。
2. 对少年前期文学的基本要求有哪些？

第五章　少年后期文学

【学习提示】

本章对少年后期少年的年龄特点，这一时期儿童文学的要求、常见样式和作用进行了阐述。这一时期的少年大约在高中阶段，与成人期相邻。学习时应重点掌握这一时期少年的年龄特点和儿童文学的基本要求、常见样式，特别是思考如何运用相关理论知识指导这一时期的少年阅读成人文学作品和儿童文学作品，帮助他们成长为健康的人，走向开放的社会。

少年后期是少年准备走向独立生活，开始决定自己今后生活道路的时期。在人生道路上，这一时期少年的生理发育与心理发展处于质的飞跃阶段，帮助他们完成这一飞跃，是少年后期文学一个特别重要的任务。

第一节　少年后期少年的年龄特点

少年后期又称青年初期，它是整个儿童时期的最后一个阶段，也是青年时期的开始阶段。因为这一阶段的少年仍具有儿童的某些特点，所以我们还是把它放在儿童的范畴。少年后期是指14、15岁至18岁这个年龄段，大致相当于高中阶段。这一时期是个体在生理上、心理上最接近成熟的时期。在这一时期末，个体身心已基本成熟。从社会化角度看，这一时期的个体已基本具备进入社会、成为社会成员的各种条件。

一、少年后期少年的生理特点

少年后期是人的身体基本发育成熟的时期。在这一时期，个体性成熟过程已经基本完成，生长发育的速度较少年前期减缓；神经系统，特别是大脑皮质的结构和机能已经逐步发展成熟，神经系统的兴奋过程和抑制过程趋于稳定，动作也更加协调。这为处于这一年龄段的少年进行繁重的学习、工作、劳动和其他活动提供了良好的物质基础。但他们仍处于长身体的最后阶段，因此还不能承受过重的学习和工作负担。

二、少年后期少年的心理特点

少年后期少年出现比较复杂的情况，一部分继续升学，学习仍是他们的主导生活；还有一部分开始走上社会，但这部分少年往往还不能独立工作，还需要用几年的时间学习生产技能。因此，无论是在学校学习，还是在岗位工作，我们仍可将学习作为这一时期少年的主导生活。这一时期的学习活动对于少年后期的少年来说，已经具有准备走向新的独立生活的重要意义，因此也就促使他们意识到了学习的社会意义。

少年后期是心理上的断乳期，表现在心理上的显著特点有两个：一是“闭锁性”，即他们的心理活动向父母关闭，他们不太愿意与父母说心里话，相反对他们自己的朋友却愿意袒露心声；二是这一时期的心理带有更多的社会性和政治性，心理的发展在很大程度上受到社会、政治环境的影响。

由于学习门类的进一步系统化，学习内容的进一步抽象化，这一时期少年的学习需要更强的自觉性和独立性，学习兴趣也从对一般学科的兴趣转化为对某一专门学科的兴趣，在文理科选择上出现了明显的分化情况。学习动机与少年前期相比，具有更自觉、更远大、更深刻、更稳定的特点。他们兴趣范围更为广大，什么都想学，“贪婪”地吮吸一切知识，热烈地追求新鲜事物。这一时期的少年在学习中开始表现出创造性来。

少年后期的少年智力发展已基本成熟，并且有鲜明的自觉性和目的性。智力虽不像少年前期那样迅速增长，但还继续完善着。他们逐渐更多地掌握科学的概念系统。这使得他们的智力活动更加有序和稳定，并使得他们越来越接近成人的智力发展水平。由于专门能力发展很迅速，加上兴趣分化，他们智力结构的个体差异大大超过年龄差异。他们的知觉和观察水平大大提高，并富有目的性和系统性，也更加全面、深刻。他们一般已能分清主次，区别本质和表象、必然与偶然的东西。

这一时期的少年在注意发展上一般已达到成人水平，注意的集中性和确定性有了相当大的增强，注意范围有了相当大的扩展，在复杂活动中他们能很好地分配和转移自己的注意，即使对于一些重要但不感兴趣的材料，也能有意地集中自己的注意，这使他们有了持久的阅读文学作品的能力。

在记忆方面，由于理解能力的加强，处于少年后期的少年记忆发展仍呈上升趋势。他们能将机械记忆与逻辑记忆有机结合在一起，逻辑思维活动在记忆中已占中心地位。这就使他们有可能对作品中复杂的人物关系和事物进行综合分析。

少年后期的少年思维有了更强的抽象概括性，理论思维开始形成。首先，他们能对自己的思想、观点提出论证，并要求别人也这样做。他们力求对各种经验材料作出理论的、规律性的说明。他们已具备由特殊到一般的概括能力，又有从一般到特殊的具体化能力。这标志着他们的抽象思维已经达到较高的水平，但仍处于由经验型向理论型转化的过程中。其次，他们在逻辑思维的基础上进一步向思维的组织性和深刻性、独立性和批判性方面发展，学会了分析和综合，有能力用批判的眼光阅读文学作品。

少年后期的少年情感仍在进一步发展，并具有如下一些特点：首先，情感的内容更加丰富，而且越来越复杂，并初步形成高级情感。成功的快乐，失败的烦恼，对未来美好生活的憧憬和幻想，对现实生活中的弊端的反感，使他们的情感体验越来越接近成人。他们喜欢吟诗作诗、爱唱爱跳，拥有表达情感体验的强烈愿望。重要的社会生活事件、广泛流行的社会观念、对人生意义的理解，使他们逐渐形成高尚的情操，如爱国主义精神、集体主义精神、革命人道主义精神、正义感、为真理献身的气概等。

其次，他们情感强烈，富有热情。由于掌握了一些社会行为准则，形成了一定的信念，他们很容易表现出肯定的激情或否定的激情。他们的情感具有两极性。有些人可以为真理献身，完成惊人的业绩；有些人则会由于冲动，干出蠢事；有时非常高兴，有时却突然变得沮丧而失去理智。但他们的情感稳定性和自控能力已经比少年前期有所增强。

再次，这一时期的少年还产生了深刻的情感体验。体验是一种心理现象，是指主体把自己的情感投向所感知的对象，受其感动，从而把全部身心都沉浸进去的心理过程。例如少年后期的少年会逐步转变为深入内心世界，根据自己的生活、学习情况去体验自然的变化。这种体验表现在阅读文学作品中，即能将自己沉浸于所描写的情景中，置身于作品意境中，在内心扮演不同的角色，在欣赏文学作品中获得内心的满足。

最后，少年后期少年的情感还有一个特点，即深藏不露，带有内隐的、文饰的、曲折的特点，出现实际行为表现与内心愿望相反的情况。这是其“闭锁性”在情感上的直接反映。

此外，少年后期是最富于集体主义情感、最重友谊的阶段。出于归属的需要和尊重的需要，这一时期的少年特别重视集体，重视自己在集体中的地位。他们与集体的关系有着浓厚的情感色彩。由于关心自己和别人兴趣的增长，加上出于交换各自体验、倾诉“内心秘密”的需要，他们十分重视友谊，并且通过交往了解自己和别人。这种友谊和交往一般是在同性别的朋友间发生的。但随着性的成熟，他们对异性的关心明显增加，也出现了异性间的交往。这种交往有时可能发展为最初的爱情。就这一时期的年龄特点看，爱情问题还不是主要课题，不过成人仍应注意加以引导。

少年后期少年的自我意识又有了新的发展，他们可以清晰地意识到自己的内心活动，全面意识到自己的心理品质，主动地根据社会化要求去认识、锻炼自己。他们对自我的政治品质的评价能力有了突出表现，自尊心已比较巩固地形成，自我意识正接近成熟。

总的说，少年后期的心理发展有这几个方面：智力特别是抽象思维有新的发展，充满幻想，富于创造性，具有热烈、丰富的情感生活，自我意识迅速发展。因此，文学作品对于这一时期的少年具有深刻的影响力。

三、少年后期少年的社会化

少年后期少年的社会生活条件出现了一系列新的变化，学习的独立性、自觉性使他们与教师等成人的关系逐渐摆脱依赖性而走向平等交往。他们更多地参与集体生活，并且地位也有了显著的变化，不仅在学校集体中有了自己独立的地位，在家庭中也受到尊重，成为家庭的重要成员。随着活动范围的扩大，他们的地位逐渐被社会所承认，他们实际上已获得了许多成人的权利和义务。掌握社会行为的基本规范和技能这一社会化的要求，在少年后期已接近完成。具体表现在以下方面。

首先，道德意识形成。到了少年后期，由于个体接触社会更加广泛，抽象思维水平提高，道德实践经验积累，他们掌握的道德标准不仅增加了数量，而且越来越概括，越来越深刻。

其次，世界观初步形成。这不仅是学习各科知识的结果，更是由于对人生意义问题的认识已趋于明确。

再次，理想初步形成。这一时期的少年即将走向社会，并已开始广泛接触社会，有了一定的社会生活经验和独立思考能力。他们开始考虑个人、国家和世界的前途，对未来充满美好的憧憬。他们向往未来，富有理想。他们对美好未来的追求特别强烈，对现实永不满足。他们有做一番事业的崇高理想，渴望更全面、更系统、更深刻地认识整个世界，到更多领域内寻求真理，力图有所创造，实现理想。少年后期少年的理想虽还不够稳定，但随着世界观的初步形成，自我意识水平的不断提高，他们已能结合国家的需要和个人的条件逐渐形成比较稳定的理想。

最后，在上述条件作用下，这一时期的少年人格初步定型。儿童从有生命开始，随着生理的发育、心理的发展，思维、情感的日益成熟和丰富，社会化程度也越来越高，到少年后期，人格初步定型。这使得他们终将取得社会成员的资格，肩负起社会的责任。

以上阐述了作为儿童期最后一个阶段——少年后期的年龄特点。归结到一点，这一时期的个体已在生理上、心理上基本成熟，并已接近成人；在社会化程度上，作为社会成员所应具备的人格初步定型。这一时期的少年与成人的差距很小，但仍存在一定的不同。因此这一时期的文学，仍不能与成人文学等同，而是既要作为儿童文学的一部分，又要有自己的一些独特要求。

第二节　少年后期文学的要求

少年后期少年的生理、心理已基本成熟，社会化程度接近成人。各种经验的积累，抽象思维的初步形成，使得他们的理解、判断能力大大超越了此前各年龄段。从阅读的范畴看，凡是成人阅读的文学作品，只要感兴趣的，他们都会拿来看，甚至会出现热衷于看成人读物的倾向。但他们毕竟还带有少年的某些特点，对于成人文学作品的选择和评价，仍有带着他们自身特点的标准，如喜欢触及现实生活矛盾的作品、表现人性和人生的作品、书写英雄业绩的作品、抒情性强的作品、含有深刻哲理的作品等。正如社会、政治对他们的心理有密切影响一样，它们同样也对少年阅读文学作品有明显的影响。譬如，某一时期青少年对徐迟的报告文学《哥德巴赫猜想》产生了浓厚兴趣，就是与当时社会上尊重科学、尊重人才的风气有关。从根本上说，这一时期的文学作品的范围是开放的，有内核而无边缘。

这一时期的文学要求更讲究艺术性、思想性和审美情趣，作品来源主要是创作文学，但也有经作家整理编辑的经典神话和传说。即使对曾看过、听过的童话等儿童文学作品，他们也会用新的眼光、新的体验去阅读并发掘出新的思想含义，找到新的情感体验。对这一时期文学的具体要求有以下几个方面。

一、建立在真实基础上的深刻性

少年后期的少年，在各方面的发展已接近成熟，即将走向独立生活，成为社会的一员。因此，他们除了要广泛地了解社会，还特别需要深刻地洞察社会和思考人生。也正因如此，他们更需要那些能深刻反映社会、揭示人生哲理的文学作品。《斯巴达克思》《牛虻》《钢铁是怎样炼成的》《红岩》《欧阳海之歌》等优秀文学作品能恒久地成为一代一代青少年认同、喜爱的文学作品，正是因为这些作品在反映广阔的社会生活的同时，还揭示了人性、人生方面的深刻哲理。

在说明少年后期文学的真实性时，应当指出，青少年更倾向于真实地、深刻地揭示社会生活矛盾的作品。他们在越来越多地接触社会后，不再仅仅按照学校所教给他们的观点、方法去看社会，而是会运用自己的头脑全方位地看社会：既看到光明，又看到黑暗；既看到让人称颂的一面，又不忽视让人沮丧、诅咒的一面。文学作品应当向他们展示生活的真实面貌，让他们懂得社会的复杂性，懂得为实现理想就要作出艰苦的努力、经受种种失败挫折的考验，做好必要的思想准备。

这一时期文学作品的深刻性应表现为认识的深刻性、思想的深刻性和情感的深刻性。认识的深刻性指通过文学作品形象，帮助读者全面地批判地认识社会，肯定合乎人类进步的因素，否定违反、阻碍人类进步的因素，并通过各种认识，鼓舞他们献身于人类伟大事业——和平、发展、进步、共产主义。思想的深刻性在于，要使这一时期的文学作品揭示社会的本质、社会发展的规律、人的本质和人生的意义。文学应当帮助少年后期的少年正确地认识别人，并通过别人来反观自身，正确认识人生的价值，确定正确的人生观。情感的深刻性在于文学要表现人的社会情感，让他们学会理解人、尊重人，让他们培养起集体主义、爱国主义情感，让他们树立起为真理和正义献身的精神，让他们全面发展自己的人格。

二、抒情性

有人说青年人天生是诗人，这说明青年人有表达自己情感体验的强烈愿望。作为已具备青年某些特点的少年后期的少年，也有这样的要求。但又由于他们的情感有不外露、文饰性、内隐性的特点，他们往往希望通过文学作品来加以表达，或通过文学作品获得所需要的情感体验。因此，诗歌和其他具有浪漫主义色彩的文学作品，容易受到他们的欢迎。

三、艺术性

少年后期的少年由于情感和思维的发展，会比少年前期的少年更加注意文学作品的艺术性本身，他们已经有了对艺术优劣作出判断的初步能力。他们甚至对不同流派的作家、作品在喜好上出现分化，对于新的艺术手法有浓厚的兴趣。而缺少艺术性或艺术性不强的文学作品，是很难得到他们的认同和欢迎的。这里的艺术性，指的是文学作品内容与形式统一的完美程度和社会审美价值的大小。为了取得较强的艺术性，作品的艺术表现手法要具有独创性，要出“奇”制胜，作品既能吸引读者，又能给人美感，使人信服。毫无疑问，少年后期文学应当自觉地把艺术性放在更重要的地位上。

第三节 少年后期文学的常见样式和作用

成人文学中的一切文学样式，都适合少年后期的少年。而特别受这一时期少年欢迎的样式有诗歌、小说、散文、报告文学、传记文学五类。在表现手法上，成人文学中运用的手法，只要巧妙运用都有可能被他们接受。少年后期文学，对于这一时期的少年来说，具有一种全面的意义：它能帮助孩子们全面深刻地认识社会，了解人生，形成正确的世界观；它能帮助孩子们完成情感的最后分化，使情感变成多元状态；它能帮助孩子们认识艺术本身，建立初步的审美意识；它能帮助孩子们最终以较完善的人格踏入社会。既然少年后期文学的意义如此重大，那么其作用是不可忽视的。

一、少年后期文学的常见样式

成人文学中的一切文学样式都适合少年后期的少年。而特别受这一时期少年欢迎的样式有如下一些。

1. 诗歌

诗是抒情性最强的文体。少年后期的少年充满豪情，诗最能表达他们的情感。像俄国莱蒙托夫的抒情诗《帆》，抒发了一种渴望变革、渴望做一番事业的强烈情感，历来为这一时期的读者所称道。我国青年诗人梁小斌的《雪白的墙》，表现了一个孩子对和平与宁静的珍惜，以及对心灵永远不受玷污的祈望，因此很能引起少年读者的共鸣。

2. 小说

小说是这一时期少年非常热爱的体裁样式。他们要求小说在题材上更广泛，在思想上更深刻，在艺术上更有创造性。具有丰富的社会生活画面、深刻揭示社会本质和人生哲理的小说，最为这一时期少年所欢迎。《谁是未来的中队长》《今夜月儿明》《三色圆珠笔》《山羊不吃天堂草》《孤女俱乐部》等小说所引起的效应，很能说明问题。当然，那些描写爱情的小说也会受到他们格外的关注，如琼瑶的一些小说。

3. 散文

少年后期的少年已对艺术本身产生了浓厚的兴趣，具有评价艺术作品的初步能力。正因如此，他们对散文的喜爱和欣赏，肯定超过此前任何一个时期的儿童。

4. 报告文学

报告文学是知识性与写实性并存的文学样式。少年后期由于生理、心理、社会化程度与以前不同，他们就有兴趣和能力阅读这类兼有新闻性和文学性，涉及社会、人生、国家等大事的文学作品。当然，表现同龄人生活、情感的报告文学也会特别受到他们的欢迎。

5. 传记文学

传记，特别是伟人的传记，对即将踏入社会、渴望实现自己理想的少年来说，无疑具有很强的吸引力，好的传记文学往往会对少年后期少年的成长起到深远的影响，如《居里夫人》《马克思的青年时代》《毛泽东的青年时代》《拿破仑传》等。

在表现手法上，前面所说的一切手法，以及成人文学中运用的手法，都有可能被他们接受，关键是要运用得巧妙。那些富有创造性的艺术表现手法，甚至会引起他们模仿的念头，当然，有时也难免“囫囵吞枣”。

二、少年后期文学的作用

少年后期文学的意义重大，其作用是不可忽视的，具体来说有如下几种。

1. 全面深刻地认识社会、人生和自然，认识艺术本身

少年后期的文学仍有着巨大的认识作用，这种作用与这一时期的少年已积累的各种经验结合，会发挥得更为具体、深刻。

2. 建立起社会的道德感、正义感、责任感

少年后期文学要帮助读者培养起正确的自我意识和尊重他人、为他人服务的意识以及现代人应具备的情操，培养起社会主义的民主精神和法治精神以及革命人道主义精神，帮助他们以健全的人格步入社会。

3. 激励他们在与社会的交互作用中奋发向上，勇于开拓，又不断完善自己

少年后期的少年意气风发，奋发向上，处于确立人生观的关键时期。少年后期文学要帮助他们用历史上的和现实社会中的先进人物、先进思想激励自己；帮助他们认清社会发展的方向，把社会发展与个体发展统一在一起，激发爱国热情，确立为祖国、为人民的事业而奋斗的理想和信念。

4. 宣泄消极情绪情感

少年后期的少年在情绪情感上依然带有“闭锁性”的特点，可通过文学作品来沟通情感，排遣消极情绪情感，解除和减轻情绪情感负荷。这一时期的文学仍负有这方面的责任。

探究·实践

1．少年后期少年的情感特点有哪几个方面？

2．简述少年后期少年的社会化程度。

3．根据你与少年后期少年相处的经验，说明这一时期少年对文学作品的要求已不同于童年期儿童及少年前期少年。

第二编 儿童文学体裁

儿童文学的大部分体裁是与成人文学一致的，如小说、散文、戏剧、寓言、故事、报告文学等。但也有一部分体裁专属儿童文学，如童话、儿歌（童谣）、图画故事（绘本）等。正如学者们在成人文学的体裁划分上意见不尽一致一样，如何为儿童文学的体裁归类，历来也是有争议的。为了论述的方便，本编按通常采用的方法，将儿童文学分为儿歌、儿童诗、儿童故事、童话、寓言、儿童小说、儿童散文、儿童报告文学、儿童戏剧文学等九大类。

第一章　儿　歌

【学习提示】

本章阐述了儿歌的特征、类型和创作。学习时应重点掌握儿歌的特征，并尝试依据儿童的不同年龄特点创作适合的儿歌。

儿歌在我国有着悠久的历史，古代称为“童谣”“孺子歌”“小儿语”等。《左传》中已有“卜偃引童谣”的记载。儿歌原属民间文学，随着社会文明的进步，才成为儿童文学的重要样式之一。五四运动后，歌谣运动大发展，“儿歌”这一名称在我国被正式使用。具体来讲，儿歌是一种专门为较小年龄的儿童所创作的，符合这一年龄段儿童的理解能力、心理特点和欣赏趣味的，具有韵脚、无音乐相伴的口头短诗歌。

第一节 儿歌的特征

儿歌以其浅显、简短、易唱以及节奏明快的特点，深受儿童喜欢。婴幼儿从咿呀学语到模仿简单的字词，并进而学着念诵句式简短、朗朗上口的歌谣，儿歌是其获得审美满足、宣泄情绪和交流情感的重要方式，也是他们感知自我、认识外界的途径。因此，儿歌对于儿童情感的教育、心智的启迪、语言的训练有着重要作用。儿歌具有下列几个特征。

一、主题单一

《摇摇船》简析

一般来讲，一首儿歌都集中说明一个意思，讲一个道理，有一个目的，内容不要求过多过杂。这是因为儿歌以低幼儿童为主要接受对象，内容应当符合该年龄段儿童的心智发展程度，易为婴幼儿所理解。优秀的儿歌总是充分地显示出主题的集中和单一来，如传统儿歌《摇摇船》：

摇摇摇，
一摇摇到外婆桥，
外婆叫我好宝宝。
糖一包，果一包，
还有饼儿还有糕，
吃了糕饼上学校。

这首儿歌因为集中表现了外婆疼爱外孙、外孙依恋外婆的主题，历来为婴幼儿所喜爱。它的前三句比较固定，后三句因时因地而有变化。儿歌前三句充分突出了作品集中而单一的主题。

《一个瓜》简析

有些儿歌说不出什么含义，只是对婴幼儿进行知识启蒙教育，或只是为了“好玩”，或只是为了锻炼他们的口语表达能力，整首儿歌只包含一个目的，即只有单一的主题。如有一首绕口令《一个瓜》：

金瓜瓜，
银瓜瓜，
瓜棚上面结满瓜，
瓜瓜落下来，
打着小娃娃；
娃娃叫妈妈，
妈妈抱娃娃；
娃娃怪瓜瓜，
瓜瓜笑娃娃。

这首绕口令，能集中矫正婴幼儿韵母a的发音，使之能辨清“瓜”“妈”“娃”等字的读音，其创作目的是十分明显的。我国民间流传的大部分绕口令都属于这一类。

二、内容浅显

由于婴幼儿的思维特点是具体、直观、形象，因此以婴幼儿为主要读者的儿歌，在内容上必须特别强调浅显、具体和形象。浅显，指内容上不能涉及过于深刻的道理，不能以婴幼儿所不熟悉的事物为表现对象，也不能运用过于复杂的修辞手法和深奥难懂的词语。具体，指儿歌所描述的对象必须是可观的、可感的、可识的，有外形，有色彩，有声音，有足以激发小读者想象的具体内容，而不能是概念化、抽象化、过于理性化的。形象，主要指运用一切可以为婴幼儿所接受的艺术手法，使儿歌所包含的内容显示出生动形象的外部特征，以触发小读者心中那些有限的生活印象，并进而引起联想。作家鲁兵的《天上玩玩》可作为体现儿歌浅显性的典范：

月亮圆圆，
像只小盘；
月亮弯弯，
像只小船。
坐上小船，
天上玩玩。①

这首儿歌的语言完全是儿童化、口语化的，画面具体而形象，最后引起儿童“坐上小船，天上玩玩”的想象就十分自然了。

① 圣野《新编儿歌365》，浙江少年儿童出版社，2012。

三、结构简单

儿歌的篇幅应当短小精巧，结构应当单纯而不复杂。这一特征主要体现在以下两个方面。

首先是外部结构，即篇幅短小。常见儿歌一般有四句、六句、八句，当然也有较长的。就每句的字数看，有三言、四言、五言、七言、杂言。三言、五言、七言是基本句式。如全舒的儿歌《小青蛙》：

小青蛙，
叫呱呱，
捉害虫，
保庄稼，
我们大家都爱它。①

寥寥19个字，既描绘出一幅青蛙鸣叫的田野图画，又告诉儿童青蛙捉害虫保庄稼的常识，简短、单纯，易记易诵。

其次是内部结构，包括线索、层次等简明、紧凑、连贯和完整。如儿歌《洗手绢》：

洗衣粉，
泡泡多，
我洗手绢唱着歌。
唱着歌，
慢慢搓，
搓开一盆花朵朵。
花朵朵，
纷纷落，
干干净净都夸我。

这首儿歌生动形象地再现了一个爱清洁的孩子边洗手绢边唱歌的欢乐情景。它的主题单一，篇幅短小，意思完整。

《听我话》简析及作者简介

四、语言通俗

儿歌要努力避免使用书面语和各种术语，语言通俗化的要求与上述内容浅显化的要求是一致的。比如郑春华的《听我话》：

① 天一卡通工作室《童谣》，陕西人民美术出版社，2004。

小兔，小兔，
轻轻跳。
小狗，小狗，
慢慢跑。
要是踩疼小青草，
我就不跟你们好！

对于一个处于婴幼儿阶段的孩子来说，小兔跳、小狗跑，还有踩疼青草，都是生活化的语言，通俗易懂；尤其最后一句，俏皮、生动，更是贴近婴幼儿日常生活。

五、音乐性强

音乐性本是对一切诗体作品的普遍要求，但儿歌在这方面显得格外突出。这不但因为儿歌的阅读及传播在很大程度上是通过朗诵吟唱来实现的，还因为儿歌的读者对象是离襁褓时期不远的幼小儿童。他们正处于学习语言、提高语言表达能力的阶段，富有音乐感的儿歌语言可以引起他们的美感、愉悦感，激起他们学习语言的兴趣。如唐鲁峰的《小树叶》就是一首充分体现音乐性的好作品：

小树叶，
会说话：
哗哗哗，哗哗哗……
它说："风大啦，风大啦！"

小树叶，
会说话：
沙沙沙，沙沙沙……
它说："风小啦，风小啦！"

小树叶，
会说话：
唰唰唰，唰唰唰……
它说："下雨啦，下雨啦！"

风停了，
雨停了，

小树叶，
不响啦。[①]

此诗准确、贴切地使用了拟声词，既有音乐感，又有利于调动婴幼儿的想象；诗句的多次反复更增强了音乐性。

六、节奏感强

儿歌的主要读者是不识字或识字不多的学龄前儿童，它必须是一种以听觉为主要感知方式的语言艺术。这一是因为儿歌在本质上是与吟诵相联系的，所以它要具有一定的节奏感；二是由于儿歌只有音韵和谐、朗朗上口，才便于孩子记忆和背诵，才能使孩子更早地接受音乐美的熏陶。所以，儿歌在创作的时候就要非常注重音韵的和谐、动听。

儿歌往往是押韵的，押韵的目的是使儿歌音韵和谐，充满韵律感和音乐性。刘饶民的儿歌《春雨》就是一首韵律优美的儿歌。

滴答，滴答，
下小雨啦……
种子说："下吧，下吧，
我要发芽。"
梨树说："下吧，下吧，
我要开花。"
麦苗说："下吧，下吧，
我要长大。"
小朋友说："下吧，下吧，
我要种瓜。"
滴答，滴答，
下小雨啦……[②]

这是一首连句押韵的儿歌。它以拟声的修辞方法、双声叠韵的词语、反复的句式，呈现出一唱三叹、回环往复的音乐美，创造了富有音乐韵律的境界。孩子听起来悦耳动听，像听音乐；读起来朗朗上口，像唱歌。整首儿歌如小溪般流畅，纯净而美丽。

此外，儿歌的传播在很大程度上是通过游戏方式来实现的，所以儿歌应适宜诵

① 唐鲁峰《诗词中的科学》，江苏人民出版社，1983。
② 尹世霖《中国经典儿歌：童谣》，新疆青少年出版社，2006。

唱，并能与游戏过程相配合，呈现出鲜明的节奏感。富有音乐感、节奏明朗的儿歌可以引起婴幼儿的美感、愉悦感，激发他们学习语言的积极性。

如陕西儿歌《排排坐》就是一首节奏感强的儿歌。

排排坐，
吃果果，
你一个，
我一个，
妹妹睡了留一个。[①]

这首儿歌有规律地出现了一定数量的音节，音节构成诗句，诗句因为停顿而形成了一定的节拍。一般来说，三字句停顿两次为两拍，五字句停顿三次为三拍，七字句停顿四次为四拍。由于不同节拍停顿的错落变化，念唱起来，儿歌就具有了鲜明的节奏。

除了上述几个特征之外，儿歌还在构思上要求巧妙、新颖，在取材上要求特别注意贴近婴幼儿的生活，总体上更强调游戏性、趣味性。

第二节　儿歌的类型

儿歌的分类方法有很多，例如，按照功用，儿歌大致可分为三类：游戏儿歌、教诲儿歌、训练语言能力的绕口令。这里依据儿歌的表达内容、表达方式、构成样式等，将其划分为以下几类。

一、摇篮曲

摇篮曲又叫催眠曲，是成人吟唱给婴幼儿听的，内容单纯，词句简短，极富音乐性。韵律要求舒缓、节奏不能过快，要有利于营造宁静、安定的气氛，促使婴幼儿情绪稳定地进入睡眠状态。如我国的一首《催眠曲》：

风啊，你要轻轻地吹，
鸟啊，你要轻轻地唱。
我家小宝宝，
已经睡熟了。

宝宝的眼睛像爸爸，

---

① 尹世霖《中国经典儿歌：童谣》，新疆青少年出版社，2006。

宝宝的眉毛像妈妈；
宝宝的鼻子呢？
又像爸来又像妈。

睡着吧！
我的小宝宝，
醒来带你去玩耍，
玩耍玩到外婆家。[①]

柔和的音调，优美的韵律，能使婴幼儿的神经舒缓、放松，逐渐进入梦乡，对他们的情绪起到良好的安抚作用。

二、数数歌

数数歌通过数数的方式来念唱，帮助婴幼儿确立数字概念，进而进行简单的运算。如任溶溶的《我给小鸡起名字》：

一、二、三、四、五、六、七，
妈妈买了七只鸡。
我给小鸡起名字：
小一，
小二，
小三，
小四，
小五，
小六，
小七。

它们一下都走散，
一只东来一只西。
于是再也认不出，
谁是小七，
小六，
小五，
小四，
小三，
小二，
小一。

《我给小鸡起名字》简析及作者简介

这是一首很成功的数数歌，它采用了“为小鸡起名字”的特定叙述角度，使单调、枯燥的数数过程转化为生动、活泼的游戏过程，十分形象，读起来顺口又易记。

不少数数歌在对婴幼儿进行数学启蒙教育的同时，兼有思想教育、道德品质教育的作用。如张秋生有一首《半半歌》：

① 尹世霖《中国经典儿歌：童谣》，新疆青少年出版社，2006。

有个孩子叫半半，
起床已经七点半，
鞋子穿一半，
脸儿洗一半，
早饭吃一半，
课本带一半，
上学路上半半跑，
光着一只小脚板。[①]

这首儿歌不但以形象的诗句解释了“半数”这一抽象概念，还栩栩如生地描绘了一个办事粗心大意的小“半半”，为这一类孩子提供了一面镜子，显然是具有讽喻、劝诫意义的。

三、问答歌

此类儿歌有一问一答的形式，也有数问后作一答的形式，意在引起婴幼儿的注意后，通过解答来拓宽婴幼儿的知识面，增进他们对诸种事物的理解。这类儿歌相对成人吟唱诵读的“对歌”而言，除了内容上浅显些，选材与婴幼儿生活接近些，以及用词造句上更通俗易懂些之外，别无更多区别。与成人的“对歌”一样，问答歌大量运用排比、重叠、反复、对偶等修辞手法，语言口语化且富有节奏感。例如，朱晋杰的《什么好》：

什么好？
公鸡好，
公鸡喔喔起得早。

什么好？
小鸭好，
小鸭呷呷爱洗澡。

什么好？
小羊好，
小羊细细吃青草。

① 《东方新童谣》，少年儿童出版社，2005。

什么好?
小兔好,
小兔玩耍不吵闹。①

这首儿歌采用一问一答形式,将几种小动物的生活习性置于儿歌的问答中,语言生动形象、好记易诵。

此外,有些在幼儿中流传的问答歌,不一定有什么具体的内容和意义,甚至问题与问题之间也并没什么内在联系,但是儿歌接二连三的提问和作答,富有节奏感的韵律,能带给幼儿游戏的愉悦,提供练习语言表达能力的机会。如以某人姓氏开头的对答歌"你姓啥?我姓黄。什么黄?草头黄。什么草?碧绿草。什么碧?毛笔(碧)。什么毛?三毛。什么三?高山(三)……"就属于这一类。问答歌的特点就在问答。既然要回答问题,总得动点脑筋,所以问答歌能启发儿童的心智,唤起儿童对各种事物的注意,帮助儿童认识、理解周围的世界。

四、连锁调

所谓"连锁",指运用修辞中的"顶针"手法,将诗句组接起来,形成环环相扣、句句相连的结构形式。如作家金波所作的《野牵牛》便属于这一种:

野牵牛,爬高楼,
高楼高,爬树梢;
树梢长,爬东墙;
东墙滑,爬篱笆;
篱笆细,不敢爬;
躺在地上吹喇叭,
嘀嘀嗒!嘀嘀嗒!②

前五行每行诗句的最末一个词都在下一行句首出现,在形式上显得既工整、和谐又活泼、有趣,并且营造出一种幽默、滑稽的语言氛围,便于表现富有童趣的内容或者含有讽刺意味的题材。

五、绕口令

绕口令除了具有儿歌的一般特征之外,最大的特征是在一首歌中组合起若干双

① 尹世霖《中国经典儿歌:童谣》,新疆青少年出版社,2006。
② 尹世霖《中国经典儿歌:童谣》,新疆青少年出版社,2006。

声、叠韵的词语，以达到矫正婴幼儿发音、锻炼其口头表达能力的目的。绕口令的语音必须拗口，但又要讲究韵律；它以帮助婴幼儿正音为主要目的，但内容又必须生动、形象、有趣。如一首传统的绕口令《盆、盘、瓶》：

盆里有个盘，
盘里有个瓶：
桌动盆也动，
盆动盘碰盆，
盘动盘碰瓶，
到底是瓶碰盘，
还是盘碰瓶？①

这首绕口令将几件生活用品组织进一首歌谣中，着重训练三个声母相同、韵母相似的词的正确念法——pén，pán，píng，可以说是相当集中地体现了绕口令的特征。

此外，儿童英文绕口令具有简短、生动、有趣的特点，可以帮助儿童更快地掌握单词的用法和意义，锻炼口语表达，增添学习的趣味和动力。如：

（1）I scream, you scream, we all scream for ice-cream.
（我尖叫，你尖叫，我们都为冰淇淋尖叫。）
（2）Susie sells seashells on the sea shore.
（苏茜在海边卖贝壳。）
（3）A big black bug bite a big black bear.
（一条黑色的大昆虫咬了一头大黑熊。）②

六、游戏歌

游戏歌是配合游戏动作的儿歌。其歌词动作性强，节奏欢快、鲜明，可以增强儿童游戏的兴趣和欢快情绪。如柯岩的《坐火车》：

《坐火车》简析及作者简介

小板凳，摆一排，
小朋友们坐上来。

① 尹世霖《中国经典儿歌：童谣》，新疆青少年出版社，2006。
② 何高大《英语绕口令精粹》，华中科技大学出版社，2002。

我们的火车跑得快，
我当司机把车开。
（轰隆隆隆，轰隆隆隆，呜！呜！）

抱娃娃的靠窗坐，
牵小熊的往后挪。
皮球积木都摆好，
大家坐稳就开车！
（轰隆隆隆，轰隆隆隆，呜！呜！）

穿大山，过大河，
火车跑遍全中国，
大站小站我都停，
注意车站别下错。
（轰隆隆隆，轰隆隆隆，呜！呜！）

哎呀呀，怎么啦，
你们一个也不下？
收票啦，下去吧，
让别人坐坐吧。
（轰隆隆隆，轰隆隆隆，呜！呜！）①

这首儿歌音韵优美，节奏明快，形式上模拟了火车行进的节奏，能满足儿童模仿开火车、乘火车的游戏需要。

七、谜语歌

以儿歌的形式出现的谜语叫谜语歌。谜语歌有利于开启婴幼儿的智力，引发他们的联想，锻炼他们的思辨能力，同时又能满足其好奇心和好胜心。与一般的谜语（即不是儿歌形式的谜语）一样，谜语歌也包括“谜面”和“谜底”两大部分。描绘事物特征的诗句构成谜面，隐含其中的事物即为谜底。谜面与谜底之间存在着某一方面或某几方面的共同、共通之处，便于猜谜者产生联想、进行推理，最后作出判断。如：

① 柯岩《儿童诗选》，人民文学出版社，1981。

天上挂银灯，
数呀数不清，
白天不见面，
夜里亮晶晶。①

谜面运用比喻手法将谜底“星星”比作“银灯”，具体描绘了其“数不清”，在“天上”，不在“白天”而在“夜里”露面等特征，便于婴幼儿进行合情合理的推断，最后猜出谜底。

谜语歌的语句要求通俗易懂，不能在婴幼儿绞尽脑汁地猜谜的同时再为他们设置语言上的障碍。

八、颠倒歌

颠倒歌，也称滑稽歌、古怪歌和倒唱歌，它通过大胆的夸张，有意错倒地描绘某种自然景象或生活中的事物，达到以反衬正的目的。它巧妙地运用相反相成的辩证法原则，以表面的荒诞暗衬、揭示事物的本质，其中常常蕴含哲理。比如一首传统的儿童颠倒歌《说颠倒》：

颠倒歌，
说颠倒。
石榴树上结红桃，
杨柳树上结辣椒，
吹着鼓，
打着号，
木头沉到底，
石头水上漂，
小鸡叼了秃老鹰，
老鼠抓住大花猫，
你说好笑不好笑。②

这首儿歌看似十分荒诞、悖情逆理，但仔细琢磨一下，其内容本身还是有一定的内在联系的，揭示了事物的特征和秩序。颠倒歌几乎都是这样，把自然界的某些规律、某些常见现象来个颠倒，在这个“颠倒”的世界里，儿童的想象得以自由驰

① 尹世霖《中国经典儿歌：童谣》，新疆青少年出版社，2006。
② 天一卡通工作室《童谣》，陕西人民美术出版社，2004。

骋。颠倒歌的形式非常简单，只是将正常句子中指代事物的词语加以颠倒，人们只需将这些词语的位置互换，儿歌的内容就合理了。

颠倒歌以表面的荒诞、形式的颠倒暗衬事物的本质特征，借助大胆的想象、夸张，帮助婴幼儿从“自然人”向“社会人”转化，增长婴幼儿的知识，发展其语言表达能力，提高其审美能力，培养其健康、积极的人格。

除了以上几种常见的类型之外，儿歌中还有一些诸如“子”字歌、“头”字歌等形式。它们以其独特的句尾区别于其他类型的儿歌，受到儿童的欢迎。如夏晓红的《猴子搭戏台子》：

小猴搭起戏台子，
穿起一条小裙子，
引出两头小狮子，
舞起三个响铃子，
穿过四个小圈子，
抛起五顶小帽子，
叠起六把小椅子，
摆起七张小桌子，
转动八个小盘子，
挂起九面小旗子，
变出十个小果子，
人人都夸小猴子。①

这是一首以“子”字做尾字的儿歌。这首儿歌的妙处不仅在于“子”字尾，而且有完整的情节结构和生动的形象描写，更值得称道的是它把动词、数字和量词组织于其中，具有丰富的认知内涵。

第三节 儿歌的创作

儿歌创作除了要遵循儿童文学的一般创作规律之外，还要注意以下几个方面的问题。

一、体现口头文学的特征

儿歌主要是供幼儿吟唱，甚至是供婴儿听唱的，因此就文体形式而言，儿歌并非书面文学，而是口头文学。口头文学要求可读（指朗读）性强，内容要贴近日常

① 《东方新童谣》，少年儿童出版社，2005。

生活，语言要流畅生动，富有音乐感，只有这样，才能口口相授，广为传播。

二、体现婴幼儿的年龄特点

处于婴幼儿阶段的孩子对儿歌这一形式会表现出特殊的兴趣和爱好。儿歌创作者必须充分注意到婴幼儿在心理和社会化程度方面的特点，使自己的作品切合他们的需求，适应他们的接受能力。

三、体现诗体文学的特点

儿歌属于诗歌范畴。诗歌讲究构思巧妙、选材精当、诗句高度凝练以及富有音乐性，这些都应在儿歌中得到体现。

探究·实践

1．儿歌基本的艺术特征是什么？
2．为什么儿歌必须朗朗上口？试举例说明。
3．试以“讲礼貌”为主题创作一首儿歌。

第二章　儿童诗

【学习提示】

本章就儿童诗的特征、类型和创作进行了介绍。学习时应重点掌握儿童诗的特征，并能够初步分析儿童诗。

儿童诗是儿童文学中文学性最强的体裁之一。它是指为少年儿童创作，切合他们的心理特点，适合他们阅读、欣赏的一种诗歌形式。它以精练的语言、浓缩凝聚的形式、优美的意境，抒发浓烈的情感，集中概括地反映自然环境和社会生活，愉悦少年儿童的身心，使他们在阅读中展开丰富的想象，并从中受到感染和教育。

第一节　儿童诗的特征

儿童诗是诗，与成人诗有着不可忽视的共性。但它又是儿童的诗，从内容到形式都要考虑到儿童的心理接受特点和教育上的要求，因此儿童诗又有它独具的特征。

一、健康积极的主题

儿童诗绝大多数是成人写给儿童看的。儿童正处于智力和思维的发展阶段，分辨事物的能力较差，因此，作者责无旁贷地要以高尚、健康的情感对他们进行正确的引导，同时又须注意从儿童的实际出发，了解他们的年龄特点，在抒发感情、表达观点时不能朦胧或过于委婉，令小读者如坠入五里雾中。

儿童诗最重要的艺术特征就是题材选择是严肃的，主题确立是严肃的，情感抒发是健康的，总体基调是明朗的。当然，儿童诗同样需要多样形式、多种风格。

儿童诗在内容上要求严肃、谨慎、明朗，这一点无论中外概不例外。意大利著名儿童文学作家贾尼·罗大里所作的儿童诗歌《一行有一行的气味》，以强烈的是非爱憎，教育孩子要做一个正直、善良、勤劳、勇敢的人。苏联作家马雅可夫斯基的《什么叫做好，什么叫做不好?》，更是以其立场鲜明的社会主义思想教育为总体特色。我国一些被公认为佳作的优秀儿童诗，无不体现了这一重要的特征。

《一行有一行的气味》简析及作者简介

二、浓郁的儿童情趣

这是儿童诗有别于成人诗最显著的艺术特征。大部分儿童诗是站在儿童的立场上去观察生活，反映生活，抒发对生活的感受的。其中有一部分诗作，直接出自少年儿童之手。如10岁儿童刘倩倩创作的《你别问这是为什么》，将安徒生童话《卖火柴的小女孩》中的贫苦女孩形象当作现实世界存在的真实人物，给以同情和关怀，充满了童趣。我们现当代的一些优秀儿童诗，大多是以浓郁的儿童情趣“取胜”的。如任溶溶的《爸爸的老师》、柯岩的《帽子的秘密》、严友梅的《打开小窗》等。

《爸爸的老师》简析

儿童诗中还有一些是从成人的立场出发描绘儿童生活（或为儿童所感兴趣的生活）并抒发感受的作品。这些作品表现出作者对儿童生活的兴趣，对儿童问题的关

《下巴上的洞洞》简析及作者简介

心，对儿童情思的理解，洋溢着浓郁的儿童情趣。如鲁兵的《下巴上的洞洞》、任溶溶的《小孩、小猫和大人的话》、毕国瑛的《新朋友》等。

《字典公公家里的争吵》简析及作者简介

以童话诗和寓言诗形式出现的儿童诗，更富有浓郁的儿童情趣。如金逸铭的《字典公公家里的争吵》、高帆的《骄傲的青蛙》、张秋生的《猫和狗的会餐》、罗丹的《兔子和乌龟第二次赛跑》以及普希金的《渔夫和金鱼的故事》等，都是范例。

三、鲜明的形象性

儿童以具体形象思维为主，他们认识事物的方法是直观的、具体的。因此，给儿童写的诗要求更形象、更有趣味。大段的抒情、内心独白以及空泛的议论，会使儿童感到厌倦；跃动的形象、绚丽的色彩和铿锵的声响才能吸引孩子。

儿童诗的形象性一般来说表现在以下方面。

《摇篮》简析及作者简介

1. 想象性

儿童诗以其符合儿童心理特点的活跃的想象，为儿童所接受，从而达到审美教育的目的。儿童诗的想象带有浓重的幻想色彩，它源于生活，又高于生活。它未必符合成人的思维逻辑，却与儿童的特殊心态合拍，足以引起他们的共鸣。如黄庆云的《摇篮》可为例子：

蓝天是摇篮，
摇着星宝宝，
白云轻轻飘，
星宝宝睡着了。

大海是摇篮，
摇着鱼宝宝，
浪花轻轻翻，
鱼宝宝睡着了。

花园是摇篮，
摇着花宝宝，
风儿轻轻吹，
花宝宝睡着了。

妈妈的手是摇篮，
摇着小宝宝，
歌儿轻轻唱，
宝宝睡着了。

这首儿童诗展开想象，运用拟人、比喻、反复等修辞手法将“蓝天”“大海”“花园”以及“妈妈的手”联结在一起，创造了一个温馨、宁静的环境，使娃娃们陶醉于其中，安然入睡。

2. 叙述性

相比成人诗，儿童诗带有更强的叙述色彩。即使是以抒情为主的诗作，其叙事成分也是比较多的。这主要是因为儿童喜欢接受可感可观的具体事物，可感可观的事物才能激发他们的形象思维，使他们产生联想，进而与诗歌所表达的思想感情同频共振。叙事性强的优秀儿童诗，令小读者百读不厌，有的还会代代相传，其影响历时长久而不衰。如普希金的《渔夫和金鱼的故事》，是世界各国儿童都喜爱的优秀作品，很大程度上是由于该作品强烈的叙事性造成了鲜明的形象性，对儿童具有极大的艺术吸引力。

《渔夫和金鱼的故事》简析及作者简介

3. 优美的语言

儿童诗不但承担着对儿童进行思想教育、陶冶其情操的任务，还承担着语言训练的任务。因此，儿童诗还具有在语言上格外谨慎、讲究的艺术特征。

儿童诗的语言首先要求准确、精练，要用经过提炼的口语写诗，必须摒弃那些错误的、僵死的、紊乱的、含糊的语言。儿童诗的语言还必须流畅而优美。例如上面黄庆云的《摇篮》，诗的语言富有韵律美，诗的结构递进，营造出优美的意境。

好的儿童诗绝不止于平实地叙述现实生活，而是精心设计情文并茂、文采斑斓的诗句，把平平常常的意思说得有实感，把现实生活的动态活灵活现地展示出来，给人留下深刻的印象。英国作家斯蒂文森在他的《夏天的太阳》一诗中，从儿童的视角出发这样描写阳光：

我们拉下了百叶窗，
使客厅保持着阴凉，
他还是找到了一两个裂缝口，
伸进他金光闪亮的手指头。[①]

诗中的“他”指的是太阳。优美的语句再加上新颖而贴切的比喻，使诗歌行文流畅、自然，耐人寻味，令人叫绝。

① 斯蒂文森著，屠岸、方谷绣译《一个孩子的诗园》，重庆出版社，2017。

4. 音乐性

儿童诗的音乐性要表现在押韵上。一般来说，年龄较小的读者，要求诗的韵脚密一些，变化少些，最好是一韵到底，一气到底，易念易记；而年龄较大一些的少年读者，则希望韵脚多点变化，音乐感更强些，以满足更高层次的审美需要。

儿童诗的音乐性不限于押韵，还表现在节奏上。如果在每行诗中有规律地安排声音的抑扬顿挫，大致整齐地安排音步，就能表现诗的节奏感。节奏也是情感的表现，它应该是随着情感的变化而变化的。

也有些儿童诗，虽然不押韵或押韵不严，但很注意情感与句式节奏的协调，读起来同样自然、流畅，富有音乐美。如梁小斌所作的《雪白的墙》，并不十分讲究押韵，但读来依然流畅而富有节奏感：

妈妈，
我看见了雪白的墙。

早晨，
我上街去买蜡笔，
看见一位工人，
费了很大的力气，
在为长长的围墙粉刷。

他回头向我微笑，
他叫我，
去告诉所有的小朋友，
以后不要在这墙上乱画。

妈妈，
我看见了雪白的墙。①
……

诗人采用了反复吟诵的手法，使全诗形成了回环辗转的旋律，情感浓郁、余味悠长。

第二节 儿童诗的类型

从不同的角度看，儿童诗有不同的分类：按语言形式分，有格律诗与自由诗之

① 谭旭东《感动孩子的100首童诗》，北京少年儿童出版社，2005。

分——只是在儿童诗中，格律诗比例甚小；按表现手法分，有叙事诗和抒情诗两大类；按内容分，则有童话诗、故事诗、讽刺诗、寓言诗、科学诗、抒情诗等。由于儿童诗常常以诗的外壳包容儿童文学其他样式的内容，因此，人们往往更侧重从内容的角度对儿童诗进行分类。

一、童话诗

童话诗以诗的形式来写童话。这种诗富有大胆的想象和夸张，叙事的脉络较为明晰。如印度诗人泰戈尔的《在黄昏的时候》，俄国诗人普希金的《金鸡的故事》《死公主和七勇士的故事》《鲁斯兰和柳德米拉》《沙皇萨尔坦的故事》，以及取材自我国民间童话和传说的《马兰花》《金色的海螺》等。童话诗非常适合学龄前后的小读者，其神奇夸张的故事情节，朗朗上口且富有音乐性的语言，对处于婴幼儿阶段的儿童有着特殊的吸引力。

二、故事诗

故事诗是以诗的形式和语言叙述故事的一种文学样式。它依靠情节和故事串连全诗，表达真实的情感，创造优美的意境；语言大多精练又富有诗意，将深刻的思想内容蕴藏于鲜明的形象、生动的诗节之中。如任溶溶的《爸爸的老师》、柯岩的《帽子的秘密》、李季的《三边一少年》、金近的《天目山上好猎手》等。

三、讽刺诗

这类诗是针对儿童生活中某些不良现象或他们身上的不良习惯，以夸张、讽刺手法写成的幽默、诙谐的诗。它使小读者在微笑中看到自己，受到启发，引起警觉。如任溶溶的《强强穿衣服》，以极度的夸张来描绘强强穿衣服动作之慢，讽刺了某些儿童边做事边玩耍的坏习惯。任溶溶的另一篇作品《小队长的苦恼》则讽刺了犯有脱离群众、主观主义毛病的小队长。作者善意的讽刺往往能引起有同类毛病的孩子的注意，促使他们自觉改正缺点。

四、寓言诗

这是一种诗体的寓言，它借用孩子能理解的诗的语言来讲述一个简短生动的故事，以寄寓一定的教训和讽喻之意。17世纪法国杰出的寓言诗人拉封丹善于借用已有的民间故事情节，运用诗的语言进行再创造。此外，我国当代作家高洪波的《列车上的苍蝇》、张秋生的《会拉关系的蜗牛》也是较有代表性的寓言诗作品。

五、科学诗

科学诗用凝练、生动的诗句来描绘科学现象，反映科学规律，赞颂科学精神。它把浅近而切合实际的科学知识形象化和人格化，或将本来比较抽象的科学

《我们的土壤妈妈》简析及作者简介

原理化为生动活泼的诗句，其目的主要在于普及科学知识。我国著名的科学诗作家高士其、李松波等都有大量的科学诗作品。高士其的《我们的土壤妈妈》《大阳的工作》，李松波的《为黄鼠狼辩》，范建国的《太阳光的妹妹》等是其中的代表作。

六、抒情诗

抒情诗以直抒胸臆、咏叹情思为主要特征，主要包括两类：一类是站在儿童的立场上，抒发儿童的情感，如刘倩倩的《你别问这是为什么》、乔羽的《让我们荡起双桨》、柯岩的《我的爷爷》；另一类是以成人的语气口吻表达对儿童的情思，或对自己童年时代生活的追忆怀恋之情，如智利女作家加布里埃拉·密斯特拉尔的《忧虑》，以委婉、缠绵的诗句倾诉了自己对女儿真挚、深沉的爱，是从成人角度抒发情怀的儿童诗佳作。此外，我国儿童诗作者杨唤所创作的《家》、唐奇的《小溪流》等也是抒情诗中的上乘之作。

《让我们荡起双桨》简析及作者简介

第三节 儿童诗的创作

儿童诗和成人诗有着不可忽视的共性，如果忽视了这种共性，就可能导致儿童诗的简单化；但它又有别于成人诗，有着自己独特的个性。所以作者在创作时要注意以下几点。

一、和儿童的心灵相通

儿童诗绝大多数是成人写给儿童看的。要使诗作被儿童喜闻乐见，除了注意教育的方向性外，成人作者要从儿童的实际生活中了解、研究、分析有关他们的一切，使自己重拾一颗童心。作者自己有了童心，才能赢得小读者的心。

在创作儿童诗的时候，诗人要善于把自己的感情融在儿童的感情中，并且通过儿童感兴趣的形象表现出来。柯岩的诗《“小兵”的故事》中所表达的孩子们的喜怒哀乐，确确实实就是生活中孩子们的真情实感。

二、注意儿童的年龄特点

写儿童诗要注意到读者的年龄差异和因之而产生的兴趣差异，充分地体现出儿童文学所独有的阶段性。

学龄前后的儿童，由于不识字或识字不多，尚不具备阅读能力，只靠听觉来感知儿童诗，所以，对儿歌更感兴趣。为这一时期的儿童创作诗歌，不妨向儿歌靠拢一些，更多地带有口头文学的特征。

经过一段学校生活之后，小学中年级学生的生活日益富于社会性。他们的眼界开阔了，感情也逐渐丰富起来了。他们从对小狗、小猫感兴趣，开始转到对现实、对人产生兴趣。因此，给这一年龄段的儿童写诗，应该较多地融入社会内容。以任溶溶的《爸爸的老师》为例，诗人通过对老少两代同去看望老师的描写，不仅歌颂了教师的辛勤劳动，而且显示出人与人之间应当互相尊重的主题。

进入少年期的儿童，由于已处于一个至关紧要的也是最不稳定的年龄期，所以他们对儿童诗的爱好和选择也是相当复杂的。他们的感情世界已日渐丰富，虽然依然脱不了孩子气，但他们已不愿别人将自己当作孩子看待。他们最感兴趣、最为关切的常常是复杂纷纭的内在情绪斗争、各种矛盾和冲突，以及解决这些矛盾和冲突的途径。所以他们开始喜欢那些表现内心世界的抒情诗，并且以自己的生活去印证它；他们甚至喜欢读成人诗，尽管还不能完全理解，但愿意“思而得之”。所以，他们认同和欢迎的是那些真正能推进他们社会化、与他们日益丰富复杂的生活和情感合得上节拍的艺术精品。

探究·实践

1. 举例说明儿歌与儿童诗的异同。
2. 阅读下面的《春风不说话》（谭旭东），分析这首诗的主题思想和艺术特色。

春风不说话
只悄悄地来
悄悄地走
把嫩嫩的小苞儿留下
让柳树的枝条摇着绿辫儿
让连翘花嘟着鹅黄的嘴巴

春风不说话
只亲亲地上的小草
摸摸地上的泥巴
田野冒出了排排绿芽
山岗上摇曳着朵朵红花。[①]

3. 试以小学生郊游活动为题材创作一首儿童诗。

① 谭旭东《我只是一只小鸟》，黑龙江少年儿童出版社，2017。

第三章　儿童故事

【学习提示】

本章阐述了儿童故事的特征、类型和创作。学习时应重点掌握儿童故事的特征，并尝试依据儿童的年龄特点创作儿童故事。

从文体上说，故事是一种叙事文体，它侧重对事件过程进行叙述、描写，强调情节的生动性和连贯性，而对人物性格较少作细致的描写与刻画。为儿童创作的、适合儿童阅读的故事，即为儿童故事。

第一节 儿童故事的特征

儿童故事是备受孩子青睐的儿童文学样式之一。它在故事性强、表现手法以叙述为主等方面，与成人所阅读的故事差别不大。但儿童故事以儿童为读者对象，有不同于成人故事的艺术特征。

一、主题集中而明朗

儿童故事的主题一般有很强的针对性，寓有相当明显的教育目的。许多民间故事是为了让孩子从小就懂得做人的道理，培养他们勤劳、勇敢、谦逊、友爱的优良品德的。如俄国作家阿·托尔斯泰所搜集、整理的民间故事《大萝卜》，讲述了一个大萝卜经老头儿、老婆儿、孙女儿、小狗儿、小猫儿乃至小耗子儿的共同努力才拔了出来的有趣故事，中心思想集中而明朗——团结起来力量大。至于取材于儿童生活事件的故事，更是要掌握孩子喜欢听故事的特点，因势利导，寓教于乐，带有更为显著的现实针对性，因而更为鲜明地表现出主题集中、明朗的特征。苏联著名儿童文学作家奥谢耶娃创作了大量很受孩子欢迎的故事，她的作品的最大特点就是逼真地描摹了儿童生活状况和心理活动，从各个角度对孩子进行思想品德、人格情操方面的教育。她的每一则故事，都有一个相当清晰的主题，能让孩子很快就得出孰是孰非的结论。如《蓝色的树叶》，作家截取了儿童生活的一个片段，通过幽默、讽刺，批评了某些孩子身上存在的缺点。

二、情节曲折而单纯

紧张、曲折、有起有伏、张弛结合的情节，可以产生艺术吸引力，使注意力不易集中的孩子产生浓厚的兴趣，被故事牢牢地抓住而最终完成艺术审美的全过程。儿童文学理论家楼飞甫将儿童故事情节的紧张、曲折归结为“传奇性”“意外性”等，强调“意外性与传奇性往往紧密结合在一起，两者并驾齐驱、相辅相成”，认为若是情节“安排得非常巧妙”，则“具有一种出奇制胜的艺术效果”。他还指出，儿童故事在情节上还具有“单纯性”“连贯性”“完整性”。他这样解释“单纯性”：

儿童故事的情节都比较单纯，发展脉络非常清晰。但单纯不等于简单或单调。儿童故事的情节主线一般都单线发展，不枝不蔓，但儿童故事并非呈直线状，而是呈曲线形、螺旋形或波浪状推进，起起伏伏、曲曲折折，有时能给人一种“山重水复疑无路，柳暗花明又一村”的峰回路转之感。[①]

这段论述比较清楚地说明了儿童故事在情节上既要求曲折又要求单纯。新编故事《三个和尚》属于情节设计很出色的佳作，它不囿于传统的“一个和尚挑水吃，两个和尚抬水吃，三个和尚没水吃”的故事框架，而是进一步安排了庙门起火，三个和尚合力救火的情节，把故事发展下去，最后安排和尚觉悟的大团圆结局。这一番衍写，大大增添了故事的曲折性，而且也是顺理成章、自然延伸的，保持了原来单纯的线索，适应了儿童的接受能力。

三、叙述明快而有童趣

叙述是儿童故事的主要表现手段，这是它与儿童小说的主要区别之一。在儿童小说中，描写和叙述都是主要的表现手法。儿童故事相比起成人故事来，叙述则要求更加直截了当些：开头要开门见山，结束要干净利落，整个叙述过程一般来说是粗线条的。历来为中国儿童文学评论界所赞誉的《圈儿圈儿圈儿》(作者安伟邦)，是在叙述手法运用上颇为成功的一例。全文不满300字，通篇都是明快、简洁的叙述，却刻画出一个不认真学习的孩子的种种窘相。

儿童故事重在对人物行动进行叙述，完整地交代事件的发生、发展及结局。叙述还要求富有童趣，以加强作品的艺术感染力。优秀的儿童故事大多童趣十足，使小读者感到贴近他们的生活，符合他们的兴趣，能引他们发笑，逗他们开心，跟他们的思想情趣真正“对得上号”。

四、语言质朴而活泼

儿童故事语言的总体风格应是质朴但不乏活泼，一般来说，描写少，各种绘声绘色的形容词也少，议论、抒情少，感情色彩就不会过浓。因此，无论成人故事还是儿童故事，直言其事，便有明朗、朴实的语体色彩。儿童故事在这方面显得尤其突出。在儿童故事中，人物的对白宜浅近、平白、口语化，也要活泼。优秀儿童故事作品中人物的对白，往往还表现出人物的个性特征，使读者如闻其声、如睹其面。

儿童故事除了以上四大特征之外，还有篇幅比较短小、讲究趣味性，特别是力求幽默等特征，一些动物故事则有着物性、人性妥善结合的特征。

第二节 儿童故事的类型

儿童故事的分类方法很多。以作者分，儿童故事有无名氏的民间故事和作家创

① 楼飞甫《儿童故事为何深受少年儿童喜爱》，《文艺报》1989年第24期。

作的故事。前者是从民间搜集整理而成的，后者是作者自行创作而成的。以表现形式分，儿童故事有文字故事和图画故事。前者以书面形式将内容诉诸小读者的视觉（或者成人的视觉，再通过讲故事的形式诉诸儿童的听觉）；后者则是与美术相结合的一种综合样式，主要以婴幼儿为阅读对象。以内容划分，儿童故事有人物故事、历史故事、生活故事、动物故事、神话故事、科幻故事、寓言故事、童话故事等。

一般来说，人们常采用第三种分类方法，即以内容为划分标准，但由于图画故事（绘本）具有比较显著的个性，所以又可单独列为一个门类，加以研究。下面选择几种典型类型加以介绍。

一、图画故事（绘本）

以图画表现故事内容即为图画故事。《三毛流浪记》《黑猫警长》都是图画故事。图画故事大致可分为两类，一类是不用文字，或用极少的文字；一类是以文辅图，叙述、描写乃至对白都比较详细。一般来说，前者适合幼儿阅读，后者较受小学中、高年级和初中阶段的少年儿童喜爱。

无论哪一类图画故事，都具有直观性强、思维跳跃度大、富有想象、戏剧冲突明显、画面及文字简洁而概括等特征。

图画故事的外部表现形式虽主要是图画，但创作过程却包括两个阶段，首先是创作文学脚本，其次是绘图者根据文学脚本将内容转化为画面。

一直以来，图画故事中的动画（卡通）和漫画形式颇受小读者的青睐。这些动画大多有生动有趣的故事情节、多视角多方位的场景描写、富有个性特征的人物形象、紧张惊险的矛盾冲突，以及简洁生动、诙谐滑稽的对白。

早在20世纪60年代，我国儿童文艺工作者们就创作了一系列极具中国特色的图画故事。其中包括集水墨画之大成，体现了中国画“似与不似之间”美学特征的水墨动画片；吸取了“民间皮影戏”和“窗花剪纸”艺术特色的剪纸动画片；撷取了“地方木偶戏”经验而成的木偶片；等等。许多经典图画故事作品，如《小蝌蚪找妈妈》《熊猫开店》《牧笛》《山水情》《猴子捞月》《鹬蚌相争》《螳螂捕蝉》《大闹天宫》等至今还广为流传。20世纪80年代是我国图画故事创作的高潮期，产生了《天书奇谭》《黑猫警长》《邋遢大王》《葫芦兄弟》等一批优秀的儿童图画故事作品。自20世纪90年代至今，我国图画故事创作进入了一个新的历史时期，内涵丰富、题材多样的一大批儿童图画故事作品，如《大头儿子小头爸爸》《海尔兄弟》《宝莲灯》《大耳朵图图》《丁丁历险记》《喜羊羊与灰太狼》相继问世，受到广大儿童的喜爱。

美国迪斯尼公司出品了系列经典动画影片，如《白雪公主》《仙履奇缘》《爱丽斯梦游仙境》《兔八哥》《米老鼠和唐老鸭》《睡美人》《狮子王》，以及随着高科技发展而诞生的3D动画《小鸡快跑》、《怪物史瑞克》（又译作《怪物史莱克》）和“总动员”系列等，改编出品了相应的绘本。日本素以漫画著称于世，其中不乏优秀的儿童图画故事作品，甚至曾经一度占据我国儿童动画市场，对我国“80后”一代的成长产生过深远影响，如《圣斗士星矢》《阿童木》《希瑞的故事》《花仙子》《聪明的一休》《变形金刚》《美少女战士》《哆啦A梦》《千与千寻》等。

二、历史故事

以历史事件、历史人物为叙述对象的故事即为历史故事。历史故事必须有史实根据。例如中国作家林汉达曾著有《春秋故事》《战国故事》《两汉故事》《兴唐传》《东周列国》等，都是以历史为线索的历史故事集。还有一些是以某个专题为线索而编著的，如《中国古代劳动人民的创造发明》（少年儿童出版社1978年版）、《科学家的故事》（中国少年儿童出版社2009年版）等。再有以某一著名历史事件为题材的，如《上海小刀会起义的故事》（上海人民出版社1959年版）等。以历史人物为叙述对象的，如《周总理的故事》（天津人民出版社1977年版）、《鲁班的传说》（少年儿童出版社1978年版）等。

历史故事的阅读对象一般是小学中年级以上的少年儿童，它是向孩子传授历史知识的故事样式，有利于扩大孩子的知识面，培养其历史唯物主义观点和爱国主义精神。

三、生活故事

生活故事的现实针对性很强。儿童生活故事多以儿童的生活或者与儿童生活有关的事件为叙述对象。一般来说，生活故事不用夸张手法、神奇魔法，不创造幻想世界，当然也不出现拟人化的事物，但有些供幼儿阅读的生活小故事却是例外。如《小羊要吃草》说的是一个孩子不肯擦洗耳朵，结果耳朵后面的污泥越积越厚，一颗草籽落在上面，长出一根草来，被一头羊看见了，羊要吃草，孩子害怕，就在前面跑，而羊就在后面追。故事虽然使用了大胆夸张的手法，但总体看来，还是取材于孩子的日常生活，因此还要算作生活故事。

在日常生活中，一些看起来十分平常、十分普通的事情，经过作家“记录”和“去粗取精”的艺术加工，就有可能产生一篇篇有意思的作品。美国儿童故事《煎饼帽子》就是取材于现实，从日常生活中撷取的一朵“文学小花”：迈克尝试学妈妈做煎饼，虽然第一次失败了，但他不甘心失败，在总结经验教训的基础上再做第二次，终于做成功了。这也告诉孩子一个道理：失败是成功之母。

生活故事使孩子感到亲切。孩子在故事中见到了榜样，会产生学习仿效的愿望；见到了有不良习惯的同龄人，会引发改正缺点的动力。

四、动物故事

动物故事是以动物为主角的故事。它与童话、寓言存在着重叠交叉的现象。正由于此，有些儿童文学研究者在论及故事类型时，不专列动物故事一类，而将它分别归入寓言、童话甚至小说（称为动物小说）类。

虽然有不少动物故事十分鲜明地表现了动物的生活习性以及相互关系，但其创作主旨却是间接地反映人类的社会生活和社会关系，因此动物故事中的动物大多有人的思想、性格、感情以及人际交往，动物世界实际上是人类世界的变形。

动物故事与人物故事相比更容易激起儿童特别是幼儿的兴趣。它避免直接说教的弊病，给读者新鲜感，可以促使儿童在认识人类之外的外部世界的同时认识人类自身，增强辨别真假、美丑、正误、善恶的能力，同时得到美的熏陶。

第三节 儿童故事的创作

儿童故事创作除了要遵循儿童文学创作的一般规律之外，还要注意以下两点。

一、讲求情节的一贯、完整和吸引力

故事的最大特征在其故事性，即注重情节。儿童故事的情节虽不必如成人故事般九曲三弯、多线交错、悬念迭起，但也要讲求吸引力，能将注意力易分散，不持久的小读者牢牢地抓住。增强吸引力的艺术手段可以是多种多样的：在取材上，注意贴近儿童生活，使他们产生认同感和亲切感，从而形成心理上的默契、情感起伏上的同步节奏；也可在大胆夸张构思基础上，对材料进行变形加工，造成生活特异化、漫画化，给读者新奇感。在结构安排上，或组织严密、环环相扣，使人感到紧张、惊险，难以释卷；或首尾呼应、安排伏笔，以若干悬念引起读者的兴趣。在人物关系设置上，注意在组织起关系网的同时形成矛盾网，让人物在矛盾中展现性格，自然而然地推动情节向前发展。在细节设计上，善于选取并妥善使用那些富有童趣的动作细节、语言细节、心理活动细节，使作品趣味盎然、引人入胜。多种艺术手段充分调动起来可大大增强故事的吸引力。

二、注意语言的流畅、通俗和口语化

叙述是儿童故事的主要表现手段，因此讲故事的语言要尽量流畅、顺口、口语化。咬文嚼字，引经据典，过多地抒情、议论，这些对儿童故事创作都是不利的。在创作时，要做到语言流畅、通俗、口语化，作者必须加强与儿童的接触，从儿童的现实生活中撷取最富有表现力、最有童趣的语言，同时唤起自己的童心，使自己能自由地运用儿童所喜闻乐见的语言，创作出他们喜欢看、喜欢说给别人听的好故事。

探究 · 实践

1. 自选 1 ~ 3 篇儿童故事阅读，结合实例，谈谈儿童故事的特征。
2. 试创作一则儿童生活故事。

第四章　童　话

【学习提示】

本章阐述了童话的特征、类型、表现手法和创作。学习时应重点掌握童话的特征，并尝试依据儿童的年龄特点创作童话作品。

童话是一种带有浓厚幻想色彩的虚构故事。它是儿童最喜闻乐见的儿童文学样式，所以常被认定为最能体现出儿童文学特征的文学样式。

第一节 童话的特征

童话主要有以下特征。

一、童话的基本特征是幻想

童话是以奇异动人的幻想、奇妙曲折的情节间接地反映现实生活、表现儿童情趣的一种文学样式。在童话作品中，人物是虚构的，环境是假设的，情节是离奇的。童话中的一切都是幻想的产物。

以格林兄弟的《白雪公主》为例。故事中形象美丽、内心纯洁的白雪公主，外表极美但内心极毒的王后，七个外貌丑陋但心地善良的小矮人，都是现实生活中美和丑的形象的真实写照，但又都是虚构的。如王后手里那面能说出“谁是世界上最美丽的女人”的镜子，七个小矮人的房子以及一切用具，都是作者夸张后的产物。狠毒的王后一次次陷害公主；公主在七个小矮人真诚的帮助下，一次次渡过难关，并在漂亮王子诚挚爱情的感召下，死而复生。这些情节也属于离奇的幻想。故事以王后害人终害已的结局结束，热情歌颂了真、善、美，鞭挞了假、恶、丑，表达了劳动人民善恶有报的美好愿望，满足了儿童好奇、爱想象的心理。所有这一切，都充分体现出童话的基本特征——童话中的一切都是幻想的产物。

二、童话通过幻想折射式地反映现实

童话的幻想不是胡思乱想。它是深深地植根于现实生活的、对现实生活作折射式反映的思维活动。幻想以语言文字为载体出现于童话之中，成为现实生活的一种变异的再现。如安徒生的童话《丑小鸭》中的那只小鸭子，因为相貌丑陋，所以鸭子们打它，小鸡们啄它，人们嫌它丑而用脚踢它。它受尽了人为的和自然界的磨难。但它仍不懈地追求着美好的未来，终于，在春光明媚的日子里，它变成了一只最美丽的白天鹅。这只“丑小鸭”自然是幻想的产物，然而它的经历却反映出现实生活中一切从稚拙到成熟，从丑陋到完美，从不被认同到终于立足社会取得了应有地位的人或事物的普遍发展过程，富有典型意义。

童话通过幻想反映现实，总的说来具有折射式、变异性特征，具体来说又有以下两种情况。

1. 幻想与现实和谐地统一起来

《大林和小林》简析及作者简介

如张天翼在1933年创作了长篇童话《大林和小林》，在那“魔鬼当道”的时代，这篇童话旨在揭露旧中国人吃人的社会本质。这就是幻想和现实生活和

谐地统一、有机地结合的典型例子。

《神笔马良》简析及作者简介

2. 童话和现实不和谐地、非凡地结合

洪汛涛所写的童话《神笔马良》即属于此类作品。这个童话所讲述的事情，在现实生活中根本不可能出现，但在幻想世界中却合情合理而又可信地存在。因为这些幻想表现了人民在最困难的时候，也没有放弃美好的愿望，并为实现这美好的愿望而不懈努力的奋斗精神。

《快乐王子》简析及作者简介

再如，在英国作家奥斯卡·王尔德的童话《快乐王子》中，快乐王子一点也不快乐，因为他看到世界上有那么多的穷苦人民。王子让燕子把他身上贴的金片一片片拿掉，送给那些穷人。燕子照做了，穷人们有了衣服，有了面包，有了笑脸，而王子却变得灰暗难看。最后王子因为燕子的死去，铅做的心碎了。快乐王子是美的化身，他的真诚、善良让我们油然而生敬意，而他悲惨的结局更是震撼着我们的心灵。在我们的心中，这种为了他人的幸福而牺牲自己的精神是崇高的。

《我希望我的房间是……》简析及作者简介

值得提出的是，不管幻想以何种方式和现实结合，都会打下鲜明的时代烙印。如在新中国成立前，那个民不聊生、哀鸿遍野的时代，出现了张天翼的《大林和小林》这样的好作品。今天的童话，则更多地具有现代气息，如吴梦起的《小螳螂和辩证法》、包蕾的《买星星》、鲁克的《小数点站岗》、晓风的《我希望我的房间是……》等。在进入21世纪后，中国童话作家对唤醒童话与现实的关系有了新的探索，2016年程玮的童话新作《啄木鸟叫三声》用了一种很特别的方式来讲故事。作者让今天的中国孩子在啄木鸟钟的魔法里走进格林童话的古老世界，在生动的角色扮演中体验童话幻想的丰富滋味。于是，自我与他者、故事与现实、当下与过往、这里与远方之间发生了一种奇妙的碰撞和交会。“啄木鸟叫三声”，用魔法作为启动故事的契点，将小女孩菲菲从平淡无奇的日常生活带入童话幻想的神秘丛林，再将她从幻想的国度带回现实生活。从幻想的“黑森林”回来，菲菲告别了“格林童话”的旧幻境，却面临着如何书写她自己的童话故事的新任务。在那里，另一个悬念继续吸引着读者的兴趣：菲菲打破她与啄木鸟的约定，说出了故事情节的秘密，她会受到惩罚吗？她与啄木鸟之间的交往会怎么持续下去？这段交往将把菲菲带往何处？这才是整个童话故事的核心所在。换句话说，它是借“格林童话”的传统幻想，完成了一次奇巧、新颖的现代想象。读了这些童话，我们就会觉得作家们是将发生在我们身边的事，通过假想的情景，凭借联想、想象、比喻、象征等手法表现了出来。所以，童话的幻想虽不等于生活本身，却是对现实生活的象征性概括，读者可以从中聆听到时代的脚步声，追寻到历史的踪影。

第二节 童话的类型

根据不同的角度，我们可以对童话进行多种分类。

一、从童话的作者来看，可以分成民间童话和创作童话

童话是源远流长的，最早的童话是口头流传的民间文学中的一部分。这些由劳动人民创作、流传于民间的童话，以及根据这些内容整理加工而成的童话，称为民间童话。如迈克尔·韦斯特的《五个著名童话》，就是根据阿拉伯著名民间故事集《天方夜谭》中的故事再创作的；19世纪德国著名童话作家威廉·豪夫的代表作《冷酷的心》《赫什古尔敦》等，均取材自德国南方施瓦本一带的传说。

由作家独立创作的童话称为创作童话。童话中绝大部分属于创作童话。我国第一部创作童话集是叶圣陶的《稻草人》。张天翼《大林和小林》《秃秃大王》的发表使我国的童话创作进入一个新的阶段。叶圣陶、叶君健、张天翼、陈伯吹、金近、洪汛涛、严文井、贺宜、包蕾、任溶溶、葛翠林等一大批著名作家，因量多质高的童话作品而深受孩子们的欢迎。郑渊洁、冰波、周锐、金逸铭、彭懿、郭楚海等一批作家勤奋地为孩子们创作童话，认真地进行探索，《爸爸的秘密摄像机》《特别法庭》《王牌肥皂》《猫过鼠年》《桃树下的小白兔》《皮皮鲁和鲁西西》《小红帽新传》《小力克奇遇记》《舒克和贝塔历险记》《小羽和小钢》等一大批力作，都属于创作童话。

《桃树下的小白兔》简析及作者简介

二、从童话的体裁划分，可以分成童话故事、童话诗和童话剧

用故事形式写作的，叫童话故事。如叶圣陶的《古代英雄的石像》、安徒生童话中的《海的女儿》《野天鹅》等。

用诗歌形式写作的，叫童话诗。如阮章竞的《金色的海螺》等。

用戏剧形式写作的，叫童话剧。如任德耀根据民间故事改写成的剧本《马兰花》等。

《古代英雄的石像》简析及作者简介

三、从童话的人物形象看，可以分成超人体童话、常人体童话和拟人体童话

1. 超人体童话

这类童话以异乎寻常的神仙妖怪、魔法宝物为主人公，它们都具有超乎人类的神秘而奇幻的力量。我国著名童话作家贺宜曾写过一篇童话叫《招男姑娘》，它对社会上人们重男轻女的封建思想进行了辛辣的讽刺。故事中神奇的魔药，显示出超人体童话的基本特征。作者运用了大胆的幻想、极度的夸张，对某种社会现象进行讽刺，起到了空洞的说教所起不到的作用。

2. 常人体童话

这一类童话的最大特征是以普通人作为主人公。但这些“普通人”并不是我们在日常生活中所见到的人，而是经过作者加工的、被极度夸张了的童话人物。他们的命运和经历，往往具有某种讽刺性和象征性。安徒生前期童话的代表作《皇帝的新装》，就很好地说明了常人体童话中的人物特征。整个故事无处不讽刺，无处不夸张。然而人物却都是非神、非妖、非怪的普通人，完全有别于超人体童话中的形象。

这类童话，虽然幻想成分很浓厚，大量运用夸张手法，但因为它是以现实的人物、现实的生活、现实的社会为“模特儿”进行艺术加工的，所以往往比超人体童话、拟人体童话显得更真实、更贴近生活。

3. 拟人体童话

《鸡窝里飞出了金凤凰》简析及作者简介

《小熊维尼》简析及作者简介

这类童话的最大特征是人物大多是人类以外的、各种人格化的动植物或其他无生命的事物。猫狗狼鼠、花草树木、日月星辰、风雪雨电，以及用品、玩具等都可以成为拟人体童话的主人公。它们一旦进入童话世界，就不仅有生命，而且还有各自的思想感情。作者运用拟人手法来达到写人、展现社会生活的目的。贺宜的《鸡窝里飞出了金凤凰》这篇童话很形象地告诉孩子：凤凰本来不是天生的。……只要你有这个决心，不怕困难，不怕牺牲，你就会实现这个愿望的。这篇童话鼓励小读者积极向上，做一个对人类有益的人，相当典型地体现了拟人体童话的特征。英国作家米尔恩的《小熊维尼》（又名《小熊温尼·菩》）以拟人的手法塑造了一个极其可爱的小熊形象，描写它的喜好、幼稚奇异的幻想、与朋友间的友谊，使得维尼成为受广大儿童热爱的世界性童话典型形象。

在用动植物作为拟人体童话的主人公时，作者不光是考虑赋予它们以人的生命（人性），也同时考虑到动植物本身的特点（物性）。例如兔子是素食动物，这是它们的自然习性。如果童话以兔子为故事的主角，那就不能写它在食肉。又如小熊维尼特别喜欢吃蜂蜜，不仅显示了动物的本性，也与儿童喜欢吃甜食的这一点有机结合起来了，使得这一形象与儿童更为贴近。

在这类拟人体童话中，无生命的杂物，又怎样写成具有人一样的思想感情的角色呢？金逸铭的童话诗《字典公公家里的争吵》另辟蹊径，让众多的“标点符号”活了起来，在“字典公公”家里展开了一番争论。这首诗对孩子的教喻作用十分明显，却又并不是枯燥的说教。这就得益于拟人手法的成功运用。无论是有生命的动植物，还是无生命的物体，甚至观念、现象，都可以用拟人的手法表现出来，写成一篇好的童话，如严文井的《小溪流的歌》。写作的时候，作者必须紧紧抓住事物的特征，通过丰富的想象，赋予物体以“人性”，把这些物体的特征和自己所创作的童话里的角色联系起来。否则，有可能出现现实生活中物体的特征和童话中物体的特征大相径庭的现象，就会减弱作品的娱乐性和教育性。

四、从内容上来看，可以分成文学童话和知识童话

以反映社会生活为主的，是文学童话，也称为传统童话。它将一代又一代的少年儿童带进迷人的世界，展示了一个个充满幻想和浪漫情调的王国。如安徒生童话《卖火柴的小女孩》将现实与梦幻相结合，讲述了一个贫苦女孩在圣诞夜卖火柴因冻馁而死，描述了在她死之前的幻觉，揭露了早期资本主义世界穷苦人民子女的不幸遭遇，在淡淡的悲伤中展示了希望的光芒。

由于社会不断进步、科学事业不断向前发展，人们越来越迫切地要求普及科学知识，因此向孩子们介绍自然王国的大千世界已成为当前儿童文学工作者和科学知识普及工作者的重要任务。这样，在童话园地里，又出现了一朵引人注目的奇葩——科学童话（又称知识童话）。

科学童话以介绍科学知识为创作主旨，它不但给小读者品德上的陶冶，而且还给小读者知识性的教育。例如叶永烈所写的《圆圆和方方》，就讲了圆和方这两种基本几何图形在生活中的实用价值。又如苏联童话作家比安基所写的科学童话《尾巴》，通篇采用拟人手法，以苍蝇找尾巴为情节线索，介绍了各种动物尾巴的功能。

第三节 童话的表现手法

童话的基本特征，决定了童话的常用表现手法。童话的表现手法主要有以下几个。

一、夸张

没有夸张，就没有童话中的幻想。

尽管一般的文学作品也运用夸张，但它们的夸张主要是集中和概括，就是按作品需要把生活中的某一部分放大（或缩小），以增强作品的艺术效果，这种夸张，总是有节制的、局部的。然而，童话的夸张则不同。它是极度的夸张、全面的夸张，甚至可以夸张到变形的地步。

如《英格兰和威尔士童话集》中有一篇《大拇指汤姆》的故事，这个故事就对人物进行了极度的夸张。汤姆只有他父亲的大拇指一样大，仙女们用蜘蛛丝为他做了一件衬衫，用蓟花的冠毛做了一件上衣，用羽毛做了一条裤子。他曾经掉在做布丁的面糊里，差点被烤死；他曾经被奶牛吃到嘴里，差点被嚼烂；后来又被鱼吞进肚子里，逃生后又做了国王的侏儒。一枚针成了他的佩剑，一只白鼠成了他的坐骑。所有这一切，都是因为他实在太小了。这种形象，在现实生活中是看不见的，它是变了形的夸张。

《敏豪生奇游记》简析

拉斯伯、毕尔格的《敏豪生奇游记》（又译作《吹牛大王历险记》）取材于真实生活中的人物——18世纪德国汉诺威地区的庄园主，擅长言谈、生性幽默的敏豪生男爵。童话采用夸张的手法将男爵的经历演化为许多笑话和滑稽故事。这些故事敢于突破常人的思维定式，敢于荒诞，大胆荒诞，荒诞得透彻，给人们留下了深刻的记忆。《豌豆公主》用夸张的手法写了一个“真正的公主”的娇嫩达到了难以想象的程度，这就是情节上的夸张。

童话的夸张还是全方位的，不仅可以是人物、情节的夸张，还可以是环境的夸张。安徒生描写的拇指姑娘的住处就夸张到令人惊羡的地步：拇指姑娘的摇篮是一个光得发亮的漂亮胡桃，她的垫子是蓝色紫罗兰的花瓣，她的被单是玫瑰的花瓣。这就是她晚上睡觉的地方。但是白天她就在桌子上玩耍——那女人在桌子上放了一个盘子，盘子上又放了一个花圈。花儿的枝干都浸在水里。水上浮着一片很大的郁金香花瓣。拇指姑娘可以坐在这片花瓣上，用两根白马毛作为桨，从盘子的这一边划到那一边。这看起来真是美丽极了。

但童话的夸张，无论怎样极度，甚至变形，都必须建立在真实的基础上，要合乎事理的逻辑。这就是童话的合理性，或者称为逻辑性。

二、拟人

拟人手法，有些童话理论家称之为“借替”。运用拟人手法最多的是拟人体童话，如《屎壳郎》《云杉》《鸡窝里飞出了金凤凰》《稻草人》等。而要写好超人体童话，也不能不用拟人手法。如：格林童话《青蛙王子》中那只被巫婆施了魔法、由王子变成的青蛙会讲话，会和人们一起共餐；《聪明的格里芬》中那只会讲人话、会为人们解决疑难问题的鹰头鹰翅狮身的怪鸟；等等。由于这些形象的出现，故事更为小读者喜爱。至于那些被作者拟人化为春姑娘、冬老人之类的超人体童话，则更为人们所熟悉。

在童话中，把观念、品质人格化，是常见的。张天翼的《宝葫芦的秘密》中能说会道的“宝葫芦”就是“不劳而获”寄生思想的人格化产物。

童话作家在运用拟人手法时，一定要注意拟人的条件，这就是前面所提及的被拟物的“物性”。因为只有遵循“物性”，才遵循了童话的逻辑性，才符合童话拟人的艺术规律。

三、假定

前面提到的超人体童话就是运用假定手法的一个范例。“马良的神笔”“小珍妮的七色花”就是作者借助假定手法设计出的异物。欧洲童话中有不少巨人、灯神之类的人物，都是现实生活中所不存在的、假定的异人。

因为小朋友不听话，耳朵气跑了；因为不愿意听大侦探“八十一”那些不堪入耳的脏话，许多听众的耳朵也跑掉了（绍禹的《耳朵丢失案》）。因为罗明明经常说脏话，将嘴巴也气跑了（任大霖的《罗明明的嘴巴》）。这些事情在现实生活中不可能出现，经过夸张而衍变成了童话中假定的异事。安徒生笔下的海底皇宫，是那样奇异，但安徒生没有到海底去过，海底也不可能有这样的宫殿。这是一种童话假定的异地。

和拟人一样，假定也要有一定的条件，就是必须以生活为基础。虽然假定的人、物、事、地都是现实生活中不可能出现的，都是作者虚构的，但都必须假定得“合情合理”“假中见真”。因为假定在本质上是折射式地反映真实。

四、对比法

对比，就是将正反双方进行鲜明的对照，相互映衬，意在对比中突出主题，达到说理的目的。如任溶溶的《没头脑和不高兴》、格林童话中的《荷勒妈妈》等都运用了对比手法。

五、反复法

这是民间故事常用的写作方法，如今也有不少童话运用这种写作方法来将作品内容层层推进。如黄衣青的《小公鸡学吹喇叭》，写一只小公鸡去学吹喇叭，第一次学不成；再去第二次，又没学成；一直到第三次才学成了。《小马过河》也是运用反复法的一个范例。这种反复法，往往是用三次：一件事反复三次，一句话反复三遍。因此，有些理论家将之称为三段法。

六、惩罚法

用这种手法写成的作品，内容大多是一个孩子做了坏事，或有了不应有的思想，让他接受教训，转变过来。如杨楠的《胖子学校》、李义兴的《神童阿强》就运用了这种手法。

七、巧合法

这种手法以一个偶然巧合来发展故事，而这偶然性又寓于必然性之中。如朝鲜童话《两兄弟》，讲的是手足情深的两兄弟彼此关心的故事，诸多的巧合使童话充满了巧趣。

八、误会法

这种手法是用设置误会来构思情节的，如在方惠珍、盛璐德的《小蝌蚪找妈妈》中，小蝌蚪在一次次的误会中，终于找到了妈妈。鲁克的《谁丢了尾

《小蝌蚪找妈妈》简析

巴》，在小猴找一条尾巴失主的过程中，设置了种种误会，告诉读者蜥蜴能甩断尾巴保护自身的知识。再三制造误会，可以使情节紧凑地发展下去。

关于童话的表现手法，有两点须注意：一是在以上8种表现手法中，夸张、拟人和假定是最常见的；其他5种源于民间故事的写作方法，逐渐成为童话的表现手法。因为很多童话是民间文学流传下来的。二是童话的表现手法远远不止以上几种，出于情节内容等方面的需要，同一篇童话中的表现手法也不是单一的。在一篇童话中交叉使用多种表现手法，是极为常见的。

第四节　童话的创作

根据童话艺术特征的要求，在创作童话的过程中作者应注意以下几个方面的问题。

（1）应展开孩子式的想象，进行自由奇特的幻想。

一篇好的童话，之所以能具有非凡的魅力，往往是与它有丰富的想象、奇特的幻想分不开的。创作者在童话这个广阔的天地里，可以不受时间、空间的限制，自由选择对象进行大胆而丰富的想象。而这些想象除了不能离开现实生活的土壤外，还必须符合儿童的心理状态。也就是说，作者要善于用儿童那种稚气的、充满好奇的眼光来观察世界，用儿童的心灵来思考、感受客观世界，凭借儿童独有的心理、情绪、思维方式去展开想象，借助幻想去塑造并不存在于现实生活中却又具有现实意义的形象。

（2）要有新奇的构思、有趣的情节和奇特的人物，调动多种艺术手段。

一篇好的童话，应有新奇、有趣的情节，应用童话中人物的行动来组成一个接一个的活动场面。构思的这些活动场面要尽量新颖、巧妙、奇特，这样才能吸引小读者的注意。童话中还应设置奇特的人物，或外形奇特，或有奇特的本领，或有奇特的经历。这样的人物不仅有利于引起小读者的注意，还能满足他们的好奇心。

在童话的多种表现手法中，更应重视夸张和拟人手法的运用。没有夸张，幻想就会失去光彩，年龄越小的孩子越喜欢拟人化的童话。通过强烈的夸张和拟人化的表现手法来展现虚构的幻想境界，突出神奇的童话形象，能使儿童感到紧张有趣、亲切可信。当然其他的表现手法也应注意交叉使用。

探究·实践

1. 选择一篇中外童话中的名作，组织一次课堂讨论，评论作品的思想性和艺术性。
2. 试创作一篇短篇童话。

第五章　寓　言

【学习提示】

本章阐述了寓言的特征、表现手法以及寓言与童话的区别。学习时应重点掌握寓言的特征和表现手法，并能依据儿童的年龄特点分析寓言作品中的语言。

寓言是一种隐含着明显讽喻意义的简短故事。成人文学中的寓言往往是“微言大义”，蕴含着深奥的生活哲理，故事多取材于历史典籍或久远的传说。而供儿童阅读的寓言，无论故事本身还是其隐喻的道理，相对而言都比较浅显，而其取材，也有很大一部分是有趣的动植物故事。寓言也是一种深受儿童喜爱的文学样式。

第一节 寓言的特征

由于成人寓言与儿童寓言的区别主要在于其程度的深浅上，因此，本节就从寓言的一般特征加以介绍。

一、鲜明的教谕性和强烈的讽刺性

这是寓言的“灵魂”所在。人们常说的“寓意”（哲理、教训、讽刺等）在寓言中是必不可少的。拉封丹说：“一个寓言可以分为身体和灵魂两部分。所述的故事好比身体，所给予人的教育好比是灵魂。”①伊索和克雷洛夫的许多寓言就是由“身体”和“灵魂”两部分组成的。克雷洛夫的《狗的友谊》先叙述了两条狗互相握爪、拥抱的友好情景，继而写到由于碰到一根肉骨头，“友好和睦像蜡一样地熔掉了”，两条狗都露出了自私、虚伪的本相，最后由狗及人，教谕人们明白：人世间就充满了这样的“友谊”。

另外有一种作品不是将“灵魂”直接点出，而是让其渗透、蕴含在故事中。克雷洛夫的《树叶和树根》，就没有在故事之外另加点题的话，而是通过树叶和树根的对比来表明是非，寄托褒贬。

在寓言中，直接、正面歌颂真善美的作品是极少的。寓言常常从反面对糊涂、愚笨的好人予以教谕、帮助和善意的讽刺，对于阴险毒辣的坏人则给予强烈的嘲讽，不留情面地揭露、挖苦和批判。这是寓言主旨上的一大特点。

二、故事情节的虚构性

寓言中的故事带有明显的、一目了然的虚构性，然而只要言之成理，“假戏真做”，同样会受到读者的欢迎。如《刻舟求剑》《守株待兔》这样的故事，谁会当真？但它们对经验主义者和墨守成规者的讽刺却令人拍案叫绝。《伊索寓言》中的《鸟、兽和蝙蝠》，通篇都在讲蝙蝠为什么昼伏夜出的故事，其虚构性是十分鲜明的。寓言中故事的虚构性还表现在故事主角大都是动物这一点上。从实质上讲，这些动物都是某种人、某种性格的写照，是人化了的自然（动物）。

① 毕克马尔编著，谢逢蓓译《话语的回音》，中信出版社，2008。

三、语言简练、明快、犀利、幽默

寓言常常从反面来嘲讽生活中某些落后、愚蠢和恶劣的现象，因此往往出语幽默，入木三分，一语中的。寓言不能对故事的发展、人物的言行作过于细致的描绘，叙述应直截了当，描写须简约、鲜明，语言以干净利落见长。如在《母狮子与狐狸》中，狐狸嘲笑母狮子只生一匹幼狮，母狮答道："一匹，可是狮子呀！"这便是一语中的之实例。又如在《背神像的驴子》中，作者在文末评议道："路人每见不学无术的法官而行礼致敬；其实人们只是向他的红袍致敬。"这充分体现了优秀寓言作品的语言特色。

四、篇幅短小，结构紧凑，主题集中

寓言用最简洁的语言，通过一个很简单的故事，或说明一个道理，或批判一种现象，因此结构十分紧凑。如我国寓言作家凝溪的《路标与自行车》，全文统共40余字，采用对话形式，以最精练的文字表达了深刻的生活真理，可以说是篇幅短小、结构紧凑、言简意赅的典型。

《路标与自行车》简析及作者简介

第二节 寓言的表现手法

寓言的表现手法有很多，常用的有以下几种。

一、比喻

每则寓言内所包含的故事，都是一个喻体；而内中的寓意，则是寓言的本体。比喻在寓言中从头到尾贯串整体。正如严文井所说："寓言是一把钥匙，用巧妙的比喻做成。"①

从某种意义上说，没有比喻也就没有寓言。一般文学作品里的比喻多用明喻，使读者一望而知这是在作比喻。而寓言里的比喻则比较含蓄，大多使用暗喻和借喻。

例如，《伊索寓言》中的《狐狸和鹳》，讲了有一次狐狸请鹳吃饭，将汤放在一只盆子里，鹳无法喝到盘子里的汤；过了几天，鹳回请狐狸吃饭，将吃的东西放在一个高而细的罐子里，狐狸只能饿着肚子走了。这则寓言讲了"以其人之道还治其人之身"的道理，比喻新颖、巧妙，而且十分含蓄，既能博人一笑，又能给人留下充分的想象余地。

---

① 转引自张扬《读寓言学做人全书》，石油工业出版社，2007。

二、拟人

寓言中的拟人和童话中的拟人不一样。由于寓言故事短小，所以拟人也只是粗线条的，不必像童话那样，既要考虑人性，又要顾及物性，同时为了故事情节的需要还要对所拟物进行生动细致的刻画。寓言里的拟人只要求能为寓意服务，讲清所要表达的训诫之意就可以了。因此，寓言中的拟人只需对所拟对象作大致的描写，不必过多地考虑物性，也不必过多地考虑人与动物、动物与动物、动物与植物之间在生活中的真实关系。

三、夸张

寓言中的夸张是为了把哲理、教训、讽刺放大起来，以便给读者留下强烈、深刻的印象。因此，它的夸张有时可以达到惊人的程度。但寓言的夸张又和童话的夸张不同，它往往是着眼于一点，不及其余的。

克雷洛夫的《猫和厨子》比较典型地表现出了寓言的夸张具有顾及一点、不及其余的特点。作品写了一个厨子絮絮叨叨地指责一只正在偷吃鸡的馋猫，还没等他把鸿篇大论发表完，那只猫已经把鸡吃光了。作品对厨子性格中高谈阔论、不务实际的某一点极尽夸张，产生了强烈的讽喻效果，而不去顾及整个故事的可能性，也不必去想象这个厨子性格的其他方面，这就是寓言的夸张有别于其他文体的不同之处。

第三节 寓言与童话的区别

由于在表现手法上极为相似，寓言和童话之间很难划清楚界限。彭文席的《小马过河》和张天翼的《寓言十二则》等作品，就都曾被选入寓言选和童话选。国外的一些作品也出现过类似情况。

但是从严格的科学意义上来说，童话和寓言是两种不同的文学样式，我们有必要对这两者的不同之处作一辨析：

（1）童话一般都有人物形象、情节变化、场景转换的描述；而寓言在这个方面则没有太多的要求，它往往是点到为止，不求完整。

（2）同样是运用拟人手法和夸张手法，童话讲究“人性”与“物性”的统一，而寓言则要求有利于寓意表达，有只顾及一点而不及其余的特点。比如涉及老虎的寓言，有的写它威风凛凛，不可一世；有的则又把它写得愚蠢无比，受人摆布。一切都以表达寓意为目的。

（3）寓言和童话的结构方式不同。寓言一般由“身体”（故事）和“灵魂”（寓意）两部分组成。所谓“点题话”的形式可谓是寓言最外在的一个特点。童话则不然，它基本上是通过形象、情节来表情达意的。虽然有些寓言也将“灵魂”渗透于“身体”之中，不特地点明“灵魂”，但是与童话相比，寓言的主旨是以一目了然、鲜明突出见长的；而童话则更注重“让形象说话”，把作者的思想感情隐藏于形象刻画和情节描写之中。

（4）读者对象不同。童话是专门为儿童创作的，它的读者是儿童，因此它专属于儿童文学。当然有些成人喜爱看童话，这是由于童心未泯，就另当别论了。而寓言的创作并非只为了孩子，只是寓言中有一部分篇幅短小而寓意浅显的作品可以视作儿童文学。

（5）篇幅长短不同。寓言的篇幅都很短；童话在篇幅上则自由得多，短则百余字，长的可达几万字。

探究·实践

1. 寓言通常由哪两部分组成？试举例说明。
2. 阅读某一篇寓言，分析其主旨及表现手法。

第六章　儿童小说

【学习提示】

本章阐述了儿童小说的特征、类型和创作。学习时应重点掌握它的特征，对儿童小说进行思想和艺术上的分析，并尝试依据儿童的年龄特点创作一些儿童短篇小说。

小说是重要的文学体裁之一，是通过人物、情节和环境的具体描写，广泛而多方面地反映社会生活的叙事作品。儿童小说是根据少年儿童的理解能力、欣赏能力和心理特点创作的，也是他们所喜闻乐见的一种儿童文学样式。

第一节 儿童小说的特征

儿童小说既有小说的共性，也有其体现儿童特点的独特个性。其主要特征如下。

一、主题鲜明、积极、有针对性

由于儿童小说以少年儿童为读者对象，因此就应当具有鲜明而积极的主题。要求鲜明，是因为少年儿童对世界的认识水平、对事物的感知水平和对作品的阅读水平都还处于低级的、表层的阶段，所以儿童小说的主题不能过于含蓄、隐晦。要求主题积极，则是因为考虑到儿童正处于长知识、长身体、形成世界观的时期，儿童小说应该多从积极的、正面的、健康的方面加以感染、熏陶和引导。

都德的《最后一课》是一篇广为人知的、以爱国主义为主题的儿童小说。小说通过塑造韩麦尔先生、镇里的普通人以及处于思想大转折时期的小弗朗士等一系列人物形象，自然地流露出感人至深的爱国主义精神，比较突出地表现了儿童小说以艺术形象表达鲜明、积极的主题而感动读者的这一特征。2017年发表的柳建伟的《永远追随》以红军长征途中的“湘江战役”为真实的历史背景，讲述了两个农家少年陶百川、周三才因家中一头毛驴被红军借走而没有如期归还，为讨回家中这个重要的财产，踏上了“寻找毛驴”之路，亲眼目睹了“湘江之战”的惨烈现场，见证了人民军队的伟大和无私。作品展现出一种刚烈、执着精神，展现出革命老区少年对共产党的执着追寻和党的领导人对崇高事业的坚定信念。

儿童小说的主题还应该有针对性。优秀的儿童小说，往往在一问世时就能引起反响，有的甚至能造成轰动效应。原因固然很多，但其中很重要的原因就是主题具有较强的针对性，在广大的小读者群体中能激起强烈的共鸣。张成新的《借读生》涉及为数甚多的从偏远地区来到大城市、以求得较好教育环境的借读生的处境问题，一经问世，就使广大读者激动不已，他们纷纷写信给作者畅述心怀，视作者为知己；该作品在《少年文艺》一年一度的评奖活动中掀起了一股声势不小的“借读生”热潮，以遥遥领先的票数独占鳌头。

当然，对儿童小说主题针对性的理解也不能过于褊狭。小说不是政治理论专著，不能专为解决一时一地的某个思想问题或社会问题而作。小说是文学，文学是审美的，文学的功能是多元的。成功的有针对性的小说不但有强烈的短期效应，而且还会给小读者留下亲切、美好、久久难忘的印象，多少年后依然可以成为后人了解历史、了解儿童、认识社会的好作品。

二、人物形象生动、丰满、可信

凡是优秀的儿童小说，其人物形象都是生动、丰满、可信的，因而是令人难忘的。

《阿维·阿斯平纳尔的闹钟》简析及作者简介

古今中外，这样的作品可谓琳琅满目，组成了儿童小说艺术形象的画廊，如《鸡毛信》中的海娃，《我和小荣》中的小荣，《罗文应的故事》中的罗文应，《吕小钢和他的妹妹》中的吕小钢，“非常小子马鸣加系列”中的主人公，《音乐迷杨科》中的杨科，《阿维·阿斯平纳尔的闹钟》中的阿维·阿斯平纳尔……

要塑造生动、丰满、可信的人物形象，应该注意下列几个问题。

1. 典型人物与典型环境的关系

在以描写人物为主的叙事性作品中，对典型环境的描写必不可少。如果忽视了对典型环境的描写，典型人物就失去了活动的依据和存在的价值。《最后一课》的故事如果不是发生在普法战争的大背景下，这最后一堂法语课又有什么特别的意义呢？常新港的《独船》和曹文轩的《阿雏》都是以“文化大革命”作为典型环境的，唯其如此，主人公的“独”和“野”才有可能。史雷的《将军胡同》从童年视角出发，展开关于抗战年代老北京日常生活的叙说，尽显京味生活和语言的迷人气韵。在小说中，一个普通孩子的日常世界既天然地游离于特定时代，又无时不受到特定时代的影响。作者将主人公图将军塑造得有血有肉，他开始只是一个纨绔子弟，在王朝没落的年代里，守着花鸟虫鱼等玩物，靠着典当家产度日，是一个典型的“多余人”形象。“我”的姥爷充满善意和包容的举动唤醒了图将军耿直、善良、好胜的天性，让他过上了靠拉车自食其力的生活。他有一股来自民间的“侠气”，看不惯侵略、压榨与欺凌。蟋蟀“铁弹子”“老黄忠”，獾狗“铁苍狼”等，既是图将军调教出来的得意宠物，也是他的朋友，或者说是他精神世界的一部分。动物虽然没有保家卫国的意识，但它们有忠诚、刚烈的气性，正是“铁弹子”和“铁苍狼”的牺牲促进了图将军的成长，让他变得不一样了。他或许并不明白“我”舅舅等革命者的宏图大志，但他愿以自己的牺牲换取革命者的生存，把祖国的命运交付给这些他信任的人。他死得悲壮，既不拖累任何人，又完成了自己舍生取义的使命。从“多余人”到“平民英雄”，图将军的每一步转变都有情节的铺垫，显得毫不突兀，真实可信。图将军正是从那个特殊环境中走出来的平民英雄典型。

2. 年龄特点与个性特点的关系

儿童文学的年龄特点相对于每一个儿童个体而言，还只是一种“共性”，作为一个生动、丰满、可信的人物形象，单有共性显然不够，还必须是共性与个性的结合。拔高了的“成人化”与压低了的“娃娃腔”之所以给人失真、不可信之感，就是共性与个性脱节了。刘心武的《我可不怕十三岁》以及秦文君的《男生贾里》《女生贾梅》都能把十三、十四岁这一年龄的人的共性，通过个性刻画表现出来。黄蓓佳的《童眸》以孩童之眼看世态人生，表现在艰难时世中，孩童如何以自己的方式维护大人眼中微不足道的小小尊严，表现孩童如何以弱小的身心担起令成人都不堪疲累的生活负担，更进一步，如何在贫苦的辛酸中，仍能以童年旺盛的生命力和乐观的本能点亮黯淡的生活。

3. 传统性与时代性的关系

20世纪80年代初期，我国儿童小说作家开始比较有意识地注重作品和人物的时代气息，使作品带有一种勃勃生机，给人耳目一新之感。譬如谷应的《"航天大王"和"皮娃娃"》和刘心武的《我可不怕十三岁》，前者侧重营造热闹有趣的作品氛围；后者则着力对一个13岁少年形象进行刻画，更多地从求知欲、自主意识方面来描写。但是，作品都写出了传统美德对新时期孩子们的熏陶作用。"航天大王"们并未一味沉醉于航天之梦，他们的双脚仍然踏在团结、友爱的大地上。而那位自命不凡甚至还有点玩世不恭的13岁的"我"，到最后依然在校长充满理解、友爱、设身处地的话语中悟出了自己的幼稚，而后向校长、爸爸、妈妈大声表态："你们相信我吧，起码我再也不会像今天这样，弄得你们一群大人都为我着急！"

4. 成人形象与少年儿童形象的关系

儿童小说一般当然以儿童形象为主，但多数儿童小说中也少不了成人形象，有些作品甚至以成人形象为主。不管哪一种情况，儿童小说中的成人形象都具有两个特点：第一，为少年儿童理解、接受、感兴趣。理解、接受主要从人物内涵上考虑，感兴趣则指有儿童情趣——无论是对英雄人物的喜爱、崇敬，还是对反面人物的嘲笑、讽刺、批判，都要写得趣味盎然、兴味十足。前者如任大星的《三个铜板豆腐》中的外婆，后者如李心田的《闪闪的红星》中的胡汉三。第二，与儿童形象关系密切，始终相伴。儿童小说创作在成人形象塑造上切忌出现"戏不够、成人凑"以及"用之即来、不用即去"的随意做法。

《三个铜板豆腐》简析及作者简介

三、故事情节曲折生动，有较强的可读性

在儿童小说中，情节是不能少的。即使现在有些情节淡化的作品，也并不是贸然取消情节，它们只是对传统的故事性强、情节曲折的作品作一点小小的反拨，以便能在挖掘人物的内心世界、开拓小说创作的路子上多作些探索。

不可否认，从读者反映上看，情节性强的儿童文学作品在吸引孩子方面仍然占有优势，儿童小说更是如此。为了避免因追求情节的曲折离奇而不顾其他，这里有两个问题值得注意。

1. 故事曲折，但脉络清楚

看头知尾的小说，读者不喜欢。作品必须巧设悬念，以达到引人入胜的效果。邱勋的《三色圆珠笔》中的那支三色圆珠笔到底是谁偷的？程乃珊的《"欢乐女神"

的故事》中的那位“欢乐女神”究竟欢乐不欢乐？张微的《请你永远忘记它》中要忘记什么？为什么要忘记，还要“永远”忘记？这些故事一波三折，绝非一目可以了然的，但是脉络很清楚，层次也很明显。一般的意识流跳跃，时空急速倒置与转换，双线乃至多线交叉，在儿童小说中是不宜多用的。

2. 情节集中，但细节丰富

儿童小说尤其是短篇小说，情节线索不能太多，一条即可，最多两条。不能像有些成人小说那样全场景、全方位地描写一个世界或一个时代。

但情节集中不能搞得“瘦骨嶙峋”“光杆司令”，这就要靠丰富、生动的细节描写。儿童小说中的细节描写还要充满儿童情趣，徐光耀的《小兵张嘎》和张天翼的《罗文应的故事》之所以有一定的吸引力，细节描写成功是一个重要原因。影响甚大的梅子涵的小说《女儿的故事》以及杨红樱的“淘气包马小跳系列”，无不具有这一特色。

四、语言准确、精练、朗朗上口

语言准确、精练，首先要求使用语言的人对事物的观察要准确；其次要求有一定量的词汇可供选择；最后要避免朦胧、晦涩难懂。

建立在准确、精练基础上的语言，其生动性是不言而喻的。作为小说的语言还有一个很独特的要求——朗朗上口。尤其作为供孩子阅读的儿童小说，更需适应口头表达的需要，从看与听两个方面激发起小读者的阅读兴趣。

朗朗上口的语言当然是通俗易懂的，冷僻、艰涩的语言不可能使阅读流畅。此外，要使人产生听觉美感，作品就要有音乐性，有节奏感。所以，朗朗上口的语言应该是通俗性与音乐性相结合的、雅俗共赏的语言。

第二节 儿童小说的类型

根据不同的标准，儿童小说有不同的分类：按叙述方式、叙述角度的不同，可以分为第一人称与第三人称两类；按篇幅大小，则可分为短篇小说、中篇小说和长篇小说三类；以表现手法、技巧的侧重点来分，可分为以故事见长的和以心理描写见长的两类……总之，标准不同，分类各异。

这里我们以不同的题材为标准来进行分类。

一、历史题材小说

历史题材小说是形象化的历史教科书，少年读者们甚是喜爱。如《说岳全传》和《南冠草》（以夏完淳为原型）以及不胜枚举的反映国内革命战争和抗日战争时期历史的佳作。

二、现实生活题材（包括学校与社会）小说

现实生活题材小说数量最多，其中反映学校生活的更多。自20世纪70年代末期开始，作家开始有意识地扩大题材范围，社会题材（家庭是社会的缩影，当然也是社会的一部分）小说明显增多，如秦文君的《男生贾里》、陈丽的《纯洁的地方》、罗辰生的《画彩虹的孩子》等，都属于这一类。

三、科学知识、科学幻想题材小说

科学知识、科学幻想题材小说以传播科学知识、培养少年儿童对科学的兴趣为主旨，其中的“佼佼者”能把科学性、文学性和趣味性三者结合起来。如赵惠中的《鹰嘴崖》以小说形式介绍了鹰的生活习性。科幻小说是以幻想的形式来传播已有的科学知识或畅想未来的科学世界的。儒勒·凡尔纳、顾均正、郑文光、叶永烈等都是在此领域辛勤耕耘、成就斐然的作家。长篇科幻小说《海底两万里》在展开富有戏剧性的惊险情节的同时，借助想象表现了色彩斑斓的海底世界，同时融入了大量海洋知识。

四、惊险侦破题材小说

探险记、历险记一类的惊险小说能最大限度地满足孩子的好奇心与探险欲，尤其是少年后期的读者对这类小说更是津津乐道，甚至会仿效。如白小文的《刘士海爸爸的皮包》写了一只装有重要材料的皮包失窃，围绕寻找皮包展开了惊险的侦破工作，读来甚是有趣。而像《鲁滨孙漂流记》《埃米尔捕盗记》这样的作品，更是因其惊险、刺激而得到了众多小读者的青睐。

五、动物题材小说

一般来说，动物题材小说是一种更适合低年级小读者阅读的小说。它的主人公是动物，一切都拟人化了，如蔺瑾的《冰河上的激战》。但有一类作品意在通过动物与动物、人与动物之间的矛盾冲突、相生相克来折射人际关系，这些小说就有一定的深度了。沈石溪在这方面有较显著的成就。他的《牝狼》写得惊心动魄，曲折离奇，扣人心弦，动物性、社会性、人性，思维性、艺术性、哲理性都浑然一体，有很强的艺术感染力。

除了以上类型之外，儿童小说的疆域还在不断拓展中。如为全世界儿童所痴迷的《哈利·波特》，甚至还带上了魔怪神力的色彩，其表现的内容基本上是作者想象中的魔法世界。所以，仅从题材上为儿童小说分类，总还是存在着不能涵盖全部的缺陷。

第三节 儿童小说的创作

创作儿童小说与创作其他儿童文学作品一样，对作者有一定的条件和才能要求。概而言之，大致有以下四个方面。

一、深入少年儿童的生活

作家要摸准少年儿童生活的脉搏，做他们的知心朋友，知道小读者的所喜所厌。儿童文学作家刘厚明“既是孩子们的教师，又是孩子们的知心朋友。他和孩子们亲密无间，平等相处”①。只有这样，作家才能写出真实的少年儿童生活，写出的作品才能为少年儿童所接受。

二、把握住题材和主题确立中的分寸感

优秀的艺术作品无不昭示着艺术分寸感把握的重要性与必要性。就儿童小说而言，分寸感把握问题尤为重要。如爱情题材，固然不是禁区，但怎样处理好爱情在作品中的分量？揭露阴暗面的题材，当然可以写，但写到什么程度比较合适？主题的明晰性和进步性怎样与形象性有机结合，怎样与抽象议论加以区别？在分寸感把握问题上有几点认识是至关重要的：第一，千万不要脱离具体的读者对象；第二，要全面理解作品的客观效果；第三，要淡化一哄而起的赶时髦的创作心态。

三、有凸显人物形象的能力

儿童小说中的主要人物形象不宜多，《小兵张嘎》处处突出张嘎这个主要人物形象，一切都以他为中心，这就给读者留下了深刻难忘的印象。曹文轩的《阿雏》集中描写了名叫阿雏的孩子在特殊时代背景下产生的特殊而畸形的心态，读者读后不能不为他的命运而长长叹息。即使根据那些人物繁多的古典小说改编而成的儿童小说，也应该以“取其一人，不顾其余”为妥。

四、具有较强的语言表达能力

对于一个儿童小说作者来说，良好的语言表达能力是基本的创作条件。儿童小说对小读者的影响是全方位的，除了健康上进的内容可以给小读者正面的引导之外，作品的语言文字也会对小读者起着潜移默化的作用。因此，创作儿童小说的作者，必须掌握规范的、准确的、流畅的又生动的语言，加强叙说能力，于娓娓动听的故事讲述中滋养、提升儿童的文学素养。这或许正是许多优秀的成人文学作家同时也成为杰出的儿童文学作家的原因之一。一个成人文学领域的语言大师，以其优美的文笔撰写出来的儿童文学作品，足以成为小读者们学习和临摹的范例。

---

① 吴福辉、黄候兴、沈承宽等《张天翼论》，湖南文艺出版社，1987。

五、处理好动与静的辩证关系

儿童文学一般以动为主，以静为辅。给少年看的儿童小说略有不同，静的描写可以适当增加分量。但是这些静的描写，诸如环境描写、心理描写等务必与情节紧密相连，而且字数不宜过多。任大霖从他的创作经验出发，认为写好人物性格，心理描写很重要，这样的心理描写“应当结合情节的开展，写得生动，写得明快，笔墨不多，恰到好处……人物就活了起来”①。所以，我们不必一概否定包括心理描写在内的静的描写，但务求强调其与情节、与人物性格、与动的因素结合起来，方可相得益彰。

探究·实践

1. 试指出儿童小说与成人小说的主要区别。
2. 试创作一篇千字上下的儿童短篇（微型）小说。
3. 从董宏猷的《一百个中国孩子的梦》中选择一篇作品进行阅读分析。

① 方卫平《中国儿童文学理论批评史》，江苏少年儿童出版社，1993。

第七章　儿童散文

【学习提示】

本章阐述了儿童散文的艺术特征、类型和创作。学习时应重点掌握它的特征，并能对这类体裁的作品进行思想和艺术上的分析。

散文有广义、狭义之分。广义的散文相对韵文而言，凡不押韵、不注重排偶的非诗、词、曲、赋等形式的文章，统称为散文。近代的散文是指与小说、诗歌、戏剧并列的一种文体，即狭义的散文。我们所说的儿童散文，在狭义的散文范畴内，专指为儿童所创作，或虽不专门为儿童所创作但能为儿童阅读欣赏的散文。

由于近两个世纪以来的长足进步和迅猛发展，儿童文学的各类体裁均已日渐显示出独立性，而且表现出分类日益精细的总体趋向：儿歌与儿童诗已不再因其同为诗体文学而被归为一类；故事与小说虽然有相当明显的共性，却不能合二为一；寓言和童话之间的区别也越来越明显。正因为此，再将散文作为一个几乎可以包罗万象的大概念而加以笼统而粗疏的研究，就显得远离创作实践且不合时宜了。基于这一认识，我们认为儿童散文的范畴可以界定为：作者对现实生活中有关儿童的人、物、事有所感触而记叙之、感慨之的文章。

第一节 儿童散文的特征

散文是一种抒发作者的真情实感、写作方式灵活的记叙类文学体裁。散文在文学体裁中占有重要的地位。与成人文学比较，散文在儿童文学中不像诗歌、童话、小说那样为儿童广泛注意，但具有儿童情趣的散文仍会受到儿童的喜爱，是不可忽视的儿童文学体裁。

儿童散文具有散文的一般特征，如题材广阔、形式活泼、构思巧妙、意境优美、语言凝练等。但儿童散文又有自身的特征。

一、以跃动的童心贯穿全篇表现童趣

优秀的儿童散文无不让人感觉到一股充溢全篇的、天真的、诚笃的、纯洁的、令人忍俊不禁的童趣。郑振铎早在20世纪20年代初翻译过印度诗人泰戈尔的一篇精致的儿童散文《纸船》。该作品刻画了一个幼小孩童将自己叠的纸船放到溪中去时的心理活动，其中有这样一段充满童真的叙写：

《纸船》简析及作者简介

我投我的纸船到水里，仰看天空，看见小朵的云正张着满鼓着风的白帆。我不知道是不是天上的游伴把这些船放下来同我的船比赛。[①]

泰戈尔的这篇散文是以儿童视角来描写客观世界、抒发主观情感的，比较典型地体现了当时文坛所倡导的“儿童本位论”。

① 泰戈尔著，冰心、郑振铎、西蒙、倪培耕译《泰戈尔诗文精选》，作家出版社，2006。

一般说来，从儿童的立场出发，采用第一人称写法的儿童散文，特别强调表现儿童独有的心理、情绪、思维方式、情感指向。

有些儿童散文从成人的立场出发，或对童年作回忆，或对儿童生活作客观的叙述描写，或对儿童及与儿童有关的问题发表自己的感触、见解。这些散文虽以成人为主角，但仍然需要表现出作者的一颗活泼童心，行文之中也需时有童趣，否则，难入儿童散文佳作之列。鲁迅的《阿长与〈山海经〉》，是鲁迅步入中年之后所作散文集《朝花夕拾》中的一篇，属于回忆性散文。人们称《阿长与〈山海经〉》为儿童散文，而不称《藤野先生》为儿童散文，究其原因，除了文中的“我”在年龄上的区别之外，主要还是因为前者童趣盎然，具有儿童散文最大的特征——反映了儿童的心理、儿童的情感，跃动着一颗活泼的童心；后者则不然。

请看下面吴然创作的一篇优秀儿童散文《珍珠雨》：

“下雨了！下雨了！”小鸟扇着潮湿的风，飞过河去，向朋友们报告下雨的喜讯。淡蓝色的、温暖的夏雨呵，紧跟着小鸟的飞翔，笼罩了河面和水塘，笼罩了田野，笼罩了我们的山村和村后的树林。

一片雨的歌唱。万物都在倾听……

“雨停了！雨停了！”

小鸟扇着雨后的阳光，从一道彩虹里飞出来。

天多明净，遍地阳光。珍珠般雨点，一颗一颗挂在草叶上，挂在花瓣上，挂在柳条上，挂在一匹刚从雨里撒欢回来的小红马身上，挂在房檐口上……哦，下了一场太阳雨，下了一场珍珠雨呵！

蜜蜂说，金盏花、牛眼菊、山玉兰们更香了。

小马驹、小牛犊和小山羊说，奶浆草、狗尾巴草、三叶草们更嫩了。

草莓说：“还有我，更甜了！”①

这篇散文用孩子梦幻式的眼光欣赏世界，用孩子水晶般的心灵感受生活：在那淡蓝色的雨景和雨后七彩世界所构成的旖旎画面中，活动着小鸟、小红马、蜜蜂、小马驹、小牛犊、小山羊、草莓等可爱的小生灵，它们都有一颗稚趣、纯真的童心。这一切使得这篇短文洋溢着童话般的诗情画意，灵动鲜活地回旋着儿童盎然的情趣，在平凡中有一种真切而脱俗的美丽。

二、用优美的语言表现优美的意境

儿童散文之所以能为孩子所接受、喜爱、欣赏，主要在于它用优美的语言创造了优美的意境。

---

① 吴然《樱花信》，湖南少年儿童出版社，2006。

作家鲁兵在20世纪40年代以“严冰儿”的笔名写过一篇题为《我是一只海船》的散文。这篇作品以象征的手法，把旧中国比作“到处埋伏着摧残和陷害的海”，想象着“我是一只海船”：

《我是一只海船》简析

早晨有雾，很浓很浓。

我在田野里走着，像在航海。

我是一只海船啊！叫什么名字呢？——就叫“冰儿号”吧。

我是眉毛浓黑的船长，又是胳膊粗壮的水手。有几千万小旅客，在我的心里，不，在这只海船上。

小心，小心！前面有礁岩了。

小心，小心！飓风卷着大浪扑来了。

宽阔的海，叫人迷路的海，到处埋伏着摧残和陷害的海！但是，我要走完这段航程。

看，大陆的影子出现了！

我用双手做成一副望远镜，凑在眼睛上，是的，是的，大陆近了！

“呜呜——呜呜——”

我鼓着腮帮呼叫，把自己停泊在阳光的岸边。

……

简洁、隽永的文字，开阔、浩瀚的意境，形成了全文豪迈、激昂的基调，能给小读者力量、鼓励、信心，可以说是一篇成功地体现出儿童散文艺术特征的好作品。

许多以散文诗形式出现的抒情散文，尤其注重创造意境。它们或是再现大自然的壮丽秀美，或是刻画儿童世界的绚丽多彩、天真烂漫，或是表现生活中的各种情趣诗意，大多篇幅短小，刻意锤炼语句，讲究构思布局。好的儿童散文诗，其意境深邃、优美，耐人寻味。

如作家圣野创作了一篇仅40余字的散文，名为《花圃》：

你是红花，我是蓝花，她是紫花，他是黄花……你开，我谢；你谢，我开。

你补充我，我补充你，春天是这样丰富，春天是这样美丽。[①]

如此短小精悍，却足以使小读者的脑海中浮现出一幅五彩缤纷、生气勃勃的春景图，并且领悟到一个生活的真理：春天是由于“我补充你，你补充我”，才能显得丰富而美丽的。

---

① 王野《飞翔的种子》，湖南少年儿童出版社，2006。

儿童散文的艺术特征除了上述关于“童趣”和“意境”两点之外，还有一些，如一般篇幅都比较小，语言都比较通俗畅达，取材虽自由但也要顾及儿童的年龄特点而有所选择，等等。

第二节 儿童散文的类型

儿童散文按艺术表现手段可以分为两大类：记叙类和抒情类。

记叙类散文有记人、叙事、状物、写景之分，其共性是以记叙和描写为主要表现手段，相异处在于记叙、描写的侧重点不同。由于现实生活中的人、事、物、景本来就是交融在一起的，因此这四种类别的文章都不会是绝对单纯的。例如著名的儿童散文《小橘灯》，侧重记人，却又完整地叙述了一件夜访小姑娘的事。文中对小橘灯及山村夜景的描绘，又显出了作者状物写景的能力。

抒情类散文包括以抒情为主和以议论为主两种。抒情散文可从抒情主体的角度分为两类：一类是以儿童为抒情主体，即所谓“儿童本体”，从儿童自身的角度抒发对生活的感触；一类是以成人为抒情主体，从成人的角度表现作者对儿童的思想感情，其中包括对自己孩提时代生活的反思、追忆和缅怀之情。前一类在我国五四时期颇为流行，这与当时的儿童文学理论家倡导“儿童本位论”是分不开的。1920年刘半农所作的《雨》，可以称作这一类现代儿童抒情散文的开始：

妈！我今天要睡了——要靠着我的妈早些睡了。听！后面草地上，更没有半点声音；是我的小朋友们，都靠着他们的妈早些去睡了。

听！后面草地上，更没有半点声音；只是墨也似的黑！怕啊！野狗野猫在远远地叫，可不要来啊！只是那叮叮咚咚的雨为什么还在那里叮叮咚咚地响？

妈！我要睡了！那不怕野狗野猫的雨，还在墨黑的草地上，叮叮咚咚地响。它为什么不回去呢？它为什么不靠着它的妈，早些睡呢？

妈！你为什么笑？你说它没有家么？——昨天不下雨的时候，草地上全是月光，它到哪里去了呢？你说它没有妈么？——不是你前天说，天上的黑云，便是它的妈么？

妈！我要睡了！你就关上了窗，不要让雨来打湿了我们的床。你就把我的小雨衣借给雨，不要让雨打湿了雨的衣裳。

这篇散文，通篇不过数百字，却相当充分地表现了幼童在夜深临睡前对母亲依恋、对黑暗恐惧、对周围种种大自然景象迷惑不解的复杂心理，向读者展示出了一幅活生生的幼儿心态图。

但大多数的儿童抒情散文属于后一类，即大多数作者是以自身为视角来进行创作的。冰心的《寄小读者》被公认为儿童散文的精品，其中凡属抒情类的都是从成人的角度来抒发对儿童的感情的。许多作者从回忆儿时生活引出种种感慨的抒情散文，也属于这一类。

抒情散文中还有以议论为主要表现手段的。有的学者把它与记叙类、抒情类相并列，称之为议论性散文。以议论为主要表现手段的散文，往往将议论附着在记叙和描写之中：记叙描写为表，议论为里；人物和事件是血肉，议论是灵魂；作者的主旨是蕴含在议论之中或通过议论直接挑明的。我国著名散文家秦牧所写的众多为少年儿童喜爱的作品，就属于这一类，如《人和兽的两个故事》《菱角的喜剧》等。冰心在新中国成立后所写的《三寄小读者》中，也有一些篇目较多地使用了议论手段，对少年儿童进行劝诫和正面教育，因此也可归入这一类。

第三节 儿童散文的创作

儿童散文的特征决定了儿童散文创作的特殊要求。

一、作家必须对儿童怀有诚挚的感情

儿童散文的最大特征是对童心和童趣真实的、艺术的表现，这就要求创作者必须对儿童怀有一颗真挚的、诚实的、能与儿童同步跳动的赤诚之心。只有这样，他在作品中所表达出来的所见所闻才能引起儿童的兴趣，他的所思所感才能引起小读者的共鸣，他煞费苦心地构思营建起来的散文精品才能为少年儿童所理解、欣赏和接受。

二、作家必须在构思上下苦功夫

《金色花》简析及作者简介

散文结构上最大的特点是通常所说的“形散而神不散”，儿童散文也是如此。所谓“散”，主要指题材选择上的广阔性和感情抒发上的自由性；所谓“不散”，指的是洒脱放达的行文始终紧扣着全部材料的神韵、主旨，即主题。优秀的儿童散文，在构思上总是既能遵循散文创作的这一普遍规律，妥善处理好形、神两者之间的矛盾，又能独树一帜，在材料的剪裁、布局上别有一番新意。印度文坛巨匠泰戈尔有一篇极为出色的儿童散文《金色花》，描写了一个孩子幻想自己变成了一朵开在圣树上的金色花，然后躲在高枝上、新叶丛中顽皮地跟妈妈开玩笑、捉迷藏，让妈妈嗅到花香，让自己的影子投在妈妈所读的书页上，最后再突然出现在妈妈面前。全文不满千字，却天马行空、自由不羁，充分表现出一个“散”字。读完全文，我们会为作者活泼的思路和洒脱的文笔叫绝，但又绝不会感到材料组织上零碎散漫，因为贯穿全篇的中心——幼童对母亲的亲昵、依恋——又是人人都能体会得到的，作者不着一字地将全文的灵魂十分鲜明地和盘托出了。

三、作家应该将最精美规范、自然流畅的文学语言奉献给散文读者

散文不注重情节的编织和人物的塑造，而以真挚的感情、巧妙的构思和精美的文字取胜。优秀的儿童散文语言，或活泼开朗，或柔婉典雅，或含蓄隽永，或幽默风趣，或深沉睿智，或厚实简约，既可为小读者带来欣赏的愉悦，又足以成为少年儿童临摹的范本。

探究·实践

1. 儿童散文的结构特征是什么？试举例说明。
2. 背诵作家圣野的儿童散文诗《花圃》。

第八章　儿童报告文学

【学习提示】

本章阐述了儿童报告文学的特征、社会作用、形式要求和创作的发展趋势。学习时需要重点掌握儿童报告文学的特征和形式要求，同时可以尝试写一写儿童报告文学作品。

报告文学是介于新闻与小说之间的一种文学体裁。报告文学正式进入儿童文学领域的时间还不太长，但发展得非常迅速，并且一开始就以清新、泼辣的姿态，在对少年儿童进行思想教育、审美教育和扩大少年儿童的知识面等方面，显示了独特作用。

第一节 儿童报告文学的特征

儿童报告文学有别于成人报告文学，其基本特征有以下几点。

一、与儿童生活相连的报告性

其报告性包括新闻性和真实性两个方面。

1. 新闻性

儿童报告文学要求与儿童生活紧密相连，以表现与读者同时代的少年儿童的真实生活为主要内容。如孙云晓的《少年巨人》中的系列报告文学，主人公都是科技、文艺、体育等方面涌现出来的“小名人”“小尖子”；冉红的儿童报告文学集《留学生和大公猫》共有7篇作品，记述了新疆维吾尔自治区儿童以自己的才智和勇敢精神所编织的7个生动故事，通过对小主人公事迹的描写，生动地展现了不同民族孩子的性格和生活图景；陈祖芬的《只不过是一刹那》描写了小杂技演员余月红奋斗与成功的故事；刘保法的《星期日的苦恼》则描写了中学生过重的作业负担问题；孟晓云的《春城的一场暴风雪》等作品，就少年儿童的教育、培养等社会问题进行了严肃的揭示与披露，以期引起人们的思索、警觉和注意。这些作品，有的表现了现实生活中富有新闻性的少年儿童人物，透过他们，读者能够感受到时代的脉搏；有的记叙了普通少年的日常学习生活，但所触及的问题却是当代少年儿童热切关心的社会问题。具有新闻性的报告文学对时效性有很高的要求。虽然报告文学不必像新闻报道那样对时效性要求得那么紧迫、快速，但也应尽可能及时，要尽量将采访过程（采集素材、提炼题材、诉诸形象）尽可能缩短。儿童报告文学也应遵循这条规律。

2. 真实性

对报告文学来说，真实是它的灵魂和生命。作者写报告文学时，不允许捏造实际上没有的情节，也不允许在具体的叙述中插进实际上没有的人物。

首先，真实性的要求表现在情节和细节的真实上。刘保法的儿童报告文学《输与赢》发表后，主人公“车晓东”的同学都说作品中的人物形象与“车晓东”本人很像。这说明刘保法写人物没有走样，作品获得了小读者的信任和认同。

其次，真实性要求总体和本质真实。单有一个个情节和细节的真实并不够，还必须从整体上去准确、真实地反映人物和事件的全貌。如果作者出于对描写的主人公的偏爱，只选取对他有利的、能为他增色的材料，对于这个人物的缺点，明明是做错了的事，却避而不谈，这样写是片面的，不能反映客观事物的全貌。孙云晓在他的报告文学《相信自己的眼睛》中，虽然以理解、同情和赞赏的笔调写了一群刚升初一的“红领巾”，但是他没有对他们一味“护短”，尤其写到在他们的班主任老师摔了一跤后，他们那种大笑特笑的笑声使作者感到“尖厉刺耳”“不寒而栗”。这在整体把握上就显得比较真实。

最后，真实性要求人物内心真实。陈丹燕写的《请牵着我的手》反映了一个独特的、几乎被人遗忘的角落——盲孩子的生活，作品用了不少心理描写，将这群孩子特殊的、鲜为人知的心态细腻地刻画出来，具有一种动人心魄的艺术感染力。

二、与儿童特点相连的文学性

报告文学要求真实报道，不允许艺术虚构，但不排斥文学性。恰恰相反，报告文学正需要运用各种各样的文学技巧使具有新闻的真实力量的题材变得形象、具体，富有立体感、真实感，以增强艺术感染力。特别是儿童报告文学，更要写得活泼有趣、可读性强，才能吸引少年儿童读者。

为达到这一目的，有两点是必须注意的：

第一，儿童报告文学的情节结构要求巧妙、新颖。这是增强文学性的有效手段。理由的儿童报告文学《访“神童”》就设计了一个总悬念：“难道世上真有什么神童吗?”这个悬念在作品的一开始提了出来，这正是少年儿童极为关心的问题，所以能紧紧吸引住读者。围绕着总悬念，作者采用层层深入的方法组织情节，使情节越来越接近答案，构思十分巧妙。

第二，儿童报告文学的议论、抒情要求与少年儿童的接受能力、审美趣味相适应。一篇好的儿童报告文学不仅要有鲜明的主题、生动的人物和情节，还应当有浓郁的儿童情趣。论辩性过强的东西，或者过于高深的内容和比较细腻、复杂的情感抒发，一般来说少年儿童不爱看，也接受不了。儿童报告文学应该就少年儿童能理解的、关心的事物，运用比喻、拟人等形象化的修辞手法，发表短而精的议论，进行亲切的抒情。像《访“神童”》的结尾，作者将对神童的理解和赞美融合在一起，用形象的语言表达出来，具有很强的感染力：“……这些孩子像是在一片贫瘠的土地上长出的幼苗那样孱弱。一些值得尊敬的家长和老师，曾用个体手工劳动的方式给它们‘锄草浇水’，像是在一片青黄不接的田野上耕耘着小小的可怜的苗圃。……我们的幼苗根扎得深了，叶长得茂盛了，田野上万木争荣，一片葱绿。”这既点明了全文的主旨，也适应了少年儿童的欣赏、接受能力。

三、以教育为主的评述性

与小说相比，报告文学中有较多的议论，这是很自然的。面对现实生活，作者直抒胸臆，作分析，下评语，能大大增强作品的思想性和说服力，这些有感于真实生活而发的议论往往含有新鲜的哲理，读来令人倍感亲切，深受教益。

《胜者和败者》简析及作者简介

需要特别指出的是，儿童报告文学的评述性应建立在形象描述的基础上，或寓理于“形”，或融理入“景”，或论理于“事”，或评理于“人”，使评述与形象水乳交融。如赵丽宏的《胜者和败者》，旨在对小读者进行“骄者必败”的思想教育。这种传统的思想教育命题很容易写得枯燥乏味，然而作者充分应用了各种文学技巧，讲述了一个娓娓动听的关于胜者和败者的故事，在不知不觉之中，水到渠成地将这个古老的命题讲得有滋有味，有情有义，评述性与形象性很好地统一在一起。

第二节 儿童报告文学的社会作用

儿童报告文学既具有一般性报告文学的社会作用，同时又具有自身独特的作用。具体来讲，其社会作用表现在以下几个方面。

一、新闻作用

儿童报告文学向少年儿童报告他们自己生活中的人物和事件或成人孩提时代的生活，能迅速及时地反映少年儿童的现实生活状况（也包括少年儿童所关心的、感兴趣的成人生活），因而能传递少年儿童世界的最新信息，起到交流、沟通、促进、提醒的作用。这种作用不是别的儿童文学样式所能代替得了的。当杨乐、张广厚攀登数学高峰的消息刚刚传开时，就有《杨乐中学时代的故事》和《当他们还是少先队员的时候》两篇儿童报告文学发表；在17岁的陈肖霞获得第十届世界大学生运动会跳水冠军后，李玲修立刻采写了《她战胜了“跳水女皇”》；等等。迅速、及时、新颖，紧扣时代的脉搏，使得这些作品的确有很强的新闻作用。

二、文献作用

文献作用，是指儿童报告文学真实可靠、详细具体地记录了历史的面貌和足迹，可以作为历史资料来看待和保存。如冰心的《咱们的五个孩子》写的是五个孤儿在失去父母后，党和政府、街坊邻居、老师、同学给予他们无微不至的关怀，可以作为新中国成立后良好社会风尚和高尚社会道德的历史记录。

三、思想教育作用

不少优秀的儿童报告文学作品以具有诗意和哲理的语言，引导小读者正确地观察社会、认识社会，有助于促进少年儿童的成长。报刊上陆续发表的儿童报告文学作品，介绍了不少英雄人物和勤奋好学的青少年先进事迹。这些作品以具体、生动的事实宣传了主人公高尚的思想品德风尚，使小读者读来感到亲切、具体、真实，引起他们强烈的兴趣，并心向往之，进而去仿效。

四、审美教育作用

优秀的儿童报告文学作品能起审美教育作用，它可以给予少年儿童色彩、声音、形态、运动的美感和崇高的精神美熏陶，帮助他们学会鉴别美好与丑恶、纯真与伪善、文明与野蛮、高尚与庸俗，使他们具有高尚、纯洁的艺术趣味和创造美的欲望及能力。

第三节 儿童报告文学的形式要求

儿童报告文学的形式是指语言、结构、体裁和描写手法几个方面。此处就语言和结构两个方面略作阐述。

一、关于语言

儿童报告文学的语言除了要像一般文章要求的那样，做到准确、鲜明、生动外，还有其独特的要求。

1. 文学性

儿童报告文学的语言尤其讲究形象化，要活灵活现地描绘事实，惟妙惟肖地写人和物，绘声绘色地展示生活，给人们如临其境、如见其人、如闻其声的感觉。

2. 浅显性

儿童文学的语言应同少年儿童的年龄相适应，儿童报告文学也应如此，但在注意语言的浅显性的同时也不应忽视语言的形象性。

3. 分寸感

儿童报告文学的真实性原则，决定了它的语言要特别讲究分寸，从一般的记叙到人物描写、环境描写以及议论、抒情，都要注意这个问题。如果分寸把握不当，矫揉造作，言过其实，无端拔高，不但起不到教育作用，反而会引起小读者的反感。

二、关于结构

儿童报告文学的结构要求完整、短小和新奇。所谓“完整”，是指有头有尾，首尾呼应。所谓“短小”，是指结构不能太庞杂、冗长，线索不能过多。所谓“新奇”，是要与少年儿童的好奇心理相适应，他们厌恶老一套、公式化，喜欢新奇的内容、情节和结构。

第四节 儿童报告文学创作的发展趋势

在儿童文学范围内，报告文学比起童话、儿童小说、儿童诗、儿童戏剧等文学样式要年轻得多。然而，它发展得非常快，并且日益受到重视。

儿童报告文学创作的发展趋势可以归结为三个方面：

一是题材广泛化、多样化。以前的儿童报告文学基本上以优秀的少年儿童为主人公，而目前的儿童报告文学的主人公更多的是普通的少年儿童。这种人物形象普遍性较强，也更贴近生活，大多数读者乐于、易于接受。如刘保法的《星期日的苦恼》等即是如此。

《请你牵着我的手》简析及作者简介

二是表现手法多样化。作者在注意题材多样化的同时，开始注意形式的新奇与独特。例如，许多报告文学的作者已不是简单的“叙述者”，而是参与到报告文学情节中，有的甚至充当了比较重要的角色。陈丹燕的《请你牵着我的手》便属于这一类。

三是时效性明显增强。作者素质提高了，他们视野开阔，触觉敏锐，对社会中的新事物、新动向十分敏感。往往某一个现象刚刚引起人们的关注，关于它的报告文学已经创作、发表了。有的报告文学作者甚至成为社会问题的发现者与分析家，其作品的作用及造就的声势不可估量。如孟晓云关于教育问题和中学生心理的报告文学《多思的年华》便是一例。

探究·实践

1. 举例说明报告文学既讲求报告性又注意文学性的艺术特征。
2. 从你的生活环境中，有意识地撷取少年儿童的关注热点，尝试写一篇儿童报告文学作品。

第九章　儿童戏剧文学

【学习提示】

本章阐述了儿童戏剧的类型、特征和创作。学习时应重点掌握儿童戏剧文学的特征，并尝试依据儿童的年龄特点创作、排演简单的儿童剧。

儿童戏剧文学，即儿童戏剧剧本。它既可为排练、演出提供脚本，又可供少年儿童阅读欣赏。虽然，戏剧文学如果脱离了舞台，或是未改制成影视剧本并进行拍摄制作，其作为文学读本的接受群体并不会很大，但是，如果没有剧本的创作，影响深广的演出和影视制作也就失去了基础和依托。因此，了解戏剧文学的类型、特征和创作，仍然有着很大的意义。

第一节 儿童戏剧文学的类型

儿童戏剧是一种以少年儿童为主体，并适应少年儿童的理解能力和欣赏水平的戏剧，它是以表演艺术为主，融合了文学、语言、美术、音乐、舞蹈乃至造型、灯光、服饰等各种艺术的综合体。儿童戏剧和成人戏剧一样，具有戏剧的一般特征：在戏剧矛盾冲突中展开情节，塑造鲜明的舞台艺术形象，反映客观生活，通过视觉和听觉给观众思想教育和艺术享受。

一、儿童戏剧文学的分类标准

本书从文学角度来介绍儿童戏剧，儿童戏剧在文学中的表现即儿童戏剧文学。儿童戏剧文学与儿童戏剧在分类上相同。

儿童戏剧文学因分类的标准不同，可有不同的分类方法。

按照戏剧容量的大小、场次的多寡，可以分为独幕剧、多幕剧、无场次多场景剧。

按照艺术表现形式，可以分为话剧、歌剧、舞剧、歌舞剧、朗诵剧、哑剧、木偶剧、皮影戏等多种。

按照题材内容，可以分为现代剧、历史剧。

按照矛盾冲突的性质，可以分为正剧、喜剧、悲剧（儿童戏剧中悲剧比较少见）。

分类的标准不同，儿童戏剧文学的类别命名也会有所不同。由于戏剧剧本的最后传播，主要依托演出，因此，我们倾向于以艺术表现形式作为分类标准。

二、儿童戏剧文学的种类

本书将儿童戏剧文学分为以下几种。

1. 儿童话剧

这是一种以人物对话为主，以动作、表情为辅助表现手段的儿童戏剧（文学）。它主要通过人物对话来展开戏剧矛盾，揭示主题思想。对话大都具有鲜明的性格化、动作化、口语化和儿童化特点。例如任德耀的《宋庆龄和孩子们》，刘厚明的《小雁齐飞》，王纪厚、刘喜廷的《人参娃娃》等。

《人参娃娃》简析及作者简介

2. 儿童歌剧

这是一种以歌唱为主要表现手段的儿童戏剧（文学）。它主要以唱词和音乐来塑造人物，展现矛盾冲突，表现主题思想。剧中也融合一些舞蹈、音乐、对白，作为歌唱的补充，起配合作用。例如包蕾的《小熊请客》，姚易非、陈友军的《小公鸡》等。

《小熊请客》简析

3. 儿童舞剧

这是一种以舞蹈为主要表现手段的儿童戏剧（文学）。它主要运用舞蹈语言来刻画人物形象，展开情节，突出主题思想。例如曹起志、赵清的《三毛要上学》。

在儿童舞剧中，表演形式更为多见的是载歌载舞的歌舞剧。例如廖登敏的《3+2×5=？》，赖俊熙的《春天是谁画的》等。

4. 儿童戏曲

这是儿童地方戏剧的总称，是一种以人物的唱、念、做、打为主要表现手段的儿童戏剧。其唱腔、道白、舞蹈动作等都具有特定的民族、地方色彩。例如齐铁雄的儿童京剧《寒号鸟》、雷志华等的豫剧《早霞》等。

《寒号鸟》简析及作者简介

5. 木偶剧

这是一种由演员在幕后操纵木偶活动，配以相应的对话、音乐等表现手段的儿童戏剧（文学）。木偶的造型可以夸张，表演也可以惟妙惟肖，既给人真实感，又有浓烈的虚幻色彩，尤其适合表现神话、童话、民间故事等幻想和虚构题材，特别受低龄儿童的欢迎。现在，直接在特制的舞台上演出的木偶戏并不多见，而多以摄制成影视片的形式为小观众服务。例如《白雪公主》《神笔马良》《阿凡提》等。值得一提的是，《胡桃夹子》在形式上追求精美、别致，在舞台表现上独树一帜，它用一种有特点的崭新的木偶语言较好地演绎了一部木偶童话剧，音乐节奏活泼，人物性格鲜明，矛盾冲突戏剧化展开，以及戏剧氛围营造水乳交融，毫无生造的痕迹，给人留下了深刻的印象，是一部具有开创性的木偶儿童戏剧经典剧目。

以上数种，尚未包括以动画形式诉诸视觉的动画文学剧本。近些年来，由于影视业的迅速发展，动画形式的读本和影视片拥有了越来越多的小读者、小观众，这一品种的文学剧（脚）本的创作引起了儿童文学界的重视。

第二节　儿童戏剧文学的特征

儿童戏剧文学和成人戏剧文学一样，具有戏剧文学的一般特征，但由于少年儿童观众的年龄特点所形成的特殊要求，儿童戏剧文学又有着与成人戏剧文学相区别的独特性。

一、结构主线单一、层次清晰

遵循少年儿童的思维规律，儿童戏剧文学的结构主线宜单一，层次宜清晰，悬念不宜太多，以便让小读者一看就懂，一听就明白。

但是，单一并不等于单薄、简陋，而是要求简而不陋、浅而不薄。儿童戏剧文学结构主线单一，并不意味着它可以直白、浅露、粗糙，而是要求含蓄、细腻，既形象鲜明、栩栩如生，又耐人寻味，有较高的审美价值。这样，使孩子不仅能看得懂，而且看得津津有味。

例如，久演不衰的《人参娃娃》是六场童话剧，容量较大，戏剧冲突的面也较广，但它的结构单一，层次清晰。它通过人参娃娃牺牲自己、挽救别人的事迹，热情歌颂了无私奉献的崇高精神；作品主题非常鲜明，适应了少年儿童的接受能力。

二、矛盾冲突尖锐、明快

儿童戏剧文学要在有限的篇幅中（受舞台演出时间和空间的限制）塑造人物形象，展开情节，编织故事，就必须抓住主要矛盾，突出主要事件，使事件、人物之间的矛盾得到充分的揭示，并节奏紧凑地把矛盾冲突推向高潮，直至解决。而这种矛盾冲突必须是尖锐的，同时又是明快而清楚的。

成功的儿童戏剧文学作品往往一开局就提出矛盾，使小读者产生了解矛盾的发展和结局的浓厚兴趣。平淡无奇的情节、缓慢拖沓的矛盾展开，是儿童戏剧文学的大忌。

《马兰花》简析及作者简介

例如，在优秀童话剧《马兰花》中，虽然交织着大兰和小兰之间不同性格的矛盾，但以马郎为代表的劳动人民同邪恶的刁老猫之间的矛盾冲突才是主要的，也是十分尖锐的。围绕马兰花的得失，剧本明快地展开了人物之间的种种矛盾，逐步把剧情推向高潮，牢牢抓住了小读者、小观众，使他们在随剧情发展而产生的喜怒哀乐中，得到启示和教育。

三、戏剧内容富有儿童情趣

富有浓郁的儿童情趣，是儿童戏剧文学不可缺少的一个艺术特征。

情趣性不但应该服从剧作的思想内容，而且应该水乳交融地渗透在整个作品中。诸如奇特的情节、幽默的对话、曲折的冲突、绚丽的场景、缤纷的灯光、美妙的音乐、婀娜的舞姿等，处理精当，都会使儿童戏剧文学作品情趣横溢、富有魅力。任德耀的《我一点也不快活》（又名《魔鬼面壳》），是一出表现人性被极度扭曲的悲剧。剧中大量情趣十足的戏剧情节，如樱桃节上猴群的狂欢、灰灰误入陷阱被擒、老窝瓜携灰灰耍猴戏、灰灰回归后被伙伴“踢皮球”、群猴见到“红毛魔鬼”大惊失色等，对儿童读者颇具吸引力。

四、人物语言和动作儿童化

儿童戏剧文学的人物语言和动作有其鲜明的特点：要高度个性化；要富于表现力；要有意味深长的潜台词，能启迪观众的丰富想象；要悦耳动听、朗朗上口，并符合语言规范化的要求。

剧中人物的语言、行动，不仅要准确、鲜明、生动地表现人物的思想感情，而且要符合人物的身份、性格、年龄以及所处的特定环境。因此，这种语言和动作，绝非照搬生活原型，而是按照剧情发展、人物性格特征加以提炼、概括出来的。它们应该是典型的、儿童化的。但是，儿童化的人物语言和动作，不应该是矫揉造作、生搬硬套的“娃娃腔”，而应该是经过精心提炼、充分体现儿童特点、生动活泼的戏剧语言和动作。如柯岩的《小熊拔牙》的语言就很有儿童特点：

妈妈：我是狗熊妈妈。

小熊：我是小熊娃娃。

妈妈：我长得又胖又大。

小熊：我就像我妈妈。①

短短的四句话，不仅清楚地交代了人物的关系以及外形特征，而且小熊模仿妈妈的滑稽可爱样儿也和盘托出。母子俩边说边演，情趣盎然。其语言音韵和谐，活泼形象，通俗晓畅，深受孩子们的喜爱。

五、艺术形式更为广泛综合

儿童戏剧的剧种不似成人戏剧那样界限分明，常常融合话剧、舞剧、歌剧等众多形式于一体。因此，儿童戏剧应该是一种更为广泛的综合性艺术。与此相应地，儿童戏剧文学也要有更为广泛的综合性。

随着演出形式从四堵墙的封闭式发展到无场次多场景的开放式，借鉴电影艺术的蒙太奇手法，舞台上出现了虚拟时空、中性布景，五光十色的激光，以及频闪灯的广为运用等，这一切使戏剧演出更为绚丽多彩。事实证明，儿童戏剧在艺术形式上不拘一格，更为广泛地兼收并蓄各种艺术表现手段，往往能更有力地表现儿童戏剧的思想内容，对少年儿童也更具吸引力和感染力。

例如童话剧《马兰花》，在话剧表演的基础上，不仅借鉴了戏曲的表演方法，还融进了音乐、舞蹈、特技、武打等。随着优美而神奇的音乐演奏，帷幕徐徐拉开，舞台上呈现出绚丽多姿的童话仙境。小鸟、小松鼠、小猴、鹿娃子随着丁零丁零的音乐声东奔西跳，互致早安。在那溶溶月光下的小河边，音乐缭绕，歌声悠扬，马郎和小兰在欢快的婚礼曲伴奏下翩翩起舞；在闷雷闪电中，刁老猫为谋取宝

① 柯岩《柯岩文集》，青岛出版社，1995。

花，把小兰从悬崖上推下了河谷；水仙姑娘安慰小兰，在水底波光粼粼中若隐若现地跳舞；在马兰花的神力帮助下，小兰姑娘从花丛中慢慢腾起生还；还有马兰开花的特技、马郎与刁老猫惊险的武打……这奇妙的场景，优美的乐曲，马郎、小兰等有说、有唱、有跳、有打的综合表演，把小观众们带到了虚幻的艺术真实之中，产生了身临其境的艺术效果。

此外，由于少年儿童涉世不久，不谙人情世故，因而在他们身上还表现出一个鲜明的特点，就是喜欢介入眼前正在发生的并感兴趣的事情，而且会毫不掩饰地发表自己的看法（这种特点会随着年龄的增长、阅历的加深而有所淡化）。因此，在儿童戏剧的演出中，常呈现出台上台下遥相呼应的情景。许多成功的儿童戏剧演出，往往在剧情发展的几个关键时刻巧妙地设计一些问题，让小观众就戏里的问题发表意见，引他们参与到演出中来，共同完成演出任务。这样，可以收到妙不可言的戏剧效果。这种开放性的演出，旨在开发少年儿童的智慧，提高他们的判断能力与分析能力。

第三节　儿童戏剧文学的创作

儿童戏剧文学的创作除了应遵循一般戏剧文学创作的基本规律外，还必须兼顾儿童戏剧文学所独具的艺术特征。

一、把握好儿童戏剧文学的教育目的

戏剧有着独特的艺术魅力，光怪陆离的场景，生动有趣的故事，鲜明典型的艺术形象，不仅为广大成人所喜闻乐见，更能博得少年儿童的青睐和喜爱。少年儿童乐于接受直观的、形象化的教育，而融汇了文学、音乐、舞蹈、美术等各种艺术门类，通过形象、色彩、声音等表达思想意义的儿童戏剧，对儿童的教育、影响是比较深刻的，也是多方面的。

《小雁齐飞》简析及作者简介

儿童戏剧文学能给孩子带来娱乐，并寓教育于娱乐之中。《枪》能使孩子了解抗日战争时期少年儿童与敌人斗争的英勇事迹，当年儿童团的英雄行为至今激励着小读者发奋前进；《报童》《宋庆龄和孩子们》使少年儿童“看到”了国家总理周恩来、国家名誉主席宋庆龄的光辉形象，深切感受到了党和国家老一辈无产阶级革命家对少年儿童的关怀、爱护；《小雁齐飞》教育孩子要真正掌握科学知识，必须一丝不苟地踏实学习；《寒号鸟》告诫孩子好逸恶劳、骄傲狂妄将受到人们的无情唾弃；《特殊夏令营》不仅使孩子领悟到了“自己应该如何成长”的真谛，而且促使家长深思如何引导独生子女走向人生正路……这些优秀的儿童戏剧作品，引导孩子了解社会，认识真理，懂得生活，并树立起正确的世界观，培养高尚的品格与情操。

儿童戏剧文学既是对少年儿童进行德育的重要手段，也是进行智育、美育等的

有效途径。无论是在思想情操方面，还是在文学修养、艺术鉴赏、语言运用等方面，儿童戏剧文学都能给予孩子很有裨益的熏陶和启迪：或激发他们无穷的想象力和创造力；或陶冶他们的情操和提高其语言运用能力；或培养他们良好的审美观，帮助他们分辨是与非、美与丑、善与恶、真与假。

二、根据少年儿童的实际选择题材

儿童戏剧文学题材可以涉及社会生活、自然领域的各个方面，不必也不应该局限于学校或家庭这些狭小的范围内。作者既可以撷取现实生活素材，也可以选择历史题材；既可以编织美丽的神话故事，也可以着笔于奇妙的科学幻想世界；既可以表现少年儿童的诚挚、机智、勇敢，也可以穿插成人的生活、斗争经历；既可以讴歌中国的感人事迹，也可以表现外国的传奇趣闻……总之，儿童戏剧文学的题材是宽泛的。

但是因为儿童戏剧文学的读者是涉世不久的少年儿童，他们的知识有限，经验不足，所以，儿童戏剧文学在题材及表现手法上，还必须有所选择，要考虑少年儿童的理解水平和接受能力，务必使他们看得懂，并能理解和接受。例如，婚姻恋爱一类题材，对孩子来说是一时不易理解的，那么在儿童戏剧中如何表现爱情等情节呢？《马兰花》为我们提供了典范：在圆月当空、银光泻地的小河边，随着悠扬的歌声和清脆的笑声，漂来了马郎迎新娘的彩船。在欢快的婚礼曲伴奏下，马郎和小兰以及动物们一起欢快地跳起了舞，形成了热烈而欢快的高潮。作者把婚姻处理成一种能为孩子理解并接受的纯真的友谊，让他们感受到一种幸福、欢乐的气氛，而摒弃或回避了可能产生的误解和疑惑。

儿童在成长过程中，需要正确的、有针对性的引导和熏陶。因此，儿童戏剧文学应歌颂光明，颂扬真、善、美，塑造英雄人物，让孩子在美好、积极的主旋律中接受正面教育，健康成长。纵观古今中外各种题材的儿童戏剧作品，不管其表现形式如何，都有一个共同点，就是它们都有一个健康、向上的主题：或忠于祖国，或热爱劳动，或善良驱逐邪恶，或勇敢战胜懦弱，等等。人们大都从社会和自然两个方面对孩子进行正面教育和引导。

轻松、活泼、欢快是儿童戏剧文学的基本格调。但一味地、绝对地要求其充满欢快的情趣，也是失之偏颇的。儿童戏剧文学有时也要寓教于“苦”，即适当地揭露一些社会的假、丑、恶等阴暗面，营造更高层次的审美氛围，这对启发少年儿童进行深层次思索，增加其识别分析能力不无裨益。

严格说来，儿童戏剧文学在题材表现上确实有也应该有禁区。诸如血淋淋的凶杀、阴森森的鬼魂作祟、残酷肆虐的抢劫、低级庸俗的情爱等，这些恐怖、污秽、卑劣、不健康的东西，是不能进入儿童戏剧文学中去的。

进入21世纪后，影视作品、各种儿童绘本、网络文学甚至网络游戏以及多媒体手段，都有对儿童戏剧文学的表现，这些传媒手段大大促进了儿童戏剧文学的发展。在我们阅读研究儿童戏剧文学时，应当注意这些传媒方式的发展变化。在指导儿童阅读时，我们可以充分利用这些传媒方式。

探究·实践

1. 观看一部儿童戏剧（或电影、电视剧），并与儿童讨论该剧的思想意义，了解儿童的欣赏要求及欣赏水平。
2. 试将自己所熟悉的某一部作品（小说或童话为宜）改编成一部短剧，并组织若干儿童排练。

第三编

儿童文学的阅读、鉴赏与批评

儿童文学作品问世后社会效果如何，需要经受社会的检验。社会检验的表现形式是阅读、鉴赏与批评。阅读、鉴赏与批评者也是读者，其中主体是少年儿童，还有他们的家长，他们的老师，也包括从事儿童文学研究的学者和评论家。阅读是一个认识、了解作品及体验作者思想感情的过程，鉴赏是一个辨别好坏、优劣、上下、雅俗的思维过程，批评是鉴赏后作出价值判断的过程。儿童文学的阅读、鉴赏与批评同成人文学的阅读、鉴赏与批评在大原则上是一致的，但是儿童文学因其特殊性，在阅读、鉴赏的目的和意义，批评的标准、手段上，还是有自身特点的。正确的阅读、鉴赏以及积极的批评，不但会使创作得到公允、准确的评价，也会促进乃至引导创作的发展，同时也是构建儿童文学理论必不可少的过程。

第一章　儿童文学阅读与鉴赏

【学习提示】

本章阐述了儿童文学的阅读和鉴赏的性质、意义及指导。学习时应重点掌握指导儿童阅读和鉴赏的策略与方法。

第一节 儿童文学的阅读

阅读是人类重要的认识活动和审美活动。对于儿童它更是一种成长中不可或缺的活动。

一、阅读概述

广义地说，阅读指通过一切可感的媒介获取信息，认识世界，发展思维，进行审美的活动。广义的阅读包含视觉、听觉、触觉（如盲文阅读）等方式。狭义的阅读指看（书报）并领会其内容，指运用语言文字把握阅读材料的活动。阅读是一种主动的、复杂的心理过程，在阅读过程中，不仅仅阅读材料向读者单向传输信息，读者还要调动自己的知识经验，积极运用自己掌握的语言规则系统来获取、理解、重构信息。文学阅读是一种理解、领悟、吸收、鉴赏、评价和探究读物的思维过程。文学阅读可以帮助人们陶冶情操，提升自我修养。

阅读的必备要素有：（1）读者，即阅读行为的主体；（2）读物，即阅读对象，在一般阅读中主要呈现的是文字和图像；（3）作者，一般指艺术作品的创作者，在语言文字阅读中指文章或著作的写作者。

在指导儿童阅读时，我们要注意培养儿童以下阅读方式和阅读能力。

1. 阅读方式

阅读方式主要有：

（1）泛读和研读。前者指泛泛地阅读，是一种浏览式的、略观大意的阅读方式，可以帮助读者完善知识结构、开阔视野、陶冶性情。后者指钻研阅读，是一种目标明确、自我意识很强的阅读方式，要求读者对阅读内容务必彻底明白，了然于心。

（2）快读和慢读。前者是一种快速阅读方式，需要高度集中注意力。后者是一种咬文嚼字的阅读方式，可以锻炼读者的耐性，是培养良好阅读习惯的重要方式。

（3）跳读和全读。前者是一种选择性跳跃式的阅读方式，通常的程序是：阅读标题—阅读开头的一两段—重点阅读主体部分的中心段落和主题句—阅读结尾部分（特别是段落的首尾句）。后者是一种全面、细致的阅读方式。

（4）朗读和默读。前者是一种眼到、口到、心到并发出声音的阅读方式，是一种具有强烈感染力的阅读方式，最适合儿童。后者是一种只用眼和心的阅读方式。

2. 阅读能力

（1）阅读感知能力，指在阅读中接触文字载体而引起的正确反应的能力。

（2）阅读理解能力，就是对阅读对象进行分析、综合的能力。

（3）阅读想象能力，指读者在感知阅读对象内容的基础上，根据词语提供的间接表象，对其重新整合而创造出新形象的能力。它是一种审美能力。

（4）阅读思考能力，指读者在阅读中结合知识经验，就遇到的一些问题，以极佳状态发挥思维作用的能力。

（5）阅读评判能力，指读者对读物进行评价，甚至将自己阅读的收获用一定的语言形式表达出来的能力。

二、儿童文学阅读的意义

儿童的阅读能力与儿童的年龄特点密切相关。儿童从听话、看图到阅读文字，从有声阅读到默读，再发展到借助影视作品、多媒体和网络进行多感官综合阅读，阅读能力逐步发展。儿童还会从无意地随机阅读，发展到有意地选择阅读，因此儿童文学阅读会呈现不同年龄段的需求和要求，并且会因儿童个体的不同而呈现不同的阅读效果。通过阅读，儿童可以学会把已学过的知识重新整合，然后用情感和语言重新再创造，这个过程，就是创造性思维培养的开始。

儿童文学阅读是儿童阅读的重要组成部分，可以帮助儿童认识人、社会与自然，完成社会化发展。可以说，儿童文学阅读对儿童的健康成长有重要意义。

三、儿童文学阅读指导的策略

儿童阅读儿童文学作品是需要指导的，要使指导取得好的效果，就需要讲究策略。重庆出版社出版的《阅读学》（作者董甘味）中关于阅读兴趣、阅读习惯、自主阅读和扩展阅读四个方面的论述提示了阅读指导的一些策略。我们可以借用于儿童文学的阅读指导。

1. 激起儿童的阅读兴趣

指导的首要目标是激起儿童对儿童文学作品的兴趣，让儿童关注儿童文学作品。家长、教师可以采取让孩子看图、听读故事、朗读精彩片段、介绍有趣的关键人物等方式，吸引儿童对儿童文学作品的关注。

指导儿童阅读要注意阅读兴趣与阅读效果的关系。儿童的兴趣往往是短暂的，容易转移，要维持阅读的兴趣，家长、教师就要让儿童感受到阅读效果，即让阅读帮助孩子在感受、思维、心理、情感方面受到影响。这种影响越大，效果越大，激发的兴趣就越持久。

2. 培养儿童的阅读习惯

培养儿童的阅读习惯是指导儿童文学阅读的重要环节。家长、教师要根据不同的小读者，设计不同深度、不同方式的阅读方案，既体现出文学样式的特点，又保证儿童参与儿童文学阅读的积极性，形成良好的阅读习惯。

3. 调动儿童自主阅读的积极性

在指导儿童阅读儿童文学作品时，家长、教师应当注意保持作品带给孩子的完整性和新鲜感，在阅读中帮助他们建立和增强阅读的自信，调动他们的积极性，推动其自主阅读。

4. 扩展儿童文学阅读的形式和范围

在指导儿童阅读儿童文学作品时，家长、教师可以配合电影、戏剧表演、音乐、绘画、网络和多媒体手段让小读者体会儿童文学作品的艺术转化形式，或鼓励儿童阅读同一位作家其他作品以及其他作家的同类作品，在比较中体会作品的思想感情，还可以让小读者用改写、续写或者模仿方式进行创作，加深对所阅读作品的了解和体会。

四、儿童文学阅读指导的方法

儿童文学阅读指导的方法因不同年龄段的儿童对象和儿童文学的不同题材而不同。

（一）儿童文学分年龄段阅读指导方法

1. 幼儿期阅读指导

由于不识字或识字量有限，注意力容易转移等，幼儿对于儿童文学的阅读具有“听赏”的特点，依赖从成人的讲述中了解作品。为了能吸引幼儿完成阅读，家长、教师应当突出指导活动的游戏性、趣味性和娱乐性，多采用诵读、表演等幼儿易于参与的活动方式，如大声朗读、亲子共读、故事表演、动画影视作品欣赏、师生共同讲述故事等。

2. 童年期阅读指导

低年级的儿童具有一定的识字量，能够自主阅读。但由于生理和心理条件的限制，他们的阅读具有很强的随意性，他们持续阅读的时间也有限。在指导、设计阅读活动时，家长、教师可以依据语文课程标准所规定的阅读要求，帮助儿童养成和巩固阅读习惯，激发阅读兴趣，增强阅读自信；尽量创造轻松、活泼的环境，让他们自主阅读；还可以开展参观书店、建立班级图书角、分角色朗读或讲述故事、故事接龙、长篇连播、讲故事比赛等活动，展开阅读。

3. 少年前期阅读指导

少年前期少年的阅读量有较大的提升，阅读面有较大的拓宽。他们的思维在这一时期非常活跃，他们能对作品进行自我选择，对作品的兴趣渐渐开始分化，参与文学活动的愿望增强，表现出对文学作品的个性化趣味。这一时期，家长、教师在指导阅读时要渐渐淡化自己的指导者身份，最好能够以参与者的身份加入；在阅读活动中注意巩固他们的阅读习惯和兴趣，调动他们的参与积极性，让儿童自己设计活动，在熟悉前期阅读的儿童文学作品的体裁特征基础上，逐步培养他们对作品的感受能力和领悟能力。具体的活动方式有：参观图书馆、建立自己的小书架、开展小组合作阅读、开展作品朗诵比赛、自定读书计划、作品续写、评选“我最喜欢的书（人物）”等。

4. 少年后期阅读指导

少年后期少年的阅读量较前期有较大提升，阅读面更宽了。他们已经具备了基本的文学阅读能力和鉴赏力，阅读范围已与成人相差无几；对儿童文学作品的品质有了更高的要求，阅读的个性倾向日趋明显。家长、教师在指导时除要继续巩固他们的阅读兴趣和帮助他们提升阅读量以外，还要有意识地培养他们对语言艺术的理解能力和鉴赏能力，鼓励自我开展阅读活动。具体的活动方式有：参观书展或书市、开展读书笔记交流、举办读书节、师生共读一本书、争当小作家等。在少年后期儿童阅读的指导中，我们还可以指导他们上网查找与阅读的作品相关的资料，以求加深体会，巩固阅读成果。

（二）儿童文学分体裁阅读指导方法

在对儿童文学不同体裁进行阅读指导时，家长和教师不仅要让儿童了解相关体裁的特征，还要重视对作家及写作背景的介绍。因为相关作家及写作背景的介绍对小读者了解作家的个性和写作风格有着非常重要的作用。家长、教师要尽可能让儿童的阅读有所延伸、拓展，在深度和广度上逐步提高要求。下面选择几种儿童文学体裁进行介绍。

1. 儿童诗阅读

儿童诗在小学语文教材中占有相当大的比例。教师在指导小学生阅读诗歌作品时，要从诗歌的基本特征入手，让小学生了解诗歌的艺术构成、情感表达方式，逐步掌握诗歌鉴赏的方法，养成阅读诗歌的兴趣和习惯。在诗歌的阅读活动中诵读是最常用的方式。儿童在反复吟诵诗歌中，可以感受诗歌的韵律和节奏，体会作者的情感表达。教师还可以用诗配画、多媒体表现诗歌意境等方式让小学生具体、形象地感受、欣赏诗歌，加深对诗歌意境的体会和感受。

2. 童话阅读

童话是儿童文学作品中最具幻想特征的文体，也是儿童最喜欢的文学样式。在进行童话阅读指导时，家长、教师可以从分析作品的人物形象入手，对作品的幻想手法、幻想趣味、故事构成等童话的艺术元素进行分析；注意引导儿童对文学作品幻想性的了解，引导他们结合以往的阅读经验，进行故事类型的比较和归纳；对是否完成原作阅读要给予高度重视，儿童只有对原作有了充分的了解，才能更好地感受作品的文学性和艺术性，感受作品丰富的艺术内涵。童话阅读可以延伸为阅读相近的作品以及进行改写、续写、绘制插图和戏剧演出等活动。

3. 儿童小说阅读

儿童小说阅读材料的选择通常会偏重故事性较强、人物形象鲜明的作品。家长、教师在指导儿童阅读前，要进行小说艺术元素构成的介绍，在阅读过程中，应当引导他们对小说要素进行分析，体会作者对生命、人生的独特感悟和艺术追求；还要引导他们揣摩小说的艺术表现手法，对小说艺术进行深层次的理解和把握。小说的阅读活动对提高儿童的文学鉴赏和评判能力有较大帮助，由于作品较容易被接受，家长、教师可以多设计儿童能够参与的阅读活动，如复述故事、改写、续写、比较阅读、讨论交流、观看从小说改编来的影视作品等。

4. 儿童散文阅读

儿童散文是小学语文教材中占较大比重的文体，也是学龄期儿童接触最多的样式。散文的阅读活动要有独立性，教师不能仅将散文当作语言学习的范本来处理，而应当引导小学生了解作者的思想感情以及作品的题材、表现手法和作家风格等方面，在阅读中把握作品的思想品质、审美趣味、语言风格；可以用拓展阅读的方式让儿童熟悉对经典作品的艺术鉴赏方式。具体的阅读活动方式有：朗读、背诵、多媒体表现的意境欣赏、同题作文、同题材散文比较阅读、佳句赏析等。[①]

五、阅读指导案例

1. 指导阅读意大利卡洛·科洛迪的童话《木偶奇遇记》

对象：一、二年级小学生。

指导策略：鉴于一、二年级小学生识字量有限，注意力持续时间较短，不能一次阅读完篇幅较长的童话，教师可采取缩写原童话的方法，将童话缩写到两千字左右，然后用讲述或朗读的方式，让孩子感受故事，或指导孩子先行阅读，并由孩子讲述故事。

阅读方式：讲述故事、朗读原作片段。

预期效果：让孩子了解故事的主要情节、人物及其所包含的意义，激起他们对童话的兴趣和阅读其他童话的欲望。

检验效果：让孩子复述故事，讨论匹诺曹是好孩子还是坏孩子。

阅读延伸：观看动画片《木偶奇遇记》。

2. 指导阅读曹文轩的儿童小说《草房子》

对象：少年前期儿童。

指导策略：可选择较为精彩的章节先行阅读，介绍小说的主要内容和人物。

阅读方式：指导阅读某一章节并在阅读后开展讨论。

预期效果：基本了解小说的思想意义，能说出几个主要人物的性格特点和相关的故事。

检验效果：让小读者讲述读后感或写读后感。

阅读延伸：比较曹文轩的另一篇小说《火印》，看两篇小说在塑造人物上的异同。还可以与史雷的《将军胡同》相比较，看小说叙事方式的异同。

3. 指导阅读滕毓旭的儿童诗《唱给祖国的歌》

对象：四、五年级小学生

指导策略：这是一首篇幅较长的儿童诗，主题是在歌唱祖国的同时，让儿童联想到自己的理想和责任。指导者宜先将该诗的结构作简要介绍，让小读者领会如何把祖国与自己的成长联系在一起。

阅读方式：可按全诗的结构分两个部分展开阅读，先领会该诗是如何描述祖国的，再领会我们的成长与祖国的联系。可采取分节、分人或分组朗读的方式。

① 余雷《文学阅读分级指导的策略和方法》，南方日报出版社，2014。

预期效果：对全诗的内容和情感有充实的感受。

检验效果：让小读者说说自己最喜欢的诗句或诗节。

阅读延伸：阅读或联想其他歌颂祖国的诗。

第二节 儿童文学的鉴赏

儿童文学鉴赏是人们在阅读儿童文学作品时的一种特殊的精神活动，是由阅读儿童文学作品引发的一种艺术思维活动和审美活动。

儿童文学鉴赏的主体主要是少年儿童，但也包括儿童文学作者、评论者、教师和家长等成人。

一、儿童文学鉴赏的性质

1. 儿童文学鉴赏是一种艺术思维活动，具有主动性、创造性的特点

鉴赏必须以阅读为基础，不阅读，就不会有鉴赏，然而儿童文学鉴赏不同于一般的儿童文学阅读。它不是对作品作浮光掠影的了解，鉴赏者要在阅读（或听读）的基础上，运用艺术思维，借助创造性的想象和联想，对作品的“情”和“理”有所感受和领悟。因此儿童文学鉴赏有较明显的感情色彩和理性色彩，具有主动性和创造性的特点。所谓主动性，是指在鉴赏过程中鉴赏者并不是对作品进行简单接受，而是要充分发挥主观能动性，积极主动地去体验作品提供的艺术形象，发掘艺术形象的内涵和意义。所谓创造性，是指在鉴赏过程中，鉴赏者借助自己的生活积累，运用想象和联想，来补充、丰富、扩大作品中的艺术形象，对艺术形象进行再创造。

譬如童话《岩石上的小蝌蚪》讲的是一个很简单的故事：一个小男孩逮着两条小蝌蚪，半道上装蝌蚪的瓶子碎了，他便把蝌蚪暂养在岩石上的小水坑里。烈日炎炎，坑里的水在发热、在蒸发，可是出于对“圆脸蛋的小哥哥”的信任，蝌蚪们拒绝了小花狗和小鸭子带它们下山去的邀请，最后它们被晒干，成了岩石上的“两个小黑点”。如果读后仅仅知道这个童话讲了个怎样的故事，那只是一般的阅读而不是鉴赏。鉴赏是鉴赏者以这个童话提供的形象为基础，积极主动地以自己接触过的小男孩、小蝌蚪、小花狗、小鸭子等去补充它们、丰富它们，使它们活起来、动起来，从而让这则童话所讲述的故事像放电影似的浮现在眼前，并为小蝌蚪们对小哥哥执着的信任而感动，为小蝌蚪们在浅浅的发烫的水中挣扎而揪心，为小蝌蚪们最终变成岩石上的“两个小黑点”而痛惜，为小哥哥不该有的健忘而愤慨，这便具有感情色彩与理性色彩。鉴赏者还可能由这则童话想到守信用、重承诺是做人应有的道德，从而发掘艺术形象的内在含义，对艺术形象进行再创造。

2. 儿童文学鉴赏是一种审美的认识活动、教育活动和娱乐活动

儿童文学具有审美的认识功能、教育功能和娱乐功能。与之相对应，儿童文学

鉴赏便是一种审美的认识活动、教育活动和娱乐活动。

在儿童文学的鉴赏过程中，小读者可以在获得审美愉悦的同时间接地认识历史、认识社会、认识人生，接受教育，受到美的熏陶。在这方面刘倩倩创作的《你别问这是为什么》便是一个很典型的例子。作品根据安徒生的童话《卖火柴的小女孩》创作。《卖火柴的小女孩》激起刘倩倩对贫苦儿童的深深同情，而儿童特有的天真幼稚又使她把童话中的艺术形象当作现实世界中存在的真实人物来处理，于是她悄悄留下一块蛋糕、一页歌片，把它们和棉衣一起放在床边，为的是去梦中寻找"卖火柴的那位小姐姐"，她表达"我要把蛋糕送给她吃，把棉衣去给她挡风雪，在一块儿唱那美丽的歌"。在这里，安徒生的童话为小诗人提供了鉴赏的对象，成了引发想象的契机、认识社会的窗口。

在文学鉴赏中，美的事物、美的言行、美的情操会使人兴奋、愉悦和产生满足感，从而激起对美好生活、美好情操的追求。五六岁的幼儿尽管知之不多，但在听故事、听童话时，无不流露出一种强烈的爱憎之情，为"好人"暂时落难而痛惜，为"坏人"暂时得势而咬牙切齿，为"好人"最终战胜"坏人"而拍手称快。十一二岁的孩童尽管不知"爱情"为何物，可在看《马兰花》时，都会为小兰与马郎历经磨难后的团聚感到欢欣鼓舞，并对大兰的好逸恶劳与刁老猫的狡猾歹毒表示唾弃和谴责。在鉴赏活动中，小读者能培养正确的是非观、善恶观，因此，儿童文学鉴赏成了小读者接受教育的途径。

"寓教于乐"是儿童文学创作的原则之一，也是儿童文学鉴赏的特点之一，对社会、对人生、对生活的认识，往往和鉴赏作品时产生的愉悦感同时获得。

二、儿童文学鉴赏的意义

文学鉴赏从读者审美感受的角度反映作者、作品、读者三者的关系。探索儿童文学鉴赏的规律，对发挥儿童文学作品的社会功能，增强儿童文学作者的创作自觉性，陶冶小读者的情操及提高他们的鉴赏水平，都有着十分重要的意义。

1. 儿童文学鉴赏有利于作者创作自觉性的增强和创作水平的提高

文学鉴赏是沟通作者与读者的中介和桥梁。一方面作者必须借助鉴赏使自己的作品对读者产生影响，另一方面读者对作品的评价、反应也必然会借助鉴赏反馈给作者。一个严肃的儿童文学作家，便可根据这些反馈的信息，了解不同年龄、不同层次的小读者的要求，或进行认真的反思，寻找自己的作品遭冷落的原因，以求改进；或从中受到鼓舞，激发更大的创作热情，精益求精，以期能百尺竿头更进一步。

在儿童文学创作和批评领域里，有时会出现这样的现象：有些小读者反应冷淡的作品却受到某些评论家的高度赞赏。究其原因，往往是由于作家与评论家脱离了小读者的实际，闭门造车，孤芳自赏。尽管这些作品或许具有较强的艺术性和较高的艺术探索价值，但吸引不了小读者，也就无法体现社会价值。所以要想成为一个受欢迎的儿童文学作家，就必须深入到孩子中间去，把他们鉴赏后的反应，作为了解少年儿童的审美要求、增强自己的创作自觉性和提高创作水平的依据。

正因为如此，据说童话圣手安徒生就常根据孩子的反应对作品进行修改。我国许多作家在从事儿童文学创作时，也很注意小读者的反应。他们中有很大一部分从事教师职业，每每写出了新的作品，就会交给孩子去鉴赏评议，看他们喜爱的是什么，从而调整自己的努力方向。这些都是作家自觉地以儿童文学鉴赏的反馈信息促进自身创作的实例。

与此同时，作家对他人创作的作品进行鉴赏，会在比较中取长补短，进一步促进自身的创作。

2. 儿童文学鉴赏有利于小读者发展健康、高尚的审美情趣，提高鉴赏水平

以优秀作品为对象的儿童文学鉴赏，是提高小读者审美鉴赏水平的重要途径。儿童在鉴赏作品的过程中，扩大了语汇容量，增加了知识储备，接受了思想上的引导和艺术上的熏陶。

鉴赏水平，是在不断地鉴赏积累中逐步提高的。小读者最初的鉴赏，或许必须借助家长或教师，可是久而久之，他们就会摸索出鉴赏的规律，理解到鉴赏的必要性，并由此提高自己的鉴赏水平。他们会走出“捞到篮里便是菜”的初级阶段，进入择优弃劣的新天地，对浩如烟海的作品作出自己的评价和选择，并以此提高自己的审美情趣，进而健全自己的人格。

古往今来许多文学家回忆起自己的童年，都能如数家珍般一一道出对自己影响最大的、印象最深的儿童故事、寓言、童话。如鲁迅先生对幼时长妈妈讲的故事念念不忘。20世纪五六十年代优秀的儿童文学作品《大林和小林》《水晶洞》《宝葫芦的秘密》等，至今还为不少中老年人津津乐道。对优秀儿童文学作品的鉴赏孕育了许多文学新苗，浇灌出许多文学蓓蕾。

3. 儿童文学鉴赏是充分发挥儿童文学认识作用和教育作用的有力保证

发挥儿童文学的认识作用和教育作用，有赖于作家与读者的合作，只有以生动的故事、鲜明的形象、真挚的感情吸引小读者、打动小读者的文学作品，才能在潜移默化中发挥这样的作用。

《尼尔斯骑鹅旅行记》简析及作者简介

如《尼尔斯骑鹅旅行记》，讲一个不爱学习、喜欢搞恶作剧的顽皮孩子尼尔斯，因为一次捉弄小精灵，而被小精灵用魔法变成了一个小人。他骑在自家的大白鹅背上，跟着一群野鹅出发去长途旅行。通过这次奇异的旅行，尼尔斯增长了很多见识，结识了许多朋友，也碰到过好几个凶恶阴险的敌人。他在种种困难和危险中受到了锻炼，最后回到了家中，恢复原形，变成了一个好孩子。这样的作品，由于故事的奇趣夸张、想象的丰富，极易激起小读者的阅读兴趣，使他们在鉴赏的过程中接受真善美的教育，同时也在快乐的学习中提升自身的鉴赏水平。

4. 儿童文学鉴赏是文学鉴赏活动的开端，是促使一些人走上文学创作道路的最初契机

许多文学爱好者在孩提时期就开始接触文学作品，儿歌、童话、儿童小说把他们带入瑰丽的文学殿堂。如果留心一下中外作家的成长道路，我们就会发现，有些人正是在儿童文学鉴赏中激发了创作欲望，并从尝试创作儿歌、童话、儿童故事起步，踏上了文学创作道路，有的后来成为成人文学作家，有的则一生从事儿童文学创作。

例如儿童文学作家方轶群在童年时便爱听《西游记》《崂山道士》等故事，而后随着年龄的增长，开始阅读中国古典小说与外国童话，并和儿童刊物《小朋友》结下了不解之缘。正是在阅读中他培养了文学鉴赏能力和创造能力，因此半个世纪之后，方轶群就深有感触地说：在小学和初中时期，《小朋友》给我的好处是不能抹杀的，后来我“擅长”讲故事和爱好儿童文学以至最终走上从事儿童文学工作的道路，都与《小朋友》有关。

著名作家冰心、赵景深等人，也从小深受儿童文学的影响。此外孙幼军、陈明、路展等儿童文学作家都曾在“创作谈”中讲到了童年时的儿童文学鉴赏对他们的影响。

5. 儿童文学鉴赏是开展儿童文学批评的基础

儿童文学批评和儿童文学鉴赏一样，都是以具体感性的艺术形象作为依据和出发点的。离开了对作品艺术形象的认识和把握，既不可能有儿童文学鉴赏，也基本上取消了儿童文学批评，因而任何人要想对儿童文学作品进行公正的批评，要想正确地判断和评价其思想价值和艺术价值，就必须基于文学鉴赏。鉴赏在先，批评居后，前者是基础，后者是结果。有了充分准确的鉴赏，也就有了正确健康的批评——这个成人文学的基本原理，同样适用于儿童文学。

三、儿童文学鉴赏指导

指导儿童开展儿童文学鉴赏，本质上是指导儿童开展、对儿童文学、作品的审美活动。指导内容涉及体裁、题材、艺术形象和语言。

1. 儿童文学体裁的鉴赏

体裁是儿童文学作品的形式载体，不同的体裁有不同的审美标准和审美价值。如讲究节奏、韵律、分句排列，指导儿童鉴赏儿童诗，就要通过朗读，让儿童学会感受儿童诗节奏和韵律的形式美。童话、儿童故事和儿童小说都是叙事型体裁，讲究叙事技巧，精心安排叙事结构，用心塑造人物都是这类体裁的特点。指导儿童鉴赏这类体裁，要引导儿童体会作者为什么这样安排情节、怎样安排人物等。童话还应注重引导儿童开展想象，理解童话的幻想特征。戏剧、影视文学作品则可以侧重如何通过文字转换成画面想象，鉴赏其如何讲述故事、塑造人物。

2. 儿童文学作品题材的鉴赏

题材指儿童文学作品内容和主题思想的选择。指导儿童鉴赏作品时，要引导儿

童理解作品所选择的题材及其确定的主题体会，其所蕴含的思想感情。如儿童文学作品中的爱国主义题材，往往表现出热烈、悲愤、雄壮之美；母爱题材则往往表现出慈爱的优雅之美；等等。

3. 儿童文学作品艺术形象的鉴赏

各种儿童文学体裁的作品都要塑造艺术形象，理解这些形象的意义和感情色彩，从而加以鉴赏，能有效提升儿童对艺术形象的审美能力。作品中的环境形象、物体形象、人物形象等，都是儿童鉴赏的对象。特别是针对童话、儿童小说类作品，把握人物形象是十分重要的。如柳建伟的《永远追随》中农家少年陶百川、周三才执着地去追寻被红军借去的自家的驴子，在追随红军的历程中，展现出农家少年顽强执着的精神，以及这种精神在特殊环境中升华为对伟大革命事业的追随。指导儿童阅读这样的作品，就应引导儿童通过理解其中的艺术形象欣赏在恢弘历史背景中人性的壮美。

4. 儿童文学作品语言的鉴赏

儿童文学最基本的要素是语言，鉴赏作品的语言美是儿童文学审美最基本的要求。指导儿童鉴赏，一是要通过反复阅读——默读或朗读来培养语感，特别是儿童诗；二是鉴赏作品语言的准确表达、语言的独特风格、语言的音乐美。如曹文轩的《草房子》所表现出的干净而优美的语言风格，秦文君的《男生贾里》显示的幽默特色等。感知作品的语言风格，可以促进儿童对语言的审美能力。

探究·实践

1. 谈谈自己指导儿童阅读文学作品的体会。就某个儿童文学作品（不限体裁）设计一个针对小学生的阅读指导计划并通过实践检查其效果。
2. 为什么说儿童文学鉴赏是对艺术形象的再创造？
3. 举例说明儿童文学鉴赏的意义。
4. 选择一首儿童诗，设计指导儿童鉴赏作品中的语言美。
5. 选择一篇儿童小说，设计指导儿童鉴赏作品中的人物形象。

第二章　儿童文学批评

【学习提示】

本章阐述了儿童文学批评的性质、作用和标准。学习时应重点把握儿童文学批评是美学批评和社会批评的有机结合，能用儿童文学批评的标准对一些作品进行恰如其分的批评。

儿童文学批评是以儿童文学作家作品为主要评论对象的文学实践活动。研究儿童文学批评，对繁荣儿童文学创作，丰富儿童文学理论，提高读者的儿童文学鉴赏水平都有重要的意义。

第一节　儿童文学批评的性质和作用

文学批评中的“批评”一词，源于希腊文，意为“判断”。儿童文学批评是以儿童文学鉴赏为基础，在一定的文学理论指导下，对儿童文学作家作品及有关文学现象进行判断（分析、评论）的实践活动。

一、儿童文学批评的性质

创作必然会带来批评。与成人文学批评的发展历史一样，儿童文学也是在大量作品诞生之后，才开始形成一定的批评体系，并构建了批评的理论。批评的结果或曰目的，是认定创作的价值，辨别作品质量的高下，总结以往的经验和教训，寻找规律，廓清是非，反过来影响创作。

1. 儿童文学批评是美学的批评

儿童文学作品是作家对社会生活的审美反映，是作家按照自己的审美理想来塑造形象，表现人对现实的审美关系，以动人的情感，丰富的细节，生动的场面，鲜明的形象，奇特的想象和盎然的情趣等来构成作品的审美特征的。用陈伯吹的话来说，文学作品具有艺术感染力，乃是因为作家用了“审美的巧妙的艺术手段”。而在优秀作品中，这些又是以各自的艺术独创性来体现的。因此，批评家在进行儿童文学批评时，如果离开了对具体作品的切实的艺术感受，离开了对儿童文学创作特征的把握，只是按照社会科学的一般原理或成人文学的一般特征来审察作品，就不可能发现这种独特性，而成为概念化、公式化的批评。

谢华的《岩石上的小蝌蚪》和魏滨海的《诺言》都以守信用、重承诺为主题，但由于作者对生活进行审美判断的角度不同，在形象的塑造、情节的设计、意境的创造以及表现形式的选择上也就各有特点。圣野关于《岩石上的小蝌蚪》的评论文章《一篇有启示力量的童话》，着重对这则童话的文学语言和美学意境加以剖析，指出正是由于作者不落俗套的构思，在一个普普通通的题材中找到了属于自己的独特发现，从而以清淡的笔调、诗化的意境、鲜明的形象和带有悲剧色彩的结局，把一个人生哲理自然而然地传导给了小读者。而许多对《诺言》这篇小说的评论，则是从如何贴近生活，如何对生活作审美判断的角度加以剖析，指出由于作者善于从日常生活中摄取最富有表现力的镜头，挖掘耐人寻味的内蕴，因而小说不但有情有致，而且意味深长，富有艺术感染力。好的评论之所以是成功的，是因为批评家以文学鉴赏为基础，从对作品的具体的艺术感受落笔，最终挖掘出作品的美学价值来。所以说，儿童文学批评其实是一种美学的批评。

2. 儿童文学批评是一种独特的社会历史批评

就像成人文学批评不同于一般的社会批评，而是一种融合着美学批评的社会历史批评一样，既然儿童文学本身植根于社会生活，包含着作家对生活的评价，那么当儿童文学批评在以创作规律为依据，从社会要求的角度来分析作品的社会意义和历史价值时，便也具有社会批评、历史批评的性质。

例如20世纪30年代张天翼发表的儿童小说《蜜蜂》，讲的是在蜂贵蜜贱，“与其卖蜜，不如卖蜂”的情况下，蜂场老板大量养蜂以谋利，农民竭力反抗的故事。蜂多花少，蜜蜂采不到花蜜，便吃光了田里的稻浆，农民忍无可忍，冲去蜂场，却遭到军队的镇压。很显然，作者意在揭露农村的阶级矛盾。但却有人以为缺乏真实性，理由之一是蜜蜂只采花粉，从不吃稻浆；理由之二是故事原型当是无锡乡间的地痞流氓因敲诈不遂放火烧蜂场的报复事件，小说与原型差异太大。对此鲁迅针锋相对地发表过相关的评论，一方面以推理的方式指出，即使在细节上，小说也是真实的：“我以为倘花的多少，足供蜜蜂的需求，就天下太平，否则，便会‘反动’。譬如蚁是养护蚜虫的，但倘将它们关在一处，又不另给食物，蚁就会将蚜虫吃掉……。”另一方面则指出农民在走投无路时，会铤而走险，“人是吃米或麦的，然而遇着饥馑，便吃草根树皮了”。小说中农民冲进养蜂场之事，正是饥馑的灾民被逼“闹出乱子来了”的。这样的文学批评已不局限于对儿童文学作品本身的评价了，它抨击了不合理的黑暗社会，具有社会历史批评的意义。

3. 儿童文学批评是一种具有自身特点的科学研究活动

儿童文学批评以鉴赏为基础，从感性活动入手，但不以批评家个人的审美享受为满足，而是要进行理论性的分析、评价、判断，阐明儿童文学作品的思想价值和艺术价值。这种分析和评价是根据科学的标准，运用科学的方法，经过客观的、冷静的、周密的研究而得出来的，因此它是社会科学中的一个门类。法国小说家莫泊桑曾经就此发表过多次演说，认为一个真正名副其实的批评家，就该只是一个无倾向、无偏爱、无私见的分析者，像绘画的鉴赏家一样，仅仅欣赏人家请他评论的艺术品的艺术价值。这里所谓的“无倾向”，指的是应该没有先入之见、没有预定的看法和门户观念，并且不依附任何艺术流派，他应该了解、区别和解释一切最相反的倾向、最矛盾的气质，还应该包容最多样的艺术探讨。

另外，需要指出的是，由于儿童文学的服务对象和主要鉴赏者是少年儿童，而能把批评诉诸文字的批评家大多是成人，因此要想使批评客观、公允，能真正反映少年儿童的意见与要求，除了需要以一定的文学理论为指导外，批评家还必须多多听取小读者的议论。须知，读者和作者的关系，正如别林斯基所说：后者是生产者，前者是消费者；后者是演员，前者是观众。①尽管小读者的那种议论式、感想式的文学评论，往往会因缺乏必要的理论指导而带有主观性、片面性或失之肤浅、

① 梁真译《别林斯基论文学》，新文艺出版社，1958。

偏颇，但却有一种原始的权威性："读者群是文学的最高法庭、最高裁判。"①任何漠视小读者的反映和批评意向的态度都是不正确、不科学的。

二、儿童文学批评的作用

1. 对儿童文学作家创作具有指导作用

对儿童文学创作来说，批评的职能一方面是帮助作家更好地认识自己的作品，总结创作经验，从而提高创作的自觉性；另一方面又将社会的评价、小读者对作品的褒贬反馈给作家。人们希望批评家："一、指出坏的；二、奖励好的；三、倘没有，则较好的也可以。"②科学的、实事求是的文学批评，能有助于作家发扬优点，克服不足，认清创作方向，提高创作水平。

如张天翼的作品素以夸张性的讽刺而著称，但有时却在讽刺中略带油滑，描写切实但又伤于冗长，对此鲁迅曾予以指正。1933年2月1日在《致张天翼》中，鲁迅说："你的作品有时失之油滑，是发表《小彼得》那时说的，现在并没有说；据我看，是切实起来了。但又有一个缺点，是有时伤于冗长。将来汇印时，再细细的看一看，将无之亦毫无损害于全局的节，句，字删去一些，一定可以更有精彩。"③正是鲁迅的批评，使年轻的张天翼在创作上由"失之油滑"而变得"切实起来"，并不断提高，从而成为中国现代儿童文学史上最有成就的作家之一。

2. 有利于读者鉴赏水平的提高

推荐佳作，帮助读者理解作品，并进而领悟阅读和鉴赏的规律，更自觉地开展鉴赏活动，获得尽可能多的审美享受，这是一般文学批评对读者的作用。然而幼儿与童年期的孩子根本没有能力阅读具有较强理论色彩的评论文章，儿童的心理特点也决定了他们中的大多数对偏重说理的评论文章不感兴趣。但我们不能因此否认儿童文学批评对提高小读者鉴赏水平的作用。

一方面，小读者鉴赏水平的提高，主要依赖在儿童文学鉴赏过程中受到作品的感染、熏陶的程度。作品的思想艺术水平越高，在作品的作用下小读者鉴赏水平的提高也越快。而作家创作水平的提高，从某种意义说有赖于文学批评的帮助，从这一角度讲，文学批评对提高小读者的鉴赏水平间接地发挥着作用。另一方面，在少年期，小读者已初步具备了阅读文学评论文章的能力，他们旺盛的求知欲和遇事喜欢寻根究底的心理特点，都促使其中不少人对儿童文学评论文章逐渐产生兴趣，有些学校还会有意识地组织了文学评论小组，引导学生鉴赏儿童文学作品，这就更为他们接触儿童文学评论文章创造了条件。

3. 有利于儿童文学理论的建设

要繁荣儿童文学创作，研究当前文学实践中出现的新情况、新问题，就有必要

---

① 邱运华《19—20世纪之交俄国马克思主义文学思想史论》，北京大学出版社，2006。
② 别林斯基《1840年的俄国文学》，见梁真译《别林斯基论文学》，新文艺出版社，1958。
③ 鲁迅《致张天翼》，见《鲁迅全集》第12卷，人民文学出版社，2005。

加强儿童文学理论的建设。儿童文学批评和儿童文学理论的关系十分密切，儿童文学理论应当以儿童文学创作实践为基础，儿童文学批评家通过对各个时代各个国家的儿童文学创作成果和经验加以研究总结，来阐明儿童文学创作的规律，形成儿童文学理论。因此，儿童文学批评不断发展，就能不断丰富儿童文学理论，而儿童文学理论一旦形成，又会反过来指导儿童文学批评实践，以及儿童文学创作。儿童文学批评是连接儿童文学创作和儿童文学理论的桥梁。

4. 强化儿童文学作品的社会价值

任何一部儿童文学作品一经发表，就会在不同程度上产生社会影响。但是，一部儿童文学作品要为广大读者所正确接受和深刻理解，充分发挥其审美教育作用，离不开儿童文学批评。儿童文学批评能够对儿童文学作品的社会价值作出一般读者不易作出的正确判断和充分阐发。古今中外许多优秀的儿童文学作品，如安徒生的童话、张天翼的儿童小说、柯岩的儿童诗等，以至现今曹文轩、秦文君、萧萍、杨红樱、郭姜燕、程玮、郑春华等一大批作家的作品都是通过相当规模的评介工作，在读者中产生广泛影响，并确立其真正的社会价值的。总之，儿童文学批评通过对作品的准确判断和充分阐发，在作者与读者之间架设桥梁，在文学园地确立正面的评价导向，在社会宣传中保证其普遍深入的影响，从而能有效地强化作品的社会价值。

第二节 儿童文学批评的标准

儿童文学批评的标准就是用以评价和衡量儿童文学作品的尺度。虽然批评家在评论作品时可以见仁见智、各持己见，但“没有规矩，不成方圆”，要想对作品进行实事求是、令人心悦诚服的分析、评论，儿童文学批评就必须有标准。

鲁迅说：“我们曾经在文艺批评史上见过没有一定圈子的批评家吗？都有的，或者是美的圈，或者是真实的圈，或者是前进的圈。没有一定的圈子的批评家，那才是怪汉子呢。”[①]这里的“圈子”，就是指文学批评的标准。

受儿童文学特殊性的制约，儿童文学批评的标准既有与成人文学相似之处，又有自己的独特性。

一、是否真实反映了社会生活

艺术的生命在于真实，儿童文学亦是如此。这儿的真实一方面指文学必须来自生活；另一方面指对生活进行必要的集中和概括，通过典型化手段，达到本质的真实。比如《最后一课》，虽然小弗朗士和韩麦尔这两个主要人物是虚构的，“最后一课”也是虚构的，但却具有高度的真实性。因为小说典型地反映了战争时期法国

---

① 鲁迅《批评家的批评家》，见《鲁迅全集》第5卷，人民文学出版社，2005。

人民强烈的爱国主义情感这个本质的真实。童话、寓言、儿童故事等体裁的作品，尽管采用了幻想、夸张和拟人手法，但其中的优秀之作也必然具有真实性。例如《龟兔赛跑》是一则家喻户晓的寓言，虽然动物界的兔与龟不会在一起赛跑，它们也不知何为骄傲、何为勤奋，可是因为作品在尊重两种动物自然属性的前提下，反映了“骄傲使人落后”“成功在于勤奋”这些具有普遍意义的人生哲理，因而受到一代代小读者的欢迎。《伊索寓言》中的《狼和小羊》也是如此。虽然自然界的狼在吃羊时不会这般讲究，可现实社会中确实有狼一样的恶人，他们凭借权势以种种冠冕堂皇的借口残害善良的人。狼对小羊再三无理指控，不就是对“欲加之罪，何患无辞”最形象的注脚吗？对于这样的儿童文学作品的评论，就应该立足挖掘作品真实并深刻地反映了社会生活的积极意义。

二、是否有利于儿童美好道德情操的培养

儿童文学是社会文明发展到一定阶段的产物，是要把文学作为教育儿童的工具时才应运而生的。认识作用、教育作用、审美作用是儿童文学的主要功能。那么在进行儿童文学批评时，我们不能不把作品是否有利于儿童心智的启发，是否有利于儿童美好道德情操的培养作为重要的标准。

儿童文学作品应当对生活作出正确的评价，应该以真实的形象和高尚的情感，通过对正义、美好事物的赞美和歌颂，对邪恶、丑陋现象的批评和鞭挞，培养儿童高尚的道德情操，帮助他们去认识生活、人生和社会，鼓励他们去追求真善美，摒弃假恶丑。

一些优秀的儿童文学作品是经得起这一标准检验的。《骨肉》《高玉宝》《万卡》等反映黑暗社会劳动人民子女悲惨生活的作品，能激起小读者对万恶的剥削制度的仇恨；而《谁是未来的中队长》《三色圆珠笔》《我要我的雕刻刀》《借读生》等当代儿童小说，能加深小读者对现实生活的理解；看完《独船》，谁都会被那悲剧性的结局所震动，“人间需要真情在，人间自有真情在”是张石牙用生命发出的呐喊，也是作者对当代少年认识真善美的正确引导。秦文君的“小香咕全传”系列（由《小香咕前传》《小香咕后传》《小香咕新传》组成），通过一个女孩的生活表现了当今现实社会中人们的生活状态，不仅告诉我们生活美好的一面，也告诉我们生活中不那么美好甚至是无奈的一面。

同样，以幻想手法表现的童话也具有这种巨大的艺术感染力。《海的女儿》末尾，小人鱼高尚的灵魂在海天之间升华，小读者的心灵又何尝不是经历了一次美与善的洗礼？虽然他们对爱情知之不多，但小人鱼对理想的执着追求，为所爱的人的幸福甘愿牺牲一切的精神，超越时空，能打动所有天真、纯洁的孩子的心。

高尔基晚年曾一再谆谆告诫小学生要多读好书。书读多了，不但可以增长知识、扩大眼界，而且可以锻炼对美的感受能力，提高审美趣味。可见培养少年儿童的审美能力是儿童文学的任务，而鼓励、帮助作家更好地寻找与表现心灵美、生活美、自然美则是儿童文学批评家的天职。

三、是否具有儿童情趣

儿童情趣是使儿童文学有别于成人文学的重要特征，也是我们进行儿童文学批评的一个重要标准。

例如，《露露刮胡子》是一篇生动有趣的报告文学，作者善于采用一些有个性又有儿童情趣的细节来烘托人物是一大原因。如露露为了惩罚杀小猫的邻居叔叔，把苹果皮放在他家门口，希望他摔个四脚朝天；把垃圾倒在他家门口，罚他多跑一趟。再如在得知家中的一对娇风鸟要下蛋孵小鸟时，兴奋地用红绸带在鸟笼上打上一个蝴蝶结。这些都充溢着儿童特有的情趣。

幼儿文学与童年期文学需要有儿童情趣，少年期文学也同样需要。“选小偷”是《三色圆珠笔》的重要情节。由于“选小偷”“选”到了不是小偷的徐小冬，致使徐小冬平白无故受到诬陷。这个行为在成人看来是可笑的，但从儿童的心理特点和他们考虑及处理问题的角度来分析，又是可能而可信的。

儿童情趣还可以借助一些艺术手法巧妙地表现出来，比如任溶溶的《铅笔历险记》的开场白，构思精巧、新颖，独辟蹊径：诗人先尽力渲染，说要讲的将是一支“英勇无比”的铅笔的故事，并要写“一千多章”“一百零七本”，可这引起小读者好奇的历险记才开头便戛然而止，原因在于小主人用各种各样的削笔方法把它一下子削光了。这首诗没有半句说教，读完全诗，小读者在感受盎然情趣而发出微笑中，自然而然地理解了诗的主题。

儿童情趣与作品主题的巧妙结合，使“寓教于乐”成为儿童文学作品的一大特征。对年龄越小的读者越应强调“寓教于乐”。比如“要认真学习”可谓老生常谈了，但读了《圈儿圈儿圈儿》与《NO！NO！NO！》却令人有一种新鲜感，原因就在于这两篇取材于儿童生活的作品充满了儿童情趣，能让小读者在哈哈大笑之中不知不觉地接受教育。读郑春华的“非常小子马鸣加系列”，则能使人对一个淘气而可爱的当代少年有了了解，他的种种趣事总能让人忍俊不禁，作品由此体现了鲜明的儿童文学特征。作为批评家，应该对作品所具有的儿童情趣作出高度的评价。

四、艺术形象是否鲜明、生动

文学以形象反映生活，而对儿童文学来说，形象的鲜明与生动尤其重要。抽象逻辑思维能力的不发达和直观形象的思维方式，使儿童在文学鉴赏中更多地依赖鲜明、生动的艺术形象。

所谓鲜明、生动是指艺术形象要血肉丰满，有属于自己的独特的个性特征，能在特定的生活环境、特定的事件中表现出自己的个性来，不淹没在众多艺术形象之中。当代的许多儿童文学作品特别注意这一点。如杨红樱笔下的“马小跳”，中国动画作品《图图的故事》中的小图图，《草房子》中当代农村儿童桑桑形象，《将军胡同》中将军这个历史巨变中的平民形象，《永远的追随》中陶百川、周三才的形象，都是具有典型意义的人物形象。在中外传统作品中，能够征服小读者的，无疑也是一些鲜明、生动的艺术形象，比如契诃夫笔下的万卡、马克·吐温笔下的汤姆等，不胜枚举。即使像贪婪的老太婆（《渔夫和金鱼的故事》）、贪吃的猪八戒（《猪八戒吃西瓜》）和勇敢善良的小公鸡（《鸡窝里飞出了金凤凰》)这类用幻想或拟人手法塑造出来的艺术形象，也因为取材于生活而显得血肉丰满、栩栩如生，大大增强了作品的艺术感染力，能帮助小读者更好地感受生活、认识生活。儿童文学批评家有责任立足对这些艺术形象的分析，以凸显这些形象的意义和价值，或者从反面指出作品中这个方面的不足，促进儿童文学创作向更高层次发展。

五、是否具有形式美

文学作品的形式与内容是水乳交融、不可分割的，这使它有别于其他一些艺术作品。别林斯基甚至认为，富有天才的作家的一个重要标志或本领就在于两者的紧密联系。他认为，一个作家要想把它（形式）从内容中分出来，那就意味消灭了内容；反过来也一样，你要想把内容从形式中分出来，那就等于消灭了形式。据此他认为，真正的独创在于发明，也在于形式。许多文学大师也持有同样的看法。众所周知，在儿童文学创作中，更应该强调形式的重要性。孩子不喜欢看了开头就知道结尾的书，不喜欢空讲大道理的书，而喜欢把道理巧妙地写在一个小故事里的书，喜欢情节曲折、扣人心弦的故事。因此，深受孩子欢迎的优秀之作，往往是内容美与形式美完美结合的典范。

《猪八戒吃西瓜》简析及作者简介

《猪八戒吃西瓜》的写作出于偶然。一个孩子在独自吃完饼干箱中的饼干后坦白道：“我吃了一次又想吃一次，渐渐剩下不多，就索性把它吃光了。”作家包蕾由此想到有些孩子在做某一件事时，并非完全不明白对或不对，只是有时把握不住自己罢了。他想就这个问题进行创作，但如何表达又一时找不到合适的方式。有一次从电台的少儿节目里听到《西游记》的故事，心中一动，又联想起有些孩子随地乱抛瓜果皮的坏习惯，于是创作的灵感一下子被触发了……今天当我们以这篇作品为评论对象，再回溯作者的创作过程时，不能不承认作品在体裁的选择、人物的设计、情节的构思乃至语言的运用上都十分成功，作品含蓄而又准确地表达了主题。童话中的猪八戒既与《西游记》中的猪八戒有相承关系，又有自己的特点：一开始猪八戒并不想独吞西瓜，他把瓜分成四份，先吃了自己应得的那份，然后又吃了孙悟空的一份，再吃了沙僧的一份，吃一份他就有一次心理活动。当捧起最后一块西瓜时，他说：“师父，师父，不是老猪不留给你吃。一则老猪实在渴，二则一块西瓜也交不了账，让老猪代你吃了吧。”这口吻，这话语，活脱脱就像出自那些虽明白事理，但因缺乏自制力而把事情弄糟的孩子之口。这样富有生活气息，把形式美与内容美结合起来的作品，自然能引起小读者的共鸣，历经数十年而艺术魅力不减。文学批评对这类注意形式美的作品就应该推荐、赞扬。

六、是否与读者的年龄段相吻合

阶段性源于儿童文学服务对象的年龄特点。“少年儿童”实际上是个很宽泛的概念，幼儿与童年期孩子的心理特点不同，即使是少年前期与少年后期的孩子，在生理、心理特点和智力发展、知识掌握、对事物理解的程度上也有很大差异。作家在执笔时，不仅要明确是写给孩子看的，而且要明确是写给哪个年龄段的孩子看的。同样，批评家在评论时，也应当把握阶段性这一标准，通过评论来向创作者强调：超越或落后于阶段性要求的“成人化”或“娃娃腔”都是不可取的。

七、是否有利于少年儿童拓宽知识面

这条标准对成人文学批评并不适用，对儿童文学批评却是适用的。因为说到底，儿童文学的根本任务就是培养下一代，而在下一代身上寄托着祖国的希望、人类的希望，我们国家科技兴国的重任，两个文明建设的重任也必将历史地落在他们的肩上，所以作品要有利于拓宽少年儿童的知识面，有利于激发他们的求知欲，这理所当然地成了改革开放后国家、社会对儿童文学提出的新要求。唯其如此，对诸如知识小品、科幻作品中的有些在形象性方面尚显得不足的作品，只要其中包含有少年儿童需要的知识或者在某种程度上能激起少年儿童的求知欲，批评家就应该给予相应的适当的肯定；至于这些作品在形象性、文学性方面存在的某些缺陷，则可以加以指出，并鼓励作者通过创作实践逐步加以克服。

以上讲了儿童文学批评的七条标准，这七条标准本是有机结合、相辅相成的，只是为了便于说明，我们才分别作了论述。

探究·实践

1. 儿童文学批评有哪些作用？
2. 儿童文学批评的标准有哪些？

第三章　儿童文学评论的写作

【学习提示】

本章阐述了儿童文学评论写作的步骤和一般要求，介绍了评论写作的相关文体要求。学习时应重点掌握儿童文学评论写作的这些要求，并尝试写一些儿童文学评论。

与成人文学评论相似的是，儿童文学评论包括作品论、作家论和风格流派论或文学思潮论三种形式，评论的写作大致上在这三个范畴内进行。然而，儿童文学评论又有其不同于成人文学评论的特殊之处。

第一节 儿童文学评论写作的步骤和一般要求

儿童文学评论有自己的特殊性。

一、儿童文学评论的种类及其特殊性

如果将评论定位于作品论、作家论和风格流派论或文学思潮论三个范畴，那么，儿童文学作品论应重在分析评价各种体裁的儿童文学作品的艺术性、趣味性和教育性。写作的角度，当然可根据自身对作品的理解和爱好作出独特的选择。作品论可从作品的内容分析落笔，也可着眼于作品的形式、方法和技巧。作家论则重在了解、研究儿童文学作家的生平、思想、创作道路以及美学理想等。对作品的深入分析，有助于我们去了解作家；而对作家的全面了解，又会使我们对作品的理解、鉴赏与评论更全面、更准确。既然当代作家不可能遗世独立，他必然置身于与社会和时代密切关联的文学流派或文学思潮之中，那么风格流派论或文学思潮论，既必须以作品论或作家论为基础，同时又必须把握一个时期或很长一段历史发展中的相关现象，在比较分析、总结归纳中，对某流派、某思潮甚或某理论问题作出评价。

儿童文学评论的特殊之处在于：在成人文学中，文学作品的作者、读者与评论者都是成人，文学评论是以作者与读者双方为对象的。以一部作品而言，评论者剖析它的成功与失误，评价它的思想价值与艺术价值，或为了向作者指出今后努力的方向，或为了指导读者去深入理解、鉴赏作品。可是在儿童文学评论中，尽管儿童文学作品的服务对象是少年儿童，可评论的读者却往往只是成人。换言之，儿童文学评论主要是儿童文学的作者、教学者、研究者们所写、所阅读的，其目的是繁荣儿童文学创作，并推动儿童文学理论的发展。这样就形成了一种悖论：儿童文学评论既具有一定的学术性与理论性，但评论者可能会因为不十分了解儿童文学的特征而脱离儿童文学的实际，以一般性规律替代儿童文学艺术的特殊性。从这点来看，儿童文学评论的写作，或许比一般成人文学评论的写作还要难。

二、儿童文学评论写作的步骤

1. 认真阅读作品，广泛占有材料

认真深入地阅读作品是取得评论发言权的第一步。既然文学作品中融入了作者的思想感情，是客观生活与主观感受相碰撞的文字记录，那么要想使文学评论实事求是而不沦为主观臆断，系统深入而不蜻蜓点水，评论者就不应该只限于阅读被评

论的作品，而还应当尽可能多地去了解作者——作者的生活经历和创作道路，作者所处的时代与环境，作者的其他一些作品和创作经验体会，等等；此外，为了进行有效的横向比较，还有必要去阅读与该作品相类似或相对立的其他作者的作品；为了使自己的论断更稳妥、更雄辩，还有必要浏览一下他人对此作品的评论。例如在阅读童话《丑小鸭》时，我们看到的是一种百折不挠、顽强生存的精神和一种谦逊恭让的态度。但作品的内涵仅仅如此吗？通过了解作者的经历，我们知道，原来《丑小鸭》是一部自传体童话，在丑小鸭身上留有作者的影子；从“争取未来的一代”的创作动机出发，作者是将对儿童的劝诫蕴含在童话之中的。这样，材料掌握得越多，对这篇童话的理解与剖析也就会越深刻。

当然，在众多的材料中，阅读的重点还是作品本身。收集其他材料，也是为了更好地理解、分析作品。对于一部文学作品，要真正理解它，评论者一是要入乎其中、深入感受；二是要出乎其外、有所发现。既然儿童文学是以形象反映生活，以情感打动读者的，那么评论者在阅读时就应尽量地全身心地沉浸于作者所创造的艺术境界中去，努力使自己的情感和作品中的情感产生共鸣，使自己的心和作品中人物的心相沟通。在认真并全身心投入阅读之后，评论者才能取得对作品的某一方面——或思想内容，或艺术表现——发表自己见解与批评的发言权。

2. 选择恰当的论题，确定评论的写法

在广泛深入地阅读之后，能否选择一个恰当的论题，是至关重要的问题，它往往在很大程度上决定着文章的成功与否。

选择论题的依据通常有三个方面：一是现实的需要——繁荣儿童文学事业的需要，对儿童进行道德培养、知识启蒙或审美教育的需要；二是被评论作品确有价值——或反映生活真实深刻，或代表着某种风格、流派，或有值得争辩的问题；三是评论者有所发现——对作品有属于自己独到、深刻的见解。这三者缺一不可，它们分别决定了论题的现实性、针对性和独特性，使评论者感到“应当说”“有话说”，甚至“非说不可”。而其中第三方面最为重要，它建立于评论者潜心研究的基础之上，是使评论文章避免人云亦云、泛泛而谈的关键。

常见的论题角度，归纳起来，大致有这样四种：

一是全面剖析。有对某作家的全部作品或某一种体裁的作品作全面评价的，有对某一国家或某一阶段或某一体裁或某流派的作品作全面评价的，也有对某一部作品作全面评价的。比如由少年儿童出版社出版的《儿童文学研究》，曾发表了一组评论作家陈伯吹作品的文章，其中《生活的彩链》《广袤、神奇、纯净的夜空》《赤子之心凝诗篇》便分别对陈伯吹的儿童小说、儿童散文与儿童诗作了较为全面的评议，在儿童文学界引起了广泛的关注。写这类评论，应力求做到既胸有全局，又不主次不分、面面俱到；既把握重点，又不以偏概全、一叶障目。

二是抓住特点。这个特点既可以是作品的思想内容方面的，也可以是作品的形式或表现手法方面的。例如1986年荣获第五届儿童文学园丁奖的《小狐狸花背》(朱新望）是一篇优秀的科学童话，作品将丰富的科学内涵和精心的艺术构思完美地结合在一起，借助拟人化的形象与曲折的故事情节，把有关狐狸的科学知识很自然地传授给读者。许多评论者在议及这一作品时，大多是紧紧抓住《小狐狸花背》艺术上的成功之处——科学主题与故事情节、人物形象的统一，从多个方面加以详尽剖析的。写这类评论，关键是论题要定得集中、得当，特点要抓准、讲透。

三是针对问题。这里的问题包括解释疑难、论争诘辩。例如20世纪80年代有关丁阿虎的《今夜月儿明》的讨论文章，90年代由梅子涵发起的关于儿童文学创作新手法的辩论，便属于此类。写这类评论，要抓准争论的焦点，力争言之成理，持之有据，以理服人。

四是横向或纵向比较。美国诗人和批评家艾略特曾说："比较和分析乃是批评家的主要工具。"[①]比较可促使思维深化，而以同时代人的作品为参照的横向比较或以历史上的作家的作品为参照的纵向比较，可以进一步发掘作品的内在价值，使评论思路开阔，有时代感或历史感。

在具体写法上，一般而言，对单篇作品的评论宜作较为深入细致的分析；对多篇作品的评论，应该要言不烦地提取各篇的主要特色，在比较中揭示各篇的不同风采。对某一作家的多篇作品的评论，可以或作纵向梳理，描画其创作发展的轨迹，或作横向剖析，列举出其风格特征上的一二三；对几位作家的作品的评论，则要比较出他们的创作个性与风格差异。

常见的儿童文学评论的形式，与成人文学的评论一样，多种多样，不拘一格，可以是学术论著、评论文章、作品简析，也可以是随笔札记、序言跋语、通信答问，乃至座谈纪实，等等。

三、儿童文学评论写作的一般要求

1. 顾及全篇，知人论世

孟子说："诵（颂）其诗，读其书，不知其人，可乎？是以论其世也。"（《孟子·万章下》）鲁迅也说："倘要论文，最好是顾及全篇，并且顾及作者的全人，以及他所处的社会状态，这才较为确凿。要不然，是很容易近乎说梦的。"[②]所谓"顾及全篇"，就是说对一篇作品的分析评论，应在把握作品的基本精神、总体倾向的基础上进行。因为一篇作品是一个有机的整体，即使作局部的研究评论，也应从它和全体的联系中去观察、分析，否则很容易产生断章取义、偏执一端、形而上学的弊端。

所谓"知人"，就是说，对一位作家的评价应建立在对他的身世、作品尽可能全面了解的基础之上，避免主观臆断。比如鲁迅在评论张天翼的作品时，曾欣喜地

① 艾略特著，罗经国译《批评的功能》，上海译文出版社，1987。
② 鲁迅《"题未定"草（七）》，见《鲁迅全集》第6卷，人民文学出版社，2005。

指出他的进步：脱离往昔的“油滑”，在创作上已显得严肃而又成熟。像这样的论断便是建立在“知人”的基础之上的。

所谓“论世”，就是说无论是对作家的评论还是对作品的评论，都必须坚持历史唯物主义，立足特定的社会环境和时代。叶圣陶的《稻草人》反映的是当时劳动人民的苦难生活，在艺术上与相近题材的《卖火柴的小女孩》《快乐王子》相比，或许童话性还不够强，但是毕竟突破了中国民间童话因果报应的窠臼，在童话如何贴近现实生活这一点上进行了可贵的尝试。唯其如此，在评价中国现代童话创作时，谁也不能忽视《稻草人》的存在及其地位。

2. 实事求是，贵有“灼见”

如前所说，评论者在阅读中获取的独到深刻的见解，是评论的主旨，是全文的思想、意念和情感的聚焦点。有了这些真知灼见，并以之为统率，在评论中既可以避免烦琐散乱、言不及义，陷于“章句”而不能自拔的窘相，也可以避免离开作品大发感慨、架空议论、不着边际的局面。

这里所谓的“灼见”，指的是评论者能比一般读者看得细，看得深，并能写出读者想说而说不出的话来。而要做到这一点，就需要有一种严肃认真的科学态度，从作品出发，既不言过其实地粉饰恭维，也不断章取义地乱加讨伐，更不人云亦云、随波逐流，而应力争做到既鞭辟入里，又实事求是、褒贬公道。

第二节　儿童文学评论写作的文体要求

前面我们从广泛阅读、恰当选题与一般要求等方面谈了儿童文学评论写作。这些是就儿童文学评论的共同点而言的。然而，不同作品由于文体上的特殊性，在评论时还有不同的侧重点和特殊要求。下面介绍几种常见文体评论的写作。

一、儿歌与儿童诗评论的写作

儿歌与儿童诗是适应不同年龄段儿童的诗歌，创作上有区别，评论也应该分别对待。

儿歌是为婴幼儿创作的，它内容浅显，主旨单一，篇幅短小，易记易唱，且富有节奏感与音韵美。因此儿歌的评论应从读者对象的年龄出发，紧扣形式特点，围绕儿歌的形象性与音乐性展开。

由于儿歌篇幅短、内容浅，一般而言，单首儿歌的评论都很短小，例如《儿童文学研究》第一辑上发表的《推荐一首好儿歌》（张秋生）、《有余不尽》（圣野）和《一片小小的雪花》（田绿）都只有500字左右。而更多的评论是就几首或十几首儿歌进行综合论述的，往往写得较长。此外像李岳南的《谈民间传统儿歌的艺术特色和技巧》则试图从体裁、种类、艺术形象诸方面对中国古代的民间儿歌作一个宏观的总结，从而推动当代儿歌创作的发展。这样的评论，篇幅便颇为可观。

儿童诗是为幼儿甚至大一些的儿童创作的，它既有语言凝练、感情浓烈、意境优美等诗歌的一般特点，又有情趣盎然、形象鲜明、想象大胆而丰富和叙事性、情节性较强等独有的特点。

在评论儿童诗时，我们首先应该努力以儿童的眼光、儿童的情感设身处地地去欣赏它。比如柯岩的《帽子的秘密》，读完全诗，一心想当“海军”的哥哥与弟弟的形象，便栩栩如生地出现在我们眼前。这题材来自儿童游戏，但诗人并未拘泥于生活的真实，而是通过巧妙的构思、生动的想象、活泼的语言和富有戏剧性的情节，将一个有意义的主题表现出来。尽管都想当解放军，但因年龄的差异，哥哥与弟弟的性格又有区别，所以扮作海军军官的哥哥，在处置被当作“奸细”而抓获的弟弟时，态度严厉、果决，颇有“大义灭亲”的意味，“是奸细就不是弟弟”。弟弟一方面也“立场坚定”，绝不因为“枪毙是假的一点不疼”而甘当奸细；另一方面又是这般单纯、天真，在向妈妈汇报“侦察”结果时，“向她谈了船舱又谈甲板，我告诉她什么叫做舰队，还说天下最勇敢的就是海员”，他自以为只字不提哥哥的帽子便保住了秘密，因而当母亲反称他为“亲爱的海员”时，他大惑不解，十分惊讶。这里题材的提炼、主题的表现与人物塑造，便可以是评论的重点。

二、童话评论的写作

童话是儿童文学中作品数量最大、最受小读者欢迎的体裁，它充分迎合了儿童喜好新奇、富于幻想、向往光明的不平凡的事物的天性。幻想是童话的基本特征，也是童话用以反映生活的特殊艺术手段，而童话的幻想多是通过夸张、象征和拟人手法表现出来的。对童话的评论必须建立在对童话体裁特征透彻了解的基础之上，唯此才能理解童话中幻想与现实的关系，以及在此关系上产生的童话的逻辑性和各种各样的常人、超人、拟人形象。

要评论童话，评论者首先不能满足于只做个一般的读者，而应该充分展开想象，运用形象思维，走进童话世界，获得充分的艺术享受，然后细心探究、思考这则童话表现了什么，是如何表现的，它的主旨与现实生活的关系怎样，以及这篇童话与类似题材童话的异同、作者的写作意图、作者的生平等，以求对所评论的童话能有一个透彻的理解与科学的论断；在找到自己的独特新颖的见解之后，再动笔剖析、评论。

比如20世纪80年代初，陈伯吹发表了《骆驼寻宝记》。童话一开头描绘了禽兽国中一幅热热闹闹的寻宝场面：大象、金丝猴、乌鸦、黑熊、鸭子、长颈鹿等种种天上飞的、水中游的、地上爬的动物都争先恐后地涌入了寻宝的队伍，可结果却一一偃旗息鼓、半途而废。然而就在此时，一头一瘸一拐的双峰骆驼走来了，它与众不同，从“有个宝能把家乡的沙漠变成绿洲”的良好愿望出发，不畏艰险地闯过道道险关，最后到达目的地——珍宝关。在宝地，它不为金银财宝所诱惑，带回的是改造故乡沙漠的珍贵植物——胡杨、沙枣、罗布麻、沙芦草和芨芨草等。这是一篇以思想内容取胜的童话，其主旨是通过虚构的动物形象，赞美脚踏实地、吃苦耐劳、勤勤恳恳的骆驼精神。因此，后来的相关评论，虽然对这篇童话的构思艺术作了些分析，但都把主要笔墨放在了对骆驼这一形象的分析上。联系作者的生平，张锦江认为，确如作者的初衷所愿，这篇童话借各种各样的动物描绘了人类社会的“众生相”，但不可否认，在骆驼的身上留有作者的影子——60年如一日，勤勤恳恳，兢兢业业，把一切奉献给儿童文学事业。像这样一些评论，便是找准了作品的脉门，是颇有见地的。

金逸铭的短评《一篇有虎气的童话》着重从艺术特色的角度对周锐的《勇敢理发店》进行了剖析。周锐的这则童话既幻而有趣，又趣中有味，借助新奇别致的构思，独特绚丽的想象，对生活进行了大胆的装配组合，而在这荒诞不经、光怪陆离的情节之中，蕴含着作者对盲目崇拜影视中的传奇人物、单纯模仿他们的武打格斗动作的倾向的讽喻。因此这则童话，既充满着“一种放射式的令人目眩的新气息、新色彩、新节奏和新情调”，又深深“植根于儿童生活”。评论者金逸铭在热情肯定该童话作品艺术上的创新的同时，也指出了某些不足：“作者想得粗疏了些，写得不够沉着，情节的布局安排上还有生硬粗糙的感觉，有些情节还欠考虑。”①像这样实事求是、褒贬恰当的评论，是能让人接受的。

三、儿童小说评论的写作

在儿童文学的各种体裁中，也许儿童小说最贴近生活，它多取材于现实，反映少年儿童熟悉的或急于了解、应该了解的社会生活。优秀的儿童小说往往有“生活教科书”之称，它在一定程度上满足了少年儿童渴望了解自己、了解社会，在文学作品中寻找能解开自己的困惑、消除自己的烦恼的“药方”的需要。因此，在儿童文学，尤其是少年期文学中，儿童小说占有相当大的分量。由于儿童小说的这一特征，其题材的选择、主题的挖掘、人物的塑造就往往成为评论的重点。

例如在评论文章《思想·情节·形象》②里，评论家方仁工主要从主题思想与人物形象两个方面对秦文君的小说《啊——玛玛——衣哟》进行评析。他认为在主题思想的挖掘上，小说颇为成功。在现实生活中，老师因为学生的回答言不及义、东拉西扯而轻率地让其停止表达；同学之间因为对方读错字音或回答错问题而哄堂大笑、视为话柄的事司空见惯，但作者却从这类小事中提炼出这样一个新颖而颇有启迪意义的主题——要懂得尊重别人，不应当伤害别人的自尊心——这不能不说是独具慧眼的。方仁工还分析说，小说的情节设置，尤其是结尾时借人物的想象为黄敏敏“设计”的两种遭遇，都出色地服务于主题思想的表达。相比之下，小说的人物塑造，尤其是主人公黄敏敏的塑造显得欠缺些，“总觉得这个人物，也是在为突

① 金逸铭《浪尖舞蹈——中国儿童文学探索作品集》，二十一世纪出版社，2007。
② 选自方仁工《走进斑斓的童话世界》，上海教育出版社，2006。

出主题‘服务’，她不过是一种抽象思想具体演化的‘标本’而已”。评论最后归纳说，如何塑造有血有肉、栩栩如生的人物形象，如何设置真实可信、引人入胜的故事情节，使得来自生活、发人深省的主题思想自然而然地表现出来，往往是创作者，也是评论者所关心的问题。

传统的教育思想、价值观念在变革着的社会生活的冲击下发生动摇，这也影响到了儿童文学创作。那些引起争议的小说，多是因为人物形象与众不同、题材新奇独特而成为人们评论的中心。例如《我要我的雕刻刀》使评论者产生意见分歧的是章杰这个人物是否值得推崇，有没有典型意义；而《今夜月儿明》之所以引起了数百名大读者、小读者强烈而又迥异的反应，是因为少年期的朦胧爱情是否该列入儿童小说的题材范围的问题已引起了人们的认真思考；关于《独船》的讨论，更多围绕着何为成人化、何为儿童化，当小说中有了“某些似乎只有成年人才能理解的深邃的人生内容”时，还算不算儿童文学等问题展开。如果说这些争议实际上反映了生活与文学的撞击，那么围绕一些情节淡化的小说展开的争议，则更多地聚焦于这样一个问题：当成人小说中现代主义的各种流派轮番更迭于文坛之时，儿童小说该如何进行新的尝试、新的探索?

这一场场涉及儿童小说内容与形式的讨论，其结果虽都没有找到让人人满意的定论，但正因为如此，却真实地反映了儿童小说创作日趋繁荣的新局面。

四、儿童散文评论的写作

与其他体裁相比，儿童散文以其海阔天空、任意驰骋的笔触，感情浓烈、诗意洋溢的意境和不拘一格、活泼多样的形式而取胜。散文评论多是扣住其体裁特征而展开的。

儿童散文适合儿童思维直观形象的特点。因为儿童缺乏成人的耐心，他们喜欢听那些引人入胜的故事，只有新鲜的故事，才容易吸引他们的注意力，而不至于厌倦。儿童散文中常常有故事情节的片断描写，像西双版纳密林中斗蟒的故事、大兴安岭林区被熊瞎子包围的故事等，都能博得小读者的欢心。有些儿童散文即使是很严肃的、很有教育意义的内容，也多采用带有故事性的叙述方式。如黄秋云的传记体散文《高士其伯伯的故事》就是如此，具备吸引小读者读下去的力量。他在讲高士其的身体状态时，是这样开始的：

> 高士其伯伯靠在一张藤椅上，微笑地望着你，但是他没有站起来，也没有跟你点头打招呼。原来高士其伯伯的身体很不好，他得病已经多年了。他现在自己不能走路，行动只能靠一辆特制给病人用的手推双轮车，让人家推着走。他不能像正常人似的讲话，只能从喉咙里发出唔唔哼哼的声音……他的眼睛也不好，闭上了就睁不开，要旁人给他按摩好一会儿才能看到东西，他的左耳也已经聋了。

在讲了这些之后，作者直接对小读者讲话了：“亲爱的读者啊，你试想想看，要是别人像高士其伯伯那样，早就痛苦得活不下去了。但是高士其伯伯一点儿也不悲观……是什么精神力量支持着他呢？”作者采用了儿童最喜欢的说故事的叙述方式，使作品寓教于乐。

带有故事性的叙述方式，在任大霖的散文《多难的小鸭》中也有体现。这篇散文叙述了这样一个故事：一只小鸭被老鼠咬了，奶奶用万金油把它治好了；它又跟着别人跑，结果被一个老头踩了翅膀；后来它去玩水，又掉进了阴沟中……这只小鸭坎坷的经历读起来曲折有趣，看上去似乎没有太多的思想教育意义，但能激发孩子纯真的审美情趣，激发他们对生命的爱和热情，具有很强的艺术感染力。

《多难的小鸭》简析及作者简介

冰心的《寄小读者》是现代儿童文学史上抒情散文的名篇。作者以温柔、典雅的笔调，描写清新、淡远的山川湖泊，赞美了纯真、伟大的母爱以及人与人之间的温情和友谊。眷眷的乡思、楚楚的离情和对弱小者不幸的深深同情，曾打动了一代代小读者的心。谢冕就曾深有感触地说：“我走上文学生涯，有两位前辈作家的著作起了极大的作用：巴金给我奋斗的热情，冰心给我美好的情操。”[①]他的评论，正是从冰心散文的独特风格落笔的。

由一个或几个虽不甚完整却具体生动的故事片段构成的叙事散文，在儿童散文中占的比例颇大，它适合儿童思维直观形象的特点。鲁迅的《社戏》《风筝》《阿长与〈山海经〉》《从百草园到三味书屋》都可谓叙事散文的佳作。而任大霖的《童年时代的朋友》则是新中国成立后出版的一部不可多得的优秀叙事散文集。作者选取童年生活中最生动的情节，以娓娓动听的语调，把小读者带到那苦难、黑暗的年代，在纯朴、善良的村民之中，寻找金子般的灵魂，在那贫穷却不乏欢乐的生活中，寻找儿童情趣。掩卷之后，无论是好心的杏枝姑娘、善良的花大伯、令人同情的阿芦、爱好戏曲的四太婆，还是多难而又可爱的小鸭、渴望自由的小芦鸡，都会栩栩如生地出现在读者面前。任大霖散文的成功之处究竟在何处？钱景文在《任大霖的〈童年时代的朋友〉》一文中，从层次的安排、意境的创造、语言的提炼以及儿童情趣的表现诸方面作了较为具体而又有条理的分析。

不过遗憾的是，尽管儿童在学校课本中接触的多为散文，写的叙事记人的作品也多属于散文范围，然而在儿童文学创作中，与童话、小说繁荣缤纷的局面相比，散文园地目前还显得冷寂了些，这有待于作家与批评家们的努力。

以上所述的只是几种主要的儿童文学样式的评论写作要求，其他诸如儿童报告文学、寓言、儿童戏剧等均未涉及，但评论者必须既顾及儿童文学的阶段性，又顾及各类体裁样式的特征这一基本原则，应该说是适用于所有儿童文学体裁的评论写

① 谢冕《漫谈儿童散文》，见《儿童文学研究》第9期，少年儿童文学出版社，1996。

作的。

此外，由于儿童文学自身和儿童文学的读者都有别于成人文学，所以儿童文学评论也应该提倡多写些短小精悍的点评式或简析式的文章。这样的评论文章可以着重帮助小读者理解被评论作品的思想内容，把握作品的主题，对被评论作品的艺术特色或作简略的分析，或作必要的提示。只有这样，才能使评论文章对少年儿童产生吸引力，因为一般来说，少年儿童尚缺少阅读篇幅较长、比较深奥的议论性文章的兴趣和能力。如果能多写些短小的、浅近的、主旨明确的评论文章，也就为儿童文学评论自身赢得了除了儿童文学作者以外的另一部分最重要的读者，即小读者。

探究·实践

1. 儿童文学评论与成人文学评论有何异同？各举实例说明。
2. 阅读一篇或一部（体裁、长短不限）近年发表的儿童文学作品，然后写作一则 300 ~ 500 字的短评，要求观点鲜明，重点突出，论述层次明晰，言之有理。

第四编
儿童文学的发展概况

儿童文学的产生与演变受不同国家、地区文化的制约和影响，如传统文学（神话、传说、民间故事、古典文学）、社会政治、教育、哲学和艺术思潮。

神话作为人类早期认识解释世界的主要方式，充满着奇幻和神秘，这恰与儿童特别是早期儿童的思维相符，因此很容易转化为儿童所喜闻乐见的故事。许多中国神话，如《夸父追日》《盘古开天辟地》《精卫填海》，都很容易改编成儿童故事。

传说将历史与想象结合，强调故事的传奇性，符合儿童的好奇心；塑造形象使用夸张的手法，善恶分明，适合儿童的理解能力；结构较简单、完整，能吸引儿童的注意力。这些使得传说能成为或演化为儿童文学，或为儿童文学创作提供素材。

民间故事以想象丰富、善恶分明、形象完整、故事生动见长，是对民众理想意愿的反映，也非常适合儿童，所以它也是儿童文学的重要来源。如洪汛涛的《神笔马良》就有浓郁的民间故事风格。

中国古典文学是中国儿童文学创作的重要资源之一。中国文学史上有不少诗作，虽然不是专为儿童写作的，但由于形象生动、深入浅出、情感真挚，也成为儿童喜爱的作品。如李白的《静夜思》、白居易的《赋得古原草送别》等。一些古典小说，因其丰富的想象和生动的形象，成为儿童喜爱的读物，也成为后来儿童文学创作的素材来源。如包蕾的《猪八戒吃西瓜》中的人物就来自《西游记》，儿童电影《哪吒闹海》就取材于《封神演义》。

社会政治对儿童文学的影响是不可忽视的，在中国更是如此。中国特殊的社会环境和历史特点，使得政治对文学的影响极为巨大和深刻。在封建社会，有专为儿童阅读的读物，如《千字文》《三字经》《弟子规》等，但这些读物更多的是从思想上向儿童灌输封建意识，形式上也不太考虑儿童的接受特点。在真正意义上的现代儿童文学产生后，由于当时政治形势的影响，很多儿童文学作品也具有浓厚的政治色彩。随着社会的稳定和进步，儿童文学的政治性会淡化，文学性会加强，但社会政治对儿童文学的影响仍是不可忽视的。

儿童文学最开始就是为了教化儿童而写作的。重视儿童文学作品的教育作用，成为大多数儿童文学作家的选择。要把握好审美功能与教育功能之间的关系，儿童文学必须通过审美达到教育的功能。儿童文学发展史证明，无论自觉与否，以教育功能压制审美功能的作品是不会受到儿童欢迎的。

哲学和艺术思潮对儿童文学的影响同样值得注意。这种影响虽然不一定是显性的，但往往是深刻的。西方浪漫主义思潮促进了儿童文学的兴起。中国各个时期的儿童文学也同样受到一些哲学或艺术思潮的影响，如当代有些儿童文学作家尝试用意识流的方式写儿童小说就是例证。

在我们注意到儿童文学演化和发展所受因素的影响后，我们就有理由把中外儿童文学的演化和发展的重点，放到历史中考察，并且以整个社会演变、发展和变革的线索作为参照。

第一章　中国现代儿童文学

【学习提示】

历史研究方法是探究儿童文学发生与发展的重要方法。从本章开始，我们对儿童文学的演化和发展进行历史考察。学习本章时应注意把握影响儿童文学演化、发展的主要因素，掌握中国现代儿童文学演化、发展的线索，重大事件，以及代表作家及其作品。

中国现代儿童文学是中国现代文学的重要组成部分，按一般的分期方法，它发端于五四文学革命，终止于中华人民共和国成立。

中国现代儿童文学处于中国新民主主义革命时期。这是个中国社会发生大变动，中华民族处于前所未有的觉醒、奋起的时期。这种社会大变动、民族大觉醒，必然对作为社会生活的一种反映的中国现代儿童文学的发展产生重大影响，这就决定了中国现代儿童文学发展与中国新民主主义革命进程的某种同步性。根据这一特性，我们可以把中国现代儿童文学划分为从五四文学革命到大革命失败、从大革命失败到全面抗战前夕、从全面抗战到中华人民共和国成立三个发展阶段。

第一节 新文化运动下的儿童文学

新文化运动的蓬勃开展使一大批有识之士认识到了儿童文学创作的重要性。在这一时期，一些人翻译了许多优秀的外国儿童文学作品，也收集了许多本国流传于民间的歌谣，同时在诗歌、童话、散文、小说、戏剧文学方面也涌现出了许多优秀的作家、作品。这些都为中国现代儿童文学的诞生和发展创造了条件。

一、发展概况

1915年9月，陈独秀主编的《新青年》创刊，标志着五四新文化运动开始。五四新文化运动以前所未有的狂飙之势冲击着统治中国几千年的封建伦理道德，成为中国历史上一场空前的震撼人心的文化革命运动。1917年1月至2月，胡适的《文学改良刍议》和陈独秀的《文学革命论》先后发表，吹响了五四文学革命的号角。从此，一场以新文学推倒旧文学，以白话文取代文言文的文学革命运动席卷了中国大地。

妇女和儿童历来深受封建毒害和封建压迫之苦，因此，妇女解放问题和儿童教育问题，必然会引起新文化统一战线的关注。《新青年》曾发表过关于刊出“妇女问题”“儿童问题”专号的征文启事。李大钊、恽代英和其他有识之士纷纷发表文章，呼吁解放妇女、儿童，并开展了关于儿童教育问题的讨论。鲁迅也在他的著作里多次论及儿童问题，明确指出了儿童问题的重要性。

为改变现状，为将来计，着眼点都应是儿童。从小培养孩子的科学与民主精神，自然成了文学革命先驱者们关注的焦点之一，儿童文学因此就有着不可替代的效能和作用。陈独秀曾明确指出儿童文学问题实际上是儿童教育的问题，《新青年》《新潮》《中华教育》等刊物发表了不少关于儿童教育、儿童文学的文章，周作人、郑振铎、叶绍钧、郭沫若、冰心、胡适等开始了儿童文学的理论探讨和创作实践。

1921年1月，中国现代最重要的两个文学社团之一的文学研究会（简称“文研会”）成立，在“为人生”的大旗下聚集起来的中国现代文学史上第一批精英，在主要从事成人文学创作和研究的同时，也进入儿童文学领域，志同道合地艰辛耕耘着。中国现代儿童文学发展初期的两种重要儿童刊物《儿童世界》和《小朋友》就分别由“文研会”的郑振铎和黎锦晖主编。

除“文研会”之外，创造社、浅草社、沉钟社等社团的作家都程度不同地表现出对儿童文学的兴趣和关怀。尤其是郭沫若，不但致力于儿童文学的创作，写出了《一只手》这样具有崭新意义的作品，而且在理论上也颇有建树。他于1922年1月发表的《儿童文学之管见》是这一时期不可多得的儿童文学评论。

总之，五四新文化运动前后的中国现代儿童文学，作为新文化运动的一翼，不仅内容上服从新文化运动的总任务，形式上也以现代白话文取代了文言文，在理论上和创作上都重视了儿童的心理特点，使儿童文学成为新文学的一个重要组成部分。

在中国现代儿童文学的诞生、发展期，鲁迅先生的贡献是巨大的。作为五四新文化运动和文学革命的主将，出于对祖国、民族的前途命运的深切关怀，鲁迅先生一贯十分关怀儿童教育和儿童文学问题。早在辛亥革命前他就多次发表文章呼吁重视儿童教育问题，进行科幻小说翻译；在辛亥革命时期，他亲手抄录了多首流传于民间的儿歌，并为之作了注释及考证；在五四新文化运动爆发前夕，他在《狂人日记》里发出了“救救孩子”的震撼人心的呼声，并在《随感录》和《我们现在怎样做父亲》等多篇杂文里明确指出今天的儿童教育与明天的中国命运息息相关。他大声疾呼，为了孩子的成长，“老的让开道”，对待青年及儿童则要“催促着，奖励着，让他们走去”，并号召为人父母者应该“自己背着因袭的重担，肩住了黑暗的闸门”，放孩子们“到宽阔光明的地方去”，让他们“此后幸福的度日，合理的做人”。1922年胡怀琛发表了《儿歌》，对月盈月亏现象作了错误的描述，鲁迅先生即在《儿歌的“反动”》中对《儿歌》的反科学态度作了严厉的批评。他又在《二十四孝图》中说：“小孩子多不愿意‘诈’作，听故事也不喜欢是谣言，这是凡有稍稍留心儿童心理的都知道的。”[①]他为了保护儿童的纯洁心灵，为了以科学、民主思想教育孩子，是不遗余力的。

在儿童文学创作方面，鲁迅先生翻译了《爱罗先珂童话集》、童话剧《桃色的云》、童话《小约翰》（与齐宗颐合译）等外国优秀儿童文学作品，在他主编和支持下创办的刊物上也发表了许多国内外儿童文学作品。由著名翻译家曹靖华翻译，在儿童中很有影响的《格列佛游记》等作品，就发表在鲁迅主编的《未名丛刊》上。

随着五四文学革命的深入，为孩子提供新的儿童文学作品，已成为新文学面临的迫切任务。作为权宜之计，人们把注意力集中到了翻译外国儿童文学作品和收集、整理民间儿童文学作品上。

---

① 《鲁迅全集》第2卷，人民文学出版社，2005。

在国外的儿童文学作家中，首先受到五四文坛重视的，是丹麦童话作家安徒生。在鲁迅先生发表《狂人日记》的同一年，《新青年》就对安徒生作了专门介绍，并刊登了他的名作《卖火柴的小女孩》的译文。同年，中华书局出版了安徒生童话集《十之九》的译本。创办于1911年的《少年杂志》也在文学革命的推动下，刊登了安徒生的童话《火绒匣》《皇帝的新衣》的译文。《小说月报》的“儿童文学”和《妇女杂志》的“儿童领地”两个专栏自1921年起也开始介绍安徒生的作品。《小说月报》还在1925年7、8两个月接连编发了上、下两卷的“安徒生专号”。“本性酷爱童话”的郑振铎在他主编的《儿童世界》上还对安徒生童话作过专门介绍。此外英国的王尔德、德国的格林兄弟、俄国的托尔斯泰等著名作家的作品也纷纷被介绍到国内。1922年郑振铎在《儿童世界》上连载发表了根据日本长篇童话《竹取物语》部分章节译写的《竹公主》。在翻译外国儿童文学方面做了不少工作的还有沈雁冰、赵景深、穆木天、顾均正、徐调孚、严既澄、陈伯吹等。

在大量翻译外国名著的同时，文化界又开展了一个收集、整理流传于民间的儿童歌谣的活动。从1918年开始，北京大学和江苏第一师范学校等的收集活动都搞得十分活跃。李大钊在《北京大学日刊》上发表过他收集的两首童谣，后来他又在《新生活》上开辟了“儿歌”专栏。谢觉哉于1920年也在他编辑的《湖南通俗报》上刊登了儿歌童谣。商务印书馆1923年出版了《各省童谣集》；中华书局于同年出版了由童谣和民歌混合编成的八册《歌谣集》，收有流传于各省的歌谣550多首。

翻译外国优秀儿童文学作品和收集、整理本国流传于民间的儿童歌谣为中国现代儿童文学的诞生和发展奠定了坚实的基础。

二、创作成就

1. 儿童诗

与白话诗首先登上五四文坛一样，儿童诗率先进入儿童文学新文苑。胡适的第一首白话诗《朋友》（收入《尝试集》时改名为《蝴蝶》）就是一首很好的儿童诗。它通过一对蝴蝶的双飞双栖，赞美了人世的可爱，具有儿童以结伴为乐的童趣。他写于1919年的《上山》，曾被选为国语教材，影响很大。诗歌鼓励儿童别怕树桩扯破衫袖，荆棘刺破双手，“努力往上跑！”“跑上最高去看那日出的奇景”，表现了五四运动时期少年不畏艰险的进取精神。刘半农也在中国现代儿童诗的开创时期做出了重要贡献，他的儿童诗大多反映了贫苦儿童的生活，表现诗人对现实人生的不满，在艺术上则借鉴了民歌的表现手法，写得生动、活泼，富有生活情趣。他最早的新诗之一，发表于1918年的《题女儿小蕙周岁日造像》，是一首颇为成功的儿童诗。刘大白对现代儿童诗的开创有重要建树，他的《卖布谣》被谱曲后，成为当时流传广泛的儿童歌曲。诗歌写了穷苦儿童及其家庭的不幸，揭示了半殖民地半封建社会的黑暗现状。

郑振铎对中国现代儿童文学做出了重大的、多方面的贡献。他的主要儿童诗有《春之消息》《春之歌》《小猫》《谁杀了更雀》《纸船》等。他诚挚地希望把活泼多样的诗歌形式提供给活泼可爱的小读者，所以他在童话诗、儿童朗诵诗、游戏诗、儿童散文诗、儿童诗剧等各方面都进行了有益的探索和创新。他的儿童朗诵诗《春之歌》还注意向小读者介绍科学知识，《纸船》则是我国最早的儿童散文诗。

叶圣陶1920年开始创作儿童诗，发表过《拜菩萨》《成功的喜悦》《两个孩子》《蝴蝶歌》《小鱼》《白》等作品。他曾长期从事小学教育，出于对孩子的了解和爱，叶圣陶的儿童诗充满了儿童特有的情趣。他很重视形象的塑造和情节的安排。如《拜菩萨》就是一则以儿童游戏为题材的小诗，不但写出了天真烂漫的童心，而且对儿童进行了提倡科学、反对迷信的教育。叶圣陶的儿童诗从内容到形式无不充溢着童趣，透露出诗人热切期望儿童健康成长的眷眷之情。

当时有影响的儿童诗作家还有胡怀琛、俞平伯、严既澄、汪静之等。

鲁迅在发表《狂人日记》后不久，于1918年7月写了儿童新诗《他们的花园》，表现了他对创作中国自己的儿童文学的重视。

2. 童话

五四时期，在中国现代儿童文学领域里，童话的成就和影响最大。

我国现代童话的重要开拓者茅盾，仅在1918年至1920年的三年间，就改写或创作了《树中鹅》《狐兔入井》《飞行鞋》《大槐国》《书呆子》《寻快乐》《鸡鳖之争》等28篇童话。他的童话多能从儿童的欣赏角度反映儿童的生活或讲述动物王国里的有趣故事，并对儿童进行思想教育，对中国现代童话的发展有很大的影响。

在儿童文学的编辑、翻译、创作和理论研究方面做出巨大贡献的郑振铎在童话创作上也取得了卓越的成就。他陆续发表了《竹公主》《八十一王子》《兔子的故事》《花架之下》《爱美之笛》等几十篇童话。郑振铎的童话是从翻译进入创作的，而且他的那些最重要的童话，如《花架之下》等作品，差不多都是对国外优秀作品的“重述”或“移植”。然而这种“移植”又不同于一般的翻译，而是以外国童话为基础，根据他自己对生活的感受和认识，加工改写的，因此这是一种创造性的“移植”，是另一种意义上的创作。

叶圣陶从1921年11月15日写《小白船》起开始创作童话，从此一发不可收，仅到1921年年底，便写了《傻子》《一粒种子》《地球》《芳儿的梦》《大喉咙》等十几篇童话。从1912年开始的长达十年之久的小学教师生涯，使他熟谙儿童的心理特点，并对儿童产生了深厚的感情。他认为应该多提供儿童文艺作品以“做他们精神上的食粮”，但又苦于中国文坛“供不应求”，便亲自动手进行写作。由于他写童话的初衷是保护儿童纯洁的心灵，所以他在最初的作品里，努力想给小读者“爱”和“善”的熏陶。他的第一篇童话《小白船》便明显地体现了这种意图。但当时所处的黑暗现实以及理想与现实的矛盾，使叶圣陶决心让他的儿童文学创作与他的成人作品相一致，转向揭露黑暗的现实。他亲自拆除了“爱”和“善”的暖房，让小读者在对黑暗现实的认识过程中，逐步确立正确的是非观。这是叶圣陶童话创作的一个重要转折。《鲤鱼的遇险》《画眉鸟》《瞎子和聋子》《稻草人》等就是他创作思想转变后的作品。《稻草人》是他这一时期最优秀的代表作。作品通过一个被逼投河的女子的悲惨遭遇，写出了旧中国农村的破败和人民的不幸，并由稻草人对不幸者的爱莫能助，表达了作者内心的焦虑和愤懑。

叶圣陶的童话突破了五四以来受西方童话影响而形成的王子与公主模式，它紧密联系着中国的社会人生，植根于中国的土壤，在艺术形式上充满着童趣，在夸张而不失其真的描绘中，表现出严密的逻辑性。他的童话语言生动、活泼，使用规范的现代白话文。叶圣陶是我国现代最重要的童话作家，《稻草人》等作品标志着中国现代童话的成熟，他的创作是中国童话史上的一块里程碑。

中国新文学的奠基人之一郭沫若，于1927年在《创造月刊》上连载发表了《一只手——献给新时代的小朋友》。作者站在无产阶级的立场上，以童话的形式，热情洋溢地歌颂了革命，这在中国童话史上是前所未有的。

3. 儿童散文

五四运动以后，我国才有了专为儿童创作的散文，成就最高、影响最大的儿童散文作家是冰心。

冰心在《寄小读者·通讯一》里，向小读者表达了对童真的由衷赞颂：“我是你们天真队里的一个落伍者——然而有一件事，是我常常用以自傲的：就是我从前也曾是一个小孩子，现在还有时仍是一个小孩子。”“我恳切的希望你们帮助我，提携我。我自己也要永远勉励着，做你们的一个最热情最忠实的朋友！”在冰心看来，她的《寄小读者》不仅要以歌颂童真打动小读者的心，同时还要唱出了一曲曲对母爱深情怀恋和赞颂的歌。需要说明的是，在《寄小读者》中，冰心常常将母爱物态化、扩大化、辐射化，以至于在她的笔下，大自然的美丽山川、日月星辰、春风夏雨，无不带有母爱的温馨和纯净，她对母爱的依恋和挚爱，又往往扩展成对祖国的爱、对民族的爱，有时则因时因地演变成对敌人的恨。所以在她目睹了日本侵华的罪证后，这位笔底有着“温泉似的柔情”的，“哀而不伤，动中法度”的女作家，胸中却汹涌着“如泉怒沸”的“军人之血”。

在儿童散文作家中，能真诚赞美童真的，除了冰心之外，就数丰子恺了。他热爱儿童，自称是“儿童的崇拜者”，他的散文数量很多，著名的有《忆儿时》《给我的孩子们》《华瞻的日记》《儿戏》《送阿宝出黄金时代》等，而《华瞻的日记》更是其中的精品。丰子恺的散文极自然朴素地挖掘出了儿童内心的纯洁和率真。另一位作家许地山，在1922年出版的散文集《空山灵雨》中，也有不少以儿童为主要描写对象的作品。他的儿童散文写来不拘一格，如《春底林野》《桥边》等作品充溢着浓郁的诗

《华瞻的日记》简析及作者简介

意，创造了舒缓的意境；代表作《落花生》却平易质朴，在不足800字的篇幅里深寓着一种人生的哲理，几十年来在儿童中盛传不衰。还值得一提的是，周建人在1922年创作的《蜘蛛的生活》《甲虫的故事》等儿童科学散文，为这一新的儿童文学样式的创立做出了贡献。

4. 儿童小说

在中国现代儿童文学的早期，儿童小说显得比较薄弱，但其中也不乏优秀之作。

刘半农早在1920年就写了儿童小说《饿》，作品极为深刻地刻画了处于饥饿中的穷孩子的心理状态，细腻生动，十分感人。

冰心1920年创作的《最后的安息》也是一篇成功的儿童小说。作品中的童养媳翠儿仅活了14岁就被恶婆活活地折磨死了，这悲惨的结局就成了她“初次的安息，也就是她最后的安息”，作品让人看到了封建社会童养媳制度触目惊心的凶残。她的《寂寞》《六一姊》等作品也写得很有特色。

与冰心的《最后的安息》相似，以童养媳生活为题材的短篇小说还有叶圣陶的《阿凤》。王统照的《湖畔儿语》也是反映苦难儿童生活的。这篇小说有力地控诉了旧社会对儿童心灵的摧残。他同年写的另一篇小说《雪后》，则把儿童美梦的粉碎，同军阀间的战争直接联系起来，在主题的开掘上具有相当的深度。

5. 儿童戏剧文学

在20世纪以前，我国几乎没有儿童戏剧文学。20世纪初，由于受西方教育和文艺的影响，儿童戏剧文学才随着校园演出活动的发展，在中小学里得到重视，并表现出旺盛的生命力，作家的创作也在以《儿童世界》为主的一些刊物上陆续发表。

1920年1月郭沫若发表了儿童诗舞剧《黎明》，从一个侧面反映了五四精神。1922年他又写了童话剧《广寒宫》，以有关嫦娥的神话传说为依据，展开丰富的想象，表达了积极的主题。1922年1月郑振铎主编的《儿童世界》创刊后，曾接连发表了《牧童与狼》等剧本。1926年，《小说月报》登载了顾德隆的《讲道》和《用功》两部儿童剧，这两部作品以学校生活为题材，富有教育意义，又充满喜剧色彩。1927年，赵景深把安徒生童话《白鹄》改编成歌剧《天鹅》，剧本发表后，在江苏、浙江、陕西、云南等地的小学里广为演出。

在我国儿童戏剧发展史上，黎锦晖的贡献是不容忽视的，他既是“文研会”的成员，又是造诣很深的音乐家，凭着得天独厚的条件，开创了儿童歌舞剧这一新的剧种。1922年他的第一部歌舞剧《麻雀与小孩》问世，之后他又创作了《月明之夜》《三蝴蝶》《葡萄仙子》等12部歌舞剧。他的儿童歌舞剧内容积极、健康、有教育意义，形式上熔歌唱、舞蹈和音乐于一炉，而不用对白，因此是地地道道的歌舞剧，在20世纪二三十年代产生过很大的影响。

第二节 1927年至全面抗战爆发前的儿童文学

自1927年发生“四一二”反革命政变，直至1937年全面抗战爆发前，20世纪20年代由周建人开创的科学题材的儿童文学作品在这一时期有了发展，涌现出以高士其为代表的一批儿童科学文艺作家，儿童诗、童话、儿童散文、儿童小说领域也出现大量优秀的作家、作品。全面抗战开始后，儿童戏剧事业也蓬勃发展起来。

一、发展概况

在“四一二”反革命政变后，一些革命知识分子纷纷由各地汇集到上海，以文艺为武器，对国民党反动派的“文化围剿”进行了有力的反击，上海成了这一时期文艺革命的大本营。

1930年3月2日，中国左翼作家联盟（以下简称“左联”）在上海成立。“左联”十分重视儿童文学。1930年3月29日，18位左翼作家均参加了左翼文艺刊物《大众文艺》为准备创办副刊《少年大众》而召开的讨论会，对《少年大众》应有的内容、形式等各个方面提出了建议。这是中国儿童文学史上第一次研究如何以无产阶级思想为指导编辑儿童文学刊物的会议。虽然《少年大众》只出版了两期即被国民党反动当局查禁，但是《少年大众》出版这件事本身，对后来儿童文学的发展起了积极的推动作用。

1931年10月，儿童文学界进行了关于童话问题的讨论，参加讨论的代表人物是朱文印和陈伯吹。朱文印发表《童话作法之研究》，多层次、多角度地对童话这一形式作了比较具体的分析研究，而且十分强调童话的教育功能。他说：“儿童教育研究者曾称童话为‘儿童的心灵之粮’，这并不是偶然的。”他还对如何才能搞好童话创作谈了自己的看法。而陈伯吹对童话的看法既具体、实在，又深刻入微。他在这一时期的研究成果，有1932年出版的《儿童故事研究》，1933年5月发表的《童话研究》，1934年与人合写的《儿童文学研究》。比起朱文印来，陈伯吹更注重儿童文学的思想性与艺术性的融合，而反对用抽象的说教去取代儿童文学的趣味性。他还强调儿童文学作家必须怀有童心，以童心去观察、体验、反映儿童的生活。他在《童话研究》中，从现实主义的原则出发，认为现实的“人间是阴暗、悲惨、不幸的，在乡村，在都市，在一切的地方，没有快乐的存留”，童话作家有责任使小读者“深深地了解人间的阴暗与悲惨”，还应该使小读者了解“现代的社会，虽然如此不幸，在不久的将来，世界总是有希望的，而且这世界是一定属于劳动者的”。

这场讨论，不但驳斥了当时否定儿童文学的教育作用的论调，而且对扭转儿童文学创作上的成人化倾向也有作用，在理论上推进了一大步。

鲁迅在这一时期进入了思想发展的后期。着眼于民族的未来和长期斗争的需要，他对儿童文学给予了多方面的关心。针对当时儿童读物中存在的用陈旧落后的思想甚至用封建迷信毒害儿童的逆流，鲁迅先生曾一针见血地指出这是“拼命的在向后转”。[①]他翻译了苏联儿童文学家班台莱耶夫的童话《表》，说要把这“崭新的童话”介绍给中国的父母、教师、童话作家和孩子们。在他逝世前半个多月，针对《申报·儿童增刊》上一篇主张中国人杀“日本侨民及水兵”应该“比较杀害自国人民罪加一等”的文章，严厉地痛斥这实际是在用“主杀奴无罪，奴杀主重办”的奴才哲学毒害儿童，他大声疾呼“真的要‘救救孩子’了”。鲁迅不但与出现在文坛上的有害于儿童的言论展开了针锋相对的斗争，而且通过翻译外国的优秀童话使儿童获得教益。1929年，他为许广平翻译的德国童话作品《小彼得》作了校改并写了序。从1934年到1935年，他自己翻译了包含16篇作品的高尔基的《俄罗斯的童话》。此外鲁迅还对儿童读物的题材、语言，以及插图都提出了精辟见解。他对儿童文学作家更是悉心指导，给予关怀、鼓励。叶圣陶的《稻草人》发表后，他便誉之为“给中国的童话开了一条自己创作的道路”；张天翼由于接受了鲁迅的指导和建议，而在创作上变得“切实起来”；还有陈伯吹等作家也都从鲁迅那里得到过指导和帮助。

茅盾、胡风、罗荪等作家、理论家在儿童文学理论方面也进行了有益的探讨。

二、创作成就

1. 儿童诗

这一时期的儿童诗歌与其他形式的儿童文学一样，显示了较强烈的改变黑暗现实、渴望社会新生的要求。

1928年3月15日，冯宪章的儿童长诗《劳动童子的呼声》，以高昂的斗志发出了“只有我们才能代表未来社会的光明，努力呀！我们要努力向前厮杀与拼命！”的战斗呐喊。

“左联”作家柔石在“左联”成立当年的10月23日发表了《血在沸》。这是一首为纪念“四一二”反革命政变后被国民党反动派杀害的一位少年先锋队队长而写的诗作；诗歌气势磅礴，结构严谨，既揭露了反动派的豺狼本性，又通过对“小同志”宁折不弯精神的赞颂，塑造了一位可敬的少年革命英雄的形象。在浓重的白色恐怖下，诗人以“一切，你们的一切，／都在崩溃了，／都在收场了”这样的诗句，表现了对于革命必胜的信心。

陈伯吹的儿童文学创作以诗歌为开端。他的儿童诗内容广泛，形式多样，涉及抒情诗、叙事诗、童话诗等领域。其中抒情诗有《问问雁儿》《冬天的三个好朋友》《铁蹄下的故乡》等。在长诗《问问雁儿》中，诗人通过孩子对大雁的想念和问候，刻画了儿童天真无邪的美好心灵，他称赞雁儿“相敬相爱飞并肩”“团结生活结得坚”，是为了对小读者进行团结友爱的教育。在《冬天的三个好朋友》里，诗人托

① 鲁迅《〈表〉译者的话》，见《鲁迅全集》第10卷，人民文学出版社，2005。

物抒情，赞颂了岁寒三友松、竹、梅不畏冰雪严寒、迎风挺立的品格，启迪小读者从小培养顽强不屈的精神。陈伯吹还写有叙事长诗《伟人孙中山》《新儿童诗歌》和童话诗《小山上的风波》等作品。陈伯吹的诗注重思想性、教育性，在艺术上也取得了很高的成就。

萧三写了包括《小姐姐唱的》和《妈妈唱的》（2首）共计3首叙事长诗，这3首叙事长诗反映了产业工人所受的沉重压迫和剥削，及他们在残酷压榨下的觉醒，具有很强的政治鼓动性。这首长诗借鉴了民歌的形式，读起来朗朗上口，有很强的节奏感。

高士其的儿童科学诗在这一时期开始登上诗坛，《听打花鼓的姑娘谈蚊子》就是一首向小读者介绍疟蚊传疟的科学知识的儿童诗。

著名教育家陶行知、爱国将领冯玉祥、“中国诗歌会”的代表诗人蒲风等也写了不少各具风格的儿童诗。

2. 童话

童话是现代儿童文学的主要体裁，也是这一时期成就最大的一种儿童文学样式。

1924年，老舍赴英国伦敦大学东方学院任教，1929年6月在回国途中暂居新加坡，在一所华侨中学任教期间，写了18万字的长篇童话《小坡的生日》。生动的故事，幽默的语言，使小读者感到趣味无穷。作品反映了存在于当地孩子中的种族歧视，展示了东方被压迫民族的光明前景。这篇童话是老舍至今深受新加坡人民爱戴和崇敬的重要原因之一。

叶圣陶的童话创作走过了曲折的发展道路，从对儿童进行爱和善的熏陶起笔，到用艺术的手段将现实的黑暗展示于生活在黑暗现实中的小读者面前。写于1930年的著名代表作《古代英雄的石像》，告诉小读者依靠人民力量登上统治者的宝座，又反过来轻视民众、奴役民众的人，必将粉身碎骨于民众反抗的怒潮中。《皇帝的新衣》脱胎于安徒生的同名童话，而在情节上作了更巧妙的安排，主题上有了更深刻的开掘。作品中那个视人民如草芥的愚蠢而虚伪的暴君最终逃脱不了被觉醒的人民埋葬的命运。可见叶圣陶这一时期的童话已自觉地同人民革命保持一致。他的艺术手法也服从内容的需要，从前一时期以低沉的调子去冷静地描绘人民的苦难，发展到这一时期对一切压迫者进行强烈讽刺和批判，基调由低沉转向高昂。

著名女作家丁玲写于1932年的中篇童话《给孩子们》，是一篇基于现实主义又富有浪漫主义色彩的作品。它情节曲折、富于幻想，在描写孩子的心理活动方面很有特色。

“左联”新人之一张天翼，以丰硕的成果在童话领域里崛起，为20世纪30年代的童话创作增添了光彩。出于对日寇侵华和反动统治的愤恨，以及对当时较流行的儿童文学创作上的俗套的反感，张天翼希望通过自己的作品让小读者在思想情操、行为习惯、性格品质等方面“受到好的影响和教育”，他要求自己的作品“要让孩子们爱看，看得进；能够领会”（张天翼《为孩子们写作是幸福的》）。1932年，他发表了儿童文学的处女作与成名作《大林和小林》，翌年又写了很有影响的《秃秃大王》。在《大林和小林》中，张天翼通过一对出身于穷苦农民家庭的亲兄弟，最后分化成两个对抗阶级中的成员的故事，告诉小读者：剥削人民、压迫人民的人，即使拥有无数的财富，最后的结局也肯定是可悲的，只有做个有益于人民的自食其力的劳动者，才真正有光明的前途。作品有生动的故事和曲折的情节，在当时的同类作品中是非常突出的。张天翼的童话与他的小说有相似的艺术风格，经常运用讽刺手法，对应该批判的人物作无情的鞭挞，善于把严肃的主题寓于漫画式的夸张之中，以取得特殊的艺术效果。

陈伯吹这个时期的童话创作也已趋于成熟。发表于1933年的《阿丽思小姐》是作者在童话创作上的重大收获。作品写了阿丽思梦中漫游昆虫世界的奇遇，用昆虫世界里愚昧、昏庸、残暴的上层人士及官府与奸商勾结在一起残害百姓的丑恶行径，影射并控诉了黑暗现实。这一篇童话不仅是陈伯吹的重要代表作，而且是这个时期的童话作品中不可多得的力作。1934年，陈伯吹还发表了讽刺资产阶级寄生生活的《波罗少爷》。

享誉中外文坛的巴金也曾致力于儿童文学创作。1937年，他出版了《长生塔》，收录了作者从1931年到1936年创作的《长生塔》《塔的秘密》《隐身珠》《能言树》4篇童话。其中《长生塔》和《塔的秘密》表现了受压迫人民的觉醒和反抗；《隐身珠》的主题与上述两篇有共同之处；《能言树》是对国民党统治下是非颠倒的社会的控诉和诅咒。他的童话亲切感人，在写人、叙事、状物时，用不尚雕琢的语言抒写胸中的激情。

贺宜在这一时期写了《小羊历险记》《小草》《鞋子的故事》《酸葡萄》《牛喂大了母鸡》《隐士的胡须》等童话。全篇仅千字的《小草》，一方面揭露了国民党政府及剥削阶级的残暴；另一方面由借助于“牢牢地生存在地下”“永远也不会死绝”，“明年春天”漫山遍野又发芽时“比先前更健康”的小草形象，歌颂了人民顽强的斗争精神。

这一时期有影响的作品还有孙佳讯的《破信封》、吕漠野的《蜻蜓和蜘蛛》等童话，以及董纯才的《凤蝶外传》《狐狸夫妇历险记》等科学童话，后者以新颖的内容吸引了小读者的注意。

3. 儿童散文

柔石于1929年写了一组总题名为《人间杂记》的散文集，其中的《偷果子的小孩》《死所的选择》《六月的赐惠者》是反映穷苦儿童生活的作品，以《死所的选择》的影响最大。该作品写一个穷苦孩子因中暑倒卧在路边，病情十分危急，但围观的人仅空发议论，无一人伸出援手。作品描绘了小市民的芸芸众生相，抨击了富人对穷孩子惊人的冷酷。柔石写道：“孩子……你为什么要死在路边？死到荒山里去吧！”

钱杏邨的《编给少年读者的故事》和蛰宁的《商都的最后一课》，也是这一时期有影响的儿童散文。

4. 儿童小说

小说在中国现代文坛上是读者最多、影响最大的一种文学样式。总的来说，在现代儿童文学范畴内，虽然由于童话的存在，儿童小说相对逊色，但是凭借作家们的努力，儿童小说创作还是取得了可观的成就。

洪灵菲在1928年尝试着创作了用马克思主义观点反映阶级斗争的小说《女孩》，小说主人公梅丽的遭遇，正是在阶级压迫和阶级剥削深重的时代背景下，广大穷孩子苦难生活的写照。

著名的“左联”五烈士中的冯铿和胡也频分别于1930年6月和11月发表了《小阿强》和《黑骨头》。冯铿的《小阿强》尽管在艺术上还不够成熟，却是最早描写农村革命根据地儿童斗争的作品，在儿童文学题材的开拓方面具有特殊意义。胡也频的《黑骨头》则通过对童工阿土从深受苦难，到革命高潮来到时的觉醒和最后为革命壮烈献身的短暂人生道路的描写，塑造了在无产阶级革命思想教育下觉醒的少年革命英雄形象。

张天翼在儿童小说创作上也很有成就。1933年他发表了《蜜蜂》，1934年写了《奇遇》，1937年写了《奇怪的地方》。他的儿童小说，从总体上看，是在阶级斗争激化、民族矛盾尖锐的形势下，启发孩子们的反抗意识和斗争精神。另一位“左联”新人艾芜在这一时期写了《小宝》和《爸爸》。他的儿童小说也具有进步倾向，以生动传神、个性化的对话吸引着小读者。

1935年，茅盾发表了《大鼻子的故事》，描写一个被压在社会底层的拾垃圾贫儿的觉醒过程。1936年他发表了《少年印刷工》，写的是一个穷孩子被剥夺了继续求学的机会，被迫当印刷厂学徒的故事。茅盾的儿童小说以人物刻画逼真和描写细腻见长。

在这一时期，不仅左翼作家为儿童小说的繁荣和发展做出了令人瞩目的贡献，其他进步作家的作品也为儿童小说增添了光彩。

冰心于1931年写的短篇小说《分》，已不再是天真地想用爱取代恨，用爱改造社会人生，而是以阶级观点展示了两个出身于不同阶级的婴儿的不同命运和长大后势将产生的阶级对立。这篇小说明显地意味着冰心思想上、创作上的重大突破。

这一时期叶圣陶写的《半年》《一个练习生》《寒假的一天》等作品，较集中地反映了城市儿童的动荡生活。女作家凌淑华出版了包括《小哥儿俩》《小蛤蟆》《弟弟》《小英》等儿童小说的短篇小说集《小哥儿俩》，她的儿童小说以文笔秀美、心理刻画细腻而动人著称。王统照于1936年发表了《小红灯笼的故事》，在细腻的刻画中，他毫不掩饰地流露出对穷苦孩子的同情和对不合理社会的憎恶。

高士其以他的科学小说异军突起于文坛。1937年，他写了《我们的抗敌英雄》，称赞白血球“就是我们所敬慕的英雄。这些小英雄是一向不知道什么叫无抵抗主义的。他们遇到敌人来侵，总是挺身站到最前线的”。作品巧妙地以文学的形式既普及了科学知识，又抨击了日寇的侵略和国民党的不抵抗主义。1936

年，他出版了“为弱小者争气”的《细菌与人》。1937年，他出版了《抗战与防疫》。不久，他又写了长篇儿童科学小说《菌儿自传》。他在《抗战与防疫》的序言里，称“蓄意并吞民族的帝国主义”和“存心毁灭人类的菌”是“一大一小侵略者，都是我们的恶敌”，它们“一个是战争的祸首，一个是疫病的元凶”。高士其的儿童科学小说就这样将严谨的科学与强烈的时代气息、趣味盎然的艺术特色与思想上的进步倾向巧妙地糅合在一起，小读者从他的作品中能够获得与众不同的多方面的教益。

第三节 全面抗战时期和解放战争时期的儿童文学

全面抗战时期的儿童文学，在国统区、上海孤岛和抗日根据地三个地区发展起来：国统区的儿童文学在艰难中挣扎；上海孤岛政治形势十分复杂，爱国儿童文学作家们“在荆棘里潜行，在泥泞中苦战”，为抗日救国的大业默默苦斗着，贡献着；由于中国共产党的重视，抗日根据地的儿童文学创作则呈现出一派繁荣景象。解放战争时期，国统区和解放区的儿童文学创作呈现出不同的景象，也各自产生了较有影响的作家作品。

一、发展概况

1. 全面抗战时期

1937年七七事变后，中国进入了全面抗战时期。1937年8月13日，日军进攻上海，受到上海军民的顽强抵抗，不久后上海沦陷。原来以上海为主要基地的儿童文学作家们，有的撤退到大后方，有的奔赴抗日革命根据地，有的留在上海租界继续工作。原来较为集中的儿童文学作家队伍就此分散到了国统区、上海孤岛和抗日根据地（解放区）三个地区。

国统区的儿童文学是在艰难中发展的。国民党发动反共高潮，对国统区的进步文艺采取了查封、取缔进步刊物等压制政策。在儿童文学领域里被查封的有鸿鳞的《少年游击队》、贺宜的《真实的故事》、钟望阳的《新中国少年》等作品。儿童文学创作呈现出了萧条景象。但是在严峻的政治形势下，广大儿童文学作家仍然以满腔的爱国热情艰难地在儿童文学园地里耕耘着。进步的儿童文学作家和其他文艺工作者曾先后在武汉、广州、长沙、桂林、重庆等地创办过《少年先锋》《抗战儿童旬刊》《少年战线》《抗战儿童》《小国民》《儿童世界》等刊物，发表了不少以抗战为主要题材的各种形式的儿童文学作品。

这一时期，国统区的儿童戏剧曾有过较迅速的发展。1938年9月，有十余支抗敌演剧队和抗敌宣传队分赴各地宣传演出，促进了小型戏剧的蓬勃发展，儿童演出团体不断涌现。据1940年4月统计，仅国统区的儿童剧团就有160多个。蓬勃的儿童剧团演出活动，促进了儿童戏剧创作的兴旺，并出现了街头剧、报告剧等儿童戏剧新形式，产生了以最有影响的《放下你的鞭子》为代表的一批短小精悍、具有强烈宣传鼓动性的剧作。在具有广泛群众性的创作热潮中，这一时期涌现出董林肯、包蕾等出色的儿童戏剧作家。

1938年10月武汉失守，抗战进入了相持阶段，在共产党“坚持抗战，反对投降”“坚持团结，反对分裂”“坚持进步，反对倒退”的口号鼓舞下，国统区的儿童戏剧，无论在数量上还是在质量上都有明显提高，产生了《两年来》《反攻》《铁蹄下的孩子》《小主人》等一批优秀儿童剧作。这些儿童剧作在揭露日寇暴行、帮助人们坚定抗战必胜的信心、培养儿童的爱国主义精神、宣传党的抗战政策等方面都做出了应有的贡献。

从1937年11月上海沦陷开始，到1941年12月太平洋战争爆发，日军进入租界为止，处于沦陷区包围之中的上海租界被称为“孤岛”。在上海孤岛原来的一些出版机构几乎都处于瘫痪状态的情况下，由中国共产党领导的少年出版社的《儿童读物》和上海文化出版社的《少年读物》便成了发表爱国的儿童文学作品的主要阵地。在创作方面，产生了《小癞痢》《新木偶奇遇记》《野小鬼》等优秀作品。儿童戏剧活动在孤岛也开展得较活跃，不但出现了囡囡剧社等有影响的儿童戏剧演出团体，而且创作出了《百灵鸟》《懒小姐》《少年笔耕》《学费》《猩猩王》《儿童节》等一批儿童剧作。这些作品有的批判了资产阶级教育思想，有的描写了穷苦孩子的不幸遭遇，有的抨击了国民党卖国投降政策，有的控诉了日寇暴行，有的展望了抗战胜利后的和平幸福生活。总之，这一时期孤岛中的儿童文学题材是较为广泛的。

抗日根据地的儿童文学，是在中国共产党的直接领导下发展起来的。1938年6月，董纯才、刘御主编的《边区儿童》创刊，毛泽东亲笔题词：“儿童们起来，学习做一个自由解放的中国国民，学习从日本帝国主义压迫下争取自由解放的方法，把自己变成新时代的主人翁。”这一题词也为儿童文学工作确定了原则。1942年，《在延安文艺座谈会上的讲话》的发表，使儿童文学在与生活的关系、服务对象、内容与形式等各个方面更加明确了努力方向。

抗日根据地出现了众多的儿童刊物。延安除有《边区儿童》之外，还有《青年与儿童》《新少年》《少年之家》；晋察冀有《华北少年与儿童》；山东有《新儿童》《儿童之友》；华中有《华中少年》《儿童之友》；苏中有《苏中儿童》；苏北有《儿童生活》《每月新歌》等。这些刊物为发展、繁荣根据地的儿童文学做了大量有益的工作。

在儿童文学创作方面，抗日根据地涌现出一批有成就的作家和有深远影响的作品。以刘御的《新歌谣》为代表，诗歌创作出现了以歌颂少年英雄为主要内容、结合通俗易懂的民族形式的新趋向。在童话、儿童小说、儿童散文等方面，配合抗战，直接塑造少年革命英雄形象的有华山的《鸡毛信》、管桦的《雨来没有死》、刘御的《边区儿童的故事》、刘克的《太行山孩子们的故事》、柯蓝的《一只胳臂的孩子》等作品。用老一辈无产阶级革命家少年时代的事迹和斗争生活对儿童进行革命传统教育的作品，有萧三的《我知道的毛泽东的少年时代》，李季的《毛泽东同志少年时代的故事》，马庸、史敬棠的《毛泽东的故事》，柏桦的《幼年的刘志丹》，叶生明的《我的爸爸叶挺将军》等。着眼于培养儿童顽强的革命意志及不畏艰险的斗争精神的作品，有严文井的《南南和胡子伯伯》等。邵子南的童话和民间故事，在儿童文学民族化方面取得了可喜的成绩。

总之，以儿童喜闻乐见的民族形式反映现实的斗争生活，从而达到培养无产阶级革命事业接班人的目的，是抗日根据地儿童文学的总体特色。

2. 解放战争时期

1945年抗战胜利后，分散转移到全国各地的儿童文学工作者，又大多汇集于上海，他们在党的领导下，以儿童文学这个“武器”为中国人民的解放事业而战斗。

1946年2月16日，中共上海地下组织领导的《新少年报》创刊，抗战期间被迫停办的《中国儿童时报》《孩子们》《新儿童》等报刊，也在各地相继复刊。

中国儿童读物作者联谊会（1949年改名为“中国儿童读物作者协会”），经过陈伯吹、何公超、陈鹤琴、贺宜、仇重、金近、黄衣青、沈百英等人的努力，于1946年6月在上海正式成立，为推进儿童文学的发展做出了重大贡献。联谊会同配合国民党法西斯统治的写作意图作斗争，组织了三次大型专题讨论，使儿童文学工作者明确了在特定历史条件下儿童文学的战斗使命，丰富和发展了儿童文学理论，也推进了儿童文学的创作实践。联谊会还发动会员直接投入到“反美扶日”“反内战、反饥饿”等活动中。1947年7月，联谊会组织举办了儿童书籍展览会，开阔了小读者及儿童文学工作者的眼界；1948年又编印了包括诗歌、小说、童话、散文、戏剧等内容的《一九四八年儿童文学创作选集》（该书于1949年由中华书局正式出版）。

解放战争时期国统区儿童文学的总体特点是旗帜鲜明地暴露、批判国民党的罪恶统治，向往美好生活。老作家继续发挥着中坚作用，同时又涌现出圣野、严冰儿等一批崭露头角的文坛新人。与此同时，解放区的儿童文学进一步发展。苏北解放区于1946年5月成立了解放区第一个出版儿童读物的专门机构——华中少年出版社，出版了《少年画报》和《华中少年》两份刊物。同年，延安新华书店出版了包括《儿童歌谣》和《儿童故事》在内的“新儿童小丛书”。为了更好地有组织地开展解放区的儿童文学工作，还成立了由阿英、楼适夷等人参加的少年文学顾问会，使解放区的儿童文学得以积极而又健康地发展。

在解放区的儿童文学中，成绩较大的是儿童诗，出现了许多质朴、热情地歌颂党和领袖，歌颂人民军队，歌颂人民的新生活，抨击美帝国主义及国民党反动派的好作品。这些诗一部分由专业作家所写，也有相当一部分出自业余作者之手。另外，如严文井的童话，钟望阳的小说，韩作黎的儿童诗，东北文工团儿童队自编自演的秧歌剧、儿童活报剧等，也都代表了解放区儿童文学的创作成就。

二、创作成就

1. 儿童诗

全面抗战时期，国统区的诗人侧重以诗歌启发孩子们的爱国热情，增强他们的反侵略意识，如高敏夫的《哥哥骑马打东洋》、王亚平的《小白马》等。沙梅的《少年先锋队》以孩子的口吻，满怀激情地唱出了“我们是新少年，站在民族的尖端”“我们打倒日本强盗”“看我们创造中华乐园”的心声。雷石榆的《小蛮牛》和梅志的《小面人求仙记》则以童话诗的形式，分别塑造了抗日小英雄的形象，以及教育小读者要警惕像狐狸一样狡诈的坏人。上海孤岛的儿童诗创作成就平平，主要有乐观的儿歌集《晨钟之歌》和戈章的《少年歌集》等。

与国统区和上海孤岛的儿童诗创作出现萎缩景象不同的是，抗日根据地的儿童诗创作呈现出蓬勃的生机。刘御写了《国旗》《礼拜六》《小阿毛》《这小鬼》等儿童诗。他的诗题材广阔，形式多样。萧三在冼星海曾为之谱曲的《抗战剧团团歌》里，勉励孩子们“不怕千辛万苦，/只为人民利益。/多年优良的传统，/我们永不抛弃”[①]。在《敌后催眠曲》中，他则倾注了对敌后儿童苦难命运的关注。萧三的儿童诗受当时延安街头诗运动的影响，以通俗易懂见长。

著名的晋察冀诗人群中的陈辉、方冰、邵子南、魏巍等都曾写过儿童诗。陈辉在《妈妈和孩子》中，写了孩子请妈妈在信中“告诉爸爸啊，多杀几个敌人吧”，表现了抗日根据地儿童的抗战热情。在《到柳沱去望望》里，他则以强烈的抒情笔调控诉了日寇践踏我国土、蹂躏我亲人的暴行，这虽是一首叙事诗，但同他的政治抒情诗一样，写得感情深沉，动人心魄。方冰的叙事诗《歌唱二小放牛郎》写了一个名叫王二小的少年把日寇引进我军的埋伏圈而自己壮烈牺牲的故事，十分悲壮动人，此诗曾在各根据地广为流传。邵子南的《中国儿童团》以简练的笔墨勾勒了儿童团团员趁“夜深如海的时候”把标语贴进敌人据点的生动画面。

由于党对儿童文学的重视，一些著名的作家、诗人也创作了儿童诗。孙犁创作于1939年的长达160多行，共22小节的叙事诗《儿童团长》，写了一个13岁的儿童小金子，在党的教育下，在对敌斗争中迅速成长的故事。诗歌用恬淡的水墨画般的景物描写烘托小金子的性格，还十分细腻地写了他的心理活动，并在斗争中展示了他性格的发展。这首诗在某些方面也呈现出“荷花淀派”小说的风格特征，这在当时的儿童诗中是不多见的。贺敬之的儿童叙事长诗《牛》，以沉痛的感情写了一个农民的孩子及其全家所受的地主的残酷剥削和压迫。郭小川的《滹沱河上的儿童团员》则热情地赞美了屹立在抗日第一线的儿童团团员们。卞之琳的《放哨的儿童》、阮章竞的《牧羊儿》、塞克的《延安少年团团歌》、柯岗的《红高粱》等都是当时流传在抗日根据地的有名的儿童诗。

解放战争时期，国统区的著名诗人袁水拍以幽默、诙谐的笔调写过《学费》等

① 节选自《红色诗抄》，人民文学出版社，2001。

儿童诗，讽刺了国民党的腐败。陶蔚文的《哈巴狗》也是一首讽刺诗，刻画了美蒋走狗的丑恶灵魂。臧克家的《小小三毛》指出像三毛那样流离失所的苦孩子在国统区“上千更上万”，他们苦难的根源就是国民党统治下的“社会不太平”。黄衣青的优秀诗作《我被忘掉了》描写了露宿街头、难得一饱、没有欢笑、被旧社会遗忘了的流浪儿的悲惨生活。金近的《小瘪三的歌唱》告诉小读者，贫困乞儿过着衣不遮体、食不果腹的生活，是因为“发财作恶的官儿太荒唐”。金近的另一首儿童诗《小毛的生活》写了小毛一家在抗战胜利后陷入了家破人亡的境地，主题非常深刻。田地的诗从城市和乡村两个不同的视角展现了穷苦人民的命运，《在公园里》《擦皮鞋》等诗是城市人民苦难命运的写照，而《节日——弟弟的诗》《傍晚来的客人》则是农民在反动统治下，备受煎熬的生活剪影。丁力的《过兵》写了国民党军队对老百姓的残害。陈伯吹的《喇叭花》《公鸡，你高声地唱》《夏雷进军诗》等作品，写于上海解放前夕，诗人用象征手法，在黎明前最黑暗的时刻，勇敢、热情地讴歌了人民解放战争。郭风的童话组诗《林中》以感人的形象、明快的节奏，给小读者真、善、美的熏陶。圣野的《欢迎小雨点》等诗，由于对儿童生活的深刻了解，写得自然、亲切、富有生活情趣。梅志的童话诗《小红帽脱险记》，高士其的科学诗《我的原子也在爆炸》《大肠菌滚出去》等也受到了小读者的欢迎。

2. 童话

全面抗战时期，国统区的童话佳作应首推张天翼的《金鸭帝国》。作家以生动有趣的故事，揭示了上层人物的凶残和下层人民的苦难，用夸张手法讽刺了反动统治阶级内部的尔虞我诈。由于这个作品情节曲折离奇，而作家擅用的夸张、幽默、讽刺等艺术手法又发挥得淋漓尽致，所以在小读者中激起了强烈的反响。此外，女作家黄庆云的《跟着我们的月亮》《月光的女儿》《夜来香》，老舍的《小木头人》，许地山的《萤灯》《桃金娘》等也在小读者中享有盛名。

全面抗战时期，身处上海孤岛的贺宜写了《凯旋门》《蜜蜂国》《横行将军》等反映民族矛盾的童话。长篇童话《凯旋门》中的形象塑造得十分成功，作品描写了人民群众以自己的斗争，最终粉碎了侵略者的美梦。《蜜蜂国》写蜜蜂公主发动全体蜜蜂团结一致最终战胜侵略者蟒蛇的故事，歌颂了团结抗战的精神。

钟望阳的长篇童话《新木偶奇遇记》里所写的侵略者“矮里矮外国”的小胡子和被侵略的“长里长外国”的抗战者，都有明显的影射，作品还通过粟米蛋糕爸爸嘱咐匹诺曹要“做一个民族的英雄，革命的先锋”，来表达作者对儿童的厚望。

在抗日根据地，严文井写了《四季的风》《红嘴鸦和小鹿》《南南和胡子伯伯》等童话作品。作者从关心小读者思想品德的成长和意志品质的培养出发，通过自己的作品，给小读者启示和教育。《四季的风》写了一个重病缠身的苦孩子，他对生活的最低的一点点要求也得不到满足，只有风为了减轻他的痛苦而四季奔忙。作品对贫富悬殊的社会作了严厉的批判，对提高小读者的阶级觉悟，无疑是生动形象的教材。

解放战争时期，在国统区的童话作品中，陈伯吹的《甲虫的下场》《井底下的四只小青蛙》《不勇敢的稻草人》等，用童话的形式对帝国主义和国民党反动派进行了无情的揭露和嘲讽。钟望阳的《小难童》《小奸细》，何公超的《老兵的桃树》，黄衣青的《财神来了以后》，任重的《稻田里的小故事》《小木桥》，贺宜的《宝剑》《不相干先生》，严冰儿的《画不完的圆圈》《狮子大王做寿》《瞎眼的法院》《大珠子》，丰子恺的《伍圆的话》，方轶群的《我是一张钞票》《公正无私的太阳》等作品，都对抨击反动统治、揭露社会上的丑恶、提高小读者的觉悟具有积极意义。

在解放区，严文井创作了《丁丁的一次奇怪旅行》，通过丁丁在旅途中，得到了蚂蚁、蜻蜓、河水、老杨树、老山羊等的帮助战胜了种种困难，培养了勇敢精神的故事，告诉小读者一个深刻的哲理：勇气来自集体，来自锻炼。

3. 儿童小说

全面抗战时期，国统区有黄庆云的《两个汽笛》《埋藏了的阳光》，子冈的《第四个孩子》，舒群的《血的短曲》等作品，影响较大。

上海孤岛中的小说主要有钟望阳的长篇小说《小癞痢》和贺宜的长篇小说《野小鬼》。《小癞痢》是钟望阳儿童文学的代表作之一，曾受到著名文艺评论家巴人的高度赞扬。这部小说通过小癞痢从一个无知的小孩到英勇的小游击队员的成长过程，赞颂了中国人民面对日寇屠刀表现出来的英雄气概和抗战必胜的信心。作品具有极强的艺术感染力，不少小读者受它的影响而走上了抗日的道路，它的社会价值和艺术成就，当时几乎没有同类作品能与之相提并论，不但在现代儿童文学史上，就是在整个中国现代文学史上也应占有一席之地。贺宜的《野小鬼》写一个叫土根的渔家孩子的成长过程，愤怒地控诉了日寇、汉奸、土豪劣绅的罪行，也展示了人民终将在内外敌人的蹂躏下觉醒、奋起的前景。

《雨来没有死》简析及作者简介

抗日根据地的小说有韩作黎的《一支少年军》、柯蓝的《一只胳臂的孩子》等。而影响最大的是华山的《鸡毛信》和管桦的《雨来没有死》。《鸡毛信》成功地塑造了主人公海娃的形象，他勇敢、机智、顽强，为完成送信任务而置个人安危于不顾。该作品情节紧张、曲折，新中国成立后被改编成电影，在少年儿童中素负盛名。《雨来没有死》的故事也很生动，作者采用景物描写、气氛烘托等多种艺术手段为刻画雨来的性格服务，新中国成立后，该作品成为小学语文课本中的传统名篇。

解放战争时期，国统区儿童小说的成就以黄谷柳的长篇《虾球传》为最高。主人公虾球由于生活贫困而当了扒手，又受盗窃集团头目鳄鱼头的控制而专事偷盗，后来鳄鱼头依靠流氓头子的势力当上了国民党海军的舰长，虾球最终也认清了鳄鱼头的凶残本性而参加了革命游击队。小说从多方面揭示了城市贫民的苦难，也暴露了香港黑恶势力与国民党官僚相勾结所干的丑恶勾当。作品借鉴了中国传统的章回体小说形式，情节曲折，有很强的故事性。此外，钟望阳的《少年英雄》，胡愈之的《少年航空兵》，陈伯吹的《亲爱的山姆大叔》，金近的《这一天》《逃学》等也是较优秀的儿童小说。

在解放区的小说中，最著名的是钟望阳到解放区后写的长篇小说《把秧歌舞扭到上海去》。

4. 儿童戏剧文学

全面抗战时期，在国统区被茅盾赞为“是抗战的血泊中产生的一朵奇花”的孩子剧团，编演了《火线上》《捉汉奸》《打回老家去》《放下你的鞭子》《十字街口》《不愿做奴隶的孩子们》《法西斯丧钟响了》《帮助咱们的游击队》等儿童戏剧。其中董林肯的《难童》中的主人公以父亲的血衣控诉日寇的暴行。他与于同尘合编的《小间谍》，说的是受游击队派遣的李芝华到敌人内部进行反间谍活动，最后完成了任务，并因此献出了生命。陈汉中的《厦门三儿童》赞扬了儿童杀敌救国的英勇行为。黄庆云的《中国的小主人》也是抗战题材的儿童戏剧。著名戏剧家陈白尘写过《两个孩子》和《一个孩子的梦》，熊佛西写了《儿童世界》。另如，塞克的《仁丹胡子》，许幸之的《最后一课》《小英雄》，刘保罗的《血指》，吴祖光的《孩子军》，张季纯的《上海小同胞》等剧作，也取得了很好的演出效果。

上海孤岛中的儿童戏剧有马翎创作的以反抗恶势力欺凌为内容的《百灵鸟》，曾惠的反对投降卖国的《猩猩王》、反映穷孩子不幸遭遇的《儿童节》，龚炯的反映儿童苦难生活的《少年笔耕》等作品。包蕾在这一时期的代表作有《谁插的旗子》，描写敌占区一群穷苦的孩子，凭着爱国热情勇敢地在空中飘扬起一面国旗，并唱起了《义勇军进行曲》。他的另一个剧本《小同志》写的是游击区的少年机智勇敢地帮助游击队消灭日伪军的故事。他还写了以国际反法西斯斗争为题材的戏剧《犹太人起来》等，对处在反法西斯斗争最前列的中国人民起到了鼓舞作用。

解放战争时期，儿童戏剧由于自身的特殊宣传效果，受到了国统区儿童文学界的重视，出现了龚炯的《伟大的转变》《孩子》，董林肯的《表》《小主人》，张石流的《小马戏班》《小小先生》，熊知行的《国王与鸡蛋》，孙毅的《小霸王》等儿童戏剧。包蕾在这一时期的剧作更注重内容与形式的统一，在内容上注重作品的教育意义，在形式上考虑儿童的欣赏特点，他把童话、寓言、民间说唱等艺术形式的表现手法巧妙地糅合进他的剧作，以新颖、别致的特点吸引着读者和观众。他这一时期的作品还有《胡子和驼子》《巨人的花园》《瓶里的魔鬼》《寒衣曲》《玻璃门》等。在这一时期，国统区儿童戏剧为了迎接全国解放而态度鲜明地追求作品的宣传、战斗作用。

解放区的儿童戏剧，较有影响的是东北文工团儿童队编演的《儿童劳军》《进军舞》《打蛇》《爸爸参军》等秧歌剧和儿童活报剧[①]。

① 以应时性、时效性为特征的戏剧类型。

5. 儿童散文

全面抗战时期和解放战争时期，陆蠡的科学小品拥有不少小读者。此外，陈伯吹也写过《希望的塔》《光明的烛》等散文。但是，总的来说，由于特定时代环境的制约，在散文领域里没有出现影响较为深远的作品。

中国现代儿童文学的成就是巨大的。在这一时期，中国土地上出现了数以千百计的，在独立的儿童文学观指导下的，内容丰富、题材多样、主题深刻、风格各异的多种体裁的儿童文学作品，同时形成了前所未有、声势壮大的儿童文学作家队伍。这支队伍中的绝大多数，在新中国成立后的文学活动中依然活跃，并且在很长一段时间内起着创作上和理论上的主力军作用。

探究·实践

1．如何认识中国民族解放运动和革命战争对儿童文学的影响？
2．这一时期最值得注意的儿童文学作家和作品有哪些？

第二章　中国当代儿童文学

【学习提示】

本章主要阐述了新中国成立后中国儿童文学发展的概况。在过去的70多年中，新中国在各方面取得了巨大的成就和进步，也经历了“文化大革命”那样的非常时期，改革开放后，中国的政治经济和社会发生了根本性的变化。这些社会因素给中国儿童文学或反面或正面的影响，同时，儿童文学的发展还有自身的规律，在学习时应注意正确把握。学习本章时应重点掌握这一时期各个阶段儿童文学发展的基本情况，熟悉代表性作家及其作品，特别要对改革开放后40多年的儿童文学加以关注。

中国当代儿童文学指的是中华人民共和国成立以来的儿童文学。它上承中国现代儿童文学，至今仍处在发展过程中。

70多年来的中国当代儿童文学，与共和国一样走过了艰难曲折的道路，取得了巨大的成绩。为了介绍和叙述的方便，我们参照整个社会发展的历史，把当代儿童文学分为三个时期：（1）1949—1965年，称十七年时期，这是儿童文学既繁荣发展又遭遇曲折坎坷的时期；（2）1966—1976年，这是“文化大革命”时期，儿童文学备受摧残，一片荒芜；（3）1976年至今，这是儿童文学复兴和大发展的新时期。

第一节 新中国成立后十七年时期的儿童文学

新中国的成立，为儿童文学的创作创造了不少有利的条件。从1949年新中国成立到1965年的十七年里，儿童文学在寓言、科学文艺、儿童文学理论著作等方面开始了初步的探索，并在曲折中逐步繁荣，出现了一批优秀的作家和作品。

一、1949—1956 年的儿童文学

这是初步探索时期。

（一）发展概况

新中国成立以后，党和政府十分重视儿童文学的创作和出版工作，1950年4月，我国召开了第一次全国少年儿童工作干部大会。1952年12月，在上海首先成立了少年儿童出版社。1953年，团中央召开了全国少年工作者会议，要求各地青年团组织办好儿童报刊，还要求和有关部门以及出版社加强联系，帮助作家、艺术家、科学家创造更多更好的儿童文艺和科学作品。这些都为促进和繁荣儿童文学事业提供了保障，并为儿童文学的发展开拓了广阔的天地。

队伍壮大，创作繁荣，是这一时期儿童文学创作的特征。1956年5月，“双百”方针提出，在文艺界曾出现了一次短暂的思想解放运动。儿童文学作家和理论工作者也受到了极大的鼓舞。陈伯吹在此时提出了颇有见地的，后来被称为“童心说”的观点，在当时受到普遍的重视。

（二）创作成就

1. 儿童诗

歌唱社会主义建设的成就，描写新中国儿童丰富多彩的幸福生活，反映世界被压迫民族人民的呻吟和反抗，成为这一时期儿童诗的主要内容。

致力于儿童诗创作的老一辈诗人郭沫若作有《新中国的儿童》。这首诗曾经作为中国少年先锋队队歌的歌词而为亿万少年儿童所熟悉。1950年，为迎接“六一”，郭老为孩子们写了《六一颂》。1955年“六一”，郭老又写了《孩子们的衷心话》，他代表孩子们表示要“去勘探”“去探险”，以便“让咱们的国家赶快

实现工业化”。艾青的《春姑娘》以动人的艺术形象唱出了歌颂祖国美好春天的赞歌。贺敬之的《风筝》满怀激情地描绘了祖国壮丽的建设风貌。柯仲平的《毛主席的小英雄》反映了艰苦岁月中的斗争生活，是进行革命传统教育的好教材。袁鹰的《寄到汤姆斯河去的诗》和《在美国，有一个孩子被杀死了》，表达了对资本主义国家人民斗争的同情和支持，对儿童进行了国际主义教育。阮章竞的《金色的海螺》则取材于民间故事《田螺姑娘》，诗人以童话诗的形式歌颂了为追求美好事物百折不回的斗争精神。1980年，在第二次全国少年儿童文艺创作评奖中，此诗获一等奖。

这一时期，金近为儿童创作了许多优秀的诗歌。他的《春姑娘和雪爷爷》《我真想入队》《小队长的苦恼》《有这样一个孩子》等，都深受孩子们的欢迎。他的诗以反映农村山区儿童生活为题材的比较多，充满了积极向上的政治热情，有时也对儿童身上的弱点作善意的讽刺，语言诙谐、风趣。

女作家柯岩是20世纪50年代成长起来的儿童文学作家。她自1955年发表处女作《儿童诗三首》后，长期以来为孩子们创作了不少好诗。组诗《“小兵”的故事》是她儿童诗的代表作，包括《帽子的秘密》《两个“将军”》《“军医”和“护士”》三个单篇。其他作品还有《小弟和小猫》等，流传都很广泛。她的诗歌构思精巧，极富儿童情趣，并善用细节描写，表现人物的个性。所以臧克家认为柯岩是个具备个人风格的作家。

刘饶民也是20世纪50年代出现的儿童诗歌作家，他写的《春雨》形象地表现了大自然在春雨灌溉下所发生的变化。诗歌短小、明快，儿童情趣浓厚，语言准确、生动。任溶溶原是一位优秀的儿童文学翻译家，他在翻译的同时进行创作。诗歌《鞋子》反映了新中国成立前农民的苦难生活，它使儿童懂得了什么是阶级压迫。此外，郑马的《“冬冬”响的大队长》、黄柏生的《“明天起……”》、王妙良的《寄给解放军叔叔的诗》等，都善于抓住儿童平常的生活，展现儿童丰富多彩的内心世界。这些20世纪50年代涌现出来的作家，组成了那一时期最富有生命力的创作群体。

2. 儿童小说

儿童小说在这个时期获得了丰收，而且题材也十分广泛。比较突出的成就是出现了一批反映无产阶级革命斗争、描写民主革命时期英雄的精神面貌和斗争业绩的作品。杨朔的《雪花飘飘》、刘真的《我和小荣》、郭墟的《杨司令的少先队》、王愿坚的《小游击队员》、王镇的《枪》、李楚城的《小电话员》、肖平的《三月雪》等，都通过小主人公在血与火的严酷考验中成长的经历，表现那段艰难的岁月和战斗的年华。

与此同时，儿童小说中还出现了众多以新中国少年儿童生活为题材的作品，塑造了各式各样活生生的少年儿童形象，展示了他们丰富多彩的生活和朝气蓬勃的精神面貌。张天翼为儿童创作了《罗文应的故事》《去看电影》《他们和我们》等作品。其中，《罗文应的故事》深刻而成功地反映了存在于小学生中间的一个普遍性矛盾——学习和玩耍的矛盾。作者通过有趣的情节，深刻、细致地刻画了小主人公的这种矛盾心理，令人信服地描写了罗文应从“管不住自己”到“管得住自己”的成长过程，成功地塑造了这个具有鲜明性格特征的新中国少年儿童的典型形象。作品文笔清新、活泼，处处可见天真烂漫的儿童情趣，读来引人入胜，曾荣获第一次全国少年儿童文艺创作评奖一等奖。新中国成立后成长起来的新作家任大星，以创作《吕小钢和他的妹妹》而成名。小说成功地塑造了吕小钢这一形象。作者熟悉小学生的思想、生活，所以在作品中能把他们的言行举止写得十分逼真、有趣。另外，魏金枝的《越早越好》写了一个有点自私但能知错就改的孩子陈步高。马烽的《韩梅梅》则选择了学生毕业后参加农业生产的题材，塑造了韩梅梅这样一个热爱劳动、坚毅顽强、勇于向困难作斗争的少年形象。

3. 童话

新中国成立初期的童话明显的特点就是具有鲜明、强烈的时代感，而且风格绚丽多彩。如严文井的童话善于把哲理与诗情相结合，他的《蚯蚓和蜜蜂的故事》深刻地阐明了劳动创造世界、劳动创造美这一真理，使小读者从蜜蜂的进化和蚯蚓的退化中，形象地感受到了创造与劳动的深刻意义。秦兆阳的《小燕子万里飞行记》，教育孩子们要跟上时代的步伐，让自己经受各种锻炼，茁壮成长。这些作品都写得富有诗意。

与上述取材于现实生活的童话不同，还有一些童话取材于民间传说，如洪汛涛的《神笔马良》，表现了一个历久不衰、价值很高的主题——歌颂被压迫者的智慧与毅力，赞扬了以马良为代表的善良的人们勇敢、坚定的斗争精神，讽刺并揭露了剥削阶级的贪婪和狡诈本质。葛翠林的《野葡萄》也是根据民间故事写成的。作者笔下的白鹅女是一个正直、热情、勇敢、善良的好孩子。作者通过这个人物，赞颂了为大众造福的崇高情操。作品写得很有诗情画意，给人美感。具有民间童话色彩的黄庆云的《奇异的红星》，讲述了阿力依靠奇异的红星，最后战胜恶魔的故事。作品运用象征的手法歌颂革命，寓意很深。此外还有陈玮君的《龙王公主》、张士杰的《渔童》，它们在第二次全国少年儿童文艺创作评奖中，分别获得了一等奖和二等奖。

4. 传记和散文

20世纪50年代，传记文学是颇有生气的一个散文门类，它以表现先进人物、英雄人物为主，对少年儿童进行了革命英雄主义教育。其中如吴运铎的《把一切献给党》、马烽的《刘胡兰小传》、高玉宝的《高玉宝》、陶承的《我的一家》、丁洪的《真正的战士——董存瑞的故事》，均在少年儿童中广泛流传，激励了少年儿童的革命热情。

为少年儿童写的艺术散文，从数量上看不太多，但也出现了一些好作品。如冰心的《小橘灯》，对劳动人民追求光明、献身革命的精神表达了由衷的赞美；文字上保持了冰心质朴、清新的独特风格。作品不仅深受少年儿童喜爱，而且成了语文课本中的传统名篇。郭风的《蒲公英和虹》是一篇优美的儿童散文，散发出浓郁的泥土和春草气息，它犹如“润物细无声”的春雨，滋润着孩子的心灵。陈伯吹的《从山冈上跑下来的小女孩子》写了一个伶俐可爱、热爱劳动、一心为集体的小女孩，描写细腻，抒情气氛很浓，读起来十分亲切。

5. 寓言

适合儿童阅读的寓言作品，这个时期不多。比较成功的有金江的《狐狸的尾巴》和湛卢的《小鹰和老鹰》等。

6. 儿童戏剧文学

儿童戏剧在新中国成立初期比较萧条，随着党的大力提倡和儿童文学工作者的共同努力，情况有所改变。张天翼的《蓉生在家里》写了儿童性格上的矛盾。作者提出了一个在儿童中很有代表性的问题——蓉生在学校里是个好学生，可在家里却任性，不爱劳动。张天翼的另一部作品《大灰狼》和任德耀的《马兰花》都是童话剧。特别是《马兰花》，它通过动人的故事，帮助孩子明是非，辨善恶，识美丑；剧本把童话幻想和现实生活巧妙地结合在一起，情节曲折、神奇，有着耀眼的艺术光彩。该作品荣获第二次全国少年儿童文艺创作评奖剧本一等奖。

7. 科学文艺

新中国成立后，特别是在20世纪50年代提出了“向科学进军”的口号后，集中涌现了我国作家自己创作（也有部分是译作）的科学诗、科学童话和科幻小说等，高士其、叶永烈、郑文光等一批科普作家的创作热情被激发，写出了一大批优秀作品。

高士其是在现代文学时期就相当活跃的一位科普作家，科学诗《我们的土壤妈妈》是他的代表作，1954年荣获第一次全国少年儿童文艺创作评奖一等奖。他的作品有较强的科学性和文学性，善于把抽象的概念和深奥的科学术语化为适合儿童理解的艺术形象，并使用儿童自己的语言表现出来。郑文光的《从地球到火星》是我国当代第一部科学幻想小说。于止（叶至善）的科幻小说《失踪的哥哥》也以构思新奇、幻想大胆而受到小读者的欢迎。

8. 儿童文学理论著作

新中国成立初期，在这个方面有重大影响的作家是陈伯吹。他先后发表了《谈儿童文学创作上的几个问题》《论童话》等论著。他特别强调儿童文学的特殊性，提倡儿童文学创作要顾及儿童的情趣和儿童的年龄特征。这些理论无疑对促进儿童文学的创作是有积极作用的。此外，贺宜的《目前童话创作中的一些问题》、安娥的《谈谈儿童剧的写作》等都受到了一定的重视。

二、1957—1965 年的儿童文学

这一时期，儿童文学创作呈现出既繁荣又曲折的特征。长篇叙事诗、长篇儿童小说、折射现实的童话、紧密结合现实并强调思想性的寓言和儿童散文、儿童戏

剧、科学文艺、儿童文学理论著作等，都有较大的发展。

（一）发展概况

1957年以后，文艺指导中出现了“左”的倾向，儿童文学因此走上了一段艰难曲折的道路。

陈伯吹的“童心论”“儿童文学特殊论”一度遭到了批判，导致在理论上出现了极大混乱。应和着这一股“左”倾思潮而出现的不少作品，充斥着脱离实际的豪言壮语与枯燥乏味的政治说教，艺术上则粗糙低劣。儿童文学创作一度陷入低谷。

上述错误倾向很快得到一定程度的纠正。1961—1962年文艺界领导部门主持召开了多次重要会议，发布了一系列重要文章与文件，对文艺政策进行了调整。特别是1961年6月和1962年3月，周恩来先后在全国故事片创作会议和话剧、歌剧、儿童剧创作座谈上发表重要讲话，深刻总结了新中国成立后文艺运动的经验教训，对儿童文学这株“小树”也做了扶持和培土的工作。之后，儿童文学创作面貌有了一些改变，出现了短时间的繁荣局面。

（二）创作成就

1. 儿童诗

这一时期儿童诗的特点之一是长篇叙事诗有很大发展，像袁鹰的《刘文学》、李季的《三边一少年》，都塑造了可歌可颂的少年英雄形象，给小读者深刻的教育。柯岩的长诗《我对雷锋叔叔说》表达了儿童学习雷锋的愿望。

此外，闻捷的《叔叔的歌》、任溶溶的《弟弟、二哥、大哥和爸爸的对话》都歌颂了祖国的建设，反映了农村、边疆的巨大变化。

刘饶民的代表作组诗《大海的歌》以其特有的艺术魅力，深受小读者喜爱。这部作品包括《天和海》《海水》《浪花》《大海睡了》《海上的风》《月亮》六首短诗。诗中运用比喻、拟人等修辞手法和极为丰富的想象，形象地表现了海的美和海的威力，能唤起儿童的美感，陶冶他们的情操。任溶溶的叙事诗《爸爸的老师》则告诉我们，学问再大的科学家也离不开启蒙老师的培养。虽然写的是尊师这一普通题材，但由于使用的是第一人称，生动地刻画了孩子的心理，爸爸尊师的表现也写得形象、具体，诗中多处设置悬念，情节也曲折，读来趣味盎然。

2. 儿童小说

这个时期的儿童小说，尤其是中、长篇儿童小说取得了较大的成就，不仅数量多，而且艺术质量也有所提高。这是由于在新中国成立初期的六七年中，政治生活较为安定，为作家们提供了一个良好的创作环境。不少作家经过长期准备和酝酿，到这个时期便收获了丰硕的成果。在中、长篇小说中，徐光耀的《小兵张嘎》，故事性强，情节曲折，洋溢着儿童情趣。张嘎这一少年英雄形象，鲜明生动，活泼可爱，是这一时期儿童文学的一个重大收获。《五彩路》是胡奇的代表作，曾荣获第二次全国少年儿童文艺创作评奖一等奖。小说主人公曲拉、丹珠和桑顿三个同龄的少年儿童，既有共性，也有个性。小说通过这三个孩子的成长，反映了西藏社会的巨大变革。小说还对藏族地区的风物进行了具体描绘，使作品显示出独特的地方色彩。此外，刘知侠的《“铁道游击队”的小队员》、袁静的《小黑马的故事》也引人入胜。

3. 童话

这个时期的童话在反映现实方面取得了不少进展。张天翼的长篇童话《宝葫芦的秘密》通过一个有趣的梦幻故事，告诫小读者：不劳而获只是梦想，世界上任何东西，都是人们用辛勤的劳动去换来的。这篇童话想象丰富，情节离奇，语言幽默、诙谐，妙趣横生，因此深深地吸引了小读者。严文井的童话《“下次开船”港》和他的诗一样，渗入哲理，用有趣的情节和生动的形象说明了：时间就是生命，没有时间观念，生命就完结，宇宙的一切就都停滞不前。严文井的另一篇童话《小溪流的歌》可以说是对20世纪50年代我国社会主义革命和建设事业健康发展的艺术概括，充满了昂扬的时代精神。该作品诗意浓厚，有较强的感染力。

另一位儿童文学著名作家金近，在这个时期创作了一篇以低幼儿童为对象的童话《小鲤鱼跳龙门》。他通过描写一群小鲤鱼寻找龙门的游历过程，展现了祖国建设的新面貌，热情地赞颂了社会主义建设的壮丽图景，赞颂了劳动人民改造山河的壮举。作品中一群小鲤鱼的形象写得生动、可爱，各具个性，极富儿童情趣，显示出作者独特的创作风格。他的另一篇童话《狐狸打猎人的故事》则另有一种风格。作品用夸张的手法讽刺了一个胆小、怯懦的猎人，从而使小读者领悟到：在生活中要做一个勇敢的人。这篇童话故事既离奇，又幽默、风趣。

包蕾在1962年出版了《猪八戒新传》，这是在运用古典名著中的艺术形象进行再创造方面所作的一次可喜的尝试。作品比照现实生活中某些少年儿童的思想行为和心理特点，对猪八戒这个传统形象进行了适当改造，用新的内容编写故事，使其更适合当代少年儿童阅读，有益于培养少年儿童的美好品德。作品发表后深受小读者欢迎，也为童话创作的“民族化”打开了一条新路。

此外，还有任溶溶的《一个天才的杂技演员》、鲁克的《小鲷鱼求医记》、贺宜的《星星小玛瑙》、孙幼军的《小布头奇遇记》、钟子芒的《孔雀的焰火》、洪汛涛的《涂呀涂》等。这些作品题材广泛，形式多样，风格绚丽多彩，给小读者美感。

4. 寓言

这个时期的寓言创作，主要特点是紧密结合现实、思想性强。如鲁兵的《原来肚子里是空空的》讽刺了“大跃进”运动中的浮夸风。严文井写的《会摇尾巴的狼》，揭露了敌人的凶狠与伪善；《向日葵和石头》反映了社会主义建设中新与旧的斗争。金江的《好好先生》讽刺了万事没有主见，完全丧失警惕性的“好好先生”；《船夫和他的儿子》则讽刺了主观主义者；李国楠的《鹁鸪》嘲笑了那些终日沉浸在美好的幻想中，而没有实际行动的人。这些作品对儿童都有深刻的教育意义。

5. 传记和散文

这一时期的传记文学，主要有唐弢的《鲁迅先生的故事》、李楚城的《老红军的本色》、宋振苏的《我的弟弟“小萝卜头”》、何为的《竹笛和花灯》、马蓝的《“大世界”的女儿》等。

《早霞短笛》简析及作者简介

20世纪60年代初，散文一度十分繁荣。冰心怀着满腔热忱写了《再寄小读者》，描绘了一幅幅沸腾的社会主义建设壮丽图景，作品文笔清丽。柯蓝的《早霞短笛》是题材多样、形式活泼、内涵精深的散文诗。袁鹰的《伊犁河上的朝霞》描写了少数民族孩子的学习生活。此外，还有冰心的《在火车上》、任大霖的《白石榴花》、刘国华的《在海滩上》、菁莽的《红鲤斗水》、曾庆松的《西沙风情》、俞冠球的《地动山摇竹筏来》等，作家们的笔触深入到祖国美好生活的各个方面，抒发了健康、清新的思想感情，是培养孩子爱国心的好教材。

6. 儿童戏剧文学

老舍是新中国成立以来最勤奋的作家之一，他也一直关心着儿童的健康成长，20世纪60年代，他曾热心地为儿童创作儿童戏剧。1960年，他根据藏族民间故事写了儿童戏剧《青蛙骑手》。该剧富有神话色彩，表现了古代劳动人民的智慧和理想，但剧中的唱词有成人化倾向。1961年，他又根据民间故事编写了《宝船》，该作品在思想性、艺术性上都超过了《青蛙骑手》。作品歌颂了古代劳动人民热爱劳动、助人为乐、反抗压迫的优秀品质，写得富有喜剧意味，也符合儿童心理。

王镇的《枪》、邢野的《儿童团》、江波的《谁是真的》、奚里德的《地下少先队》等，都是描写抗日战争时期、解放战争时期少年儿童参加对敌斗争的剧本，故事曲折，情节惊险。刘厚明的《小雁齐飞》、任德耀的《小足球队》、任大霖的《桃子熟了》、葛翠林的《草原小姐妹》等则描写了新中国少年儿童校内外的生活。其中《小雁齐飞》《小足球队》曾得到周总理的赞扬和鼓励。熊塞声的《骄傲的小燕子》、孙毅的《小白兔和小花猫》、宋捷文的《坐火车上北京》、柯岩的《照镜子》等都是专门为低幼儿童创作的好剧本。

7. 科学文艺

科学文艺在这一时期有较大的发展，并且出现了一批很受欢迎的科学童话作品，如陈伯吹的《落潮先生和涨潮先生》《摘草莓的故事》，方惠珍、盛璐德的《小蝌蚪找妈妈》，鲁克的《谁丢了尾巴》，等等。

科学幻想故事有童恩正的《五万年以前的客人》，该作品运用了中国历史上关于天文方面知识的真实记载，联系儿童最感兴趣的火箭知识，用幻想编织了一个很新颖很有趣味的故事。叔昌、于止的《大鲸牧场》介绍了鲸鱼全身是宝的科学知识。此外，童恩正的《失去的记忆》、萧建亨的《奇异的机器狗》、王国忠的《神桥》等科幻小说，也是融科学性、思想性、趣味性为一体的好作品。

8. 儿童文学理论著作

中国少年儿童出版社和少年儿童出版社，为了交流儿童文学创作经验，探讨儿童文学创作问题，评论优秀的或者存在缺点的儿童文学作品，在1957年创刊了一本不定期的理论刊物——《儿童文学研究》。这是一本很有价值、影响很大的儿童文学理论研究刊物。1959年《儿童文学研究》第一辑正式出版。少年儿童出版社还于1962年出版了《1913—1949儿童文学论文选集》一书，收集了三十多年来儿童文学理论研究方面有代表性的文章约一百篇，为研究工作者提供了一份极为宝贵的资料。但是在“左”倾思潮的影响下，当时理论界对“童心论”和“主要写儿童论”等观点进行了错误的批判，否定了儿童文学的特殊性，同时对《三月雪》《一只想飞的猫》《“强盗”的女儿》等一些优秀的儿童文学作品进行了不切实际的围攻，片面地强调了儿童文学创作服从、服务于临时的、具体的、直接的政治任务。直到1961—1962年，在文艺政策有了一定的调整之后，理论研究才又走上健康的发展道路。这时，陈伯吹发表了《谈童话创作的艺术手法——拟人法》，贺宜写了《漫谈童话》、《童话的特征、要素及其他》（1961年）、《小百花园丁杂说》（1962年）等专论。蒋风、陈汝惠、鲁兵、钟子芒、何公超、宋成志等也都在儿童文学理论和评论工作方面做了不少工作。

第二节 “文化大革命”时期的儿童文学

1966年至1976年，即“文化大革命”10年，由于极左路线的影响，我国社会、经济、政治、文化等各个方面遭到空前的破坏。受“文化大革命”的影响，儿童文学创作曾经一度呈现出萎缩的状态。但是，少量优秀作品还是显示了我国儿童文学作家的革命责任心、文学良知以及创作上的巨大潜力。一些有责任感的作家，还是坚持现实主义的创作方法，写了一些好作品。其中特别值得一提的是《闪闪的红星》和《园丁之歌》这两部作品。

《闪闪的红星》是李心田写的中篇小说。小说通过红军后代潘冬子由一个天真、淳朴的儿童逐步成长为一个自觉的红军战士的历程，表现了革命根据地人民对人民军队的深厚感情，歌颂了他们在困难条件下同敌人顽强斗争的革命精神。小说虽然写于“文化大革命”中，但并没有把潘冬子塑造成一个“高大全”的“神童”，而是根据少年儿童的特点，把他放在战斗的环境和激烈的斗争中去经受各种锻炼，去表现他从幼稚到成熟的过程。该作品在主要人物潘冬子和次要人物革命长辈关系的处理上也比较确切，既突出了主要人物，又充分体现了革命长辈领路人的作用。作品故事曲折，情节生动，又富有浓郁的抒情性，在当时深受读者的欢迎。小说出版后，王愿坚、陆柱国把它改编成电影，搬上银幕，使潘冬子成了家喻户晓的儿童英雄形象。

湘剧《园丁之歌》（长沙市湘剧团改编，柳仲甫执笔）则是一出小戏，全剧只有四个角色，情节也不复杂。虽然仍受到“左”倾思潮的影响，但作品敢于突破“四人帮”的禁区，肯定人民教师的劳动和智育的地位，提出了“没有文化怎能把革命的重担来承担”这个尖锐的现实问题。全剧构思精巧，思想明快。

第三节 新时期的儿童文学

“文化大革命”结束后，我国经过拨乱反正进入改革开放时期，儿童文学在新形势下，在新的政治和社会环境下，得到空前的持续的大发展。

一、发展概况

从1976年粉碎“四人帮”到1978年党的十一届三中全会召开之前，这两年可以说是儿童文学的复苏期。由于这时粉碎“四人帮”还不久，长期以来的“左”倾思潮还未被彻底清除，儿童文学界在创作思想上和理论上的混乱状况还没有得到完全纠正，作家们还心有余悸，所以多数作品还带有“四人帮”时期“以阶级斗争为纲”和“三突出”等创作思想的浓重痕迹，缺乏儿童特点。

1978年10月，在江西庐山召开的全国少年儿童读物出版工作座谈会，旗帜鲜明地提出，儿童文学“应该具有少儿的特点”“应该富有知识性”“还应富有趣味性”“要提倡题材、体裁多样化”“要坚决贯彻‘百花齐放，百家争鸣’的方针……敢于创新，努力克服题材狭窄、样式单调的缺点”。会议还制定了一年内出版一千多种少年读物的具体规划。会议对迅速改变儿童文学的落后状况起到了促进作用。

1978年12月，党的十一届三中全会召开，彻底否定了“文化大革命”和长期以来“以阶级斗争为纲”的“左”倾指导思想，转而以经济建设为中心，全面推进改革开放。广大儿童文学工作者同样获得思想大解放，重新焕发出极大的创作热情，从而迎来了儿童文学百花争艳的良好局面，儿童文学进入新的繁荣期。

1986年5月6日至13日，中国作家协会与文化部少年儿童司在山东烟台召开全国儿童文学创作会议，集中有代表性的老、中、青作家近200人，讨论了儿童文学创作如何更好地反映我们的新时代，如何更好地遵循自身的艺术规律以及如何进一步提高儿童文学创作队伍的思想、业务素质等问题。6月14日，主席团第四次会议通过了《中国作家协会关于改进和加强少年儿童文学工作的决议》。

由于党和政府采取了一系列措施，营造了比较活跃、宽松、适合艺术创作的环境和气氛，儿童文学创作在内容和题材上均比过去有很大突破，艺术水准也有很大的提高，相比新中国成立后十七年时期的儿童文学，具有以下两个方面的特点：其一，不但老作家有新作问世，还形成了一支实力雄厚的中、青年儿童文学作家队伍；其二，作品涉及更深、更广的社会内容，试用更新、更多的艺术表现手段，无论在内容上还是在艺术上都表现出前所未有的探索勇气和探索成就。当然，相比成人文学创作，并且以三亿儿童对精神食粮的急迫需求来看，儿童文学的发展还是略显不足的。

从1978年至今，儿童文学的创作观念受益于思想解放和整个文学环境的改善，逐步从成人中心向儿童中心、从教育功能向审美功能转变。儿童文学创作观念的转变，使得儿童文学在艺术风格、题材和体裁、读者定位、价值功能等方面打破了单一的局面，形成“现实与幻想”“少年、儿童与幼儿”“通俗与艺术”“文学、绘画与动画”等多元并存的格局。儿童文学实绩之丰富、观念之驳杂、现象之多彩、影响之深远，远远胜过以往任何时期。仅2008年，少年儿童出版社推出的《改革开放三十年中国儿童文学》，就收录了一百四十余篇各种类型的儿童文学佳作，其中既有优秀的代表作，如曹文轩的《草房子》、秦文君的《男生贾里全传》，又有一些探索性的作品。2008年，新世纪出版社选择了改革开放后30位代表性作家及其作品，组成“改革开放30年中国儿童文学金品30部”，按作家作品分册出版，有张秋生的《狐狸是怎么变臭的》、郁秀的《花季·雨季》、曹文轩的《月白风清》、张之路的《男儿当自强》、孙云晓的《夏令营中的较量》等。

从2008年至2018年，中国儿童文学在作家、题材及文学样式上都收获了巨大成果。仅在2018年前10个月，就有大量中外儿童文学作品出版发行。如聚焦于青少年成长主题的小说《五头蒜》（常新港），表现患有轻度自闭症儿童爱心与成长的小说《走出“孤岛”》（陈华清），描述亲情和人与动物之缘的小说《黑木头》（赵丽宏），折射二胎家庭矛盾的绘本《凯撒有了小妹妹》（黄蓓佳文，颜青绘），融合游戏、现实与传说的小说《孤单的少校》（薛涛），关于友情、感恩和自我救赎的小说《金雨滴》（张之路），动物文学绘本《鄂温克的驼鹿》（黑鹤文，九儿绘），描述男孩成长的小说《男孩的雨》（彭学军），科学文艺《刘慈欣少儿科幻系列》，亲子阅读图书故事《你看到的不是我看到的》（李峥嵘、于光），描述父亲人生故事的小说《有的人》（庞余亮），以抗战为背景的寻宝小说《金葫芦》（金少凡），描写转学学生成长的小说《小不点的大象课》（庞余亮），抒发对大自然中动物和植物热爱之情的诗集《谁在一朵花里唱歌》（安武林），散文《顶碗少年》（赵丽宏），军事科普小说《我是一个兵》（八路，本名张福远），反映青春成长的小说《乌头花开》（张菱儿），以猫的视角反映儿童成长的故事《故宫猫：无论你是谁，都应该成为自己的王》（大明），绘本儿歌集《小老鼠又上灯台喽》（袁晓峰著，赵晓音绘），描写儿童成长道路上的矛盾、憧憬、喜乐忧愁的小说集《向上生长的糖》（彭学军），描写战争中英雄成长的长篇小说《黑仔星》（郝周），系列儿童文学绘本《米斗的大计划》（郑春华著，胡佳玥绘），长篇动物小说《疯狗浪》（曹文轩），儿童诗集《灯把黑夜烫了一个洞》（姜馨贺、姜二嫚），幽默童话绘本《带着太爷爷去相亲》（袁晓峰著，沈苑苑绘），描写解放前夕北平生活图景的儿童小说《正阳门下》（史雷），经典儿童诗集《中国经典童诗诵读100首》和《外国经典童诗诵读100首》（王宜振），表现民间工艺与儿童的小说《颜料坊的孩子》（荆凡）……其数量之大，质量之高，题材和体裁之广泛，足以证明中国儿童文学在进入21世纪后，发展迅猛，势不可挡。

进入21世纪后，儿童文学的发展出现了许多新变化。李东华发表在2017年11月16日《文学报》的文章《儿童文学的新变》指出有如下几个方面：

（1）对儿童心灵版图的新拓展。儿童文学克服都市化写作的倾向，不同地域、不同民族、不同境遇都得到生动饱满的书写：既有萧萍的成长记录体《沐阳上学记》等写城市孩子的，也有像曹文轩的中篇小说《蝙蝠香》、孟宪明的长篇小说《花儿与歌声》写农村留守儿童的，等等。

（2）对儿童与万物关系的新思考。在儿童文学作品中，植物和动物，甚至无生命的事物都可以与人处于同等地位，与人类交流。如曹文轩的《蜻蜓眼》、王立春的《蒲河小镇》，都有意将物而不是人当作主角，形成一种新的艺术效果和叙事策略。

（3）以单纯文体处理厚重题材的新尝试。这一时期出现了一些既能打动孩子又能感染成人的作品。一些儿童文学作家把笔下的人物放着在具体的时代和现实的生活土壤中，让他们的行动有生活细节的坚实支撑。如张之路的《吉祥时光》、黄蓓佳的《童眸》、殷健灵的《野芒坡》、梅子涵的散文集《绿光芒》、史雷的《将军胡同》、左昡的《纸飞机》等。

（4）对儿童文学的新探讨。越来越多的儿童文学作家努力创作出经典作品。如张炜的《寻找鱼王》、彭学军的《浮桥边的汤木》、麦子的《大熊女儿》、汤汤的童话《水妖喀喀莎》、郭姜燕的《布罗镇的邮递员》、胡永红的《我的银子在奔跑》等都是既有世界眼光又有本土生活经验的作品。

2016年4月4日在第53届意大利博洛尼亚国际童书展上，2016年国际安徒生奖正式揭晓，中国儿童文学作家曹文轩获得该奖项，这足以说明中国儿童文学在世界上已经达到前所未有的地位。自改革开放以来国家和社会十分重视儿童文学的发展，相继设立了专门奖励儿童文学创作的奖项，如1981年设立了陈伯吹儿童文学奖（2014年更名为“陈伯吹国际儿童文学奖”），1986年中国作家协会设立了全国优秀儿童文学奖，2015年曹文轩儿童文学艺术中心等设立了青铜葵花儿童小说奖等。这些奖项对推动中国儿童文学的发展起到了积极的作用。进入21世纪，中国儿童文学的创作和出版以量大类多的特点持续发展，至今势头不减。虽然中国儿童文学在质量上还有待提高，但它的发展是健康的、可喜的。

二、创作成就

1. 儿童诗

诗人臧克家的《植树和育人》，寄寓着老一辈对儿童的殷切期望。陈伯吹写了《“童心”颂》来歌颂儿童“爱学、爱问、爱钻研”的宝贵“童心”。柯岩在积极从事报告文学创作的同时，先后又创作了《陈景润叔叔的来信》《神奇的字》等受儿童欢迎的诗篇。任溶溶的《一个怪物和一个小学生》，鼓励小学生战胜困难，争取好的学习成绩，写得幽默、风趣，很能吸引小读者。属于同一题材的还有贺宜的《困难这么说》等。金波的《我的雪人》则是要唤起孩子心灵上的爱。新中国成立后出过多本诗集的圣野，也写了《秋姑姑》《冬爷爷》等新作。

鲁兵的《不知道和小问号》《下巴上的洞洞》等则是为低幼儿童创作的作品，诙谐有趣。同样以低幼儿童作为读者对象的还有金逸铭的《字典公公家里的争吵》

和罗丹的《兔子和乌龟第二次赛跑》，这两首诗都带有童话色彩。田地的《溶溶的故事》《奶奶万岁》散发出浓郁的儿童情趣。郑春华的《圆圆和圈圈》荣获第二届儿童文学园丁奖幼儿文学奖。张秋生的《我和星星打电话》、管用和的《小玲玲的诗》，表现形式各有特点。其他像刘饶民、张继楼、高帆、黄修纪等都写了不少好诗。

在改革开放后的儿童诗创作中，有两点需要特别指出：一是整个诗坛出现了一批才华横溢的青年诗人，他们有的还吸取了新的表现手法，把当代新诗的创作推向了一个新的阶段。这些诗作的出现，是提倡不同风格和流派自由竞赛的结果。二是在世纪之交，有一些少儿诗人脱颖而出。有的还在世界儿童诗歌比赛中获奖。刘倩倩的《你别问这是为什么》，田晓菲的《迎接美好的明天》《我爱坐火车》，刘希红的《我爱、我想》，韩晓征的《蝴蝶》，周石颖的《我生病的时候》，戴群的《我是一只幸福鸟》，安武林抒发对大自然中动物和植物的热爱的诗集《谁在一朵花里唱歌》，姜馨贺、姜二嫚的《灯把黑夜烫了一个洞》，谭旭东的儿童诗集《我只是一只小鸟》等都是范例。李少白的儿歌集《蒲公英嫁女儿》、孙玉虎的幼儿故事《其实我是一条鱼》等作品，代表了与这类创作中普遍存在的艺术矮化和幼稚化现象相对抗的文学实践。王立春的童诗集《梦的门》、巩孺萍的《打瞌睡的小孩》，在儿童诗的观念、情感、语言、意象等方面也有令人耳目一新的创造。

由于改革开放，中国台湾的儿童诗也被广泛地介绍到大陆来。台湾诗人最早写儿童诗的是杨唤，他早在1950年就写下了《春天在哪儿呀》《童话里的王国》《眼睛》《小纸船》等著名的儿童诗。1970年左右，黄基博在屏东县仙吉小学开始指导学生写诗，这时候，台湾才开始有了儿童自已写的儿童诗。1971年，一部分热心于儿童文学创作的教师作家，点燃了杨唤留下的火种，使中断了一二十年的儿童诗复燃起来。诗人林焕彰、舒兰、谢武彰、李冰、蓉子等积极参与创作，许多文化基金会设立儿童文学奖。这使优秀的儿童诗在台湾大量涌现。1988年，湖南文艺出版社出版《台湾儿童诗选》（上、下册），收了四百多首优秀作品，对台湾的儿童诗作了全面介绍。

2. 儿童小说

1977年，刘心武的小说《班主任》发表，第一次深刻地揭示了“四人帮”给青少年的心灵所造成的严重创伤，发出了“救救孩子”的呼声，产生了深远影响。由此，儿童小说摆脱了对儿童文学教育意义的狭隘、片面的理解，在主题和题材方面有了新的突破，开始了真正的复兴。

这个时期，一批20世纪50年代成长起来的中青年作家，成了创作队伍中的中坚力量，他们在儿童小说这块园地里结出了累累硕果。剧作家刘厚明主要写儿童小说，作品集有《红叶书签》《啊，我亲爱的大河马》等。他的《绿色钱包》《黑箭》都以工读学校为题材，其中《黑箭》曾获1981年中国作家协会全国优秀短篇小说奖。另有《阿城的龟》获《北京文学》1983年优秀文学作品奖，《鲤岛传奇》获

1984年北京市庆祝建国三十五周年优秀文学作品一等奖。中篇新作《小熊杜杜和它的主人》等也很受欢迎。任大星和任大霖是一对同胞兄弟，他们的儿童小说作品也较多。任大星的《三个铜板豆腐》《我的第一个先生》《大钉靴奇闻》，任大霖的《心中的百花》《爷爷和我过节日》《大仙的宅邸》《哥哥廿四，我十五》等，都是思想性和艺术性很强的作品。王路遥先后发表了《小撅枪》《破案记》《一个刀枪不入的孩子》等。他的中篇章回体小说《王冠的秘密》，情节曲折，主题深刻，发人深省。女作家杲向真在《酒井》《风雨中的小鹰》《枫叶红了的时候》等作品中塑造了低幼儿童活泼可爱的形象。邱勋有《雀儿妈妈和它的孩子》《三色圆珠笔》《NO! NO! NO!》等作品，内容均充满儿童情趣。刘心武除《班主任》外，又陆续发表了《看不见的朋友》《熄灭》《我可不怕十三岁》等作品。赵燕翼的《阿尔太·哈里》《在蓝色的原野上》等是描写少数民族生活的佳作。

这些年一批青年作家和业余作家异军突起。他们多数有丰富的生活积累，有的则是自己刚刚告别少年时代，所以对新一代儿童比较了解，作品能贴近儿童的心灵。他们给儿童文学事业带来新的希望。如罗辰生，业余从事创作多年，其中篇小说《花儿向她开》《一个非队员的故事》《没有歌声的春天》《小巷奇人传奇》，短篇小说《一张电影票》《吃拖拉机的故事》《白脖儿》《我的老师》等都比较成功。《吃拖拉机的故事》对儿童小说的形式作了新的探索，获得第二次全国少年儿童文艺创作评奖二等奖。获得该创作评奖二等奖的还有王安忆的《谁是未来的中队长》，作品饶有趣味地描写了某个班级在选举少先队中队长的过程中出现的一场风波。18岁就开始儿童文学创作的程玮，其中篇小说《来自异国的孩子》获得第三届儿童文学园丁奖中篇小说奖。她还写了《注意，从这里起飞》《See You》《白色的塔》《淡绿色的小草》等三十多篇短篇小说以及长篇小说《走向十八岁》。丁阿虎的《今夜月儿明》，以十分细腻的笔触描写了少女“朦胧爱情”的发生、发展以至解脱，在各界读者中引起了强烈的反响。梅子涵的《课堂》《走在路上》可谓是姐妹篇。他的小说不注重讲述故事，甚至说不上有什么情节，仅靠一条儿童感情和意识的流动线索串成，别具一格。沈石溪的《第七条猎狗》《牝狼》是扣人心弦的“动物小说”。其他如陈模的《丽丽的眼泪》、白冰的《眼睛》等，都以各自的特色丰富了新时期儿童小说的宝库。进入21世纪，又有一批儿童小说新作成为少年儿童的新宠，特别是一些儿童文学作家以系列小说形式进行的创作，赢得了孩子的欢心。儿童文学作家秦文君在写完《男生贾里》和《女生贾梅》后，于2007年年底推出了《小香咕新传》，该作品与《小香咕前传》和《小香咕后传》形成了“小香咕全传系列”。在《小香咕新传》中，读者不时能看到“生活的真相”。作品中的小香咕，是一个“手儿小小，心怀怯意，却能给世界温暖与真情的女孩”。这一少女形象丰满动人，成为新时期儿童小说的典型。由于秦文君创作实绩突出，她入围了2009年林格伦纪念奖初评名单。杨红樱的“淘气包马小跳系列”，反映小学生生活，塑造了一个淘气、聪明、乐于助人的顽童马小跳形象，并以商业运作的方式推向儿童，受到小学生的欢迎。尽管一些文坛和教育界人士对小说中的一些是非、道德观念以及价值取向持一定的非议，对这种运作方式也颇有争议，但杨红樱的小说确实是写给儿童看的，也为儿童所欢迎。这是值得关注的新现象。曹文轩的《草房子》《青铜葵花》《穿堂风》以不同身世和性格的儿童的成长经历和生活体验，带着激荡的情感，让人体悟人世沧桑和苦难。汤素兰的《阿莲》以“成长”“亲情”交叉视点拓展童年记忆的宽度。萧萍的《沐阳上学记》不仅反映了“00后”一代儿童的校园生活，更意味深长的是，成人在这里不再是全知全能，作品以诗、故事现场、妈妈日记“三维”形式来呈现原生态日常生活、孩子的心声和妈妈的心声，表现了两代人之间开放的、双向平等的交流姿态。

在21世纪第二个十年中，儿童小说的题材有了新的开掘，主要涉及：历史题材、动物题材、特殊儿童题材、少数民族题材、幻想题材和童年回忆题材等方面。

在港台，从事儿童小说创作的作家也不少。何紫是香港著名儿童文学作家，曾任香港儿童文艺协会会长。他的儿童小说有《别了，语文课》《洋娃娃的故事》《霞表姐》《老校工》等，都真实地反映了孩子眼睛中的香港社会，有着启迪孩子向上向善的健康主题，作品描写细腻，语言自然、流畅。台湾的儿童小说中较有影响的有黄春明的《鱼》、孟瑶的《梨园子弟》、宣建人的《孪生兄弟》、林明洁的《鞋子》、季季的《拾玉镯》、魏子云的《秋声赋》等，描写了台湾儿童的勤劳、友善或痛苦。这些作品，语言生动，故事性强，具有浓厚的生活气息和民族特色。

3. 童话

在粉碎“四人帮”后，童话创作解除了禁锢，出现了欣欣向荣的局面。

我国现实主义童话的奠基人叶圣陶，于1982年将写于1922年的童话《瞎子和聋子》重新修改，第一次公开发表。这篇童话从故事角度来看，近乎荒诞，但实际上是借荒诞的情节来反映悲惨、冷酷的人生，表达了作者深深的悲哀，含意深刻。1984年，叶圣陶发表初作于1922年的童话《富翁》和《小黄猫的恋爱故事》；1986年发表了《最有意义的生活》。老作家陈伯吹重新焕发了创作活力，创作了《禽兽国寻宝记》《骆驼寻宝记》《不啼“喔喔”的风信鸡》《山前山后好风光》《谁偷了村里的鸡》《小学生和机器人》等作品，在童话创作上有新的探索。贺宜在病中坚持写作，他的《鸡窝里飞出了金凤凰》《冬姑娘的礼物》《小小的小姑娘》《野猫学长寿》《爱唱歌的蟋蟀》的艺术构思都有独到之处，深受小读者的喜爱。严文井的童话《沼泽里的故事》《浮云》《南风的话》等，哲理性更为鲜明。金近发表了《爱训鸡的公鸡》《猫妈妈的担心》《造窝学校》《王子和毛驴》等作品，展现了他质朴无华的风格。包蕾的《黑与白》《牡丹花神》《买星星》也很有特色。女作家葛翠林出版了多本童话集，她的《翻跟头的小木偶》以绮丽的幻想、高度的夸张吸引了小读者。洪汛涛是一位有影响的童话作家，在这个时期先后发表了《慢慢来》《小蓬草的存在》《奇怪的医生》等作品，大多写得新奇、有趣。20世纪60年代初登上文坛的孙幼军，作品也很多，像《亭亭的童话》《萤火虫找朋友》《喇叭花小人儿》等，在众多的作品中，尤以《小贝流浪记》和《小狗的小房子》最受小读者的欢迎。冰子写了《猩猩理发店》《越打越响》《没有牙齿的大老虎》《弥陀佛生病》《彩色的梦》等作品，深受幼儿的欢迎。他的作品多次获奖。张秋生发表了《小松鼠和他的伙伴们》《兔子传令》等作品，并发表了《小巴掌童话》（含数十篇童话作品）。他的《九十九年烦恼和一年快乐》1986年获得第五届儿童文学园丁奖优秀作品奖（童话）。女作家黄衣青的《雪猫说“瞎话”》获《少年报》小百花奖。吴梦起的《老鼠看下棋》《蛐蛐儿坐飞机》《亚历山大不愿吃煎饼》也分别获奖。

在童话创作中郑渊洁的成绩十分突出。他从1979年开始创作童话，获奖作品有：《黑黑在诚实岛》《脏话收购站》《开直升机的小老鼠》《皮皮鲁全传》等。“皮皮鲁和鲁西西系列童话”“十二属相系列童话”是他童话创作中的重点工程。他的不少作品已被翻译成多国文字介绍到国外，皮皮鲁这一形象正走进各国小朋友的心中。周锐也是一位富有特色的作家，他的童话作品有《九重天》《白鸽子和红气球》《P P事变》《勇敢理发店》《把饭煮成米的锅子》等，曾荣获海峡两岸多项优秀作品奖。冰波从1979年开始创作儿童文学，他的童话《桃树下的小白兔》《窗下的树皮小屋》《蛋糕云》都曾获奖。他的作品意境优美，如诗似画。

进入21世纪后，一批新作不断涌现出来。如王一梅的《第十二只枯叶蝶》《有爱心的小蓝鸟》《书本里的蚂蚁》《鼹鼠的月亮河》等就受到儿童的广泛欢迎。童话故事《书本里的蚂蚁》以不俗的想象和诗意的表达，描写一只小蚂蚁无意中被夹在一本书中，从此，书中的字变成会走路的字，它打破了这本旧书的平静，这些字开始走来走去，使得主人小姑娘每天能够读到一篇新童话。这篇童话获得第五届全国优秀儿童文学奖，被广泛转载。郭姜燕的《布罗镇的邮递员》将阿洛设定为布罗镇的邮递员，讲述了15个故事，这些故事由阿洛送信这条线索串起来，每个故事想要表达的寓意和故事里的人物各不相同。故事滚动着往前走，一个故事套着一个故事，当所有的故事都讲完之后，中心人物阿洛的形象已经呼之欲出，非常鲜活了。《水妖喀喀莎》（汤汤）、《一千朵跳跃的花蕾》（周静）、《小女孩的名字》（吕丽娜）、《云狐和她的村庄》（翌平）、《魔法星星海》（萧袤）等作品，在看似几乎被开采殆尽的童话幻想世界里另辟蹊径，寻求艺术的突破。在《水妖喀喀莎》中，汤汤展示了精灵式幻想。《一千朵跳跃的花蕾》则向我们展示了一个年轻、丰饶、充满创造力的幻想灵魂。程玮的童话新作《啄木鸟叫三声》用了一种很特别的方式来讲故事：作者让小读者通过啄木鸟钟的魔法走进“格林童话”的古老世界，在生动的角色扮演中体验童话幻想的滋味。

香港和台湾作家也创作了大量的童话，如香港严吴婵霞的《奇异的种子》《姓邓的树》，何紫的《呢喃与悠扬》，李兰好的《猴子的难题》，东瑞的《瓷猪和胶猪》；台湾王昆尧的《麻雀与狐狸》，启程的《黑驴和狐狸》，林海兰的《有朋友作伙伴儿真好》，明哲的《桑树和蚕》，张彦勋的《失望的小蜘蛛》，曾妙容的《糊涂大侦探》，郑清文的《松鼠的尾巴》，罗枝土的《野猪的鼻子》等。这些作品都引起了文学界的注意。

4. 寓言

《青草、老鼠和桃子》简析及作者简介

新时期寓言创作也有一定的发展。严文井在创作童话的同时，还写了《习惯》《回声的结局》《浓烟和烟囱》《飞蛾和台灯》等寓言作品。在这些作品中，作家进一步作了有意义的探索，使篇幅短小的寓言具有更凝重的容量，于诙谐、幽默之中闪耀着发人深省的严肃哲理的光辉。如《习惯》借助于马和猪的对话，刻画了老骥伏枥、志在千里的骏马性格，歌颂了新时期奋斗不止的战斗者，也批判了贪图安逸、舒适的懒汉，读后令人回味无穷。其他的作品也显得丰富多彩：金近的《青草、老鼠和桃子》尖锐地讽刺了那些只想到自己的偏爱、不考虑别人的爱好的主观主义者；鲁兵的《青竹毛竹》嘲笑了教条主义者的错误；吕德华的《白猫和黑狗》形象地揭示了本位主义的危害；刘丙钧的《绿蚂蚁》以其饱满的思想容量，讽刺、批判了自我异化的倾向，刻画了一种心理变态者；刘厚明的《路灯》则从正面歌颂了平凡人的平凡劳动。此外，还有李瑞新的《枯叶与新枝》、马萧萧的《发生在寓言以后的故事》、金江的《圆明园的石柱》、孟伟哉的《花博士与赏花者》等。

5. 传记和散文

新时期传记文学和回忆性散文创作比过去有较大的发展。如张先翱的《铁肩担道义》，董仁威的《达尔文》，黄庆云的《刑场上的婚礼》，刘锬、宋方的《杨乐中学时代的故事》等，都是这方面的好作品。

在散文方面，年逾八旬的女作家冰心，从1978年至1980年，满怀热情，为孩子们写下了《三寄小读者》和《我的童年》等散文作品。这些文笔清新优美的散文，不仅令小读者爱读，也深深打动了大读者。秦牧的《吃动物》介绍了在吃的方面的各种风俗习惯，继续保持了他那种谈天说地、妙趣横生的特点。何为的《老师对我说》表达了他对少年时代老师的深深怀念。郭风的《雏菊和蒲公英》《松坊溪的冬天》等，抒发了孩子对乡土的热爱和对大自然的赞美，笔调细腻、清新，通篇洋溢着纯真无邪的儿童情趣，有着独特的抒情诗般的风格。青年作家陈丹燕的《中国少女》，通过两个不同时代的对照，突出了今天的中国少女开朗、坦率的性格，作品获中国作家协会优秀儿童文学作品奖等。1986年，陈丹燕创作了《请你牵着我的手》，作品以盲童夏令营为题材，以真诚、开放、细腻而充满温情的描写赢得了广大小读者甚至是大读者的喜爱。此外，还有王路遥的《叔叔，你为什么这样勇敢》、黎汝清的《春联琐记》、王愿坚的《灯光》、刘心武的《森林里跑出一只玻璃鹿》、张海迪的《鸿雁快快飞》等，这些作品显示了新时期散文的题材有了新的开拓。

6. 儿童戏剧文学

在粉碎“四人帮”后，曾出现过邵冲飞的《报童》、罗英的《奇怪的“101”》等优秀的儿童戏剧。在1980年上海《儿童时代》举办的儿童独幕剧征文和1982年文化部举办的全国儿童剧观摩演出中，出现了一批儿童戏剧佳作，如《半个队员》《“妙手”回春》《朱小彬》《喜哥》《宋庆龄和孩子们》《人参娃娃》《寒号鸟》等。其中任德耀的《宋庆龄和孩子们》是六场话剧。剧本通过宋庆龄在新中国成立前夕关怀、帮助流浪儿猫儿眼、陈大垛和儿童剧团的孩子们健康成长的故事，成功地塑造了革命领袖人物的艺术形象。齐铁雄的《寒号鸟》则是独幕京剧，批判了以怨报德、恩将仇报的寒号鸟。全剧情节离奇，充满童话色彩。这两个剧本都在1982年文化部组办的全国儿童剧观摩演出中得到过优秀创作奖。任德耀根据刘厚明的童话《魔鬼面壳》改编而成的儿童寓言剧《我一点也不快活》，集中描写了人性被粗暴地扭曲的悲剧，既有儿童情趣，又有思想深度。张之路的融写实与荒诞为一体的电影剧本《霹雳贝贝》很有可观性，又有时代气息。而吴景芳的《特殊夏令营》则以独生子女的生活为题材，体现了作家的开拓精神。

另外，像柯岩的《小熊拔牙》、包蕾的《小熊请客》也都是话剧，虽然剧情简单，但写得趣味盎然，受到幼儿的普遍欢迎。

7. 科学文艺

新时期科学文艺作品和读物的数量远远超过以往任何一个时期。无论在题材的多样化和广泛性方面，还是在作品的思想内容、科学内容和艺术性方面，科学文艺创作都取得了可喜的进步。

郑文光是在科学文艺创作上成果比较突出的一位作家。他先后发表了《飞向人马座》《鲨鱼侦察兵》《海豚之神》等三十多篇作品。其中中篇科幻小说《飞向人马座》想象离奇，具有丰富的科学知识，不失为中国科幻小说的杰作之一。

叶永烈也是一位勤奋的科普作家。他的作品数量之多，可以说是首屈一指的。在粉碎“四人帮”后，他出版了几十本著作。1978年修改出版的《小灵通漫游未来》是他的一部成功之作。作品通过“小灵通”漫游“未来市”，向小读者介绍了21世纪城市的现代化景象。另外，他写的《碧岛谍影》《神秘衣》，将科幻小说和惊险小说融为一体，很有特色。

此外，刘后一的《机器人与猿人》，童恩正的《珊瑚岛上的死光》《雪山魔笛》，鲁克的《“星野丸”之谜》，郑渊洁的《蓝色的牧场》，尤异的《神秘的信号》等，都是相当出色的作品。其他样式，如科学相声、科学小品等也取得了一定的成就。

进入21世纪后，科学文艺有了长足的发展，涌现出许多优秀的作品，在内容上和在形式上都有创新。如李丹莉的《小石头的梦想》，写的是一块叫阿磊的小石头的梦想和梦想终于实现的过程。时间跨度很大——经历过洪水的冲击，地震的灾祸，火山的喷发，千万年的自然变迁，以及被人类发现后的进一步锤炼和修理，阿磊终于脱去了一般石料的外衣，成就了做一块和田羊脂白玉的梦想。李丹莉在题材的开掘上，尽可能地结合自己最熟悉、最理解的科学对象，特别是新疆地区丰富的科普资源，选择其中最有科学认识价值的动植物和地矿资源作为作品的反映对象和题材，而且也是少年儿童最感兴趣、最容易理解的题材。同时，她还深刻注意到这些题材的地理渊源和历史变化，使其成为活跃的、有生命力的描写对象。

8. 儿童文学理论著作

党的十一届三中全会以后，儿童文学创作和理论上形形色色的“左”倾错误逐步得到澄清，儿童文学理论研究受到了一定的重视。除大量散见于报刊的创作论、作家论、作品论外，四川少年儿童出版社和湖南少年儿童出版社还分别出版了《儿童文学概论》，浙江少年儿童出版社也出版了《中国儿童文学史》《世界儿童文学史概述》等专著。

四川少年儿童出版社还翻译出版了日本学者上笙一郎的《儿童文学引论》。这些理论著作的出版，填补了我国儿童文学研究工作的空白。各地还陆续出版了一些其他儿童文学理论著作，如陈伯吹的《儿童文学简论（修订本）》和《“童心”与“童心论”》，鲁兵的《教育儿童的文学》，洪汛涛的《童话学》（1986年），杨实诚的《儿童文学美学》（1994年），刘绪源的《儿童文学的三大母题》（1995年），蒋风的《儿童文学原理》（1998年），方卫平的《儿童文学的当代思考》（1995年）、《中国儿童文学理论批评史》（2000年）、《中国儿童文学理论发展史》（2007年），吴其南的《中国童话发展史》（2007年），等等。此外，不少报刊都辟有儿童文学专栏，《文艺报》的“儿童文学评论”专栏就很有质量。这些对改变儿童文学理论研究的薄弱状况有一定意义。2015年，湖南少年儿童出版社出版了“世界儿童文学研究丛书”，其中有《中国儿童文学概论》（王泉根）、《英国儿童文学简史》（舒伟）、《法国儿童文学史论》（方卫平）、《美国儿童文学初探》（金燕玉）、《澳大利亚儿童文学导论》（何卫青）、《北欧儿童文学述略》（汤锐）、《日本儿童文学导论》（朱自强）、《俄罗斯儿童文学论谭》（韦苇）、《意大利儿童文学概述》（孙建江）、《德国儿童文学纵横》（吴其南）等。

改革开放后的40多年，大量外国儿童文学名著被译介到中国，成为中国儿童文学的有机构成部分。进入21世纪以后，由各出版社推出的外国儿童文学译丛的数量都有了大幅度增加。例如河北少年儿童出版社出版的“国际安徒生奖获奖作家书系”、新蕾出版社出版的“国际大奖小说系列”、二十一世纪出版社的“彩乌鸦”系列、人民文学出版社出版的“外国儿童文学获奖作家作品”丛书、译林出版社出版的“译林外国儿童文学名著”丛书等。除了这些综合性的儿童文学译丛外，一些国外知名作家的作品也陆续被成规模地系统翻译和引进，例如明天出版社出版的“世界奇幻文学大师精品系列”就包括罗尔德·达尔、托芙·扬松和特拉芙斯等儿童文学大师的作品集和埃里希·凯斯特纳作品精华；少年儿童出版社则先后出版了《宫泽贤治童话文集》、《安房直子幻想小说》；二十一世纪出版社出版了矢玉四郎的“晴天有时下猪”系列；中国少年儿童出版社出版了勒内·戈西尼和让-雅克·桑贝的《小淘气尼古拉的故事》以及波特的《彼得兔的故事》系列；等等。其中特别值得注意的作品有依列娜·法吉恩著、徐朴译的《万花筒》，涅斯特林格著、陈敏译的《人人都叫我捣蛋鬼》，瓦尔特·莫尔斯著、李士勋译的《蓝熊船长的13条半命》，艾伦·马歇尔著、黄源深等译的《我能跳过水洼》，E. B. 怀特著、任溶溶译的《夏洛的网》，勒内·戈西尼文和让-雅克·桑贝图、戴捷译的《小淘气尼古拉的故事1——小尼古拉》，莫妮克·弗利克斯著的《无字书》，矢玉四郎著、彭懿译的《晴天有时下猪》和《明天是猪日》，帕特里夏·赖特森著、丁浣译的《我是跑马场老板》，以及由多人联袂翻译的《哈利·波特》系列。这些儿童文学名著的出版，不仅丰富了我国儿童文学图书市场，也大大促进了我国儿童文学的健康发展。中国当代儿童文学历经70多年的发展，已经显示出了巨大的发展潜力和良好的势头，在改革开放的政治大气候中，年轻的中国儿童文学犹如它所服务的对象一样，正以其旺盛的生命力和蓬勃的朝气，准备跨入真正成熟的时期，迎接无比光辉灿烂的明天。

探究·实践

1. 选择某位跨越中国现代儿童文学发展史和当代儿童文学发展史的作家展开分析、评论，探讨其创作思想、选择题材的变化。
2. 如何评价改革开放后40多年的中国儿童文学成就和不足？

第三章　18 世纪及以前的外国儿童文学

【学习提示】

本章主要阐述 19 世纪前外国儿童文学发展的概况。学习时应掌握儿童文学是如何产生的，受到哪些因素的影响；熟悉掌握这段时期儿童文学发展的主要事件，代表性作家及其作品的题材、体裁和风格特点。

外国儿童文学的产生，与人文主义的提出、启蒙运动的发展、新兴阶级的崛起、妇女解放运动的展开、儿童教育和儿童心理科学的确立有着直接关系。大致说来，它是18世纪初的产物。有专家认为："19世纪以前的外国儿童文学，大体可分成两个时期：18世纪以前为儿童文学的史前期；18世纪为儿童文学的萌发期"。[①]

第一节 18世纪以前的外国儿童文学

在儿童文学发展的史前期，主要有两类为儿童所喜爱的儿童读物。

一类是流传在民间的人民口头创作。最原始的人民口头创作形式是神话和传说。这些神话、传说有着无比奇妙的幻想色彩，能启发人们的智慧，十分适合儿童的口味，为儿童文学提供了极其丰富的原始资料，也为儿童文学的形成和发展奠定了艺术形式的基础。

另一类则是描写儿童生活或冒险故事的成人小说。由于其中有适合儿童兴趣和需要的因素，为他们所喜闻乐见，因此常常被儿童当作精神食粮。这些作品在构思惊险的情节和运用幻想方面，都为儿童文学创作提供了宝贵的经验。

古希腊文学是欧洲文学的真正开端，在世界文学中成就特别高，其中的几百篇寓言故事，后来被统称为《伊索寓言》。这些故事曾被普遍用作教育儿童的文学性教材，所以有一种说法称《伊索寓言》为世界儿童文学创作的发端。

伊索寓言四则简析及作者简介

儿童乐于接受《伊索寓言》，主要由于它在艺术上有独到之处。寓言结构简单，一个小故事说明一个道理，并且一个故事就是一个简单明了的生活画面，高度概括而又形象地反映生活。另外，寓言大多是动物故事，这些故事出色地运用拟人、夸张和对比等手法，形象生动，语言也很幽默，能引起儿童的阅读兴趣。《伊索寓言》对17世纪法国著名寓言诗人让·德·拉封丹，以及18和19世纪之交的俄国寓言作家克雷洛夫等，都产生过很大影响。

古老的东方也是最早向世界贡献民间文学瑰宝的地区，拥有大批优秀的作家和作品。印度著名的寓言童话集《五卷书》被称为"世界儿童文学史上第一部童话书"。《五卷书》成书于公元2世纪到6世纪，从6世纪开始，先后被译成波斯语和阿拉伯语，10世纪以后传入欧洲。《五卷书》主要反映的是下层劳动人民的思想感情，具有强烈的人民性。书中的主要内容是讲弱者如何团结一致，利用智谋战胜强者；也有一些故事教人要有远见，有决心，勿骄傲，处事要审慎精细，要调查研究；等等。在形式上，《五卷书》采用大故事套小故事的结构，共计有78个故事。全书故事生动有趣，有传奇的幻想色彩，书中动物形象占大半，拟人手法得到充分

① 韦苇《世界儿童文学史概述》，浙江少年儿童出版社，1986。

运用，可读性很强。

伊拉克古典作家穆格发在7世纪将《五卷书》改编成《卡里来和笛木乃》，加入了一些新的内容，对文字也进行了一些修饰，使之更优美、隽永、风趣，以适合市民和儿童阅读。这部书可以说是最早的为儿童改写文学作品的成功范例。

8世纪中叶，阿拉伯帝国最后形成于阿拉伯半岛。阿拉伯民族固有的文化受到被征服民族文化的影响，又融合了古希腊文化和古印度文化的积极成分，创造了中世纪灿烂的阿拉伯新文化。正是在这样的历史条件下，《一千零一夜》问世了。这是阿拉伯人民贡献给世界儿童最早的一部故事集。《一千零一夜》也叫《阿拉伯之夜》，在我国又被译为《天方夜谭》。它包括大小故事260多个，形式多样，内容广泛：有揭露封建统治阶级和描写人民群众反抗斗争的，有描写婚姻恋爱的，有叙述经商和航海冒险的，有反映宗教问题的，有表现古代劳动人民智慧和道德教训的，还有不少神魔传说，等等。它的背景也十分广阔，涉及的人物上至帝王将相，下到奴婢乞丐，还有天仙、精灵和魔鬼，三教九流，无所不包。这些故事，以离奇多变的题材，浪漫主义的创作手法，丰富多样的艺术手段和浓郁的东方色彩，生动地描绘了一幅阿拉伯帝国社会生活的复杂画面，反映了人民的思想感情、生活方式、风土人情和社会制度。其中的著名篇章如《渔夫的故事》《阿里巴巴和四十大盗》《巴格达窃贼》等，已为世界儿童所津津乐道。

在中世纪，城市文学的兴起很值得重视。它是城市和市民阶层出现和繁荣以后的产物，也是反封建、反教会的政治斗争在文学上的反映。城市文学大多为民间创作，有强烈的现实性和乐观精神，描写市民生活或提出市民最关心的社会问题。它歌颂市民或农民的机智，反映了萌芽中的新兴资产阶级的精神特征。作为法国中世纪城市文学的代表作《列那狐传奇》，是法国人民献给世界儿童最美好的礼物。该故事产生于12世纪70年代到13世纪中叶，由27组故事诗构成，全诗长达三万余行。它是在法国民间的动物故事的基础上发展起来的，整个故事以狐狸列那为主角，而列那狐与伊桑格兰狼的斗争又为其中心线索。全书展现了一个绚丽多彩的动物世界，用以影射当时社会。对于主角列那狐，作者既刻画了它用智谋反强抗暴，战胜狮、狼、熊等权势阶层的一面，又讽刺、揶揄了它欺凌弱小，残害鸡、兔、羊和乌鸦等小动物的一面，实际上它是当时新兴市民阶级上层的代表。让儿童感兴趣的是，一只看起来温文尔雅的狐狸，肚子里却装满了狡黠、骗术和诡计，这是借助于生动的情节、丰富的细节和富于个性的形象来表达的。《列那狐传奇》流传甚广，影响深远，德、英、意等国都有译本和模仿作品问世。

进入16世纪中叶，随着城市的发达，西班牙出现了流浪汉小说。这种新的小说类型和中古城市文学关系密切，一般采用自传体形式反映现实社会生活。小说的主人公常是失业的游民，在封建主义和资本主义交替时代，靠个人机智谋求生存，抵抗压迫。他没有什么道德标准来指导自己的行动，往往以“玩世不恭”的态度抗议社会上的不公平现象。西班牙佚名作家的《小癞子》就是这一类小说的代表作。《小

《小癞子》简析

癞子》以一个流浪汉为主角，采用主人公自述身世的传记形式，展示了16世纪城市下层社会的众生相。围绕小癞子的流浪生涯，小说描写了社会上各个阶层的人物，以幽默俏皮的手法，大胆地讽刺了僧侣的欺骗、吝啬、贪婪、伪善，贵族的傲慢和空虚，揭露了当时西班牙社会的腐朽和破落。小说在艺术上也很有特色，它不是民间文学，却具有民间文学的色彩——故事有声有色，手法幽默、俏皮，讽刺大胆、泼辣，形象生动、鲜明，对主人公的心理描写充满着儿童稚气，生活气息浓厚。它对后世的儿童小说创作产生了巨大影响。

16世纪另一部儿童文学巨著《巨人传》由文艺复兴时期法国作家弗朗索瓦·拉伯雷（1493或1494—1553）所作。这部作品在外国（特别是欧洲），是又一部被列为儿童读物的成人文学作品。作品以民间故事为蓝本，描述巨人卡冈都亚（又译作高康大）和他的儿子庞大固埃的神奇事迹，尖锐讽刺封建制度，揭露社会黑暗，宣传人文主义者对于政治、教育、道德的各种主张，提出“做你愿做的事”的信条，反映了新兴资产阶级个性解放的要求。但对少年儿童来说，他们兴趣的重心却是那些离奇滑稽的描写。例如巨人卡冈都亚一生下来就大叫：“喝呀！喝呀!”一下子喝光一万七千多头奶牛的奶，做一件衬衫用布一万二千多尺，做一件皮夹克又用掉一千多张狗皮。这些高度夸张的手法，大大吸引了小读者，让他们享受到了奇趣之美。

塞万提斯（1547—1616）是西班牙文艺复兴时期的伟大现实主义作家。他的长篇小说《堂吉诃德》誉满全球，不但令成人爱不释手，而且使少年儿童读得入迷。小说描写了没落贵族堂吉诃德及其侍从桑丘·潘沙的“游侠史”。作品通过主人公一系列喜剧性的行侠故事，广泛描绘了16世纪末至17世纪初西班牙的现实生活，揭露封建王权和教会的黑暗腐败，抨击骑士制度和骑士文学，表现争取个性解放的人文主义思想，是一部现实主义的优秀作品。

拉封丹寓言三则简析及作者简介

欧洲文艺复兴之后到17世纪，首先在法国又流行一种古典主义的文艺思潮。《寓言诗》的作者让·德·拉封丹（1621—1695）就是法国古典主义的代表性作家之一。《寓言诗》共12部，239篇。这些诗篇描绘了17世纪法国社会生活的广阔画面，塑造了各个阶层的人物性格，分析了他们的心理活动。其中，有的对黑暗封建王朝进行了揭露，如《患瘟疫的野兽》等；有的对伪善的教会和僧侣进行了抨击，如《小公鸡、猫和小鼠》等；有的对下层人民的悲惨生活表示同情，如《死神和樵夫》等；有的赞颂了劳动者勤劳诚实的美德，如《樵夫和默居尔》等。拉封丹是描绘动物的能手，这些寓言诗中的动物，在他笔下绘声绘影，给人真实之感。寓言故事简短、集中、精炼，富有戏剧性，很适合儿童阅读。

17世纪末，法国文坛上还发生了一场“古代派”和“近代派”的大论战，发难者是夏尔·贝洛（1628—1703）。贝洛拥护新派，反对厚古薄今，反对封建王朝的正统观点，因而他借助民间童话，辛辣地讽刺了宫廷贵族们的阴险奸诈，歌颂了人民的聪明智慧和正直善良。其中最著名的有《小红帽》《穿靴子的猫》《灰姑娘》《小拇指》《林中睡美人》等。1697年，贝洛将其8篇散文童话和3篇童话诗汇集出版，这就是有名的童话集《鹅妈妈的故事》。

贝洛的童话基本保留了民间口头创作的情节，但作家在按照自己的意图复述时，把故事写成了一种新的文学样式，并在不少地方改变了原来的意思。因此，贝洛的童话虽然保留了民间传说的基本内容，但仍不失为有别于民间童话的新创作，即所谓“文学童话”。这些童话本不为儿童而作，但因为它采用的是童话形式，内容又是描写仙女、公主、王子、猫等儿童感兴趣的形象，所以能为儿童所接受。

17世纪捷克的人文主义教育家夸美纽斯（1592—1670）在儿童文学发展史上产生过重大的影响。夸美纽斯接受了文艺复兴时期人们对儿童的乐观主义观点，十分关心儿童，主张教育应从儿童抓起，为此他曾亲自为儿童编写了一本图文并茂的百科知识大全《世界图解》。在这本书的150篇短文中，有关于自然的知识，也有关于人类活动和社会生活等方面的知识。这部作品表明欧洲的有识之士已经开始用生动、形象、有趣的文学艺术手段来教育孩子了，在此后，《世界图解》一直是欧洲学校儿童必用的一部好教科书。许多人据此认为真正的、独立的儿童文学，便是自夸美纽斯开始的。

第二节 18 世纪的外国儿童文学

17—18世纪，欧洲发生了一场被称为“启蒙运动”的资产阶级思想文化运动。它是16世纪人文主义思潮在新的历史条件下的进一步发展，但比人文主义思潮具有更坚实的唯物主义的科学基础。启蒙运动十分注重自然科学的发展，将培养年轻一代成为有文化的劳动者的任务提到历史的议事日程上。而配合这一教育要求创作的儿童文学，也就应运而生了。启蒙运动最先发生在英国，而规模最大、影响最深的却是法国。儿童文学领域也是如此。法国作家让–雅克·卢梭（1712—1778）1762年出版的一部儿童传记体小说《爱弥儿》就足以说明这一点。

小说的主人公是贵族子弟爱弥儿，中心情节是他的成长。卢梭的教育思想是按照“自然法则”进行教育，使受教育者成为“社会的自然人”。他提供的教育环境是远离城市、接近自然的乡村。在教育方法上，他反对体罚儿童，也反对用空洞的、抽象的说教训诫儿童，主张用事实进行直观的教育。卢梭特别考虑到儿童年龄特点的“特殊性”。他的教育是严格按照儿童年龄特点去安排的。在卢梭这些思想的指导下，最终爱弥儿被培养成体魄健康、没有沾染“文明社会”恶习的，具有独立的意志，明辨是非，热爱自由、平等和正义的崭新的人。在世界文学里，以儿童为主人公的小说，这不是第一部，但它把儿童作为具有独立人格的人来描写，充分注意到儿童的年龄特点，描写儿童的生活、教育和成长，并且有明确的培养目标，在儿童文学史上具有首创意义。

18世纪还有一些富有想象和冒险精神的成人文学作品也受到儿童的喜爱。其中英国作家丹尼尔·笛福（1660—1731）的《鲁滨孙漂流记》就是一部能吸引儿童的成人文学作品。这是一部很有特色的描写航海冒险的幻想小说，塑造了鲁滨孙这样一个资产阶级上升时期具有冒险精神、进取精神的典型。他不安于现状，总是在行动。鲁滨孙的行为，表明资产阶级在上升时期征服世界的雄心。书中鲁滨孙的勇敢冒险精神、漂流生涯，以及对于航海、劳动和自然的细致描写，吸引了无数少年儿童。

英国另一位启蒙作家约拿旦·斯威夫特（1667—1745）的长篇讽刺小说《格列佛游记》，是又一部受少年儿童欢迎的成人文学作品。作品以主人公格列佛医生个人游记的形式，通过他数次航海遇险，漂流到几个幻想国家的遭遇和见闻，批判了贵族资产阶级统治的英国的现实，同时也表达了作者关于美好社会的理想，其中一些情节极易引起少年儿童的兴趣。为了适合少年儿童阅读，18世纪出现过多种《格列佛游记》节选本，大多取名为《小人国和大人国》。这部作品是两个多世纪以来最畅销的儿童文学读物。

18世纪后期，德国作家拉斯伯（1737—1794）、毕尔格（1747—1794）整理出版了《敏豪生奇游记》。这是一部讽刺吹牛说谎的滑稽故事书，特别受到少年儿童的欢迎。它收集了记录敏豪生37次奇遇的37篇小故事。这些荒唐的故事都是用“老实人”一本正经“说实话”的口吻讲述的，令人发笑，也让人领略到“自圆其说”的谎话中的幽默感，使作品具有闹剧性质。这种闹剧性的情节，不仅使少年儿童感到轻松愉快，而且可以发展少年儿童的幻想力，所以博得了世界上最广大少年儿童的欢颜和笑声。

19世纪前的外国儿童文学创作基本上处于自发阶段。虽然到了18世纪中期，西欧已出现了独立的儿童观，但有关儿童文学的理论并未普遍地成为指导实践的思想武器，创作依然处于零星的不自觉状态，许多作品只是在客观上被儿童所接受而由后人纳入儿童文学范畴。从总体来说，没有一个国家真正形成了儿童文学创作群体。这种状况到19世纪后才得以改变。

探究·实践

1. 为什么儿童文学最早产生于欧洲的英国、法国和德国？
2. 为什么《鲁滨孙漂流记》《格列佛游记》《敏豪生奇游记》等成人文学作品会演化为儿童乐于接受的文学作品？

第四章　19 世纪的外国儿童文学

【学习提示】

本章阐述了 19 世纪世界儿童文学发展的概况。学习时应重点掌握这一世纪影响儿童文学发展的重要事件、主要特点，掌握各国代表性作家及其作品的题材、体裁和风格特点。

进入19世纪之后，西欧的哲学、社会科学空前繁荣，各种社会思潮都形成了自己的思想体系，并且直接影响文学创作，进而促成了多种文学运动和文学流派的形成及发展。大批哲学家、思想家、文学家对儿童的教育问题给予极大的关注，并从理论上论述了儿童文学与儿童教育的关系。理论的廓清推进了创作的发展，这一时期的儿童文学堪称进入了自立门户、长足进步的辉煌时期。由于世界各国都开始走出封建闭塞的中世纪，儿童文学创作浩如烟海，我们只能尽量择其要者作简要的阐述。

第一节 19 世纪外国儿童文学的发展特点

19世纪初期，以康德、谢林为代表的德国古典唯心主义哲学的流行，以法国圣西门、傅立叶和英国欧文为代表的空想社会主义的影响，使浪漫主义文学一度在包括欧美以及俄国在内的大片地区风靡一时。而黑格尔的辩证法、费尔巴哈的人本唯物论，又成了批判现实主义文学的哲学基础和思想基础。德国的赫尔巴特（1776—1841）明确提出了应注意利用文学作品对儿童进行审美教育；第斯多惠（1790—1866）认为儿童精神的主动性表现在自由幻想上，这为儿童文学作品的思想性确立了理论依据；而俄国的著名教育家乌申斯基（1824—1870）不但从理论上研究了儿童文学的发展历史、与民间文学的关系、与成人文学的区别等，而且还亲自动手，编写、创作了不少富有童趣的童话故事。

19世纪是世界儿童文学摆脱幼稚状态和自发状态，从萌芽期走向成熟期的重要时期。这一时期的主要特征如下。

一、儿童文学已成为文学中的一个独立门类，不再依附成人文学

19世纪前的儿童文学，尽管也有由独立的儿童观指导、专为儿童而作的作品，但为数极少，而且大部分尚处于儿童读物阶段，文学因素不多。正因为如此，19世纪前的儿童文学，即使到了18世纪末，都未能摆脱依附成人文学的附庸地位，没有真正地从文学中独立出来。只有到了19世纪，由于儿童教育学和儿童心理学的飞速发展，也由于生产力的解放造就了文学解放的物质基础，儿童文学才以其自成体系的理论，在此理论指导下空前繁荣的创作，以及雄厚的专事儿童文学创作的力量，形成了独立的社会科学门类，显示了自身的成熟。

二、涌现出一大批优秀的儿童文学作家，其中有的以其文学业绩而成为举世公认的儿童文学巨匠

19世纪因为儿童文学创作的业绩而被载入史册的作家，有丹麦的安徒生、德国的格林兄弟和霍夫曼、俄国的克雷洛夫、英国的查理·金斯莱、捷克的聂姆佐娃、法国的儒勒·凡尔纳、意大利的卡洛·科洛迪和亚米契斯、古巴的何塞·马蒂等。

还有一大批在成人文学领域内颇有建树的大文豪，出于对下一代的关心而涉足儿童文学，同样也以其佳作补充了儿童文学的宝库，成为两栖于成人文学及儿童文学领地的艺术巨匠，如俄国的普希金、列夫·托尔斯泰和契诃夫，英国的狄更斯和王尔德，法国的莫泊桑、都德、雨果，美国的马克·吐温和杰克·伦敦，等等。这样一支庞大的、实力雄厚的儿童文学创作队伍，在世界儿童文学史上是史无前例的，这无疑标志着儿童文学至19世纪已完全成熟。

三、空前繁荣的儿童文学创作，促使儿童文学多种体裁得以形成和确立

19世纪是儿童文学的多种体裁最终形成并且确立各自基本艺术特征的时期。几乎每一种沿袭至今的儿童文学体裁，诸如儿童诗、童话、寓言、儿童故事、儿童小说、儿童散文、科幻作品等，都是因19世纪诞生了自身的经典作家和经典作品，方才显示出其自成一格的个性鲜明的文学特征，把自己与其他文学体裁区别开来了。自19世纪后，人们再不会将以克雷洛夫作品为代表的寓言与以安徒生作品为典范的童话混为一谈，也不可能将经过托尔斯泰整理而成的俄罗斯民间故事与契诃夫笔下的儿童小说视作同一体裁。科幻小说在19世纪异军突起，先有法国的凡尔纳，后有英国的威尔斯，他们的作品充分显示出了这一崭新体裁有别于其他体裁的艺术特征，使儿童文学的园地上又增添了一朵奇葩。如果说，摆脱了对成人文学的依附关系而显示出了自身的独立性，还只是这一时期儿童文学已经成熟的外部标志的话，那么它的成熟的内部标志，则是体现在它自身的质的变化上。这质的变化，便是作家群的形成，佳作迭出，以及由儿童文学的繁荣而促成的各种体裁的最终形成。

第二节　19 世纪外国儿童文学的创作

为阐述的方便，我们在本章和下一章对19世纪和20世纪的外国儿童文学创作，按地区和国别择其要者逐一介绍。

一、北欧

在19世纪的北欧，成人文学除挪威的戏剧家易卜生之外，几乎没有出现过足以引起世界性轰动效应的作家。然而，北欧的儿童文学创作，却因丹麦的安徒生及其堪称童话范本的作品，而在整个欧洲处于领先地位。

安徒生（1805—1875），本名汉斯·克利斯蒂安·安徒生，父亲是鞋匠，母亲是佣人。安徒生很小时就不得不中断学业，充当学徒、杂役工，后又为谋生离开家乡，到丹麦首都哥本哈根的皇家剧院干杂务。1828年，在一些赏识他的才气和勤奋好学精神的艺术家的帮助下，23岁的他进入哥本哈根大学学习。在此之前，他已开始文学创作，但主要是写诗和剧本。

19世纪30年代初，安徒生开始到国外旅行，其间创作了长篇小说《即兴诗人》，受到批评界的赞赏，但安徒生还是下决心为“争取未来的一代”而写作。他选定了童话这一样式，认为“这才是不朽的工作”。1835年，他出版了第一个童话集《讲给孩子们听的故事》。之后，他几乎每年都奉献给孩子们一本童话，直至逝世，一生共计创作童话168篇。安徒生的童话有的取材于民间传说，如《野天鹅》《皇帝的新装》；有的以自己的生活经历为基本素材，如《丑小鸭》《她是一个废物》；有的则直接取材于现实生活，如《卖火柴的小女孩》等。安徒生的童话无论从何处撷取题材，都具有强烈的现实针对性。它们一方面能张开幻想的翅膀，将孩子们带进神奇、美丽的童话世界，另一方面又是深深地扎根于现实的土壤之中，结出了饱含生活浆汁的果实的一株株大树，足以让孩子们品尝生活中的甜酸苦辣。名篇《丑小鸭》就是一个实例。作品中丑小鸭的坎坷经历，它在流浪途中与母鸭、老猫们的交往，它在度过严冬终于迎来春天后从丑小鸭变为高贵的白天鹅的美妙结局，无不显示出神奇的幻想色彩。然而，作品所描绘的冷淡肃杀的环境，自私势利的人际关系，又完全是现实社会的折射，而丑小鸭的经历，则更是安徒生贫困的童年和在生活道路上苦苦挣扎的经历的再现。对一切身处逆境仍保持高尚品格的人来说，丑小鸭的性格是具有相当的代表性的。至于脍炙人口的《海的女儿》，其一幅幅由天上、人间、海底、仙境组成的色彩斑斓、奇特神秘的幻想画面，与作者及现实社会中人们对真、善、美的执着追求完美地交融在一起，更是让一代代读者为之感动。

把幻想与现实结合起来，即将现实生活引入童话创作，是安徒生童话的第一个特点。但在具体做法上，安徒生又是因其始终怀着对儿童的一颗爱心而极其慎重的。即使是在悲剧色彩最浓的《卖火柴的小女孩》中，安徒生也是以梦幻的形式让这个孤苦无助的女孩子见到了爱她的祖母，灵魂飞向了“没有寒冷，也没有饥饿，也没有忧愁的地方去了”。对于现实生活中种种黑暗势力的暴露，安徒生又大多采用揶揄、嘲笑的态度，以讽刺手法将其愚蠢可笑、不合情理的实质显示出来给大家看，使读者在忍俊不禁之中认识黑暗、鄙视黑暗并进而反对黑暗。《皇帝的新装》《豌豆公主》《小克劳斯和大克劳斯》等作品都可以说明这一点。

安徒生童话的第二个特点是浓郁的抒情色彩与深邃的哲理思考融和统一。安徒生曾经是个诗人，他认为童话也是“天真的诗”，对他来说，“它代表了一切种类的诗”。许多评论家认为，安徒生童话无论在构思上还是在描述上都充分体现出来的浓郁的诗情，这正是他有别于其他童话大家最显著的个性特点。相比贝洛，安徒生更自觉地为儿童创作，因而作品显示出更明确、更深沉的对儿童的爱；相比格林，安徒生虽然也从传统的民间文学中汲取营养，但却不囿于整理和改写，而是驾驭着自己的创作之舟，将童话引向更开阔的层面，融注进更多自身的感情和生活体验，使作品在蕴含人生哲理的同时，浸透了只属于他自己的特异的感情色彩；相比豪夫，他又在如何使现实与幻想、冷静的思考与热烈的抒情、深刻的哲理与鲜明生动的形象互相交融、浑然一体上，表现出了棋高一着的艺术才能。我们读安徒生的童话，不但可以领会到他对生活的深沉的思索，在理念上得到启示，而且始终能被他真挚的爱或憎感动，在情感上产生共鸣，这便是安徒生童话独有的魅力。《海的女儿》《小意达的花儿》《夜莺》《母亲的故事》《野天鹅》都是实例。

在论及这一特点时，有一点必须着重指出，安徒生童话中的哲理性的抒情并不是依靠作者的若干议论和感慨粘贴上去的色块，而是深深地蕴含在作品所展现出来的形象的画面之中，渗透在引人入胜的情节、神秘有趣的人物、奇丽多变的环境之内的。泰戈尔说："安徒生的文字美丽而富有诗趣。他有一种不可测的魔力，能把我们从烦忧的人世间带到美丽和平的花的世界、虫的世界、人生世界里去；能使我们忘了一切艰苦的境遇，随着他走进有静的方池的绿水、有美的挂在黄昏的天空的雨后弧虹等等的天国里去。"（泰戈尔《新月集・译者自序》）这种能造成审美主体与审美对象间发生强烈共振的"魔力"，主要就是由其浓郁的诗意和深邃哲理融合统一引起的。

安徒生童话的第三个特点是高尚、严肃的道德题旨与宽柔、含蓄的幽默讽刺和谐统一。安徒生是一个明确宣称要"争取未来的一代"的作家，他对儿童负有自觉的、高度的使命感和责任感。他的作品具有高尚、严肃的道德题旨，努力将孩子们引向真、善、美的境界，用他自己的话来说，就是将孩子们带到"天国的花园"里去。在安徒生的童话里，作者的爱与憎是一目了然的：正面主人公身上大多具有善良、勇敢、博爱、多情、坚强、无私等高贵品质，作者通过故事情节的展开告诉读者，自己爱他们，也希望所有的人都去爱他们；而反面人物或自私，或阴毒，或虚伪，或愚蠢，作者通过对他们的恶行丑事的描写明确表示，自己恨他们，鄙视他们，也希望孩子们看清他们，唾弃他们，不要做这样一类人。安徒生童话中高尚、严肃的道德题旨还表现在他虽然描述人间的不平，但总给孩子们光明的希望（如《卖火柴的小女孩》）；他的童话并不粉饰太平，有不少结局悲惨，不是大团圆，但却因主人公灵魂的升华和道德力量的胜利而使人奋发向上（如《海的女儿》）；他常常将世上假、丑、恶的东西撕开来给人看，但从不追求感官刺激，展示令人作呕的事物，以过分偏激来表现自己的清高（如《皇帝的新衣》《豌豆公主》）；在描绘善与恶、美与丑的对立和斗争时，他更倾向于让真、善、美凭借自身的力量来求得自我的完善，对你死我活的搏斗过程则淡而化之，不过细地形诸笔端（如《野天鹅》《丑小鸭》）。正因为如此，有的评论家认为，安徒生的作品表现出一种"温暖的人道主义"，他正是凭借了温暖的人道主义来表现他那高尚、严肃的道德主旨的。

作为一个优秀的童话艺术大师，安徒生从不在自己的作品中扮演道德训诫师的角色。他常常以北欧人所特有的宽柔、稳健、含蓄的幽默，使作品带上轻松活泼的诙谐色彩，将严肃、高尚的道德题旨通过一个个喜剧场面自然而然地表现出来。只是到了他的晚年，出于对黑暗现实的不满和失望，他的作品才显现出了冷峻、悲苦、激愤的色调，早期幽默的明朗乐观风格，被"含泪的笑"替代了。

安徒生的童话创作不但为他，为丹麦，也为北欧赢得了世界文坛所公认的声誉。文学童话作为一种样式在安徒生那里不但牢固地确立了自己的地位，而且达到了一个高峰，显示出了强大的艺术魅力。在文学观念上，他确立的人道的、积极的、乐观向上的主题思想才是属于儿童文学的。他的作品被译成世界各国文字，几乎没有一个国家没有他的书。安徒生逝世后，他的故乡奥登塞市矗立起他的铜像；首都哥本哈根的郎格宁海滨公园内还有一座雕像《海的女儿》。人们永远纪念这位将毕生精力和全部才能献给了下一代的艺术大师。

二、西欧

19世纪西欧的资本主义大发展，促使文学取得了长足的进步，涌现出了一大批成就斐然的著名作家，其中有不少或自觉地涉足儿童文学领域，或因其作品取材于少年儿童生活而受到少年儿童读者的欢迎。西欧的儿童文学在19世纪也同样进入了成熟期。

1. 英国

19世纪的英国儿童文学显现出空前繁荣的景象，无论是童话还是儿童小说，都涌现出了一批优秀的作家，他们主要是：

查理·金斯莱（1819—1875），代表作是中篇童话《水孩子》。作品描写了一个扫烟囱的苦孩子失足落水后，在水仙女的帮助下增长了见识，洗净了自己心灵上的污垢，成为一个道德高尚的正直君子。该作品故事情节一波三折，场面描绘富有诗意，笔调轻快、自然，而且因为涉及很多水中动物的知识而带有科学幻想的色彩。缺点是内中掺杂了不少宗教说教，还有若干与题旨无关的多余描写，因而有些国家在翻译出版时有所删节。

刘易斯·卡罗尔（1832—1898），本名查尔斯·路特维奇·道奇森，是一位数学家，著有不少数学专著，只是在发表《爱丽丝漫游奇境记》时才用了刘易斯·卡罗尔这一笔名。《爱丽丝漫游奇境记》作为一部长篇童话，内容丰富，情节曲折，幻想奇特，主人公形象鲜明、突出，因其可读性强而在英国甚至世界各地拥有大量的读者，其中也包括大批成人读者。作品采用的虽是梦幻形式，以爱丽丝酣睡一梦引出故事，但在作品中出现的环境、场面、各类人物，几乎无一不是英国当时现实生活中相应事物的缩影。作品透过荒诞形式讽刺了当时的英国统治者，具有强烈的批判精神。《爱丽丝漫游奇境记》中的爱丽丝是以作者童年时代的一位小女伴为蓝本的。在创造这一艺术形象时，作者始终没有忘掉这是一个活泼的儿童形象，以大量生动、逼真的细节来表现她的童心童真，使整部作品充满了童趣，并由此博得了广大少年儿童读者的青睐。据统计，自《爱丽丝漫游奇境记》于1865年夏正式出版至今，已先后被译成五十多种文字，流传到了全世界。

奥斯卡·王尔德（1854—1900），英国唯美主义的代表性作家之一，除写童话外，还创作了诗歌、小说、戏剧和文艺专论。他著有两本童话集——《快乐王子集》和《石榴之家》，其中虽有一部分篇目在内容上或技巧上都不易为儿童所接受

（爱情主题及唯美主义的表现手段），但大部分都因其美丽的幻想、精巧的构思、深邃的内涵、浓烈的抒情色彩以及典雅优美的文辞而成为世界童话宝库中的精品。代表作是《快乐王子》，这篇悲剧意味很浓的童话比较集中地表现了他对世界的认识，以及在他看来比较理想的寻求出路的途径。在作品中，王尔德赋予主人公以他认为的最高尚的品格——自我牺牲的利他主义，通过描写王子一步步献出剑柄上的红宝石、身上的金片，以及嵌镶在双眼的蓝宝石，变得“愈来愈难看，愈来愈暗淡”的过程，使主人公的精神美一步步凸现出来，最后升华到最高境界。作品中的另一个形象小燕子，纯真、活泼、热情、善良，更多地带有孩童的特征，它在快乐王子自我牺牲精神的感召下，成为替不幸人们带来快乐的使者，最后的死去也同样带有悲壮美。王尔德的童话熔优美的诗情画意，严密精致的选材、组材和尖锐辛辣的讽刺艺术于一炉，其遣词造句既活泼又规范，因此常被用作学习英语的教材。

罗伯特·路易斯·斯蒂文森（1850—1894)，英国天才文学家，在戏剧、小说、诗歌、寓言、杂文和文学批评方面都表现了才能，其儿童文学创作因成绩卓著而被视为典范，代表作是长篇小说《荒岛探宝记》（又译《金银岛》)、《黑箭》和儿童诗集《一个孩子的诗园》。《荒岛探宝记》是一部冒险小说，全书以接二连三的悬念组织起一个又一个谜团，吸引着读者手不释卷地读下去，创造出了可读性极强的艺术效果。《黑箭》接近中国的武侠小说，主要讲述了一群绿林好汉帮助正派人理查德战胜坏蛋丹尼尔的故事，同样一波三折、引人入胜。斯蒂文森的小说采用的是比较典型的传统手法，讲究故事的衔接转换、前呼后应，注意描写人物的语言、动作及人际关系，而很少将笔触伸进人物的内心世界。但是他的儿童诗，却以其敏锐地捕捉并能细致入微地描绘孩子的特殊心理而见长。以《夏天在床上》为例，诗中儿童贪玩而不愿上床睡觉的心态被描绘得活灵活现。他的诗很早就被译介到了世界各国。

狄更斯（1812—1870），英国著名小说家，19世纪英国批判现实主义创作的代表性作家，一生著作甚丰，其中不少作品是以少年儿童生活为题材的，其代表作主要有《雾都孤儿》（原名《奥列弗·特威斯特》)、《大卫·科波菲尔》和《尼古拉斯·尼克尔贝》等。《雾都孤儿》以一名私生子的悲惨遭遇为线索，展示了英国下层人民的痛苦生活，揭露了当时所谓的慈善教育机构“贫民习艺所”虐待儿童的罪恶，具有很强的批判性。《大卫·科波菲尔》是一部近于自传体的小说，也是叙写孤儿的悲惨命运的，只是更加明确地揭示了社会的阶级对立。《尼古拉斯·尼克尔贝》，将批判的矛头更加集中地指向当时的教育制度，指出建立在牟利基础上的学校教育实际上是在不断地摧残孩子“心中的伟大良善和温柔的感情”，发出了以高尚合理的教育促进社会改造的呼吁。

除了上述几位成绩卓著的作家之外，马因·里德（1818—1883）以其包含丰厚科学知识的历险小说在少年儿童读者中博得了很高的声望，其作品有《林中猎人》《在非洲密林中》《少年猎手》《追捕长颈鹿的猎手们》等。而玛丽·兰姆（1764—

1847）和查尔斯·兰姆（1775—1834）姐弟俩将莎士比亚戏剧改写成《莎士比亚戏剧故事集》的业绩，也被誉为在有待文学启蒙的少年儿童读者与莎士比亚戏剧这座宝山间架设了一条缆索。

继狄更斯之后，英国文坛出现了一大批以流浪贫儿为主人公的作品，其中格林伍德（1833—1929）的《流浪儿》属于佼佼者。该小说在主题的挖掘上比其他同类作品棋高一着，作者以艺术形象告诉人们，将孩子们诱入歧途、走向犯罪的根源，是无家可归的生活和无休止的流浪，不挖除社会的"脓疮"，孩子们就不可能摆脱厄运，真正自救和自拔。而曾任南非殖民地总督的哈格德（1856—1925），则以其专事描绘异域风情的历险文学引起了文坛的注目，其代表作是《所罗门王的宝藏》。在这一时期英国众多的成人文学作品中，柯南·道尔（189—1930）的侦探小说颇受少年儿童读者的青睐。《福尔摩斯探案集》中的"福尔摩斯"这一艺术形象，成了出色侦探的代名词。吉卜林（1865—1936）的作品被认为是儿童读物中的经典著作，代表作有《基姆》《丛林之书》《丛林之书续编》。吉卜林凭借《基姆》获得1907年诺贝尔文学奖。

2. 法国

19世纪批判现实主义文学的发源地法国，拥有司汤达、雨果、巴尔扎克、福楼拜、莫泊桑这样的文学巨匠和一大批成绩卓著的作家，他们中不少人同时也著有儿童文学作品，其中有的作品成了儿童文学领域的传世名作。法国19世纪的儿童文学创作，主要依靠儿童小说争得了世界声誉。大文豪雨果（1802—1885）在他的杰作《悲惨世界》中，先为一位孤苦无依的幼女设立了一章"珂赛特"，后又为流浪儿加夫罗希塑像，令人信服地展现了他从一个在垃圾堆里讨生活的流浪儿成长为民主小战士的过程，使这一部文学巨著中的很大一部分内容成为儿童文学宝库中的珍品。都德（1840—1897），不但有堪称儿童短篇小说范本的《最后一课》，还有两部带有自传性质的长篇小说《小东西》《约克》。他的作品充满激情，擅长从儿童的眼光出发描绘世界和展示儿童自己的内心世界，文笔轻快、灵活而又细腻，富有谐趣。《最后一课》的爱国主义主题一直激励着世界各国儿童，而撼动人心的力量又与生气勃勃、令人发噱的童趣完美地结合到一起，为儿童文学作品如何将主题表现得易为儿童所接受提供了可资借鉴的经验。

《西蒙的爸爸》简析及作者简介

莫泊桑（1850—1893），作为19世纪法国最负盛名的中、短篇小说家，也有大量可称为儿童文学作品的短篇小说，其中包括名篇《西蒙的爸爸》《我的叔叔于勒》等。与都德不同的是，莫泊桑的作品并不将笔力集中于刻画少年儿童的内心世界。即使他的主人公是孩子，叙述的角度也是孩子，作品的侧重点仍是反映世态众生相，揭露社会的不平不公或丑习陋俗，或者歌颂普通人民的高尚品格和美好情操。正因为如此，有些评论家不将莫泊桑以少年儿童生活为题材的作品归入儿童文学之列，但更多的后人因莫泊桑作品中塑造了栩栩如生的儿童形象，准确生动地表现了儿童观察世界的特殊方式及由此引发的特殊心态，以及作品发表后在少年儿童读者中引起的巨大反响，认定这些作品不失为优秀的儿童文学作品。

19世纪的法国，还有一位因为儿童写作而成名的小说家马洛（1830—1907）。他一生写过60部小说，其中只有三部儿童小说，但恰恰正是这三部作品使他跻身世界文化名人之林。这三部作品是《没有家的孩子》《罗曼·卡尔勃里历险记》《一家团圆》，其中《没有家的孩子》最有代表性。小说叙述了一个弃儿的坎坷经历，情节波澜起伏，扣人心弦，涉及的社会生活面甚广，又有相当重的幽默色彩，很受小读者的欢迎。

在19世纪法国的儿童文学百花园中，有一朵奇葩是值得注意的，那就是迅速崛起的科幻小说。儒勒·凡尔纳（1828—1905）的创作可称为科幻文学的滥觞。他的第一部作品是《气球上的五星期》，曾屡遭退稿，险些被他扔进火炉焚毁。凡尔纳自1862年成名后，连续进行了40年之久的创作，全部科幻小说的总名为《异域漫游录》。其中最出色的适合少年儿童阅读的是《格兰特船长的儿女》《海底两万里》《一个十五岁的船长》《神秘岛》《哈特拉斯船长历险记》。凡尔纳的科幻小说想象丰富，视野开阔，涉及大量科学知识，而且还表现出对资本主义殖民政策的强烈批判精神和民主主义立场，给后世留下了深远的影响。继他之后，英国的威尔斯（1866—1946）也成功地写就了大批科幻小说，代表作有《时间机器》《隐身人》《星际战争》等。比凡尔纳更进一步的是，由于科技的迅猛发展，威尔斯的作品包容了更多的科学知识，诸如光学、电磁学、天体学、细菌学、古生物学等。

三、中、南欧

1. 德国

19世纪的德国，出现了一批富有才华的具有世界影响的童话作家，他们是霍夫曼、格林兄弟、豪夫。

霍夫曼（1776—1822），德国浪漫主义作家，两栖于成人文学和儿童文学领域。他对童话创作有自己的见解：“要让童话故事打动孩子，鼓励孩子，光靠荒诞和古怪是不行的，还得在童话中蕴含某种对生活的理解，并以此作为童话深刻的思想内涵。”（霍夫曼《勃兰比尔公主·序》）他的作品是对自己理论的实践，无论是历史题材还是现实题材，都有相当尖锐的现实针对性，讽刺意味很强，代表作即童话集《谢拉皮翁兄弟》中的《小查尔斯》。这篇童话叙述了一个又丑又蠢又自私的畸形儿查尔斯的故事。他在得到三根金魔发后，能将世间一切美好的东西都占为己有，因此很快就显得聪明可爱、才华横溢，以至于青云直上，当上了宰相。但一当他被拔去了金魔发，马上就恢复了丑八怪的原形，最后淹死在尿盆里。这个童话显然很有针对性，在军阀混战、封建割据的德国，像查尔斯这样的畸形儿是极富典型性的。霍夫曼的童话佳作还有《胡桃夹子和老鼠国王》《金制的魔罐》《勃兰比尔公主》《跳蚤师傅》等，它们均以想象丰富和主题深刻见长。

格林兄弟，指雅可布·格林（1785—1863）和威廉·格林（1786—1859）兄弟俩。他们在1812年至1822年的10年间，通过艰苦的努力，从德国、法国、瑞士、奥地利等地先后收集并整理、改编了二百多个童话故事，分成三卷出版，总题名为《儿童和家庭童话集》，即为后人所谓的“格林童话”。其中的名篇有《小红帽》《灰姑娘》《勇敢的小裁缝》《会开饭的桌子、会吐金子的驴子和自己会从袋子里跳出来的小棍子》《白雪公主》《麦草、煤块和豆子》等。尽管“格林童话”采自民间，格林兄弟并非原作者，只是作了采集、选择、整理、加工的工作，但是，正如恩格斯所说的：“只有两个人在选择时具备足够的从事批判的敏锐洞察力和鉴别力并且在改写时善于运用古老的风格，这就是格林兄弟。”[①]“格林童话”还充分表现了格林兄弟俩自身的风格特征。这独特的风格主要体现在两个方面：其一，“格林童话”的主题基本上都是善战胜恶、美战胜丑，总体风格明朗、乐观、扬眉吐气、欢欣鼓舞。在《狼和七只小羊》中，吞下了六只小羊的狼最终还是败于母山羊利刃般的双角之下，小羊们统统获救；《小红帽》中狼外婆受到了惩罚；《灰姑娘》里灰姑娘摆脱了厄运；而《勇敢的小裁缝》中的主人公居然凭自己的勇敢和智慧斗垮了巨人。“格林童话”中比比皆是的美妙的大团圆式的结局，一方面表现出民间故事所固有的劳动人民对光明未来的向往，以及以乐观主义精神抵御现实社会中的痛苦、排遣压抑苦闷情感的倾向；另一方面也显示出格林兄弟俩的强烈爱憎和扶正祛邪的良好愿望。其二，在“格林童话”中，代表着正义、真理的一方大多是穷苦的、孤苦无依的、地位低下的仆人、手艺人、普通士兵、贫女、农夫或弱小善良的小动物，而代表着凶残、卑劣、邪恶的一方，大多是有钱的财主、有权的官员、在家中恃强凌弱的长子或凶猛强横的猛兽。这充分表明格林兄弟在保持民间文学中的精华，特别是保留了其中最富有民主性、人民性部分内容的同时，也以童话的形式显示了自己反对封建专制、藐视权贵、追求自由与平等的民主主义思想。“格林童话”在世界上广为流传，影响并不亚于安徒生童话。

豪夫（1802—1827），德国浪漫主义作家。由于早逝，他从事文学活动仅4年，但出版有4本诗集、3部长篇小说、2卷《童话选》。豪夫的童话基本上也取材于民间故事，但都经过作者精心的艺术加工，故事情节更为曲折动人，人物性格更为鲜明、饱满，幻想色彩更浓，夸张尤为奇特。《冷酷的心》是其代表作，主人公彼得·蒙克因为贪欲出卖了自己的心，成了一个冷酷无情的人，后来在神仙的帮助下，用计谋换回自己的心，才重新有了高尚的美德和温暖的人情。作品主题深刻，富有典型意义，故事具有震撼人心的力量，而基本素材也取自德国民间传说。豪夫的童话讽喻色彩较浓，题旨虽深邃却又明显，易为儿童所接受。在德国，人们认为他足以与安徒生、格林兄弟等童话大家齐名。

① 《马克思恩格斯全集》第2卷，人民出版社，2005。

2. 意大利

意大利的卡洛·科洛迪（1826—1890）是举世公认的杰出的童话作家。他的《木偶奇遇记》写于1881年，是中外儿童文学领域内最受欢迎的名作之一。这部中篇童话塑造的出色的人物形象——木偶匹诺曹，以其特有的艺术魅力吸引了千百万世界各地的小读者，甚至连大批成人文学爱好者也为之入迷。在匹诺曹的身上，作者集中了现实生活中儿童的许多特性，包括他们纯洁的童真，他们对亲人的诚挚的爱，他们对友情的珍视，他们的活泼开朗和对一切都不存戒备之心的天真等，还包括他们的顽皮、懒惰、学习没有持久性、撒谎、轻信等缺点。这个童话人物形象紧紧地贴近了儿童的生活，显得十分真实可信，在小读者中极易引起共鸣。作者奇特的想象大大增强了作品的喜剧效果。那只一撒谎就要变长的鼻子，那种可以使逃学的孩子变成蠢驴的魔法，不但寓意深刻，而且出人意料，令人读后禁不住要捧腹大笑，这也是这部作品在小读者中产生轰动的主要原因。《木偶奇遇记》曾被多次搬上银幕，还被改编制作成了大型动画片，主人公匹诺曹也成为与白雪公主、米老鼠、唐老鸭齐名的有世界影响的动画形象之一。

乔万尼奥里（1838—1915）所作的《斯巴达克思》，是很适合少年后期读者阅读的优秀文学作品。这是一部表现公元7世纪罗马帝国内爆发的大规模奴隶起义的历史小说，主人公斯巴达克思的英雄形象具有震撼人心的力量，对少年读者来说，这部小说既能满足他们的英雄崇拜愿望，又能增长他们的历史知识，还能陶冶他们高尚美好的思想情操。

意大利的另一名优秀儿童文学作家是亚米契斯（1846—1908）。为他带来声誉的是短篇小说集《爱的教育》。这部小说采用了日记体的形式，以小学生安利柯为叙述主人公，描绘了现实生活中将自己的爱无私地奉献给他人的各种各样的平凡人，以及他们那些看似普通但却闪烁着高尚、美好品格与情操之光的一件件小事。作者的创作宗旨十分明显，通过文学形象教育和引导孩子学会关心别人、爱护别人，使他们懂得“千里之行，始于足下”，伟大业绩要靠从点滴小事做起的道理，这部作品因此被许多国家译介，并作为对儿童进行爱的教育、道德教育的启蒙读物。

3. 其他国家

捷克、罗马尼亚、波兰、瑞士等国家在19世纪也出现了一批优秀的儿童文学作家。

捷克女作家聂姆佐娃（1820—1862）的著名篇目有《金纺车》《会说话的鸟、活水和三株金苹果树》《盐比金子贵》等。她的总体风格是明朗、抒情的，侧重表现崇高、美好的东西，理想主义色彩较浓。

罗马尼亚的克里昂加（1839—1889）的作品取材于民间口头传说的童话，幻想奇特、夸张大胆有趣、富有乡土气息，在世界儿童文学史上也有重要的地位。

波兰杰出的小说家、散文家显克微支（1846—1916）的不少作品是以少年儿童

为主人公的，如中篇小说《一个波兹南家庭教师的日记》，短篇小说《奥尔索》《音乐迷杨科》等。显克微支的作品充满了对祖国、对人民的爱以及对社会黑暗的憎恨，主观感情色彩很浓，这在《音乐迷杨科》中有集中的表现。小说描写了一个酷爱音乐、具有杰出音乐天赋的孩子，因为家境贫寒和母亲过于辛劳操作而先天不足，出世后一直过着饥寒交迫、病魔缠身的生活，因此在这贫富悬殊的不平等社会里处于遭人歧视的低下地位，最后仅仅因为希望摸一下一把真正的小提琴而被人诬为窃贼，毒打致死。作者通过这一悲惨故事，愤怒地控诉了社会摧残、扼杀人才的罪恶。作品中细致入微的心理刻画、充满哀伤痛惜之情的夹叙夹议，使作品具有一种撼动人心的力量。

瑞士的斯比丽（1827—1901）著有数本儿童小说，为她带来世界性声誉的是《小海蒂》。小说塑造了一个美丽、纯真、善良、聪明的小女孩形象，叙述了她那高尚美好的心灵如何感染了一个又一个或孤僻、或自私、或消沉、或世故的成年人，为童心童真唱了一曲深挚的颂歌。作品中被描绘得如诗如画的阿尔卑斯山风景，与小主人公纯洁、美好的心灵互为映衬，更加增添了作品的魅力。

四、俄国

19世纪初，俄国农奴制面临危机，资本主义有了较大的发展。1825年12月，一批受资产阶级民主思想启蒙的青年贵族发起武装起义，但起义很快被镇压下去，其后，俄国崛起了一批要求革命的平民知识分子。上述两种变革者反抗沙皇专制制度和要求改造当时社会不合理现象的观点影响了文学创作，并由此形成了俄罗斯文学史上的一个创作高峰。当时涌现出大批优秀的诗人、小说家、散文家、戏剧家和理论家，儿童文学也取得了前所未有的巨大成就。

在众多的奉献了优秀儿童文学作品的作家中，有不少是在成人文学领域堪称巨匠的大文豪。他们对儿童文学倾注了极大的热情，虽然有的只是偶尔为之，但一出手便是佳品，很少平庸之作。如著名诗人普希金（1799—1837），他先后写过六首童话诗，其中已被公认为世界名作的是《渔夫和金鱼的故事》。这首诗在民间传说的基础上进行了精湛的艺术加工，以对比手法突出表现了渔夫的善良勤劳、胆小怯弱以及渔婆的贪得无厌、愚蠢倨傲，不但显示出浓重的俄罗斯民族风格，而且还比较集中地体现了普希金童话诗的民主主义思想以及色彩强烈、感情奔放的创作个性。

再如列夫·托尔斯泰（1828—1910），他曾创办过学校和教育杂志，同时积极进行儿童文学创作，先后结集出版了《启蒙课本》《新启蒙课本》，还有《俄罗斯读物》（1—4册），其中包括寓言、故事、散文和译作共373篇。托尔斯泰的儿童文学作品是纯儿童化的，语言规范而浅近，篇幅大多短小精悍，故事生动、有趣、完整，寓意鲜明且富有教育意义，几乎每一篇都饱含了大文豪对下一代深挚的爱。其中《李子核》《狼来了》等篇目已为全世界儿童所熟知，被选入了各种读本和教材。

《李子核》简析及作者简介

又如屠格涅夫（1818—1883），他曾应一家儿童杂志之约，口述过一个非常有趣的童话《都知道》，为那种自以为是却总是出洋相的孩子画像，大受小读者欢迎。他的名作《猎人笔记》也因出色地描绘了俄罗斯的风光而使少年读者为之陶醉。

19世纪末期崛起于俄罗斯文坛的小说家、剧作家契诃夫（1860—1904），因已身处沙俄帝国濒临崩溃、大革命即将爆发的特殊时期，也因为自己得不到温暖的不幸童年，他的作品更多地把关切的、痛惜的目光投向处于社会最底层的、受压迫受剥削受摧残最重的贫苦儿童。他的作品《万卡》和《渴睡》，以其感人的力量控诉了社会的黑暗。这两篇小说虽然从总体上来说都是悲剧，小主人公的生活处境令人同情，然而作为儿童小说，契诃夫并不将自己笔下的儿童成人化，万卡和小保姆的天真、单纯、不明事理以及对未来的追求被描绘得十分生动、贴切，因此作品显示出了令人信服的真实性。契诃夫的其他作品，如《变色龙》《套中人》《一个小公务员之死》《苦恼》等，也很适合少年儿童阅读。

俄罗斯著名诗人涅克拉索夫（1821—1878），在创作大量讴歌民主主义革命运动诗篇的同时，也有许多优秀儿童诗作，1867年还结集出版了《献给俄罗斯儿童的诗》。他的儿童诗讲究构思，注重塑造儿童形象，而且善于消化、吸收民间文学中的积极因素，将它们融入自己的作品中。他的名篇有《雅可夫老大爷》《夜莺》《复活节前夜》等。

除了以上这些兼涉成人文学与儿童文学两大领域的作家之外，19世纪的俄国还有一大批将毕生心血灌注到儿童文学园地上，或者主要成就体现在这一领域内的作家。如与伊索和拉封丹齐名的寓言作家克雷洛夫（1769—1844），在1809年出版了第一部寓言集后，先后共发表过200余篇诗体寓言，由此在文坛确立了举世公认的显著地位。他的寓言有讽刺统治者贪婪、凶残的（如《狮子打猎》等），有揭露沙皇执法机构贪赃枉法的（如《狼和羊》等），有嘲讽官僚狼狈为奸的（如《梭鱼》等）,有隐喻贵族地主阶级的寄生本质的（如《树叶和树根》等）。他的作品不但寓意深刻，而且语言简洁精美、故事活泼有趣，有幽默感，符合儿童的阅读欣赏心理。

克雷洛夫寓言三则简析及作者简介

再如奥多耶夫斯基（1803—1869），他的主要创作成就表现在童话上。他的童话集《伊利涅爷爷的童话》（两卷本），幻想丰富，包容了大量科学知识，叙述朴实无华，对小读者有着极大的吸引力。

专事科普文学创作的帕郭列尔斯基（有的译作波戈列利斯基、帕郭列尔基荃，

1787—1836），有一部将幻想与现实和谐地交融在一起的中篇童话故事《黑母鸡》，其主题是告诉儿童只有凭劳动才能使自己成为知识的主人。这部作品曾得到文艺理论家别林斯基的高度评价。

热心于儿童文学创作及评论的还有加尔申（1855—1888），他的名作《青蛙旅行家》，设计出青蛙咬住树枝、由鸭子带着在天上飞行的有趣画面，在被译介到其他国家之后，为各种肤色的儿童所喜爱，而且还引发了许多模仿它进行创作的儿童文学作品。

教育家乌申斯基一生都在为儿童教育和儿童文学的发展奋斗，他所编撰的《儿童世界》和《祖国语文》两书，不但精心选择和改编了大量他人的优秀儿童文学作品，而且也创作了包括儿童诗、寓言、童话、散文、故事和科学小品等多种文学体裁的作品。

在小说领域，柯罗连科（1853—1921）以其中篇小说《地窖里的孩子》和《盲音乐家》而深得少年读者的青睐。作品表现出来的细腻真切地刻画儿童心理的才能以及柔和深沉的风格，使他受到了高尔基等同代文豪的极大赞赏。斯塔纽柯维奇（1843—1903）是另一位专门为少年儿童创作的作家。他擅长写海洋小说，开拓了儿童文学的题材新领域，作品有《鹰号舰环球之航》《小海员们》《黑孩子马克西姆卡》等。

19世纪俄国的几位文艺理论家，如别林斯基、车尔尼雪夫斯基、杜勃罗留波夫、赫尔岑和谢德林等，在建设、发展和逐步完善儿童文学理论上的业绩是不容忽视的。他们大量有关儿童文学的论著，涉及独立的儿童观、儿童文学的性质及功能、儿童文学的特殊审美要求、儿童文学在培养及教育下一代方面的重要性乃至儿童文学的体裁样式、语言要求等各方面的问题，从理论的角度总结了创作实践经验并进而指导了创作实践，为20世纪俄苏儿童文学的长足进步做了充分的理论准备。

五、美洲

1. 美国

18世纪后期美国独立战争的胜利，使美国从此摆脱了英国殖民主义统治。但是，工业资本主义迅速发展的北部与顽固地保存蓄奴制的南方矛盾日益尖锐。至19世纪中期，历时4年之久的南北战争爆发并以北方的胜利告终，美国取得了历史上第二次资产阶级革命的胜利。19世纪后半叶，美国资本主义迅猛发展，很快形成资本垄断，并且开始对外侵略。

这一历史阶段的各方面社会内容，在19世纪的美国文学作品中有着极为真实的反映。作为一个独立国家的美国，其文学开始从殖民文化中分化出来，形成了自己独立的民族风格，并且迅速组织起一支力量雄厚的作家队伍，而其中一些最有成绩的作家，又往往是兼顾儿童文学领域的。

霍桑（1804—1864），世界名著《红字》的作者，同时又有《神奇的故事》和《密林故事》两本童话故事集。他的童话故事大多取材于古希腊神话，借美丽的传说故事歌颂了善良、勇敢、智慧、慷慨等人类美德，富有浪漫气息，构思也精巧，特别善于运用对比手法。朗费罗（1807—1882）是一位诗人，他的关于印第安人部落英雄海华沙的大型史诗《海华沙之歌》，是在大量相关神话、传说、民间故事的基础上创作而成的，因此既有一定的史实性，又有童话的幻想色彩，其中关于海华沙持有魔鞋、魔手套，能追捕鱼王又能在鱼王肚中击碎鱼心的情节，完全是童话式的，受到了少年儿童读者的热烈欢迎。作者以真诚的热情为印第安人立传，也是他反对种族歧视的民主主义思想的表现。

由哈里斯（1848—1908）汇编的黑人童话集《黎莫斯的故事》，包括许多关于勇敢机智的白兔与凶残贪婪的狐狸、狼、熊展开斗争的动物故事，不但生动有趣，而且寓意深刻。作者把黑人比作虽然弱小但仍敢于与强大的敌人作不屈斗争的白兔，而将奴隶贩子、农场主等南方奴隶制的赞同者以及官僚政客们比作狐狸、狼、熊等，反映了美国黑人对社会的认识和斗争的决心。有不少研究者指出，这部童话集掺杂了不少非洲故事的成分，这显然是跟当年美洲的黑奴大多来源于非洲有关的。

被称为“第一个真正的美国作家”的库柏（1789—1851）著有五部曲《皮袜子故事集》以及其他一些海洋小说和历史小说，他对美国西部广袤大地的出色描绘吸引了众多的儿童读者。浪漫主义诗人、小说家爱伦·坡（1809—1849）是西方侦探小说、幻想小说的开山鼻祖，其代表作《金甲虫》以丝丝入扣的情节引导小读者进行严密的逻辑推理，博得了一代又一代小读者的喜爱。比彻·斯托夫人（1811—1896）的《汤姆叔叔的小屋》虽然以19世纪上半叶南北对峙的社会现实为历史背景，表现的是反对蓄奴制的重大主题，而且人物形象基本上都是成人，但它十分适合少年期孩子阅读，可以使他们增长历史知识，了解美国南方风土人情。布勒特·哈特（1836—1902）以描述淘金生涯为主题的短篇小说《米格尔斯》《扑克滩放逐的人们》等，题材新颖，格调高尚，也获得了小读者的青睐。

美国历史上在成人文学领域颇有建树的马克·吐温（1835—1910），在儿童文学领域也享有盛名。马克·吐温的两部巨著《汤姆·索耶历险记》和《哈克贝利·费恩历险记》以其杰出的民主主义思想、反对种族歧视的总倾向以及对美国密西西比河两岸风土人情的出色描绘而在美国文学史上占有重要地位，同时又是世界儿童文学宝库中的珍品。作为儿童小说中的长篇巨著，两部历险记都塑造了特定历史条件下的真实可信的、丰满的儿童形象，并且以儿童为主人公，通过叙述他们的活动来展开故事情节，充满了儿童情趣。小说所描绘的场景、民俗、人物性格，无不带有浓重的“美国味”，显示出美国独特的民俗风格，这也是备受具有强烈好奇心的少年儿童读者欢迎的原因之一。马克·吐温擅长讽刺艺术，他的许多中、短篇小说，如《败坏了赫德莱堡的人》《竞选州长》等，虽是政治倾向鲜明的成人文学作品，但也很受少年儿童读者的欢迎。

美国还有一些成人文学作家的作品对少年儿童读者颇具吸引力，如欧·亨利的短篇小说、德莱赛的长篇小说等。

2. 拉丁美洲

古巴的何塞·马蒂（1853—1895）是拉丁美洲的革命领袖，他在儿童文学方面的杰出贡献在于从1889年7月至10月间创办了四期儿童专刊《黄金时代》。他的办刊宗旨十分明确："要让美洲儿童了解美洲和其他地区过去和现今的生活……我们为了儿童而工作，因为他们是世界的希望。"①作为一个民族解放运动的领袖，他用自己的作品表现了反对种族歧视的立场。

在小说《黑布娃娃》中，他写了一个小女孩虽然得到了一个"头发像太阳"般的白瓷娃娃，但却依然挚爱自己原先的黑布娃娃，故事的题旨十分鲜明。故事《三位英雄》则向小读者介绍了拉丁美洲的三位民族英雄。何塞·马蒂在艺术上强调儿童文学的趣味性，因此由他创办的四期《黄金时代》一版再版，吸引力经久不衰。

探究·实践

1. 安徒生和他的童话对世界儿童文学发展有何影响？
2. 为什么在19世纪北欧儿童文学的成就最为显著？
3. 讨论《爱丽丝漫游奇境记》对当代儿童文学的影响。

① 艾米里奥·罗依格·德·卢其森林著，丁冬译《何塞·马蒂：反帝国主义战士》，生活·读书·新知三联书店，1965。

第五章　20世纪的外国儿童文学

【学习提示】

20世纪发生了许多历史性重大事件，两次世界大战、民族解放运动的蓬勃发展、社会主义的胜利和挫折、资本主义国家的深刻变化，都对儿童文学的发展产生了深刻、重大的影响。这一时期儿童文学的成就是巨大的，出现了一些与19世纪不同的特点，这是学习时应重点掌握的。同时还应重点掌握各国的代表性作家、作品，特别应注意发展中国家的代表性作家、作品，注意为促进儿童文学发展而设立的国际组织和各类评奖活动。

第一次世界大战后诞生了第一个社会主义国家苏联。第二次世界大战后，全球性社会结构发生了巨大的变化。欧、亚两大陆先后出现了一批社会主义国家。受制于经济基础和政治制度的文学艺术也相应地发生了一系列变化，儿童文学也不例外。一方面，以欧美国家为代表的西方儿童文学继续活跃，特别是幼儿文学，部分精品还保持着鼎盛时期的声望；另一方面，以苏联为代表的社会主义文学观在其区域内的儿童文学理论及创作中得到了强势的表现。亚非拉儿童文学虽然起步晚，然而，自进入20世纪以来，也在自己的土地上倔强而坚实地成长起来，并以自己特有的气质和情致，走向世界，努力跻身国际竞争行列。

第一节 20 世纪外国儿童文学的发展特点

20世纪以后，俄国社会主义革命的胜利揭开了人类历史的新纪元，民族解放、国家独立的革命运动蓬勃展开，势不可挡。社会主义革命的胜利，马克思主义的迅速传播，使全球范围内社会的政治力量和人的思想观念都发生了前所未有的大变动。此时儿童文学有了新的题材、新的形象、新的形式、新的需要。文坛出现了一大批优秀的文学读物，受到了世界儿童的欢迎。

20世纪是一个世界经济、科学技术飞速发展和剧烈竞争的时代。知识的急剧增加和迅速更新，使人们越来越把注意重心投向人类自身的内在潜力上。世界各国都强烈意识到，以微电子技术为中心的世界第四次工业革命及互联网对人的智能劳动提出了更高更严的要求。世界各国在激烈的国际竞争中，能否成为强者，关键就在于未来的劳动者的素质。大批社会活动家、实业家、教育家们在宏观上更清醒地意识到儿童在未来的地位，以及现今社会对于儿童的职责。于是，他们有意识地注意契合儿童思维特点，加强对儿童文学文本及其接受对象——儿童的研究，更自觉地积极地向儿童提供丰富的精神食粮。随着对儿童教育的重视，对儿童心理研究的深入，以及各学科间横向联系的加强，20世纪的西方儿童文学呈现出更多的色彩、更强的现实性、更丰富的想象，也更具艺术性、思想性、知识性、趣味性，形成了以下几个方面的特色。

一、题材多向开拓

在20世纪西方儿童文学领域里，古老的传统文学仍然有它难以替代的魅力，许多利用传统的民间故事、传说、童话等改编创作的儿童文学作品，仍然吸引着现代儿童。只是这些作品，大都由作家进行了适当的甄选，以便更好地彰显出现实的新内容。在题材上，西方儿童文学作家更多是多向开拓和多层次掘进，一切与现实密切联系在一起的社会、家庭、学校、自然界等各方面内容，无不进入他们的视野：赞颂惩恶扬善、人道人情、道德完善和人类之爱；表现开拓冒险精神；描写地理风光；记叙历史人物、事件及英雄人物生平；反映人民生活，传播社会科学、自然科学知识；等等。儿童文学的题材和主题大大丰富了。

二、幻想与现实和谐融合

以幻想为主要特征的童话，也不再冷漠对待现实生活，而是积极触及并参与其中。童话从后母、公主、王子、魔怪等传统模式中走了出来，从虚无缥缈的仙幻奇境回到了人间。小说的写实性走进了童话，而与此同时，奇特的浪漫主义成分又悄悄地被融进了以现实主义为根底的小说中。那些惊险的突变事故，奇妙的传奇色彩，能让孩子开心的“美好的梦”，都使儿童小说显得那么神秘、有趣又温馨、抒情。

三、艺术、心理、教育紧密结合

文学是一种与人的生理、心理密切相关的精神产物。20世纪西方儿童文学作家在普遍注意以道德和爱的教育去滋润儿童心灵的同时，又加强了对儿童心理的探索和表现，把创作的笔触深入到儿童的内心深处。无论是教育的还是心理的效应，都必须通过审美的艺术来达到。作家们总结经验，努力创新，结合接受对象的心理需求，加强了儿童文学作品中的幻想、快乐、喜剧色彩、幽默、机巧、疑窦等诸因素，使作品的语言和情节发展更富有情趣性，更符合儿童的欣赏习惯、欣赏能力。艺术、心理、教育三合一，使文学的社会作用得以在潜移默化中沁入儿童的心田。

四、知识性在儿童文学中得到重视

通过文学给孩子科学知识，是现当代西方儿童文学家一个很现实的指导思想。一些寓托人世间某种情理的动物故事，以其所描述的奇异的野兽世界里的众多知识，让许许多多未来的生物学家和大自然探索者陶醉、迷恋，爱不释手。许多强调科学性的作品，往往是身为科学家的作家深入实地进行长期考察并进而进行研究的结果，有着极高的认识价值。

五、更注意读者适龄性

20世纪的西方儿童文学，不仅拓宽了题材面，作品的体裁也是丰富多样的。中篇的童话、小说大大发展了，而且产生了多部头的系列童话、故事。还有纪实性与抒情性结合的散文特写、诵唱结合的儿童剧、儿童诗、寓言和图文并茂的绘本。不同题材、体裁的作品，可适应不同年龄的儿童：适合5岁以下婴幼儿的是以图画为主，辅以文字的作品；为入学前后的儿童准备的是寓言和儿童故事，例如《我的淘气小妹》(爱德华兹)；为8—11岁小学生准备的是浅显、明畅、上口的诗歌，根据神话、历史故事、文学名著简编的作品，以及在现实生活基础上创作的童话、儿童故事；以11—15岁儿童为对象的作品，则以故事性强，富有冒险、探索精神，能满足儿童好奇心的为最佳，以情动人的道德故事也会获得这个年龄段孩子的青睐；15

岁以后的少年则希望涉猎更多类型的作品，以便更多地了解社会，获得知识，接受教育和鼓舞，提高文学欣赏和写作的能力。由此可见，20世纪以来的儿童文学作品，已能从适龄性角度来满足各层次儿童的需要。

第二节 20 世纪外国儿童文学的创作

20世纪的儿童文学呈现出以上一些共同特点，然而儿童文学创作在各个地区、国家又出现了不同的状况。由于创作数量的巨大及创作风格的多彩多姿，也由于进入21世纪之后，许多跨世纪作家的创作手法发生了明显的异变，所以，我们还只能依照地区和国别择其要者，重点介绍20世纪的一部分外国儿童文学作品。21世纪以来的创作，由于需要历史沉淀并总结，留待将来阐述。

一、北欧

北部欧洲半岛曾因世界闻名的童话大师安徒生的名字而为世界瞩目。北欧不仅有丰富的民间童话故事，而且童话创作的群众基础也比较好。20世纪，幽默而富有想象力的北欧人，以自己的实绩，再次足以自豪地证实，较之世界其他地区，北欧有着更为繁荣发达的儿童文学。

1. 拉格洛夫的《尼尔斯骑鹅旅行记》

塞尔玛·拉格洛夫（1858—1940）有过许多成功的作品，《尼尔斯骑鹅旅行记》是她唯一为孩子们写的长篇之作。这位具有丰富教育经验和教育责任感的女作家，以生动、幽默的笔调把丰富的想象与社会真实结合起来，并融进自己对生活的满腔热情，使这部原本作为学校历史、地理教科书的作品，成了世界儿童文学艺术珍品。

该书的主人公尼尔斯是一个性格孤僻、无心读书，却爱搞恶作剧的男孩，父母为此感到苦恼。后来，他被小精灵变成拇指般大的小人儿，骑着自家养的鹅外出旅行。从3月到10月，尼尔斯与一群大雁一起生活了近八个月，周游了瑞典，领略了祖国的山山水水，最后随大雁回到家中，恢复了原貌。旅行生活使他增长了见识，领略了不同地区人民的生活、风土人情，了解了祖国，了解了人民，也更认识了自己。他终于改掉了自己身上不好的习惯，变成一个性格温和、忠诚善良、富有责任感的孩子。在出版后的几十年中，《尼尔斯骑鹅旅行记》成为瑞典儿童了解祖国、增长知识不可多得的读物。拉格洛夫因此获得1909年的诺贝尔文学奖。

2. 林格伦的创作

国际上享有盛誉的阿斯特丽德·林格伦（1907—2002）是瑞典著名的儿童文学女作家，曾获得了包括国际安徒生奖（1958年）在内的多项文学创作奖。她向儿童奉献的童话、小说、故事等多达二三十部，是一位名副其实的多产的儿童文学作家。其主要作品有：《长袜子皮皮》三部曲、《淘气包埃米尔》三部曲、《小飞人卡尔松》三部曲、小说《疯丫头玛迪琴的故事》等。林格伦笔下的形象既生动、真实，又都那么不可思议。例如那深受世界儿童喜欢的皮皮，有着一头红红的头发，两条硬邦邦的小辫子，脸上还有许多雀斑。她不美，穿戴随便。但是，她力大无比，能把一匹马和一头牛易如反掌地举起来。她对人善良、热情，常把金币和糖果分给孩子们，从不吝惜，但绝不是一个“听话”的孩子。她无拘无束，想做什么就做什么，奇绝的鬼主意层出不穷。她制服过坏人和凶兽，却也做了很多淘气的事，惹了不少麻烦。此外，还有小飞人、埃米尔、玛迪琴等，他们都有灵活而奇幻的思路，会出鬼主意，也闯了不少祸，有时还爱吹牛，然而他们又都保持着天真、善良、富有正义感等人类的美好品质。他们身上表现出来的敢想敢说的自信心，以及种种近乎狂野的幻想色彩，不但使千百万小读者钦慕，而且使他们在心理上得到了极大的满足。

林格伦还善于通过艺术手段把幻想和现实糅合在一起，在游乐玩闹中、在冒险奇迹中、在异想天开之中，触及社会、表现人生、扬善抑恶，让小读者在潜移默化中得到教益。林格伦的创作才能在儿童文学领域里得到了尽情发挥，她赢得了众多读者的喜爱。她的作品被译成了四十多种文字，其中有许多还被搬上了银屏，在世界各地广为传播。

3. 杨森和埃格纳的创作

芬兰作家托夫·杨森（1914—2001）的童话《精灵帽》和挪威作家托比扬·埃格纳（1912—1990）的《豆蔻镇的居民和强盗》都以丰富奇特的想象和符合儿童身心的娱乐性吸引着孩子。作家尊重孩子，充分注意到读者对象的审美规律，努力增强儿童的阅读兴趣，小读者在面对着精灵帽或“臭强盗”时，时而瞪大惊异的眼睛，时而发出畅怀的欢笑。然而，这又不是为笑而笑、为奇而奇的。作家们旨在新、奇、乐中，让博大的爱意（对生活、对人民、对大自然之爱）如涓涓细流般沁入儿童的心扉，帮助他们加强对于人类美好前途的信念和改造以及建设新世界的勇气、决心。这两位作家还非常注意运用相关艺术，以使文学效应充分实现。杨森为自己的童话作品所作的插图，笔调简洁、洗练而富有表现力。埃格纳在童话故事的叙述中插入了许多带有浓郁生活气息和幽默趣味的乐谱、歌词，帮助小读者动用自己的联觉来欣赏童话，从而使作品更具有浪漫主义色彩。

《豆蔻镇的居民和强盗》简析及作者简介

4. 玛丽亚·格里珀的创作

玛丽亚·格里珀（1923—2007）是瑞典作家，1974年国际安徒生奖得主。她于1957开始涉足儿童文学创作，此后佳作不断，如《约瑟芬娜》（1961）、《许戈和约瑟芬娜》（1962）、《许戈》（1966）、《艾尔维斯·卡尔松》（1972）、《艾尔维斯！艾尔维斯！》（1973)、《真正的艾尔维斯》（1976）。格里珀的创作目的很明确，她要求少年儿童走向“广阔世界”，做个对社会有益的人。她呼吁成人理解孩子。所以她的近二十部作品都写的是少年在生活中奋斗、在社会上谋求自立的故事。在这些故事中，作家以精湛的心理刻画显示了她创作的才能。

当代，北欧诸国还有一批以创作幼儿童话而引人注目的作家。他们有的以幽默和荒诞为特色引起小读者的兴趣；有的以诗配画，启发小读者的想象；有的则通过寓言式的机智故事来启发小读者自己动脑判断是非。他们的作品都已成了小读者的好伙伴。

二、西欧

19世纪的前30年，西欧的儿童文学出现了一个马鞍形的低谷状态，直到第二次世界大战以后才得以恢复。不过，英国、法国、比利时等在世界儿童文学处于低谷的时期里，仍向世界儿童提供了不少优秀读物，如英国的戏剧家巴利的《彼得·潘》和米尔恩（1882—1956）的《小熊温尼·菩》（又译作《小熊维尼》）等。

1. 巴利的童话

《彼得·潘》简析及作者简介

《彼得·潘》是詹姆斯·马修·巴利（1860—1937）的代表作。在伦敦幽静的肯辛顿公园东北角的长湖畔，矗立着一尊小男孩的青铜像，那男孩叉开双腿，挥舞双臂，口吹一支芦管，像要提脚奔跑，又像要腾空起飞，浑身散发着不竭的活力。他就是童话人物彼得·潘，一个不愿长大也永远长不大的孩子。

由现实与虚构交织而成的彼得，是个半人半仙的形象。他是一个普通的孩子，爱玩、骄傲，还有点自私；有时又有侠义心肠，乐于助人。作为一个普通的孩子他是真实的，然而他又不同于普通人。他能飞，长不大，他身上有着永不衰竭的旺盛生机，实际上他是永恒童年的象征。《彼得·潘》把荒诞的幻想、仙人故事、惊险情节、性格刻画、心理描写、讽刺和幽默，全都编织在一个小小的故事里。作家把成人引向久已淡忘的童话世界，又让孩子去尽情享受游戏的欢乐，去冒险，去与海盗作顽强的战斗，去和印第安人进行友好的交往。巴利的童话成了孩子、大人都喜欢的书，彼得·潘则在西方世界成了人人喜爱的人物形象。

2. 米尔恩的童话《小熊温尼·菩》

英国戏剧家、诗人艾伦·亚历山大·米尔恩（1882—1956）以生动、幽默的笔触，在《小熊温尼·菩》中描写了温尼·菩这只可爱的玩具熊与小伙伴们在森林中的生活、交往以及追捕“猎物”、到“北极”探险、智胜洪水等奇遇。温尼·菩是一只毛茸茸的熊，淘气，具有熊的特性，嘴馋，爱吃蜂蜜。可他又确确实实是个可爱的小男孩形象，开朗快活，善良热情，乐于助人，还有一股傻劲。作家在优美的幻想世界中，巧妙地表现了幼儿的情感世界，颂扬着童心之美。在那个不和谐的现实社会中，作家利用自己手中的笔，竭力寻求着精神的和谐，以慰藉自己不安的心灵，这实际上也是当时欧洲资本主义国家的作家巧妙回避现实的一种方法。

3. 法国的童话创作

法国是一个有童话传统的国家。在20世纪法国的童话创作中，传统的主题与传统的角色都具有新特点。例如法国现代著名女作家玛塞尔·艾梅（1902—1967）两部蜚声文坛的童话集《会搔耳朵猫》和《七里靴》，皆因现实与幻想自然融合而在儿童文学界赢得了独特的地位。《七里靴》取材于贝洛童话，可是女作家把它放在新的时代背景上来写，使之打上了新时代的烙印，体现出不同家庭条件、不同经济状况下的孩子，在想自己穿上七里靴时最愿意去干什么的时候，其想法是截然不同的。法国原是在童话样式上最早做出贡献的国家，可是后来却相对落后于其他一些欧洲国家了。

4. 比利时的梅特林克和莱勃伦克的《青鸟》

西欧的童话作品中还应提及的是莫里斯·梅特林克（1862—1949）和他的妻子乔治特·莱勃伦克（1875—1941）合作的童话剧《青鸟》。这是一部可以与《彼得·潘》《尼尔斯骑鹅旅行记》《爱丽丝漫游奇境记》《木偶奇遇记》等名作媲美的作品。它采用了民间故事的主题和表现方法，又融进了象征主义的手法（作家本是象征主义戏剧的创始人）来表现人道主义思想。它的基调是相信人、未来、科学，相信人能战胜战争和疾病等灾祸，具有“人定胜天”的乐观主义色彩。这部剧作后来还由莱勃伦克改写成童话故事，进一步扩大了影响。

5. 英、法的动物故事

动物故事古已有之，但只有到了20世纪才大为兴盛。其因有二：一是20世纪中期世界各地纷纷提出生态平衡问题，使得作家们开始关注与人类密切相关的动物世界；二是与人们对儿童知识教育的重视有关。

杰拉尔德·达列尔（1925—1995）是英国一位善于描写动物的重要作家。他对自己笔下的动物倾注了深情，所以这些动物就不再只是科研的对象，而具有人的某些品质了。为了更真实地描写动物的生活，他游历了许多地方。为他赢得声誉的第一本作品《超负荷的诺亚方舟》，就是在喀麦隆茂密森林里冒险的结晶。而《猎狗巴甫特》《会说话的包裹》等则是描写非洲动物故事的系列作品。此外还有《令人陶醉的密林底下》《沙沙作响的土地》《三张去艾德文恰尔的车票》《小袋鼠的路》。

在当代世界儿童文学中涌现出来的一批以动物为主人公的童话故事作品中，篇幅较长、情节精彩的一部要算是英国作家考林·达恩（1943—　）的《动物远征队》了。这部作品写的是一群野生动物的长征故事。原先它们安居在一个大森林里，可是由于人类连年不断的砍伐，森林越来越小，动物们渐渐失去了藏身、活动的场所，天干地旱之时，缺水少源的动物们生命危殆，于是决定远征到动物保护区去，找一个安稳的生活场所。它们一路上历尽千辛万苦，经受了各种考验，克服了种种艰难险阻，终于到达了目的地。作家大量采用拟人手法，结合各类动物的特性，塑造了一个个生动活泼、情趣相异、个性鲜明的艺术形象。一个人类社会不断前进的深远哲理就在这支野生动物远征队寻求生存道路的过程中显现了出来。而各种动物的生活习性以及有关知识也随着故事情节的发展得以展示和介绍。作品还充分体现了时代性，提出20世纪人类社会存在的普遍性问题——生态平衡。作品描写的是生活在20世纪后半期的一群染上了现代文明色彩的野生动物，它们不仅认识一般的人类社会，还会解释许多先进的科学技术；作品也不固守千百年来的旧观念，不断开拓、发掘新观念。狐狸形象的创新就是作家这种思想的具体体现，在这里狐狸不再是狡猾的代名词，而是智勇双全的可爱形象。《动物远征队》以自己特有的魅力吸引着世界儿童。

法国作家勒内·吉约（1900—1969）是国际安徒生奖（1964年）的获得者，也是创作动物故事成就甚高的作家之一。他的动物故事不仅有对动物世界真实生活的活灵活现的描写，给人身临其境之感，而且写得极富人情味。如代表作《格里什卡和他的熊》，写了一个名叫格里什卡的男孩和一只唤作“迪迪”的黑熊之间的深情厚谊。格里什卡与小黑熊相依为命，患难与共。当凶残的雪豹出现时，迪迪奋不顾身，蹦出来救格里什卡。在千钧一发之际，果断的格里什卡又以自己的智慧和机敏杀死了雪豹。一年后，小黑熊长大了，它像它母亲那样被定为部落的祭品，于是格里什卡就带着黑熊逃入密林。他们互相保护，互相为对方遭受了种种不幸和磨难。从作品中读者仿佛听到了作家对真诚友情的热切呼唤。

三、中、南欧

1. 第二次世界大战结束前的创作

自20世纪初到第二次世界大战结束以前，这个地区几乎没有可以令人们为之兴奋的儿童文学作家作品。特别是从20年代末到30年代初，法西斯在德国、意大利、西班牙、南斯拉夫等国逐渐形成并取得统治地位，一时间，阴霾笼罩，包括德国在内的中、南欧国家处于一片黑暗之中。动荡不安的社会、沉闷压抑的政治气氛，使作家们的创作才智窒息，艺术产品寥寥无几。只有一些正直的作家，克服种种困难，为儿童编写创作了一些反映人民疾苦，讽刺、揭露社会现实的作品，通过民间传统故事的形式，向儿童进行人道主义的道德教育。

德国20世纪30—40年代批判现实主义文学重要代表性作家之一汉斯·法拉达（1893—1947）就写过童话《一枚三马克金币的故事》。作品讲述了一个孤女，靠诚实、勤劳和纯洁的心获得了幸福，在结尾处作家写道：“大家都知道的，谁拥有一枚不沾血斑的金币，谁就能永远幸福。”现实针对性是非常明显的。在童话《决心改邪归正的大老鼠》《可怕的客人》等作品中，作家对小市民的贪财、自私、剥削他人的寄生心理进行了批判。法拉达的作品擅长心理描写，并善于把自然发展的情节写得紧张有趣。他还常把古老的民间口头的东西融进自己的作品，使之具有强大的艺术魅力，因此他的童话在德国儿童文学史上有显要的地位。

保加利亚的埃林·彼林（1877—1949）为儿童写了不少幽默有趣而又富有教育意义的人或动物的故事，如童话《伊凡乔的手指》《扬·比比扬历险记》《月亮上的扬·比比扬》等。

捷克斯洛伐克杰出的童话寓言作家卡雷尔·恰佩克（恰佩克又译作恰彼克，

1890—1938）在20世纪30年代出版的长篇名作《战火精》中，借海上动物的故事讽刺了资产阶级社会的“文明”；在《流浪汉的故事》中，对资产阶级的社会秩序和金钱世界进行了批判；而在《邮差的故事》里，又表达了对不被贪欲和欺诈所污染的人间真情的赞赏。在恰佩克的作品里，社会中的人物常出现在神魔世界中，而巫师、水怪、人鱼之类的童话角色又都闯入了现实生活，作品显示出奇谲瑰丽的色彩。

受恰佩克的影响，作家约瑟夫·拉达（1887—1957）就常常改编《伊索寓言》《列那狐传奇》《神桌》中的个别情节，让故事发生在现实之中，其代表作《聪明的小狐狸》就是这样的作品。拉达笔下的“小狐狸”是十分狡猾的，然而在狡猾之中又时时会显露出淘气的男孩子式的稚拙。作品富有童趣，很受小读者的欢迎。

原南斯拉夫女作家布尔丽奇·马佐兰尼奇（1878—1938）的小说《拉比奇出走记》洋溢着人道主义的光彩。作品描写了12岁的拉比齐，因受不了鞋匠师傅的粗暴和自己遭受的冤屈而出走。在流浪途中，他做了许多好事，给他人提供了各种帮助。这篇作品具有明显的教诲意味，却毫无说教的色彩。

《好兵帅克》是捷克斯洛伐克杰出的讽刺小说作家哈谢克（1883—1923）的幽默讽刺名作。好兵帅克，这位诚实耿直、质朴憨厚的普通兵，凭着他的幽默机灵，巧妙地利用军律上的漏洞，常常使得他的上司啼笑皆非，弄得达官贵人们丑态百出。作品通过“笑”嘲讽与鞭挞各种反动势力，读来令人痛快舒畅。这篇并非专为儿童所写的作品，与塞万提斯的《堂吉诃德》一样因其幽默、风趣而深得少年儿童的喜爱。

2. 第二次世界大战结束后的创作

第二次世界大战以法西斯的彻底崩溃、人民反法西斯斗争的胜利而宣告结束。人民从残暴的统治下解放出来了。在中、南欧这片法西斯曾猖獗一时的重灾区里，虽然到处都是废墟，生活尚未安定下来，但是人们还是渴望昔日的文化生活能早日得以恢复，再加上这些国家（特别是德国）原本在儿童文学领域就有着良好的传统和丰富的宝藏，所以重建儿童文学是有着坚实基础的。事实也正是如此。经过一段时间的努力，中、南欧各国的儿童文学重又兴盛了起来，出现了一批颇有实力的作家群体，其中联邦德国、意大利、奥地利等的作家都曾夺得过国际安徒生奖。

德国的克斯特纳（1899—1974）就是中、南欧诸国中第一位荣获国际安徒生奖（1960年）的著名作家。第二次世界大战后，克斯特纳担任联邦德国国际笔会主席达十年之久。他坚持写孩子所熟悉的人物、孩子所关心的事情、孩子所能理解的问题。早在1928年他就给儿童写了《埃米尔和侦探》《埃米尔与三个孪生兄弟》等作品，塑造了自信、聪颖、机敏的儿童形象，揭露了一些尖锐的社会问题。第二次世界大战后，他为儿童奉献的头一部作品就是接受国际儿童读物联盟的创始人的建议而写的《两个小路特》。作家揭露了严峻的社会问题——父母离异给孩子造成的心灵创伤。小说中

《埃米尔捕盗记》简析及作者简介

的孪生姐妹小路特在现实生活面前是一对勇敢者，她们以自己的努力使家庭的悲剧转为喜剧。作品以有趣的情节表现了积极向上的主题。克斯特纳在第二次世界大战后写的《5月25日》，是一部幻想奇妙、趣味横生的中篇童话。这部童话既能让儿童从社会意义上品味寓意，又能帮助他们开发心智，从科学幻想上展开遐思，是社会童话和科学幻想童话结合的典范。

1968年国际安徒生奖的获得者是联邦德国的著名童话作家詹姆斯·克吕斯（1926—1977），他的儿童文学天分表现在他能真正地做到寓教于乐。他的获奖作品是《曾祖父和我》和《出卖笑的孩子》。前者通过一老一少编织、臆造、讲述了许多真实的和幻想的英雄故事，自然有趣、巧妙活泼，又极有启示意义。后者则以一种隐晦的方式批判了金钱和权势对少年儿童心灵的毒害。

在中、南欧影响最大的一位作家可能要算是意大利的贾尼·罗大里（1920—1980）了。1970年，他因作品数量众多，并以成百种的语言广泛流传于世界各地而获得国际安徒生奖。贾尼·罗大里曾经任教于小学，为儿童进行创作活动开始于1948年他担任《团结报》“儿童角”编辑的时候，那时，他早已是一名意大利共产党员了。首先被译到国外的是贾尼·罗大里描写各行各业劳动者的诗，其中最受赞赏的是《一行有一行的颜色》《一行有一行的气味》。随后，连载在他自己编辑的《少先队员》周刊上的童话《洋葱头历险记》也周游世界，赢得了成千上万小读者。贾尼·罗大里以他作品深刻的思想性和卓越的艺术性而立于当代进步儿童文学作家之林。《洋葱头历险记》正如他自己所说的是“利用童话形式来说今天的事情”。它以拟人手法，用不同的瓜果蔬菜来代表不同阶级的人物，向儿童讲述了资本主义社会的苦难和不平。故事曲折、生动有趣，深受各国小朋友欢迎。后来，他又出版了长篇童话《蓝箭号列车历险记》《假话国历险记》等。

《洋葱头历险记》简析

克丽斯蒂娜·涅斯特林格（1936— ）是奥地利著名的女童话作家。她早年学过艺术，后来开始创作儿童文学作品、广播剧和电视剧。1970年发表处女作《红发姑娘弗雷德里克》，1972年发表童话小说《黄瓜国王》，当年获得弗里德里希·伯德克奖，1973年获德国青少年图书奖。此后她又陆续发表了《手中的麻雀》（1974）、《亲爱的魔鬼先生》（1975）、《佩林卡和扎特拉契》（1976）、《5月的两星期》（1981）等。1984年她获得国际安徒生奖。1989年她发表了《脑袋里的小矮人》。在《亲爱的魔鬼先生》中，我们看到的是那些所谓的“坏孩子”身上潜藏的善良、聪明等不为人所知的优秀品质。涅斯特林格的童话富于幻想性，但她能立足孩子的现实生活，在满足孩子的好奇心（游戏精神）之外，给儿童善和美的教育。

四、美国

1900年，美国诞生了一部地道的长篇童话《绿野仙踪》。这是一部成功的作品。原作名为《奥茨国的魔术师》，作者是莱曼·弗兰克·鲍姆（1856—1919）。故事通过幽默、讽刺揭露和嘲讽了虚伪与丑恶，告诉读者，只要不怕困难，坚持努力，美好的愿望终究会实现。

20世纪30年代特别应该提到的是美国当代著名儿童文学女作家怀尔德（1867—1957）的“小木屋系列”，全部共九卷。这套系列小说以美国西部拓荒史为故事背景，反映了美国人民的开拓精神，是一部感人的创业回忆录。其中写得最好的一部是《草原上的小木屋》。它已被改编为电视连续剧，吸引了大批儿童与成人观众，也被许多国家译介。

《夏洛的网》简析及作者简介

20世纪50年代，美国出现了一批有影响的儿童文学作家。这批作家创作的儿童读物被列入了现代儿童文学的经典著作之中，如曾获得1953年纽伯里奖的E. B. 怀特（1899—1985）的《夏洛的网》。故事写的是小猪威伯与大灰蜘蛛夏洛同住在农场仓库的地窖里，聪明、勇敢的夏洛在老鼠坦波顿的帮助下用计骗过了人类，救了威伯的命。故事写得幽默生动，读起来妙趣横生。《夏洛的网》与E. B. 怀特的另一部童话《小老鼠斯图亚特》（20世纪40年代出版）是美国儿童文学作品中的两座高峰。

与E. B. 怀特的《夏洛的网》差不多同时期出现的另一本很受欢迎的书是荷兰裔作家迈因德特·狄扬（1906—1991）的《校舍上的车轮》。该书描写了一个渔村小学的六个小学生和他们的老师，叙述了村民们对鹳鸟的喜爱。为了使鹳鸟在他们村定居，孩子们齐心协力找了一个旧车轮，让鹳鸟在上面筑巢。后来他们又克服种种困难，帮助鹳鸟定居在车轮上。整部小说以现实主义的笔触描写了孩子们对幸福生活的向往，赞扬了孩子们不畏困难、勇于改造现实的进取精神。这部小说曾获得美国一年一度的纽伯里奖，并被译成十多种文字。作者狄扬也因这篇中篇小说的成功而荣获1962年国际安徒生奖，成为美国首位获此殊荣的儿童文学作家。

在美国的儿童文学史上，艾萨克·巴什维斯·辛格（1904—1991）的故事集《山羊兹拉特》也是不可忽视的。辛格是美国当代最著名的犹太作家，他多次获得美国各种文学奖，创作过长篇小说、短篇小说、剧本、回忆录，还为少年儿童写了11部故事集，因而荣膺1969年美国儿童文学全国图书奖。在11部故事集中，尤以《山羊兹拉特》最负盛名，曾被美国等国分别搬上了银幕。故事讲的是山羊兹拉特因主人手头拮据，被主人的儿子牵往镇上出卖，路上突遇一场罕见的特大风雪，陷入了危难之中。就在十分紧急的时刻，它和主人的儿子碰到了一个积雪覆盖的大草垛。在这大草垛内，山羊吃着干草，而男孩靠着山羊又浓又甜的奶汁度过了相依为命的三天三夜。在这篇短小精悍、结构紧凑的故事里，作家细腻地描绘了善良、温顺的山羊兹拉特对人类的真挚情感和无私的爱。感情的真挚质朴、语言的明白晓畅和幽默轻松，给人艺术享受，这也是他的故事能赢得世界各国小读者青睐的原因。

美国20世纪的儿童文学，已发展到体裁多样、题材广泛，并且拥有大批作家、插图艺术家和儿童文学评论家的黄金阶段，其作品无论是数量还是质量都已超过了以往。20世纪是美国儿童文学长足进步的一个世纪。

五、苏联

1. 发展概况

苏联儿童文学一开始就得到了列宁和高尔基等的关怀、扶持和领导，因此苏联儿童文学诞生伊始就以其鲜明的独创性、深邃的思想性和丰富多彩的艺术手法出现在世界文坛上。

十月革命后的最初几年，苏维埃儿童文学毕竟刚刚诞生，一些描写虚幻、凶杀、斗殴、卜算的坏书还在流传。与此针锋相对，马雅可夫斯基首先用诗跟孩子们谈政治、谈世界、谈勤劳和勇敢及正义；马尔夏克也以他那饱蕴着激情、充满着幽默、富于儿童情趣的作品充实了苏维埃的儿童文学。相继加入儿童文学作家队伍的有盖达尔、瑞特可夫、伊林、普里什文、帕乌斯托夫斯基、比安基、班台莱耶夫、巴尔托、米哈尔科夫、施瓦尔茨和其他许多作家。他们以新的姿态活跃在苏维埃儿童文学的文坛上。

但是不久，一些思想片面的机械唯物论者却发表了反对在儿童文学作品中运用幻想的言论。于是，靠幻想安身立命的文学样式——童话首先遭难。许多优秀的童话作品，如楚可夫斯基的一些佳作和奥廖沙的长篇童话《三个胖国王》等，都遭非议，甚至被查禁。马尔夏克、马雅可夫斯基以及高尔基等人同这种错误思想进行了论争，论争的结果是在以后的几十年中，苏联的儿童文学获得了全面复兴和长足发展。

1941—1945年，在苏联卫国战争时期，儿童文学作家们的创作集中在前方卫国抗敌、后方卫国劳动的题材上。法捷耶夫、卡达耶夫、班台莱耶夫、卡西里等在这一时期都有杰出作品问世。

1945—1950年，较成功的作品有李克斯塔诺夫的《小家伙》以及伊琳娜的《卓娅和舒拉的故事》和《第四高度》等，这些作品打动了当时苏联少年儿童的心灵。

20世纪50年代的代表性作品有诺索夫的《马列耶夫在学校和在家里》《小无知和他的朋友历险记》，奥谢耶娃的《瓦肖克和他的同学们》，兹巴纳茨基的《悦耳的钟声》，巴甫连科的《草原上的太阳》等。

20世纪60—70年代的儿童文学作家们把更多的注意力投向儿童的内心世界，加强了对儿童性格的探索和研究。这一时期赢得了众多读者的有阿列克辛的小说和剧本，杜波夫的小说，雷巴科夫的惊险小说，还有包哥廷、兹巴纳茨基、特罗耶波尔斯基等人的儿童文学作品。

后来尽管苏联解体，但历史上的苏联儿童文学在世界儿童文学史上的地位是不容忽视的，它影响了中国和东欧许多社会主义国家儿童文学的发展，也影响了整个世界。

2. 儿童文学理论研究

高尔基（1868—1936）是苏联儿童文学批评和儿童文学理论的奠基人。他在20世纪继承了别林斯基、车尔尼雪夫斯基、杜勃罗留波夫的理论传统，结合无产阶级革命和社会主义建设实践，创立了崭新的社会主义儿童文学理论。

高尔基特别强调儿童文学中关于对劳动、劳动人民的热爱和尊重的思想。他认为，要让少年儿童从小树立劳动创造物质文明和精神文明的观点。他还认为，儿童文学的一个重要思想内容是社会主义的人道主义，即对劳动和劳动人民的爱与尊敬，对社会寄生虫的憎恨和鄙视。高尔基强调，儿童文学作家有责任让孩子们了解过去的世界，知道现在的世界，开阔他们展望未来的视野。

为此，他向苏维埃儿童文学作家提出五项具体要求：第一，作家要深刻了解小读者的心理特点和儿童文学的特点，掌握两者之间的关系；第二，作家要用艺术形象来达到反映现实的目的；第三，作品要吸引儿童，"要同娃娃谈得快乐"，要具有幽默感和趣味；第四，要重视儿童文学的语言，儿童文学的语言应当正确、明白、简洁，富于精确性和音乐性；第五，要注意儿童读物的插图和装帧。①

高尔基关于儿童文学的理论不仅指导着苏联儿童文学的发展，而且对中国以及其他国家儿童文学的发展也有一定的推动作用。

3. 儿童诗创作

马雅可夫斯基（1893—1930）是苏维埃第一批儿童诗的创作者之一。1917—1918年，马雅可夫斯基为儿童写了第一本诗集《给小家伙们》。这本诗集包括三首诗《四小块乌云》《小红帽的故事》《国际寓言》，初步显示出了诗人的创作特色——明快的节奏和严整、响亮的韵脚。1925年，马雅可夫斯基发表了童话诗《我这一个童话，讲的是胖彼加和瘦西马》。在这首诗中，诗人鞭挞了腐朽的资本主义制度，赞颂了新的社会主义制度。这首著名的童话诗，从主题到形象，从内容到语言，都开创了苏联童话诗的新纪元。之后，诗人又写了《什么叫做好，什么叫做不好?》《同游》《火马》《长大了做什么好》《好!》等佳作。

马雅可夫斯基的儿童诗从内容到形式都打破了旧的条条框框，新颖别致，独具一格。在他所写过的多种多样的诗中，燃烧着对祖国强烈的爱的火焰。在所有这些诗中，他都坚持用口语写诗，用亲切的口吻与孩子谈话，诗人始终与儿童世界、儿童心灵息息相通。

马雅可夫斯基是第一个在诗里塑造了劳动人民当家做主的国度中的孩子形象的诗人，也是第一个揭示了社会主义接班人所必须具备的道德品质和性格特征的诗人。他成功的尝试为青年诗人开拓了崭新的创作前景，影响着后来儿童诗的创作。

马尔夏克（1887—1964）是苏联儿童文学的奠基人之一。他的儿童诗思想容量大。他自1921年起，就致力于为各个不同年龄段的孩子提供丰富有益的精神食粮。

---

① 转引自韦苇《世界儿童文学史概述》，浙江少年儿童出版社，1986。

其童话剧《十二个月》1949年获得苏联国家文学奖金（原为斯大林文学奖金，1966年更名；下同）。对大一些的孩子，诗人则向他们描绘了更广阔的生活画面：有表现苏维埃国家今昔及社会主义制度与资本主义制度对比的《给新少年讲讲旧日子》《我们的国徽》《崔斯特先生》等；有描写为国献身的英雄人物的《无名英雄的故事》《简短的故事》；有反映邮递员劳动的《邮局》《军邮》《森林书》；有反映苏联学生学习和劳动生活的《九月一日之歌》《学生必须牢记的事情》；有善意地讽刺某些儿童身上的缺点的《标点符号》《懒汉和猫》；等等。

马尔夏克的儿童诗，从主题来看，十分重视共产主义思想的教育；从艺术特色看，有情节，多动作，简洁明快，形象真实，有幽默感。其最可贵之处在于寓思想教育于艺术情趣之中，即使是批评儿童缺点的诗作，诗人也是通过妙趣横生的情节和极富幽默感的语言来表现的。

巴尔托（1906—1981）是苏联最早专为儿童写诗、成就最为卓著的女诗人。她的第一首长篇叙事诗《中国小男孩万力》发表于1925年。这首诗是苏联当时国际题材诗篇中的佼佼者，巴尔托由此一举成名。随后她又写了《小偷小米沙》，也获得了好评。巴尔托的诗侧重反映苏联学校、家庭、少先队员的生活，其中成就最大、最富有创造精神的是讽刺诗。诗中的小主人公总是不自觉地在揭露自己，作者以此引导孩子认识缺点和改正缺点。《女吹牛大王》《雪人》《谢廖沙上课》等就是这方面的代表作。巴尔托的诗很受小读者们喜爱，主要是因为巴尔托能找到他们感兴趣的和需要的题材，能为各种年龄段的孩子找到特殊的韵律，善于用简洁、明快、幽默的语言来描述生活，善于以女性特有的温柔来与小读者谈话。她的诗总是充溢着欢快的格调和友好的笑声。她的作品为她带来了较高的声望和荣誉，1950年她因《快活的小诗》获得斯大林文学奖金；1978年她获得国际安徒生荣誉奖。

米哈尔科夫（1913—2009），这位苏联国歌的词作者为儿童文学工作了几十年，他的诗作被译成各种语言出版。米哈尔科夫擅长以趣味盎然而又认真严肃的语调跟小朋友谈他们最需要、最喜爱和与他们关系最密切的事物，因而其作品深受儿童的喜爱。他的诗从内容上大体可分为四种：第一种是作者亲切地跟小读者讲列宁一生的伟大事迹，讲十月革命前的俄罗斯，讲十月革命，讲伟大的苏联，讲苏联卫国战争，如《参观列宁博物馆》《跟儿子说的话》《给孩子们讲讲真实的事》等。第二种是塑造同时代人的形象，让小读者在篇幅短小的叙事诗里感受到正直无私、英勇无畏、热爱劳动、尊敬师长等优良品格，如《接班人》《米沙·柯罗里可夫》等。第三种是童话诗。其中最受小读者欢迎的是《斯焦巴叔叔》。诗人以极度夸张的手法，塑造了一个具有高尚的道德情操和富有同情心的成人形象。"斯焦巴叔叔"在苏联是家喻户晓的人物。第四种是寓言诗。诗人借用民间故事和笑话写成寓言诗，写得很有现实针对性，不仅儿童爱看，而且成人也爱不释手，如《喝醉酒的兔子》《有远见的喜鹊》等。此外，米哈尔科夫还著有童话和戏剧。米哈尔科夫的创作成就很大，曾多次获得国内外多项文学奖。

4. 童话创作

高尔基一生都非常热心于童话创作与童话理论研究，他十分明确地说要让孩子通过玩来探知世界，而他的童话就是使小读者在欢快的气氛中获得知识，在愉悦中受到教育的范本。《早晨》是关于自然美和劳动欢乐的抒情童话；《小麻雀》和《茶炊》用快活、俏皮、幽默的笔触引导小读者去细心观察周围的事物，认识各种生活现象；《雅什卡》以讽刺的笔法描写“天堂”的“魅力”，来反对宗教；《叶夫谢依卡的意外事件》由叶夫谢依卡和鱼儿的对话构成，表现了孩子的机智，也描述了各种海洋动物的特征。高尔基的童话总是洋溢着快乐的情绪，总是致力于开阔儿童的视野，在孩子心中培育人道主义情感。此外，高尔基在童话理论上也颇有建树，他用创作和理论铺成了铁轨，使苏联儿童文学的列车沿着社会主义的方向前进。

苏维埃最优秀的作家之一阿·托尔斯泰（1883—1945）以他那一流的艺术创作为儿童写下了不少好作品。他善于用潜移默化的方式向孩子灌输爱祖国、爱人民、爱劳动、恨敌人、恨邪恶势力的情感。他的创作富有生活情趣和乐观气息。他根据《木偶奇遇记》改编成的童话《金钥匙》集中体现了他的创作风格。他还为儿童专门整理、改写了《俄罗斯民间童话》。这是苏联第一本文学价值极高、极适合儿童阅读的民间童话集。阿·托尔斯泰整理的原则是“从无数主题相同而讲法不同的故事中，先挑出最有趣和最基本的一种，再用别的故事的语言和情节来丰富它”，然后，根据故事原来的风格，进行适当的增删和润色。

楚可夫斯基（1882—1969）是参加苏联儿童文学奠基工作的重要作家之一。他的童话富有游戏性和幻想性，并能让孩子一读就记住，唤起孩子的愉悦、惊奇和欣喜的感情。他最有代表性的作品是《从二到五》和《唉呀疼医生》。

奥廖沙（1899—1960）在20世纪20年代创作了一部蜚声全国的长篇童话《三个胖国王》，受到了苏联儿童和世界儿童的喜爱。

苏维埃著名的当代童话作家万格利（1932— ）（现为摩尔多瓦共和国人）为儿童写了不少精美的童话。他的作品有《古古采的故事》《爷爷的使臣》等。他的作品最大的特色就是把想象、诗意和现实天衣无缝地结合起来，在表达上极富儿童情趣。这个特色也反映了当今世界儿童文学的共同走向和普遍规律。他的《野鸽村的乔巴》描写了乡村、彩云、蝴蝶、小孩和大人，构成了一个完整统一的世界。这个世界上空照耀着一颗美丽的星星，一颗不会重复的童年之星。这个作品恰似打开了一扇幻想和心灵之门，有一种美妙的诗意，颇受小读者的欢迎，也受到了评论家的赞扬。因此，他多次获得国内外文学奖。

5. 儿童小说创作

20世纪的苏联，社会主义物质文明和精神文明建设的速度很快，这使苏联的儿童文学家们意识到，应当帮助少年儿童认识社会生活，让他们从小具有一定的识别能力和审美能力。而小说是最利于展现广阔的大千世界、最能培养少年儿童现实意识的一种文学体裁。十月革命后，大量优秀的儿童小说如雨后春笋般出现。除了班台莱耶夫、盖达尔、诺索夫、阿列克辛、奥谢耶娃、雷巴科夫等这些著名作家以外，最具独特风格的小说家还有帕乌斯托夫斯基（1892—1968）。他在1932年因发表《卡拉-布加兹海湾》一举成名后，一直从事抒情色彩很浓的中、短篇小说创作。丰富的知识和丰富的想象有机地统一在一起，艺术表现上真挚亲切、诗意盎然、充满温和的幽默，构成了他的小说风格。

以学校生活为创作题材的小说家卡西里（1905—1970），写下了很多受少年读者欢迎的作品。《英雄的弟弟》和《大冲突》就是他在20世纪30年代较有代表性的中篇小说。它们提出了有关荣誉、责任和同学关系的问题。卡西里小说的特点是抒情色彩强烈，很有幽默感，语言细腻、生动、精确、锐利。他的另一部作品《小儿子的街》曾获得1949年苏联国家文学奖金。但到了20世纪50年代，他的作品里出现了一些庸俗的情节，受到了一些评论家的批评。

穆萨托夫（1911—1977）是以写农村题材为主的儿童小说家。他在1949年出版了一部中篇小说《北斗星村》，这部作品描写的是卫国战争时期乡村孩子的生活，获得了苏联国家文学奖金。

瓦西连科（1896—1966）以描写艺人、艺术家的生活为题材而创作的小说在苏联儿童文学界受到了极高的评价。他的作品有《魔幻首饰箱》《阿尔乔马在杂技场》《小星星》《着了魔的戏剧表演》《小金鞋》等。他曾荣获1950年苏联国家文学奖金。

以写短篇小说为主的重要的儿童文学作家别利亚耶夫（1909—？）写有小说集《乌克兰之夜》《雾中的海湾》《大地的支柱》《揭露》《谁把你出卖了？》等。他的描写苏联国内战争年代边域孩子们惊险故事的三部曲《古堡》，1952年获得了斯大林奖金。

从总体上看，20世纪苏联儿童小说在内容上的一大特点是宣扬社会主义道德精神；在艺术上，众多作家各显其能，各种风格自由发展，互不排斥。在有些作品中，小说推倒了与童话、科幻作品的部分隔墙，有些作品则与诗歌、散文等形式相糅合，显示出20世纪末世界儿童文学艺术表现上的综合趋向。

在苏联儿童小说创作中还有以下几位作家需要着重介绍一下。

班台莱耶夫（1908—1987）是十月革命后成长起来的一位多产作家。他的成名之作是1928年发表的《照片》和《表》。这两篇小说都是描述流浪儿的生活的。《表》早在20世纪30年代就由鲁迅先生译介给了中国少年儿童。30年代，班台莱耶夫发表了代表作品《文件》，别具一格地揭示了一个崇高的灵魂，热烈地讴歌了崇高的革命英雄主义精神。在卫国战争时期，班台莱耶夫的短篇小说《在小渡船上》与卡达耶夫的《团的儿子》、马尔夏克的《列宁格勒的孩子们》、帕乌斯托夫斯基的《草原雷雨》、卡西里的《普通的孩子们》一起，同称为“战争与儿童”题材的优秀之作。班台莱耶夫20世纪40年代的代表作《诺言》在世界上有广泛的读者群。它描写了一位富有责任感

《诺言》简析及作者简介

的新人，作者给了这位不知其名的小男孩高度的评价："不论他将来做什么，可以有把握地说：这是个真正的人。"

《蓬头公鸡》是班台莱耶夫在20世纪50年代发表的代表作品。"蓬头公鸡"是一个小男孩的绰号。这个小男孩聪明、富有幻想，但他有一个缺点——爱撒谎。作品细致入微地刻画了小男孩的心理。最后，小男孩改掉了这个坏毛病，作者预言他会成为好学生。班台莱耶夫的小说特别注意揭示人物的内心世界，内涵较为丰富。他的作品既有轻松的幽默色彩，又崇尚英雄主义精神；既有抒情的韵味，又有深刻的主题。班台莱耶夫不愧为苏联现代儿童文学的优秀作家。

盖达尔（1904—1941）是作为战士作家进入苏联儿童文学领域的。他用手中的枪和笔，为"光明的社会主义国度，做出了不朽的贡献"。中篇小说《学校》是盖达尔带有自传性质的作品，是他所有作品中最著名、流传最广的一部，作家借此确立了自己在儿童文学史上的地位。从《学校》中，读者可以清楚地看到一个苏维埃的少年在布尔什维克思想的指导下，在革命战争的大学校里，一步步地成长起来的足迹。而《丘克和盖克》（原名《电报》）则是被广大幼儿读者视为好朋友的名篇。小说将丘克和盖克两个天真、调皮的孩子刻画得栩栩如生，作品自始至终都充溢着儿童情趣。《铁木儿和他的伙伴》是盖达尔的最后一部小说。这部中篇小说的一个突出成就是塑造了铁木儿这一闪光的优秀少先队干部形象。铁木儿是生活于苏联卫国战争前夕的一个爱国少年英雄，他身上集中体现了共产主义接班人的优秀品质和高尚精神。作品发表后，苏联的儿童和以后的中国儿童都掀起了一个声势浩大的"做铁木儿式的人"的运动，涌现了成千上万个团结、友爱、富有崇高理想的儿童集体。儿童文学中具有如此强大的鼓舞力量的优秀作品是不多见的。盖达尔在自己的小说创作中继承了俄罗斯和苏维埃的文学传统，以高超的创作艺术，把日常生活中烦琐而又平常的东西写得很美，很有诗意。他的儿童小说，不愧是少年儿童宝贵的生活教科书。

诺索夫（1908—1976）是苏联卫国战争以后儿童文学创作领域中最活跃和最有成绩的作家之一。卫国战争胜利以后，诺索夫就接二连三地发表作品。其中有短篇小说集《笃—笃—笃！》《小梯子》《快活故事集》《幻想家》，中篇小说《快乐的小家庭》《柯利亚·西尼津的日记》《马列耶夫在学校和在家里》《我的朋友伊戈尔的故事》等。此外，他还著有童话和剧本。诺索夫的短篇小说《小手枪》和《幻想家》在中国流传甚广。他的儿童小说有两大特点：一是幽默、谐趣，逗人发笑，情节富有喜剧性；二是充满温暖、快乐的气氛。

阿列克辛（1924—　）是苏联最活跃、国际声望最高的儿童文学作家之一。他的第一部中篇小说《三十一天》于1950年出版，以后他陆续出版了《萨莎和舒拉》《谢瓦·科特罗夫的不平凡经历》《科里雅给奥里雅的信，奥里雅给科里雅的信》《在永远过假期的国家》等。这些小说以故事动人，富有幽默感，结构新颖、别致，情节冲突、尖锐，引人入胜地提出少年道德培养方面的严肃课题，形成了作家自身的风格。阿列克辛的作品曾荣获苏联国家文学奖金。阿列克辛曾两次被授予国际安徒生荣誉证书。他的作品被译成了英、中、法、意、西、日、印等多种文字，在全世界广为流传。他的作品引起世界重视的原因在于：首先他是一位对儿童充满爱心、善心的作家，他的作品营造了一个充满善和人道主义精神的天地；其次，阿列克辛的作品揭示出，少年正直善良的品性不是天生具有的，而是通过人生道路上的探索逐步培养起来的；最后，阿列克辛的作品有着一股袭人的浓郁的生活气息，使人感到真实和亲切。

奥谢耶娃（1902—1969）是苏联儿童文学史上一位很有才华的女作家。她从1937年开始发表作品，擅长创作儿童故事，在我国流传较广的有《魔语》《蓝色的树叶》等。她的儿童故事构思精巧，风格清丽，很受儿童的喜爱。她的儿童小说《瓦肖克和他的同学们》三部曲，描述的是学校、友谊、责任、荣誉和卫国战争，表现了少年儿童在严峻的环境中锻炼了意志和性格，少年间的友谊在战争的风雨中变得牢不可破。这部长篇小说在少年读者中赢得了广泛的声誉，获得了1952年苏联国家文学奖金。

6. 科学文艺创作

瑞特可夫（1882—1939）是个大学问家。他是20世纪20年代苏维埃作家中很有个性、很有才华的一位。他坚持为3—6岁的低幼儿童写科学文艺读物，写了被誉为“百科全书”的《我们都见过些什么?》。书中最精彩的是描写动物的科学故事，而且这些动物全是作者亲自观察过的，因此写得真实、准确、传神，很有特色，十分符合低幼儿童的年龄特点。在20世纪20年代的苏联，写出这样大规模的学龄前儿童科学文艺读物，其功绩是不可抹杀的。

伊林（1895—1953）是继瑞特可夫之后卓越的科学文艺作家。他以大量的优秀科学文艺作品以及理论研究确立了自己在苏联、在世界儿童文学史上的地位。他于1927—1928年出版了三部书：写文字和书的历史的《黑白》，写照明方法改进的《桌上的太阳》，写各种不同历史时期的人们是怎样计时的《几点钟》。1929年，伊林写成了一本以文学方式讲解日常生活用品的书《十万个为什么》。这本书不仅受到苏联儿童的欢迎，而且在中国也有众多的读者。20世纪30年代，他写成了《五年计划的故事》和《山与人》。这两部书得到了高尔基的高度赞扬。伊林晚年写下了《征服大自然》，还与谢林合作写下具有世界影响的《人怎样成为巨人》。伊林的作品是集高度的科学性、思想性和艺术性的和谐统一体，几十年来，受到世界各国儿童和成人的由衷欢迎。

普里什文（1873—1954）是一位风格独特的苏联儿童文学作家。他以诗体随笔的形式向小读者介绍化学知识，代表作有《飞鸟不惊的地方》《大自然的日历》《叶芹草》《林中水滴》等。普里什文还热情地为小读者写了不少科学童话故事。他的独创性表现在多方面：首先，他用自己细心的观察和独特的发现揭示自然界的某些规律；其次，能于感情深沉、缠绵的故事中蕴含引人思索的哲理；再次，他的作品多用真实的动物故事教育小读者要正直、善良、机智、团结；最后，他所描绘的大自然都给人一种过目难忘的诗情画意的美感。普里什文的作品是审美教育、道德教育和科学知识教育有机地融合在一起的好作品。

比安基（1894—1959）是一位闻名全球的科学文艺作家。他写下了大量的生物童话。他的作品以文艺的形象性体现了科学的准确性。他笔下的动物从外表到内心世界都是十分真实可信的。比安基为小朋友写野兽、写飞禽、写昆虫、写植物，众多的生物出现在他的笔下。名作有《林中小屋》《小老鼠比克》《第一次打猎》。他以自己的创作为小朋友铺设了一条走向生动的大自然的通道。比安基的《森林报》（1927）不仅在苏联儿童文学中占突出地位，在世界儿童文学文坛也有影响。作者艺术地、巧妙地采用了报纸的形式，以崭新的艺术手法描绘了苏联中部森林中丰富多样的自然景物。人们认为，《森林报》简直就是一部森林百科全书。他的科学童话故事以其新奇的题材和卓越的艺术才能超越国界、走向世界，进入了世界儿童文学的宝库。

六、亚洲

1. 日本

日本的儿童文学前进的步履十分艰辛，战事的影响，政治的约束，以及文学本身的种种矛盾，都直接牵制了它的发展。直到20世纪20年代前后，始于译介西方儿童读物的日本儿童文学领域，才有了相当一部分作家开始从事儿童文学创作。当时，这些作家的童话作品主要是以东、西方民间故事和各种古典资料为基础加工改编而成的，但在作品中已清晰地传达出尊重儿童人格的现代儿童观。此后日本儿童文学文坛进行了一场关于大众儿童文学与无产阶级儿童文学以及不同创作方法的讨论。20世纪50年代末至60年代初，儿童文学界迎来了自明治时期以来首次出现的兴盛繁荣时期。

早期最负盛名的作家是小川未明（1882—1961）。他担任过日本儿童文学协会会长；提出的童心主义理论，对其后的日本儿童文学发展起了深远的影响。其代表作有《野蔷薇》《牛女》《红蜡烛与美人鱼》等。著名的儿童文学作家还有坪田让治（1890—1982），师从小川未明，他的主要作品以描写儿童心理见长。1935年他出版了童话《魔法》《猎狐》。1936年他发表了面向家庭的长篇小说《风波里的孩子》，确立了儿童文学作家的地位。在名为《善太和三平》的系列作品中，坪田让治以写实的文体，成功地塑造了真实可信、朝气蓬勃的儿童形象，为日本儿童文学奠定了现实主义的基础。

滨田广介（1893—1973），20世纪20年代前就有《布谷鸟》（1918）、《花瓣旅行记》（1919）、《白头翁的梦》（1919）等作品，以平实的语言讲述诗意盎然的童话故事，开拓了幼儿童话的领域。滨田广介是抛开劝善惩恶童话创作路子的代表性人物，他主张在童话里把自己的温暖带给儿童，代表着童话的一个流派。滨田广介的童话中常常出现他少年时代北方雪国的风土人情，他的名作《红鬼的眼泪》流传甚广。此外，滨田广介还是译介安徒生童话、格林童话和伊索寓言的重要翻译家。

乾富美子（1924— ）是因1954—1956年发表的《长长的企鹅的故事》而驰名的颇有才华的日本儿童文学女作家，此书于1957年获每日出版文学奖。她于1959年出版的童话《树荫下那家的小人们》反映了前辈作家所未曾涉及的日本民族的反战情绪。乾富美子的人道主义和保卫人类文明的思想更明确地表现在她的另一部作品《河流与野驴》中，这部道德问题和社会问题相错杂、用艺术概括方法驾驭真实材料的报告文学式作品引起了日本读者的广泛共鸣。此后，乾富美子还出版了儿童道德教育作品集《在那能采到海边菜》。1965年她因对儿童文学有出色的贡献而受到国际儿童读物联盟国际性奖誉。

石井桃子（1907—2008），被西方国家认为是日本当代“一位有才华的作家和批评家”，是从组织译介英美儿童文学工作开始转向儿童文学创作的。写于第二次世界大战期间的《阿信坐在云彩上》《山的富人》两部童话，1949年发表时被公认为是难得的佳作。她的《山上的孩子》《三月娃娃日》《麻雀的嘱托》等名作流传甚广。除创作外，石井桃子在儿童文学理论上还有自己独到的见解。

古田足日（1927—2014）是日本当代儿童文学作家和理论家。1927年他出生于日本爱媛县，曾就读于早稻田大学俄文系，中途退学，是日本当今家喻户晓的作家与评论家。20世纪50年代，他执笔发表了一系列批判日本童话传统的论文，震撼了整个日本儿童文学界。他除了著有《现代儿童文学论》《现代日本儿童文学的视点》等理论著作之外，还创作了大量儿童文学作品。1993年他出版了《古田足日儿童书全集》13卷。他站在日本儿童文学的最前列，在创作和评论两条战线活跃着。他的作品不仅题材、体裁丰富多样，而且特别注意读者的年龄阶段性。他为儿童创造了低、中、高不同年级的文学读物。他的代表作有《壁橱里的冒险》《一年级大个子二年级小个子》《忍术落第生》《鼹鼠原野的伙伴们》《代做功课股份有限公司》《蛇山的爱子》等。《蛇山的爱子》是一个现代的“新神话”，故事富有气势而引人入胜。

黑柳彻子（1933— ）原是日本著名的电视演员、著名电视主持人。她对儿童教育和儿童心理颇有研究，1980年开始儿童文学创作，1981年出版了她的半自传体纪实小说《窗边的阿彻》（在中国出版时译为《窗边的小豆豆》）。作品讲述了一个名叫阿彻的小姑娘，由于生性好动，刚上学不久就被强令退学。这以后，妈妈把她送进一个叫“巴学园”的特殊小学，在那里，小姑娘与校长交上了朋友，由于校长深谙儿童心理，注意发掘儿童兴趣，在教育中能因势利导，阿彻得到了很好的发展，养成了许多良好的品德。这部作品不仅文笔活泼、流畅，很得小读者的欢心，而且对教育工作者有益，所以一出版就创造了日本战后同一本书销售530多万册的最高纪录。此外，黑柳彻子还有《强制管束不如爱的感化》《熊猫和我》等作品。她的作品被译介到我国，也受到我国小读者的欢迎。

《窗边的小豆豆》简析及作者简介

中川李枝子（1935—　）创作的由7则各自独立成篇的幼儿园故事结集而成的《不不园》一出版，就成了日本低幼儿童文学的典范，连获四项大奖。作品通过幼儿在幼儿园、家庭、社会等几个方面的生活故事，塑造了一群可爱的幼儿形象，对小读者进行了各方面的教育，是一部思想性、艺术性都较高的作品，也受到中国小读者的重视。中川李枝子较著名的作品还有《桃花色的长颈鹿》《古利和古拉》，引起国际重视的近作是童话《天空蓝色的种子》。

2. 印度

印度有着悠久的历史和古老的文化，印度文学也是世界文化宝库中一颗璀璨夺目的明珠，然而由于长期的殖民统治，印度文学的发展道路崎岖不平，印度儿童文学的发展更是步履艰难。印度现代儿童文学仍带有明显的西方印记。20世纪60—70年代，印度儿童文学研究有一定发展，产生了上百篇获奖作品，还有了专门从事少年儿童文学研究和出版工作的机构。

印度著名的文学泰斗泰戈尔（1861—1941），既是印度杰出的诗人和作家，也是印度伟大的思想家和社会活动家。他虽然不是专门从事儿童文学创作的作家，但作为封建制度的坚定批判者，他对妇女和儿童怀有热烈而真挚的感情，在其作品中热烈歌颂善良、温柔而坚忍的妇女，歌颂纯洁、天真、活泼的儿童，因此，从宽泛的意义上说，他的许多作品也属于儿童文学范畴。他的诗往往把严峻的现实与对印度人民未来美好生活的憧憬艺术地交织在一起，给人纯真和美的享受。1904年，他用孟加拉文写成了短诗集《儿童》，后又用英文重写，改名为《新月集》。诗集中的作品弥漫着诗人对相继夭折的两个孩子的慈爱和痛惜、对自己童年生活的追忆，以及对儿童心理的深刻理解，以儿童无邪的眼光观察自然、感受生活，其中充满童趣的想象和纯真的感情，使得这些诗成为儿童热爱的文学作品。除了诗，泰戈尔还有一些童话和戏剧被选入儿童文学领域，在印度出版了《泰戈尔的儿童文学》。

在印度，最有代表性的儿童文学作品是钱达尔（1914—1977）的《一棵倒长的树》。这是一部颇耐人寻味的童话，一经流传就引起世人的注目。它写了一个穷孩子在自己的花园里种下了一粒魔种子，往地下长了一棵很长的树。他顺着树干爬到地下去游历了“声音的基地”“黑巨人之城”“机器城”“蛇城”。作品通过这个勇敢、诚实的穷孩子在地下世界的奇遇，揭露了剥削制度下的种种黑暗现象，对压迫者、剥削者作了辛辣的讽刺和无情的鞭挞，而对劳动人民则寄予了深切的同情。这篇童话寓意深刻，而且想象丰富，构思奇特，不但能吸引儿童读者，也能令成人读者反复玩索品味。

其他如批判现实意义作家普列姆昌德（1880—1936）的《蛇石》、博物学者兼作家德罕哥巴尔·莫凯尔其（1890—1936）的《在林莽中》等，也被公认为比较优秀的儿童文学作品。

探究·实践

1．20世纪外国儿童文学的发展特点有哪些？

2．查找资料，了解20世纪苏联的儿童文学理论。

参考文献

[1] 白冰．世界儿童文学名著鉴赏大辞典［M］．南宁：广西人民出版社，1992.
[2] 柯岩．儿童诗选［M］．北京：人民文学出版社，1981.
[3] 柯岩．柯岩文集［M］．青岛：青岛出版社，1995.
[4] 圣野．新编儿歌365［M］．杭州：浙江少年儿童出版社，2012.
[5] 刘艺．我的童年我做主［M］．深圳：海天出版社，2007.
[6] 金逸铭．浪尖舞蹈：中国儿童文学探索作品集［M］．南昌：二十一世纪出版社，2007.
[7] 秦文君．男生贾里新传［M］．上海：少年儿童出版社，2000.
[8] 秦文君．女生贾梅新传［M］．上海：少年儿童出版社，1999.
[9] 王晓玉．儿童文学作品选读［M］．2版．北京：高等教育出版社，2012.
[10] 王野．飞翔的种子［M］．长沙：湖南少年儿童出版社，2006.
[11] 闻君．中华成语故事：影响青少年一生的文化国宝［M］．北京：石油工业出版社，2006.
[12] 吴然．樱花信［M］．长沙：湖南少年儿童出版社，2006.
[13] 圣野，吴少山．儿歌三百首［M］．杭州：浙江少年儿童出版社，2003.
[14] 谭旭东．感动孩子的100首童诗［M］．北京：北京少年儿童出版社，2005.
[15] 唐鲁峰．诗词中的科学［M］．南京：江苏人民出版社，1983.
[16] 天一卡通工作室．童谣［M］．西安：陕西人民美术出版社，2004.
[17] 小舟．中外儿童诗精选［M］．杭州：浙江文艺出版社，2004.
[18] 杨红樱．淘气包马小跳系列［M］．南宁：接力出版社，2003.
[19] 尹世霖．中国经典儿歌：名家儿歌［M］．乌鲁木齐：新疆青少年出版社，2006.
[20] 尹世霖．中国经典儿歌：童谣［M］．乌鲁木齐：新疆青少年出版社，2006.
[21] 张扬．读寓言学做人全书［M］．北京：石油工业出版社，2007.
[22] 中国少年儿童出版社．东方新童谣［M］．北京：中国少年儿童出版社，2005.
[23] 庄大伟．最好听的睡前故事：月亮卷［M］．合肥：安徽少年儿童出版社，2004.
[24] 宗介华．中国儿童文学50年精品库［M］．北京：农村读物出版社，1999.
[25] 樊发稼．樊发稼儿童文学评论选［M］．贵阳：贵州人民出版社，1996.
[26] 方卫平．中国儿童文学理论批评史［M］．南京：江苏少年儿童出版社，1993.

[27] 方卫平. 中国儿童文学理论发展史［M］. 上海：少年儿童出版社，2007.
[28] 刘绪源. 儿童文学的三大母题［M］. 上海：少年儿童出版社，1997.
[29] 刘金花. 儿童发展心理学［M］. 上海：华东师范大学出版社，2006.
[30] 鲁迅. 鲁迅随感录［M］. 深圳：海天出版社，1992.
[31] 蒋风. 中国儿童文学发展史［M］. 上海：少年儿童出版社，2007.
[32] 蒋风. 儿童文学原理［M］. 合肥：安徽教育出版社，1998.
[33] 金波. 为了儿童文学：金波儿童文学评论集［M］. 长沙：湖南教育出版社，2006.
[34] 钱谷融，鲁枢元. 文学心理学［M］. 修订版. 上海：华东师范大学出版社，2003.
[35] 邱运华. 19—20世纪之交俄国马克思主义文学思想史论［M］. 北京：北京大学出版社，2006.
[36] 童庆炳. 文艺心理学教程［M］. 2版. 北京：高等教育出版社，2011.
[37] 王泉根. 现代儿童文学的先驱［M］. 上海：上海文艺出版社，1987.
[38] 韦苇. 世界儿童文学史概述［M］. 杭州：浙江少年儿童出版社，1986.
[39] 韦苇. 外国儿童文学发展史［M］. 上海：少年儿童出版社，2007.
[40] 吴福辉，黄候兴，沈承宽，等. 张天翼论［M］. 长沙：湖南文艺出版社，1987.
[41] 吴其南. 中国童话发展史［M］. 上海：少年儿童出版社，2007.
[42] 杨佳利，卜庆亮. 幼儿文学教程［M］. 郑州：郑州大学出版社，2008.
[43] 张永健. 20世纪中国儿童文学史［M］. 沈阳：辽宁少年儿童出版社，2006.
[44] 朱智贤. 儿童心理学［M］. 北京：人民教育出版社，2003.
[45] 朱自强，何卫青. 中国幻想小说论［M］. 上海：少年儿童出版社，2006.
[46] 毕克马尔. 话语的回音［M］. 谢逢蓓，译. 北京：中信出版社，2008.
[47] 王泉根. 现代中国儿童文学主潮［M］. 2版. 重庆：重庆出版社，2018.
[48] 王泉根. 中国儿童文学概论［M］. 长沙：湖南少年儿童出版社，2015.
[49] 舒伟. 英国儿童文学简史［M］. 长沙：湖南少年儿童出版社，2015.
[50] 方卫平. 法国儿童文学史论［M］. 长沙：湖南少年儿童出版社，2015.
[51] 金燕玉. 美国儿童文学初探［M］. 长沙：湖南少年儿童出版社，2015.
[52] 何卫青. 澳大利亚儿童文学导论［M］. 长沙：湖南少年儿童出版社，2015.
[53] 汤锐. 北欧儿童文学述略［M］. 长沙：湖南少年儿童出版社，2015.
[54] 朱自强. 日本儿童文学导论［M］. 长沙：湖南少年儿童出版社，2015.
[55] 韦苇. 俄罗斯儿童文学论谭［M］. 长沙：湖南少年儿童出版社，2015.
[56] 孙建江. 意大利儿童文学概述［M］. 长沙：湖南少年儿童出版社，2015.
[57] 吴其南. 德国儿童文学纵横［M］. 长沙：湖南少年儿童出版社，2015.
[58] 董甘味. 阅读学［M］. 重庆：重庆出版社，1989.

郑重声明